annabac
SUJETS & CORRIGÉS 2024

Maths
SPÉCIALITÉ

Tle générale

- **Martine Salmon**
Professeure agrégée de mathématiques
- **Hervé Kazmierczak**
Professeur agrégé de mathématiques
- **Pierre Larivière**
Professeur certifié de mathématiques
- **Annick Meyer**
Professeure agrégée de mathématiques
- **Jean-Dominique Picchiottino**
Professeur agrégé de mathématiques
- **Christophe Roland**
Professeur certifié de mathématiques
Docteur en mathématiques appliquées

Avec la collaboration de Denise Maréchal

ISSN 1168-3775 ISBN 978-2-278-10575-5

Achevé d'imprimer par Macrolibros en Espagne
Dépôt légal n° 10575-5/01 - Août 2023

PAPIER À BASE DE FIBRES CERTIFIÉES

Hatier s'engage pour l'environnement en réduisant l'empreinte carbone de ses livres. Celle de cet exemplaire est de : 900 g éq. CO_2
Rendez-vous sur www.hatier-durable.fr

Hatier

Avec votre Annabac, préparez-vous à l'épreuve

SOMMAIRE GÉNÉRAL

1 **S'échauffer,** s'approprier les méthode

2 **S'entraîner** sur chaque thème du programme

3 Préparer l'épreuve écrite : le **sprint final**

4 Réussir le **Grand Oral**

maths et au Grand Oral en 4 étapes !

Les sujets et les fiches classés par thème

Pour chaque thème, voici les ressources de votre Annabac.

Indiquez sur cette liste l'avancement de vos révisions.
◿ À retravailler encore ☒ Désormais ok !

Algèbre et géométrie

Vecteurs, droites et plans de l'espace

Orthogonalité et distances dans l'espace

Équations de droites et de plans

Fonctions de référence

Probabilités

Probabilités conditionnelles

Succession d'épreuves indépendantes, schéma de Bernoulli

Algorithmique et programmation

- Coordination éditoriale : Gaëlle Messé et Grégoire Thorel assistés de Rachel Le Nouail
- Édition : Jean-Marc Cheminée
- Graphisme : Dany Mourain et le studio Favre & Lhaïk
- Prépresse : Hatier et Nadine Aymard
- Illustration : Juliette Baily
- Schémas : STDI
- Mise en page : STDI
- Iconographie : Hatier illustration

S'échauffer,
s'approprier les méthodes

INFOS et CONSEILS sur les épreuves

Trois sujets ÉTAPE par ÉTAPE

1 En quoi consiste le nouveau programme de maths en T^{le} ?

Le programme de l'enseignement de spécialité de maths en Terminale s'articule autour de trois grands thèmes.

A Algèbre et géométrie

Cette partie commence avec un aperçu sur des notions ensemblistes et quelques objets combinatoires. Elle se poursuit par de la géométrie dans l'espace : droites et plans, vecteurs, géométrie repérée.

Sous-thèmes	Contenus
1. Combinatoire et dénombrement*	**A.** Produit cartésien, *k*-uplets
	B. Permutations, combinaisons
	C. Coefficients binomiaux, propriétés
2. Vecteurs, droites et plans de l'espace	**A.** Vecteurs de l'espace
	B. Droites et plans de l'espace
	C. Bases et repères de l'espace
3. Orthogonalité et distances dans l'espace	**A.** Produit scalaire, orthogonalité
	B. Bases orthonormées, repères orthonormés
	C. Orthogonalité de droites et de plans
	D. Vecteur normal à un plan
4. Équations de droites et de plans	**A.** Représentation paramétrique d'une droite
	B. Équation cartésienne d'un plan

B Analyse

Cette partie permet de compléter l'étude des suites et des fonctions commencée en Première. Vous y abordez la fonction logarithme népérien et les fonctions trigonométriques, la notion de primitive, le calcul intégral.

Sous-thèmes	Contenus
1. Suites	**A.** Limites de suites
	B. Cas des suites géométriques
	C. Théorème de convergence monotone
2. Limites des fonctions	**A.** Limite finie ou infinie, asymptote parallèle à un axe ; limites des fonctions de référence
	B. Limites et comparaison, limites et opérations

Sous-thèmes	Contenus
3. Compléments sur la dérivation	**A.** Composée de deux fonctions, dérivée
	B. Dérivée seconde
	C. Convexité, point d'inflexion
4. Continuité des fonctions	**A.** Définition et propriété
	B. Image d'une suite par une fonction continue
	C. Théorème des valeurs intermédiaires
5. Fonction logarithme	**A.** Définition et propriétés algébriques
	B. Dérivée, variations, limites
	C. Croissance comparée
6. Fonctions sinus et cosinus*	Dérivées, variations, courbes représentatives
7. Primitives, équations différentielles	**A.** Généralités sur les primitives, détermination
	B. Équations différentielles $y' = ay$, $y' = ay + b$*
8. Calcul intégral*	**A.** Intégrale d'une fonction positive, aire sous la courbe
	B. Intégrale et primitives
	C. Intégrale d'une fonction de signe quelconque, propriétés. Valeur moyenne d'une fonction

* Thème ne pouvant faire l'objet d'une évaluation lors de l'épreuve écrite

C Probabilités

Le premier chapitre de cette partie conduit à l'étude de la loi binomiale. Puis vous découvrez l'inégalité de Bienaymé-Tchebychev qui mène à la loi des grands nombres.

Sous-thèmes	Contenus
1. Succession d'épreuves indépendantes, schéma de Bernoulli	**A.** Épreuve de Bernoulli, loi de Bernoulli
	B. Schéma de Bernoulli, loi binomiale
2. Sommes de variables aléatoires*	**A.** Sommes de deux variables aléatoires ; propriétés de l'espérance et de la variance
	B. Espérance et variance de la loi binomiale
	C. Échantillon de taille n d'une loi de probabilité
3. Concentration, loi des grands nombres*	**A.** Inégalité de Bienaymé-Tchebychev, inégalité de concentration
	B. Loi des grands nombres

* Thème ne pouvant faire l'objet d'une évaluation lors de l'épreuve écrite

2 Quelles sont les différentes épreuves du nouveau bac en maths ?

Vous avez choisi la spécialité maths en Terminale. Vous devrez donc passer l'épreuve écrite correspondante, mais également préparer une question en maths en vue du Grand Oral.

A En résumé

L'épreuve de spécialité (coeff. 16) →

DÉROULEMENT
- **Quand ? en mars**
- **Durée : 4 heures**
- **Structure : trois à cinq exercices**
- **Barème : 20 points**

Le Grand Oral (coeff. 10) →

TRAVAIL EN AMONT
Sur deux questions dont l'une au moins se rapportant au programme de maths

DÉROULEMENT
- **Quand ? au 3e trimestre**
- **Durée : 20 min**
- **Structure : exposé sur l'une des deux questions + entretien**

B L'épreuve écrite

1. La structure de l'épreuve

- Le sujet comporte **trois à cinq exercices indépendants** les uns des autres, notés sur 4 à 8 points.
- Il se rapporte à plusieurs thèmes du programme de spécialité, à l'exception de ceux-ci : fonctions sinus et cosinus ; calcul intégral ; concentration, loi des grands nombres.

> ATTENTION **Ces thèmes non évalués à l'écrit peuvent faire l'objet d'une évaluation lors du Grand Oral.**

2. Comment s'y préparer ?

● Il faut bien évidemment fournir un **travail régulier** toute l'année, afin qu'au moment des révisions, vous n'ayez qu'à vous remettre en tête les notions déjà maîtrisées. Cela vous permettra également de mieux gérer votre stress le jour J !

> CONSEIL **Il est important de mémoriser au fur et à mesure les résultats essentiels ; pour cela, faites des fiches et vérifiez régulièrement que vous n'avez pas oublié ce que vous avez appris.**

● Mais vous devez également **vous entraîner en temps limité**, dans les conditions de l'épreuve. Cela vous permettra de mieux ventiler votre temps entre les différentes tâches : lecture de l'énoncé, recherche et résolution, rédaction de la solution.

3. Comment s'organiser le jour J ?

Étape	Tâches
1. Lire l'énoncé de manière active	• Prenez le temps de lire tout l'énoncé d'un exercice, de souligner les points importants avant de commencer sa résolution. • Surlignez les informations parfois données dans une question sur le résultat d'une question antérieure. • Notez les raisonnements que certaines questions vous évoquent.
2. Construire les raisonnements	• Ne rédigez pas tout au brouillon. Utilisez-le pour quelques calculs, des figures « à main levée »… • Passez un peu de temps sur chaque partie, mais surtout ne restez pas bloqué(e).
3. Rédiger et relire	• Adoptez une présentation « aérée », numérotez les questions comme dans l'énoncé. • Vérifiez que vos résultats sont cohérents. • Utilisez votre calculatrice pour vérifier certains résultats, par exemple le sens de variation d'une fonction.

> CONSEIL **Le temps à consacrer à chaque exercice est sensiblement proportionnel au nombre de points de l'exercice ; à titre d'exemple : prévoir environ 55 minutes pour un exercice sur 5 points, de 45 à 50 minutes pour un exercice sur 4 points.**

C Le « Grand oral »

1. Les trois temps de l'épreuve

Les trois temps du Grand Oral

1. LA PRÉPARATION
- **Sur la question choisie par le jury (parmi les deux que vous avez travaillées)**
- **20 minutes pour mettre en ordre vos idées et préparer un support remis au jury**

2. L'EXPOSÉ
- **Présentation synthétique en 5 minutes**
- **Debout, sans notes**

3. L'ENTRETIEN
- **Sur l'exposé dans un premier temps**
- **Puis sur votre projet de poursuite d'études**

2. Comment s'y préparer ?

- Dès le premier trimestre, **mettez-vous en quête d'un sujet en maths**. Envisagez différentes pistes, seul(e) ou avec d'autres élèves : application des mathématiques dans une autre discipline, histoire des mathématiques, approfondissement d'une notion du programme. Pour cela, il est important de bien connaître l'ensemble du programme du cycle terminal, les points d'histoire des maths qu'il évoque, les approfondissements qu'il propose.
- En outre, **prenez la parole en classe**, faites des exposés, travaillez l'oral dès que vous en avez l'occasion.
- Pour plus de conseils, reportez-vous à la section « **Réussir le Grand Oral** », en fin d'ouvrage.

Géométrie dans le cube : calcul d'aire

50 min
5 points

On considère le cube ABCDEFGH de côté 1, le milieu I de [EF] et J le symétrique de E par rapport à F.

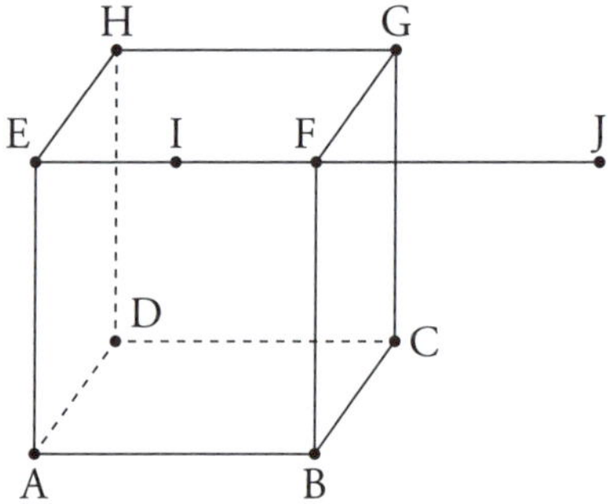

Dans tout l'exercice, l'espace est rapporté au repère orthonormé $(A, \overrightarrow{AB}, \overrightarrow{AD}, \overrightarrow{AE})$.

▶ **1. a)** Par lecture graphique, donner les coordonnées des points I et J.

b) En déduire les coordonnées des vecteurs $\overrightarrow{DJ}$, $\overrightarrow{BI}$ et $\overrightarrow{BG}$.

c) Montrer que $\overrightarrow{DJ}$ est un vecteur normal au plan (BGI).

d) Montrer qu'une équation cartésienne du plan (BGI) est $2x - y + z - 2 = 0$.

▶ **2.** On note d la droite passant par F et orthogonale au plan (BGI).

a) Déterminer une représentation paramétrique de la droite d.

b) On considère le point L de coordonnées $\left(\frac{2}{3}\,;\frac{1}{6}\,;\frac{5}{6}\right)$.

Montrer que L est le point d'intersection de la droite d et du plan (BGI).

À NOTER
On suppose l'espace rapporté à un repère orthonormé lié à un cube ; les coordonnées de certains points sont obtenues par lecture graphique.

À NOTER
▶ **1. d)** On détermine une équation cartésienne d'un plan $\mathcal{P}$ et une représentation paramétrique d'une droite orthogonale à ce plan passant par un point donné F ; on en déduit les coordonnées du point d'intersection de cette droite et du plan $\mathcal{P}$, qui est le projeté orthogonal de F sur $\mathcal{P}$.

▶ **3.** On rappelle que le volume V d'une pyramide est donné par la formule

$$V = \frac{1}{3} \times \mathcal{B} \times h$$

où $\mathcal{B}$ est l'aire d'une base et h la hauteur associée à cette base.

a) Calculer le volume de la pyramide FBGI.

b) En déduire l'aire du triangle BGI.

À NOTER

▶ **3.** On détermine ici, en calculant de deux manières différentes, le volume d'une pyramide l'aire d'un triangle dont deux sommets sont des sommets du cube et le troisième sommet est le milieu d'une arête.

ÉTAPE 1 Lire l'énoncé et comprendre son enjeu

8 min

Lisez d'abord attentivement l'énoncé dans son intégralité, pour repérer le **thème du programme** qui est en jeu.

Cet exercice est un exercice de géométrie dans l'espace.

Sur votre brouillon ou mentalement, vous pouvez ensuite lister plus précisément les **différentes notions** dont vous aurez besoin pour le traitement de cet exercice. Cela vous aidera à les garder à l'esprit tout au long du sujet.

Notions en jeu

- *géométrie dans l'espace, cube*
- *repère orthonormé, coordonnées d'un point, d'un vecteur de l'espace*
- *représentation paramétrique d'une droite de l'espace*
- *produit scalaire ; orthogonalité*
- *vecteur normal à un plan*
- *équation cartésienne d'un plan*
- *distance de deux points de l'espace*

ÉTAPE 2 Répondre à la question 1

13 min

MÉTHODE. L'objectif de la question est de déterminer une **équation cartésienne d'un plan** $\mathscr{P}$ (**d**). Pour cela, vérifiez qu'un vecteur de coordonnées connues est un vecteur normal à $\mathscr{P}$ (**b**) et utilisez les coordonnées de l'un des points définissant le plan $\mathscr{P}$ (**c**).

- Un plan $\mathscr{P}$ de vecteur normal $\vec{n}(a\ ;\ b\ ;\ c)$ a une équation cartésienne de la forme $ax + by + cz + d = 0$.
- On détermine d en écrivant que les coordonnées d'un point de $\mathscr{P}$ vérifient cette équation.

RÉPONSE. Voici un **exemple de rédaction** pour cette question.

▶ **1. a)** Les coordonnées du point I sont $\left(\frac{1}{2}\ ;\ 0\ ;\ 1\right)$, car $\overrightarrow{AI} = \frac{1}{2}\overrightarrow{AB} + \overrightarrow{AE}$.

De même, $\overrightarrow{AJ} = 2\,\overrightarrow{AB} + \overrightarrow{AE}$, donc J a pour coordonnées $(2\ ;\ 0\ ;\ 1)$.

b) On détermine de la même façon les coordonnées des points B, D et G :

$B(1\ ;\ 0\ ;\ 0)$; $D(0\ ;\ 1\ ;\ 0)$ et $G(1\ ;\ 1\ ;\ 1)$.

On en déduit que le vecteur $\overrightarrow{DJ}$ a pour coordonnées $(2\ ;\ -1\ ;\ 1)$, le vecteur $\overrightarrow{BI}$ pour coordonnées $\left(-\frac{1}{2}\ ;\ 0\ ;\ 1\right)$ et que les coordonnées de $\overrightarrow{BG}$ sont $(0\ ;\ 1\ ;\ 1)$.

c) On calcule le produit scalaire du vecteur $\overrightarrow{DJ}$ et de chacun des deux vecteurs $\overrightarrow{BG}$ et $\overrightarrow{BI}$:

$\overrightarrow{DJ} \cdot \overrightarrow{BG} = 2 \times 0 - 1 \times 1 + 1 \times 1 = 0$ et

$\overrightarrow{DJ} \cdot \overrightarrow{BI} = 2 \times \left(-\frac{1}{2}\right) - 1 \times 0 + 1 \times 1 = 0$.

Le vecteur $\overrightarrow{DJ}$ est donc orthogonal à chacun des deux vecteurs $\overrightarrow{BG}$ et $\overrightarrow{BI}$, c'est-à-dire à deux vecteurs non colinéaires du plan (BGI).

$\overrightarrow{DJ}$ est un vecteur normal au plan (BGI).

CONSEIL

▶ **1. a)** Rappelez-vous que, dans un repère du plan, si on a les points $M(x_M\ ;\ y_M\ ;\ z_M)$ et $N(x_N\ ;\ y_N\ ;\ z_N)$, alors le vecteur $\overrightarrow{MN}$ a pour coordonnées $(x_N - x_M\ ;\ y_N - y_M\ ;\ z_N - z_M)$.

CONSEIL

▶ **1. c)** • Pour montrer qu'un vecteur est normal à un plan, il vous faut montrer qu'il est orthogonal à deux vecteurs non colinéaires de ce plan.

• Les vecteurs $\overrightarrow{BG}$ et $\overrightarrow{BI}$ ne sont pas colinéaires, car leurs coordonnées ne sont pas proportionnelles ; $(\overrightarrow{BG}\ ;\ \overrightarrow{BI})$ est une base du plan (BGI).

d) Le plan (BGI) a donc une équation cartésienne de la forme :
$2x - y + z + d = 0$, où d est un réel à déterminer.
$B \in (BGI)$, donc les coordonnées de B vérifient cette équation : $2 \times 1 + d = 0$.
D'où $d = -2$ et $2x - y + z - 2 = 0$ est une équation cartésienne du plan (BGI).

ÉTAPE 3 Répondre à la question 2

16 min

MÉTHODE. Pour écrire une **représentation paramétrique d'une droite *d*** (**a**), utilisez les coordonnées d'un point et celles d'un vecteur directeur de la droite. Pour déduire ensuite que le point L est le point d'intersection du plan $\mathcal{P}$ et de la droite *d* (**b**), vous devez procéder en deux temps : assurez-vous que les coordonnées de ce point vérifient cette représentation paramétrique, puis qu'elles vérifient l'équation cartésienne du plan $\mathcal{P}$ établie en **1. d**.

La droite passant par le point de coordonnées $(x_0 ; y_0 ; z_0)$ et de vecteur directeur $\vec{u}(a ; b ; c)$ a pour représentation paramétrique :

$$\begin{cases} x = x_0 + t\,a \\ y = y_0 + t\,b \\ z = z_0 + t\,c \end{cases}, t \in \mathbb{R}.$$

RÉPONSE. Voici un **exemple de rédaction** pour cette question.

▶ **2. a)** F a pour coordonnées $(1 ; 0 ; 1)$ car $\overrightarrow{AF} = \overrightarrow{AB} + \overrightarrow{AE}$, et F appartient à la droite d. La droite d est par ailleurs orthogonale au plan (BGI), donc elle admet comme vecteur directeur le vecteur $\overrightarrow{DJ}(2 ; -1 ; 1)$, normal au plan (BGI).
Une représentation paramétrique de d est donc

$$\begin{cases} x = 1 + 2t \\ y = -t \\ z = 1 + t \end{cases}, t \in \mathbb{R}$$

RAPPEL
Une droite admet une infinité de vecteurs directeurs, tous colinéaires et non nuls.

b) Soit $L\left(\frac{2}{3}\,;\frac{1}{6}\,;\frac{5}{6}\right)$.

[On vérifie dans un premier temps que L appartient à d.
On montre pour cela qu'il existe un réel t tel que :

$$\begin{cases}\frac{2}{3} = 1 + 2t \\ \frac{1}{6} = -t \\ \frac{5}{6} = 1 + t\end{cases}.$$

Le réel $t = -\frac{1}{6}$ vérifie ces trois équations ;
L appartient à la droite d.]

[On vérifie ensuite que L appartient au plan (BGI).
D'après la question précédente, le plan (BGI) a pour équation cartésienne $2x - y + z - 2 = 0$.
On remplace x, y et z par les coordonnées de L :

$$2 \times \frac{2}{3} - \frac{1}{6} + \frac{5}{6} - 2 = \frac{8}{6} - \frac{1}{6} + \frac{5}{6} - \frac{12}{6} = 0.$$

Les coordonnées de L vérifient cette équation, donc L appartient à (BGI).]

[L appartient à la droite d et au plan (BGI), et la droite d est orthogonale au plan (BGI). Donc d est sécante en L à ce plan, L est le point d'intersection de la droite d et du plan (BGI).]

LÉGENDE
[Vérification de l'appartenance de L à la droite *d*]
[Vérification de l'appartenance de L au plan (BGI)]
[Conclusion]

CONSEIL
Obtenir un point commun à la droite et au plan ne suffit pas, il faut préciser qu'ils sont sécants.

ÉTAPE 4 Répondre à la question 3

13 min

MÉTHODE. Il faut calculer de deux manières différentes le **volume d'une pyramide** (**a**), puis comparer les deux résultats, pour en déduire l'aire de l'une des faces de la pyramide (**b**).

On peut calculer le volume de la pyramide FBGI :
– en prenant comme base la face FGI et la hauteur BF ;
– en prenant comme base la face BGI et la hauteur FL.
Ces deux calculs donneront le même résultat.

RÉPONSE. Voici un **exemple de rédaction** pour cette question.

▶ **3. a)** Pour calculer le volume de la pyramide FBGI, on peut prendre comme base la face FGI, la hauteur correspondante est alors BF, car la droite (BF) est orthogonale au plan de la face FGI.
Le triangle FGI est rectangle en F, ses côtés autres que l'hypoténuse ont pour longueurs $\frac{1}{2}$ et 1, donc l'aire du triangle FGI est égale à $\frac{1}{4}$.

BF = 1, car [BF] est une arête du cube.
Le volume de la pyramide FBGI est donc
$V = \frac{1}{3} \times \frac{1}{4} \times 1$, soit $V = \frac{1}{12}$.

b) On peut également prendre comme base le triangle BGI, d'aire $\mathcal{B}$. La hauteur associée est $h = \text{FL}$, car, d'après les questions précédentes, L est le projeté orthogonal de F sur le plan (BGI).
On connaît les coordonnées de F et de L, on calcule la distance FL :

$$\text{FL} = \sqrt{\left(\frac{2}{3} - 1\right)^2 + \left(\frac{1}{6}\right)^2 + \left(\frac{5}{6} - 1\right)^2}$$

$$= \sqrt{\frac{1}{9} + \frac{1}{36} + \frac{1}{36}} = \sqrt{\frac{3}{18}} = \sqrt{\frac{1}{6}}.$$

Le volume de la pyramide FBGI est donc
$V = \frac{1}{3} \times \mathcal{B} \times \sqrt{\frac{1}{6}}$.
On sait par ailleurs, d'après la question précédente, que ce volume est égal à $\frac{1}{12}$.
En notant, comme indiqué précédemment, $\mathcal{B}$ l'aire du triangle BGI, on en déduit l'égalité :
$\frac{1}{3} \times \mathcal{B} \times \sqrt{\frac{1}{6}} = \frac{1}{12}$, qui équivaut à $\mathcal{B} = \frac{3\sqrt{6}}{12}$, soit
$\mathcal{B} = \frac{\sqrt{6}}{4}$.

À NOTER
▶ **3. a)** Les trois faces de la pyramide qui sont sur les faces du cube donnent un résultat identique.

À NOTER
▶ **3. b)** L est le projeté orthogonal de F sur le plan (BGI), car L est le point d'intersection de ce plan et de la droite orthogonale à ce plan passant par F.

2 Un exercice d'analyse *étape* par *étape*

Fonction : lectures graphiques, variations et convexité

55 min
5 points

Sur le graphique ci-dessous, on a représenté dans un repère orthonormé :

– la courbe représentative $\mathscr{C}_f$ d'une fonction f définie et dérivable sur $]0\,;+\infty[$;

– la tangente T_A à la courbe $\mathscr{C}_f$ au point A de coordonnées $\left(\frac{1}{e}\,;e\right)$;

– la tangente T_B à la courbe $\mathscr{C}_f$ au point B de coordonnées (1 ; 2).

La droite T_A est parallèle à l'axe des abscisses. La droite T_B coupe l'axe des abscisses au point de coordonnées (3 ; 0) et l'axe des ordonnées au point de coordonnées (0 ; 3).

CONSEIL
Il est important de noter dès la première lecture de l'énoncé que cette fonction est définie sur]0 ; +∞[et que toutes les valeurs de x sont donc strictement positives.

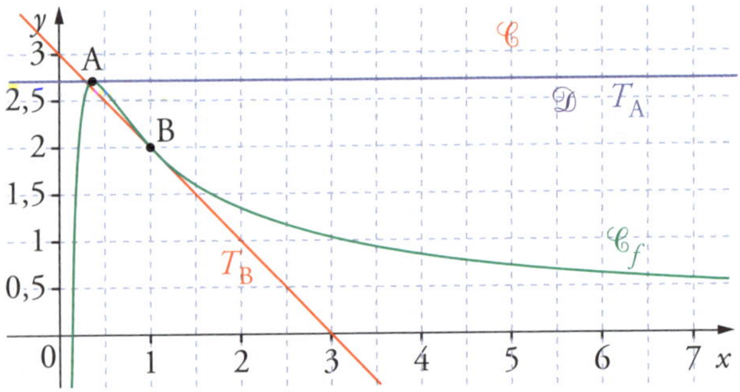

On note f' la fonction dérivée de f.

PARTIE A

1. Déterminer graphiquement les valeurs de $f'\left(\frac{1}{e}\right)$ et de $f'(1)$.

À NOTER
Dans la partie A, des résultats sont à établir par lecture graphique.

2. En déduire une équation de la droite T_B.

PARTIE B

On suppose maintenant que la fonction f est définie sur $]0\,;+\infty[$ par :

$$f(x) = \frac{2+\ln(x)}{x}.$$

CONSEIL
Dans la partie B, il faut veiller à ne pas confondre la fonction f, sa dérivée f' et sa dérivée seconde f''.

1. Par le calcul, montrer que la courbe $\mathscr{C}_f$ passe par les points A et B et qu'elle coupe l'axe des abscisses en un point unique que l'on précisera.

2. Déterminer la limite de $f(x)$ quand x tend vers 0 par valeurs supérieures, et la limite de $f(x)$ quand x tend vers $+\infty$.

3. Montrer que, pour tout $x \in\ ]0\,;+\infty[$,

$$f'(x) = \frac{-1-\ln(x)}{x^2}.$$

4. Dresser le tableau de variations de f sur $]0\,;+\infty[$.

5. On note f'' la fonction dérivée seconde de f.
On admet que, pour tout $x \in\ ]0\,;+\infty[$, $f''(x) = \dfrac{1+2\ln(x)}{x^3}$.
Déterminer le plus grand intervalle sur lequel f est convexe.

ÉTAPE 1 Lire l'énoncé et comprendre son enjeu

10 min

Commencez par lire **l'énoncé dans son intégralité**, pour comprendre le thème du programme en jeu dans l'exercice.

Dans cet exercice, on étudie différents aspects d'une fonction comportant un logarithme.

À la suite de cette première lecture, vous pouvez établir au brouillon la **liste des notions** que cet exercice mobilise.

Notions en jeu

- *coefficient directeur et équation d'une tangente (lecture graphique)*
- *calcul de l'image d'un nombre par une fonction*
- *limites d'une fonction*
- *dérivée et variations d'une fonction*
- *limites et dérivée de la fonction ln*
- *convexité d'une fonction*

ÉTAPE 2 Répondre aux questions de la partie A

10 min

MÉTHODE. Déterminez par lecture graphique deux nombres dérivés, ce sont les **coefficients directeurs de deux tangentes à la courbe (1)**.

Établissez ensuite une équation de l'une de ces tangentes en lisant graphiquement son **ordonnée à l'origine (2)**

RÉPONSE. Voici un **exemple de rédaction** pour cette question.

▶ **1.** $f'\left(\frac{1}{e}\right)$ est le coefficient directeur de T_A,

or T_A est parallèle à l'axe des abscisses,

donc son coefficient directeur est 0.

On a donc $f'\left(\frac{1}{e}\right) = 0$.

$f'(1)$ est le coefficient directeur de T_B et T_B passe par $B(1\ ;\ 2)$ et $C(0\ ;\ 3)$.

Son coefficient directeur est donc

$\frac{y_C - y_B}{x_C - x_B} = \frac{3-2}{0-1} = -1$. Donc $f'(1) = -1$.

▶ **2.** La droite T_B a pour coefficient directeur -1.

Son ordonnée à l'origine est égale à 3, car elle coupe l'axe des ordonnées au point C d'ordonnée 3.

T_B a donc pour équation $y = -x + 3$.

ÉTAPE 3 Partie B. Répondre à la question 1

6 min

MÉTHODE. Vérifiez les coordonnées de points de la courbe représentative de la fonction f en **calculant les images** des abscisses de ces points par la fonction.

Recherchez également les points d'intersection de la courbe avec l'axe des abscisses, en déterminant, par la résolution d'une équation, les **points de la courbe d'ordonnée nulle**.

- Pour montrer que la courbe passe bien par les points A et B, on calcule l'image par f de leur abscisse et on vérifie qu'elle est égale à leur ordonnée.
- Pour montrer que la courbe coupe l'axe des abscisses en un point unique et trouver les coordonnées de ce point, on résout l'équation $f(x) = 0$.

RÉPONSE. Voici un **exemple de rédaction** pour cette question.

▶ 1. $f\left(\frac{1}{e}\right) = \frac{2 + \ln\left(\frac{1}{e}\right)}{\frac{1}{e}} = (2 - 1) \times e = e.$

La courbe $\mathscr{C}_f$ passe bien par le point $A\left(\frac{1}{e} ; e\right)$.

$f(1) = \frac{2 + \ln(1)}{1} = 2$. La courbe $\mathscr{C}_f$ passe bien par le point $B(1 ; 2)$.

Pour déterminer le (ou les) point(s) d'intersection de $\mathscr{C}_f$ avec l'axe des abscisses, on résout l'équation $f(x) = 0$.

$$f(x) = 0 \Leftrightarrow 2 + \ln(x) = 0$$
$$\Leftrightarrow \ln(x) = -2$$
$$\Leftrightarrow x = e^{-2}$$

$\mathscr{C}_f$ coupe donc l'axe des abscisses en un point unique de coordonnées $(e^{-2} ; 0)$.

À NOTER

▶ **1.** $\ln\left(\frac{1}{e}\right) = -1$ car $\ln\left(\frac{1}{e}\right) = -\ln(e)$.

On peut aussi noter que $\frac{1}{e} = e^{-1}$.

RAPPEL

Pour tout réel $x > 0$ et tout réel y : $y = \ln(x)$ équivaut à $x = e^y$.

ÉTAPE 4 Partie B. Répondre à la question 2

9 min

MÉTHODE. Pour déterminer la limite en un réel a ou en $+\infty$ ou $-\infty$ de la fonction, utilisez les **fonctions de référence**, les **résultats des limites et opérations**, les **théorèmes de comparaison**. Vous devez aussi mobiliser les résultats sur les croissances comparées qui permettent de conclure dans certains cas d'indétermination.

• On sait que $\lim\limits_{x \to 0} \ln(x) = -\infty$,
$\lim\limits_{x \to +\infty} \ln(x) = +\infty$ et $\lim\limits_{x \to +\infty} \dfrac{\ln(x)}{x} = 0$.
• On utilise en outre les résultats sur la limite d'une somme et la limite d'un quotient de deux fonctions.

RÉPONSE. Voici un **exemple de rédaction** pour cette question.

▶ 2. • Limite en 0

$x \in]0 ; +\infty[$, donc $x > 0$; $\lim\limits_{x \to 0} \ln(x) = -\infty$,

de plus $\lim\limits_{x \to 0} \dfrac{1}{x} = +\infty$,

donc par opérations $\lim\limits_{x \to 0} f(x) = -\infty$.

• Limite en $+\infty$

$\lim\limits_{x \to +\infty} \ln(x) = +\infty$, donc $\lim\limits_{x \to +\infty} (2 + \ln(x)) = +\infty$.

D'autre part, $\lim\limits_{x \to +\infty} x = +\infty$.

Pour le quotient, on est donc dans un cas d'indétermination.

Pour tout x dans $]0 ; +\infty[$, $f(x) = \dfrac{2}{x} + \dfrac{\ln(x)}{x}$.

$\lim\limits_{x \to +\infty} \dfrac{2}{x} = 0$ par quotient et $\lim\limits_{x \to +\infty} \dfrac{\ln(x)}{x} = 0$ (résultat du cours sur les croissances comparées),

donc par somme :

$\lim\limits_{x \to +\infty} f(x) = 0$.

INFO +
Des résultats précédents, on peut déduire que les deux axes sont **asymptotes** à $\mathscr{C}_f$:
• l'axe des ordonnées est asymptote à $\mathscr{C}_f$ car $\lim\limits_{x \to 0} f(x) = -\infty$;
• l'axe des abscisses est asymptote à $\mathscr{C}_f$ car $\lim\limits_{x \to +\infty} f(x) = 0$.

ÉTAPE 5 Partie B. Répondre à la question 3

6 min

MÉTHODE. Calculez la dérivée de f en utilisant la **dérivée de la fonction ln** et la formule permettant de calculer la **dérivée du quotient de deux fonctions.** Vérifiez que vous obtenez bien l'expression attendue, donnée dans l'énoncé.

On sait que, pour tout $x > 0$, $\ln'(x) = \frac{1}{x}$ et que, si u et v sont deux fonctions dérivables, alors $\frac{u}{v}$ est dérivable et $\left(\frac{u}{v}\right)' = \frac{u'v - uv'}{v^2}$.

RÉPONSE. Voici un **exemple de rédaction** pour cette question.

▶ **3.** D'après la dérivée de la fonction ln et la formule donnant la dérivée du quotient de deux fonctions, pour tout x dans $]0\,;+\infty[$:

$$f'(x) = \frac{\frac{1}{x} \times x - (2 + \ln(x))}{x^2}$$

$$f'(x) = \frac{1 - 2 - \ln(x)}{x^2}$$

$$f'(x) = \frac{-1 - \ln(x)}{x^2}.$$

RAPPEL
Si u et v sont deux fonctions dérivables sur un intervalle I telles que v ne s'annule pas sur I alors :
$\left(\frac{u}{v}\right)' = \frac{u'v - uv'}{v^2}$.

ÉTAPE 6 Partie B. Répondre à la question 4

6 min

MÉTHODE. Pour étudier les variations de f sur $]0\,;+\infty[$, il faut s'appuyer sur le **signe de sa dérivée**, calculée à la question précédente. Dans le tableau de variations, indiquez, suivant les intervalles, le **sens de variation de *f***, ainsi que les **limites de la fonction *f*** en 0 et en $+\infty$ déterminées à la question **2**.

- $f'(x)$ est un quotient ; pour déterminer son signe, on doit tenir compte du signe du numérateur et de celui du dénominateur.
- Si $f'(x) \geqslant 0$ pour tout x dans l'intervalle I, alors f est croissante sur I ; si $f'(x) \leqslant 0$ pour tout x dans l'intervalle I, alors f est décroissante sur I.
- On peut commencer par résoudre $f'(x) = 0$.

RÉPONSE. Voici un exemple de rédaction pour cette question.

▶ 4.

[$f'(x) = 0 \Leftrightarrow -1 - \ln(x) = 0$
$\Leftrightarrow \ln(x) = -1$
$\Leftrightarrow x = e^{-1}$]

[Pour tout x dans $]0 ; +\infty[$, $x^2 > 0$, donc $f'(x)$ a le signe de $-1 - \ln(x)$.

- Si $0 < x < e^{-1}$, soit $0 < x < \frac{1}{e}$, alors $\ln(x) < -1$, donc $-1 - \ln(x) > 0$, donc $f'(x) > 0$.
- Si $x > e^{-1}$, c'est-à-dire $x > \frac{1}{e}$, alors $\ln(x) > -1$, donc $-1 - \ln(x) < 0$, donc $f'(x) < 0$.]

[On en déduit que f est croissante sur $\left]0 ; \frac{1}{e}\right]$ et décroissante sur $\left[\frac{1}{e} ; +\infty\right[$.

D'où le tableau :

x	0		$\frac{1}{e}$		$+\infty$
Signe de $f'(x)$	‖	$+$	0	$-$	
Variations de f	‖ $-\infty$	↗	e	↘	0

]

LÉGENDE

[Recherche des valeurs pour lesquelles la dérivée s'annule]
[Recherche du signe de la dérivée]
[Conclusion sur les variations de la fonction résumées dans un tableau]

À NOTER
On retrouve un résultat observé précédemment, $f'\left(\frac{1}{e}\right) = 0$, car la tangente à $\mathscr{C}_f$ au point d'abscisse $\frac{1}{e}$ est parallèle à l'axe des abscisses.

À NOTER
On peut déduire du tableau que f admet un maximum en $\frac{1}{e}$ et que ce maximum est égal à e.

ÉTAPE 7 Partie B. Répondre à la question 5

8 min

MÉTHODE. Pour une fonction deux fois dérivable, étudiez sa convexité en déterminant le **signe de sa dérivée seconde.**

f est convexe sur l'intervalle I si et seulement si $f''(x) \geqslant 0$ pour tout x dans I. On résout l'inéquation $f''(x) \geqslant 0$.

RÉPONSE. Voici un **exemple de rédaction** pour cette question.

▶ *5.* $x^3 > 0$ pour tout x dans $]0 ; +\infty[$, donc $f''(x)$ a le signe de $1 + 2\ln(x)$.

$$f''(x) \geqslant 0 \Leftrightarrow 1 + 2\ln(x) \geqslant 0$$
$$\Leftrightarrow \ln(x) \geqslant -\frac{1}{2}$$
$$\Leftrightarrow x \geqslant e^{-\frac{1}{2}}.$$

Le plus grand intervalle sur lequel f est convexe est donc l'intervalle $\left[e^{-\frac{1}{2}} ; +\infty\right[$, c'est-à-dire $\left[\frac{1}{\sqrt{e}} ; +\infty\right[$.

INFO +
On peut démontrer que le point de $\mathscr{C}_f$ d'abscisse $\frac{1}{\sqrt{e}}$ est un **point d'inflexion** de cette courbe. Il y a en $\frac{1}{\sqrt{e}}$ un changement de convexité de la fonction f.

3 Un exercice de probabilités *étape* par *étape*

Formation *traditionnelle* ou avec *conduite accompagnée*

55 min
5 points

Pour préparer l'examen du permis de conduire, on distingue deux types de formation :
– la formation avec *conduite accompagnée* ;
– la formation *traditionnelle*.
On considère un groupe de 300 personnes venant de réussir l'examen du permis de conduire. Dans ce groupe :
– 75 personnes ont suivi une formation avec *conduite accompagnée* ; parmi elles, 50 ont réussi l'examen à leur première présentation et les autres ont réussi à leur deuxième présentation.
– 225 personnes se sont présentées à l'examen suite à une formation *traditionnelle* ; parmi elles, 100 ont réussi l'examen à la première présentation, 75 à la deuxième et 50 à la troisième présentation.
On interroge au hasard une personne du groupe considéré.
On considère les événements suivants :
A : « la personne a suivi une formation avec *conduite accompagnée* » ;
R_1 : « la personne a réussi l'examen à la première présentation » ;
R_2 : « la personne a réussi l'examen à la deuxième présentation » ;
R_3 : « la personne a réussi l'examen à la troisième présentation ».

▶ **1.** Modéliser la situation par un arbre pondéré.

Dans les questions suivantes, les probabilités demandées seront données sous forme d'une fraction irréductible.

▶ **2. a)** Calculer la probabilité que la personne interrogée ait suivi une formation avec *conduite accompagnée* et réussi l'examen à sa deuxième présentation.

b) Montrer que la probabilité que la personne interrogée ait réussi l'examen à sa deuxième présentation est égale à $\frac{1}{3}$.

CONSEIL
Il faut utiliser les données de l'énoncé pour calculer les probabilités le long des branches, après avoir remarqué que l'on est dans une **situation d'équiprobabilité**.

CONSEIL
Il faut tenir compte du fait qu'une personne qui réussit à la deuxième présentation a suivi une formation de l'un des deux types.

c) La personne interrogée a réussi l'examen à sa deuxième présentation. Quelle est la probabilité qu'elle ait suivi une formation avec *conduite accompagnée* ?

▶ **3.** On note X la variable aléatoire qui, à toute personne choisie au hasard dans le groupe, associe le nombre de fois où elle s'est présentée à l'examen jusqu'à sa réussite.
Ainsi, $\{X = 1\}$ correspond à l'événement R_1.

a) Déterminer la loi de probabilité de la variable aléatoire X.

b) Calculer l'espérance de cette variable aléatoire. Interpréter cette valeur dans le contexte de l'exercice.

> **CONSEIL**
> C'est une indication pour déterminer la loi de X, cet exemple se généralise aux autres valeurs.

▶ **4.** On choisit, successivement et de façon indépendante, n personnes parmi les 300 du groupe étudié, où n est un entier naturel non nul. On assimile ce choix à un tirage avec remise de n personnes parmi les 300 personnes du groupe.

On admet que la probabilité de l'événement R_3 est égale à $\frac{1}{6}$.

a) Dans le contexte de cette question, préciser un événement dont la probabilité est égale à $1-\left(\frac{5}{6}\right)^n$.

> **CONSEIL**
> Notez bien que la puissance n vous indique que l'événement concerne l'échantillon de n personnes.

b) On considère la fonction Python `seuil` ci-dessous, où p est un nombre réel appartenant à l'intervalle $]0 ; 1[$.

```
dcf seuil(p):
    n = 1
    while 1 - (5/6)**n <= p:
        n = n + 1
    return n
```

Quelle est la valeur renvoyée par la commande `seuil(0.9)` ? Interpréter cette valeur dans le contexte de l'exercice.

ÉTAPE 1 Lire l'énoncé et comprendre son enjeu

10 min

Commencez par lire **l'énoncé dans son intégralité**, pour comprendre le thème du programme en jeu dans l'exercice.

Cet exercice utilise les probabilités conditionnelles, une variable aléatoire et un schéma de Bernoulli pour étudier le lien entre le type de formation suivie et le nombre de présentations pour la réussite à l'examen du permis de conduire.

À la suite de cette première lecture, vous pouvez établir au brouillon la **liste des notions** que cet exercice mobilise.

Notions en jeu
- *arbre pondéré*
- *probabilité conditionnelle*
- *variable aléatoire, espérance*
- *schéma de Bernoulli*
- *algorithme Python*

ÉTAPE 2 Répondre à la question 1

7 min

MÉTHODE. Dans un arbre pondéré indiquez sur les branches de premier niveau des **probabilités simples**, puis inscrivez sur les branches de deuxième niveau des **probabilités conditionnelles**. Dans tous les cas, vérifiez que la somme des probabilités portées par les branches issues d'un même nœud est bien **égale à 1**.

- *On connaît le nombre de personnes ayant suivi chacun des 2 types de formation, on en déduit la probabilité qu'une personne choisie au hasard ait suivi une formation avec conduite accompagnée* $\left(\frac{75}{300} = \frac{1}{4}\right)$ *ou une formation traditionnelle* $\left(\frac{225}{300} = \frac{3}{4}\right)$.
- *On connaît également, pour chaque type de formation, le nombre de personnes qui ont réussi à la première présentation, à la deuxième, à la troisième.*
- *La première distinction prise en compte dans l'élaboration de l'arbre sera donc le type de formation suivie.*

RÉPONSE. Voici un **exemple de rédaction** pour cette question.

▶ 1. *La situation peut être modélisée par l'arbre suivant :*

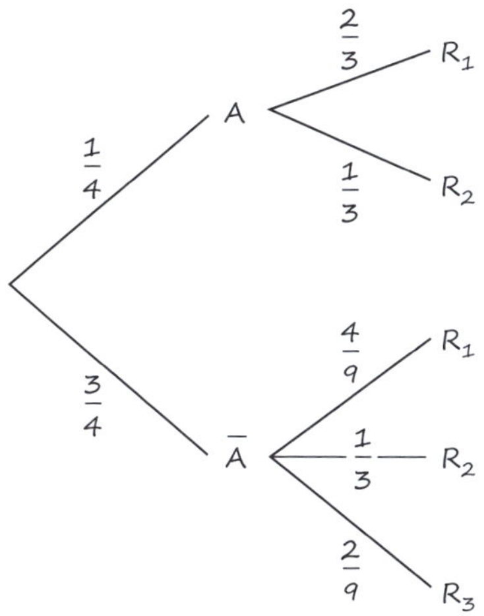

À NOTER
Du nœud correspondant à l'événement A partent seulement deux branches, les personnes ayant suivi une formation avec *conduite accompagnée* ont réussi à la première ou à la deuxième présentation.

ÉTAPE 3

Répondre à la question 2

16 min

MÉTHODE. Comme suggéré par la question **1**, **utilisez l'arbre** pour répondre aux trois questions. En effectuant le produit des probabilités le long d'une branche, vous calculez la probabilité de l'intersection des événements sur cette branche. Pour calculer la probabilité d'un événement de deuxième ordre sur l'arbre (**c**), utilisez la **formule des probabilités totales.**

a) *On cherche la probabilité que l'événement A et l'événement R_2 soient réalisés, c'est $P(A \cap R_2)$.*

b) *On cherche $P(R_2)$. Or A et $\bar{A}$ forment une partition de l'univers considéré. Donc R_2 est la réunion de deux événements disjoints :* $R_2 = (A \cap R_2) \cup (\bar{A} \cap R_2)$.

c) *On calcule $P_{R_2}(A)$ à partir de la définition d'une probabilité conditionnelle.*

RÉPONSE. Voici un **exemple de rédaction** pour cette question.

▶ **2. a)** $P(A \cap R_2) = P(A) \times P_A(R_2)$.

D'après l'arbre : $P(A \cap R_2) = \frac{1}{4} \times \frac{1}{3} = \frac{1}{12}$.

La probabilité que la personne interrogée ait suivi une formation avec conduite accompagnée et réussi l'examen à la deuxième présentation est $\frac{1}{12}$.

b) Les événements A et $\bar{A}$ forment une partition de l'univers, donc :

$$P(R_2) = P(A \cap R_2) + P(\bar{A} \cap R_2).$$

D'après l'arbre :

$$P(R_2) = \frac{1}{12} + P(\bar{A}) \times P_{\bar{A}}(R_2)$$

$$P(R_2) = \frac{1}{12} + \frac{3}{4} \times \frac{1}{3} = \frac{1}{12} + \frac{1}{4} = \frac{4}{12} = \frac{1}{3}.$$

La probabilité que la personne interrogée, choisie au hasard, ait réussi l'examen à sa deuxième présentation est donc égale à $\frac{1}{3}$.

c) D'après la définition d'une probabilité conditionnelle :

$$P_{R_2}(A) = \frac{P(A \cap R_2)}{P(R_2)}$$

D'où :

$$P_{R_2}(A) = \frac{\frac{1}{12}}{\frac{1}{3}} = \frac{1}{12} \times 3 = \frac{1}{4}.$$

La probabilité qu'une personne qui a réussi l'examen à sa deuxième présentation ait suivi une formation avec conduite accompagnée est égale à $\frac{1}{4}$.

À NOTER
▶ **2. b)** Sur l'arbre, deux chemins mènent à R_2. La probabilité de R_2 est la somme des probabilités correspondant à ces deux chemins.

INFO +
Un tiers des 300 personnes (soit 100 personnes) a réussi à la deuxième présentation.

INFO +
▶ **2. c)** On peut interpréter ce résultat en disant que, parmi les personnes ayant réussi l'examen à la deuxième présentation, $\frac{1}{4}$ ont suivi une formation avec *conduite accompagnée*.

ÉTAPE 4

Répondre à la question 3

8 min

MÉTHODE. Pour déterminer la **loi de probabilité de *X*** (**a**), calculez, pour chacune des valeurs possibles, la probabilité que *X* prenne cette valeur. Vous pouvez donner les résultats sous forme de **tableau**.

Calculez l'**espérance** (**b**) à l'aide de la formule du cours ; elle correspond à la « **valeur moyenne** » de la variable aléatoire.

Les valeurs prises par X sont 1, 2 et 3. (En effet, tous les candidats réussissent l'examen du permis en faisant au maximum trois essais.)

RÉPONSE. Voici un **exemple de rédaction** pour cette question.

▶ **3. a)** *Chaque personne du groupe a réussi l'examen à la première, à la deuxième ou à la troisième présentation.*

Donc X prend comme valeurs 1, 2 et 3.

$P(X = 1) = P(R_1)$. *D'après l'arbre :*

$P(R_1) = \frac{1}{4} \times \frac{2}{3} + \frac{3}{4} \times \frac{4}{9}$, *donc*

$P(R_1) = \frac{1}{6} + \frac{1}{3}$; $P(R_1) = \frac{1}{2}$, *soit* $P(X = 1) = \frac{1}{2}$.

$P(X = 2) = P(R_2)$, *donc d'après la question* **2. b)**,

$P(X = 2) = \frac{1}{3}$.

$P(X = 3) = P(R_3)$. *D'après l'arbre,* $P(R_3) = \frac{3}{4} \times \frac{2}{9}$,

donc $P(R_3) = \frac{1}{6}$ *soit* $P(X = 3) = \frac{1}{6}$.

On peut résumer la loi de X dans un tableau :

x	1	2	3
$P(X = x)$	$\frac{1}{2}$	$\frac{1}{3}$	$\frac{1}{6}$

b) *D'après la définition, l'espérance E(X) de la variable aléatoire X est :*

$$E(X) = 1 \times \frac{1}{2} + 2 \times \frac{1}{3} + 3 \times \frac{1}{6}$$

$$E(X) = \frac{1}{2} + \frac{2}{3} + \frac{1}{2}$$

$$E(X) = \frac{5}{3}$$

La moyenne du nombre de présentations à l'examen est donc, pour ce groupe, égale à $\frac{5}{3}$.

INFO+
Dans le groupe considéré, les personnes qui ont réussi l'examen à la troisième présentation avaient forcément suivi une formation *traditionnelle*.

ÉTAPE 5

Répondre à la question 4

14 min

MÉTHODE. Reconnaissez un **schéma de Bernoulli**, répétition de *n* épreuves de Bernoulli identiques et indépendantes. Chaque épreuve a deux issues, « succès » et « échec ». Vous devez préciser le **succès** et sa **probabilité** (**a**). Utilisez le résultat de la question **4. a)** pour analyser le programme proposé (**b**).

• La probabilité $\frac{5}{6}$ qui apparaît dans l'énoncé est celle de $R_1 \cup R_2$, soit l'événement « la personne a réussi à la première ou à la deuxième présentation », c'est-à-dire l'événement contraire de R_3.
• On considère que le succès est l'événement $R_1 \cup R_2$ « la personne a réussi à la première ou à la deuxième présentation » ; la probabilité de succès est donc $\frac{5}{6}$.

RÉPONSE. Voici un **exemple de rédaction** pour cette question.

▶ **4. a)** L'expérience « choisir successivement et de façon indépendante n personnes parmi les 300 du groupe » est un schéma de Bernoulli, c'est la répétition de n épreuves de Bernoulli identiques et indépendantes. Le succès est « la personne a réussi l'examen à la première ou à la deuxième présentation », c'est-à-dire l'événement $R_1 \cup R_2$; la probabilité de succès est $\frac{5}{6}$.

Puisque les n personnes sont choisies de manière indépendante, $\left(\frac{5}{6}\right)^n$ est la probabilité d'avoir n succès, c'est-à-dire la probabilité que les n personnes choisies aient toutes réussi à la première ou à la deuxième présentation.

$1 - \left(\frac{5}{6}\right)^n$ est la probabilité de l'événement contraire.

Donc $1 - \left(\frac{5}{6}\right)^n$ est la probabilité de l'événement « au moins une personne, parmi les n personnes choisies, a réussi à la troisième présentation ».

À NOTER
La probabilité d'échec, c'est-à-dire la probabilité qu'une personne (choisie au hasard) ait réussi à la troisième présentation, est alors égale à $\frac{1}{6}$.

b) [*La valeur renvoyée par la commande* `seuil(0.9)` *est le plus petit entier n tel que* $1-\left(\frac{5}{6}\right)^n > 0,9$.]

[*En faisant « tourner » cet algorithme, on obtient :*

```
print(seuil(0.9))
13
```

On peut aussi résoudre l'inéquation : $1-\left(\frac{5}{6}\right)^n > 0,9$.

Elle équivaut à $\left(\frac{5}{6}\right)^n < 0,1$. *Comme la fonction ln est croissante sur* $]0\ ;+\infty[$, *cette inéquation est équivalente à :*

$$n\ln\left(\frac{5}{6}\right) < \ln(0,1).$$

$\ln\left(\frac{5}{6}\right) < 0$, *donc l'inégalité précédente équivaut à* $n > \dfrac{\ln(0,1)}{\ln\left(\frac{5}{6}\right)}$.

Or $\dfrac{\ln(0,1)}{\ln\left(\frac{5}{6}\right)} \approx 12,6$ *et n est entier, donc* $1-\left(\frac{5}{6}\right)^n > 0,9$ *équivaut à* $n \geqslant 13$.

La commande `seuil(0.9)` *renvoie donc la valeur 13.*]

[*Cela signifie que, pour que la probabilité qu'au moins une personne parmi les n choisies ait réussi à la troisième présentation soit supérieure à 0,9, il faut interroger au moins 13 personnes.*]

LÉGENDE

[Explication de ce que renvoie le programme]
[Calcul de la valeur renvoyée avec une calculatrice, ou à la main]
[Interprétation de cette valeur]

À NOTER

$0 < \frac{5}{6} < 1$, donc $\ln\left(\frac{5}{6}\right) < 0$; on inverse le sens de l'inégalité quand on divise par $\ln\left(\frac{5}{6}\right)$.

S'entraîner sur chaque thème du programme

Algèbre et géométrie

Analyse

$\begin{cases} 3x+y=1 & (A) \\ 2x+2y=-2 & (B) \end{cases}$

4 France métropolitaine, juin 2021
Exercice 1

QCM sur les droites et plans de l'espace

45 min
4 points

INTÉRÊT DU SUJET • Cet exercice aborde des questions élémentaires de géométrie dans l'espace. Il permet de faire le lien entre les équations cartésiennes de plans et les représentations paramétriques de droites, et leurs positions relatives. Il permet également de mettre en œuvre des raisonnements très classiques de géométrie repérée de l'espace.

Cet exercice est un questionnaire à choix multiples. Pour chacune des questions suivantes, une seule des quatre réponses proposées est exacte. Une réponse exacte rapporte un point. Une réponse fausse, une réponse multiple ou l'absence de réponse à une question ne rapporte ni n'enlève de point. Pour répondre, indiquer sur la copie le numéro de la question et la lettre de la réponse choisie.

Aucune justification n'est demandée.

L'espace est rapporté à un repère orthonormé $(O ; \vec{i}, \vec{j}, \vec{k})$.

On considère :

- la droite $\mathcal{D}$ passant par les points $A(1 ; 1 ; -2)$ et $B(-1 ; 3 ; 2)$;
- la droite $\mathcal{D}'$ de représentation paramétrique : $\begin{cases} x = -4 + 3t \\ y = 6 - 3t \\ z = 8 - 6t \end{cases}$ avec $t \in \mathbb{R}$;
- le plan $\mathcal{P}$ d'équation cartésienne $x + my - 2z + 8 = 0$, où m est un nombre réel.

▶ **1.** Parmi les points suivants, lequel appartient à la droite $\mathcal{D}'$?

a) $M_1(-1 ; 3 ; -2)$
b) $M_2(11 ; -9 ; -22)$
c) $M_3(-7 ; 9 ; 2)$
d) $M_4(-2 ; 3 ; 4)$

▶ **2.** Un vecteur directeur de la droite $\mathscr{D}'$ est :

a) $\overrightarrow{u_1}\begin{pmatrix}-4\\6\\8\end{pmatrix}$ **b)** $\overrightarrow{u_2}\begin{pmatrix}3\\3\\6\end{pmatrix}$ **c)** $\overrightarrow{u_3}\begin{pmatrix}3\\-3\\-6\end{pmatrix}$ **d)** $\overrightarrow{u_4}\begin{pmatrix}-1\\3\\2\end{pmatrix}$

▶ **3.** Les droites $\mathscr{D}$ et $\mathscr{D}'$ sont :

a) sécantes
b) strictement parallèles
c) non coplanaires
d) confondues

▶ **4.** La valeur du réel m pour laquelle la droite $\mathscr{D}$ est parallèle au plan $\mathscr{P}$ est :

a) $m = -1$ **b)** $m = 1$ **c)** $m = 5$ **d)** $m = -2$

S'ENTRAÎNER

LES CLÉS DU SUJET

▶ **3.** Déterminez un vecteur directeur de chacune des deux droites, étudiez la colinéarité de ces deux vecteurs et trouvez les points communs éventuels aux deux droites.
▶ **4.** Une droite est parallèle à un plan si, et seulement si, l'un de ses vecteurs directeurs est orthogonal à un vecteur normal au plan.

4 CORRIGÉ GUIDÉ

▶ 1. Déterminer si des points appartiennent à une droite

On regarde pour chacun de ces points s'il existe (ou non) un réel t tel que ses coordonnées s'écrivent $(-4+3t\,;6-3t\,;8-6t)$.

Les systèmes $\begin{cases}-4+3t=-1\\6-3t=3\\8-6t=-2\end{cases}$, $\begin{cases}-4+3t=-7\\6-3t=9\\8-6t=2\end{cases}$ et $\begin{cases}-4+3t=-2\\6-3t=3\\8-6t=4\end{cases}$ n'ont pas de solution, donc les points M_1, M_3 et M_4 n'appartiennent pas à la droite $\mathscr{D}'$.

Pour M_2, on résout $\begin{cases} -4+3t=11 \\ 6-3t=-9 \\ 8-6t=-22 \end{cases}$. Ce système équivaut à : $\begin{cases} 3t=15 \\ -3t=-15, \\ -6t=-30 \end{cases}$

il a pour solution $t=5$. Donc $M_2 \in \mathscr{D}'$.

La bonne réponse est **b)**.

▶ 2. Déterminer un vecteur directeur d'une droite

On sait que la droite de représentation paramétrique $\begin{cases} x = x_0 + at \\ y = y_0 + bt,\ t \in \mathbb{R}, \\ z = z_0 + ct \end{cases}$

a pour vecteur directeur $\vec{v}\begin{pmatrix} a \\ b \\ c \end{pmatrix}$.

Ici $a=3$, $b=-3$, $c=-6$.

Le vecteur $\overrightarrow{u_3}$ est donc un vecteur directeur de la droite $\mathscr{D}'$.

Les vecteurs $\overrightarrow{u_1}$, $\overrightarrow{u_2}$ et $\overrightarrow{u_4}$ ne sont pas colinéaires à $\overrightarrow{u_3}$, donc ce ne sont pas des vecteurs directeurs de la droite $\mathscr{D}'$.

La bonne réponse est **c)**.

> **RAPPEL**
> Une droite (du plan ou de l'espace) possède une infinité de vecteurs directeurs, qui sont tous colinéaires ; réciproquement, tout vecteur non nul colinéaire à un vecteur directeur d'une droite est aussi un vecteur directeur de cette droite.

▶ 3. Étudier la position relative de deux droites

La droite $\mathscr{D}$ est la droite (AB), elle a pour vecteur directeur $\overrightarrow{AB}\begin{pmatrix} -2 \\ 2 \\ 4 \end{pmatrix}$.

La droite $\mathscr{D}'$ a pour vecteur directeur $\overrightarrow{u_3}\begin{pmatrix} 3 \\ -3 \\ -6 \end{pmatrix}$.

$\overrightarrow{u_3} = -\frac{3}{2}\overrightarrow{AB}$, donc les vecteurs $\overrightarrow{u_3}$ et $\overrightarrow{AB}$ sont colinéaires.

> **RAPPEL**
> On peut aussi remarquer que les coordonnées de ces deux vecteurs sont proportionnelles.

Les droites $\mathscr{D}$ et $\mathscr{D}'$ sont donc parallèles, ce qui élimine les réponses **a)** et **c)**.

On regarde ensuite si le point A(1; 1; −2) appartient à la droite $\mathscr{D}'$, c'est-à-dire s'il existe un réel t tel que $\begin{cases} -4+3t=1 \\ 6-3t=1 \\ 8-6t=-2 \end{cases}$.

REMARQUE
On aurait pu montrer de la même manière que $B \in \mathscr{D}'$.

Ce système équivaut à $\begin{cases} 3t=5 \\ -3t=-5 \\ -6t=-10 \end{cases}$, il a pour solution $t=\dfrac{5}{3}$. Donc $A \in \mathscr{D}'$.

Les droites $\mathscr{D}$ et $\mathscr{D}'$ sont parallèles et ont (au moins) un point commun, donc elles sont confondues.

La bonne réponse est **d)**.

▶ 4. Étudier le parallélisme d'une droite et d'un plan

On sait que le plan d'équation cartésienne $ax+by+cz+d=0$ a pour vecteur normal $\vec{n}(a\ ;\ b\ ;\ c)$.

Donc le plan $\mathscr{P}$ a pour vecteur normal $\vec{n}(1\ ;\ m\ ;\ -2)$.

La droite $\mathscr{D}$ est parallèle au plan $\mathscr{P}$ si et seulement si les vecteurs $\vec{n}$ et $\overrightarrow{AB}$ sont orthogonaux, c'est-à-dire si et seulement si leur produit scalaire est nul.

$\vec{n}\cdot\overrightarrow{AB}=0 \Leftrightarrow -2+2m-8=0$

$\vec{n}\cdot\overrightarrow{AB}=0 \Leftrightarrow 2m=10.$

La droite $\mathscr{D}$ est parallèle au plan $\mathscr{P}$ si et seulement si $m=5$.

La bonne réponse est **c)**.

S'ENTRAÎNER

La molécule de méthane

55 min
4 points

INTÉRÊT DU SUJET • En inscrivant le tétraèdre formé par la molécule de méthane dans un cube, utilisez le calcul vectoriel pour déterminer l'angle de ses liaisons carbone-hydrogène.

Les interactions électriques conduisent à modéliser la molécule de méthane CH_4 de la façon suivante :

– les noyaux d'atomes d'hydrogène occupent les positions des quatre sommets d'un tétraèdre régulier ;

– le noyau de carbone au centre de la molécule est à égale distance des quatre atomes d'hydrogène.

L'objectif est de déterminer une mesure de l'angle entre deux liaisons carbone-hydrogène.

Un tétraèdre régulier est un polyèdre dont les quatre faces sont des triangles équilatéraux.

▶ **1.** Justifier qu'on peut inscrire ce tétraèdre dans un cube ABCDEFGH en positionnant deux atomes d'hydrogène sur les sommets A et C du cube et les deux autres atomes d'hydrogène sur deux autres sommets du cube.

Représenter la molécule dans le cube donné :

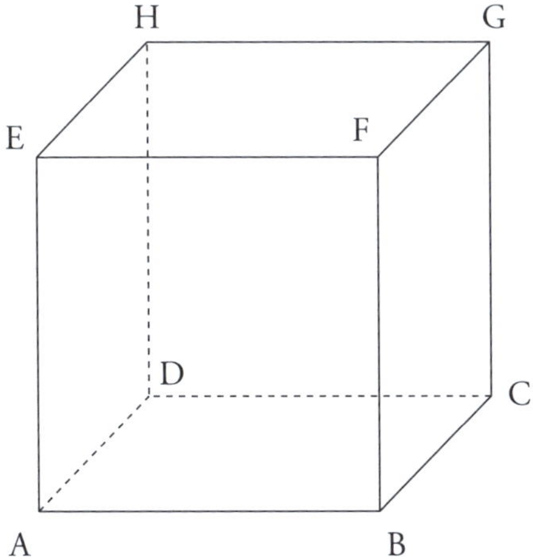

Dans la suite de l'exercice, on pourra travailler dans le repère $(A ; \overrightarrow{AB}, \overrightarrow{AD}, \overrightarrow{AE})$.

▶ **2.** Démontrer que l'atome de carbone est au centre Ω du cube.

▶ **3.** Déterminer l'arrondi au dixième de degré de la mesure de l'angle que forment entre elles les liaisons carbone-hydrogène c'est-à-dire l'angle $\widehat{A\Omega C}$.

LES CLÉS DU SUJET

▶ **2.** Déterminez les coordonnées du centre Ω du cube en remarquant qu'il est le milieu des diagonales. Calculez ensuite les longueurs ΩA, ΩC, ΩF et ΩH pour conclure.

▶ **3.** Pensez aux formules d'Al-Kashi étudiées en classe de Première et exploitez les calculs de la question **2.** pour conclure.

5 CORRIGÉ GUIDÉ

▶ 1. Justifier l'inscription d'un tétraèdre dans un cube

Positionnons les atomes d'hydrogène sur les sommets A, C, F et H.

Puisque ABCDEFGH est un cube, toutes ses faces sont des carrés identiques dont les diagonales ont toutes la même longueur.

Par conséquent, nous avons AC = CF = AF = AH = HF = HC. Les arêtes du tétraèdre ACFH sont donc toutes d'égale longueur, les quatre faces du tétraèdre sont ainsi des triangles équilatéraux et le tétraèdre ACFH est un tétraèdre régulier.

On peut donc inscrire le tétraèdre formé par les noyaux d'hydrogène dans un cube ABCDEFGH en positionnant deux atomes d'hydrogène sur les sommets A et C, les deux autres sur les sommets F et H.

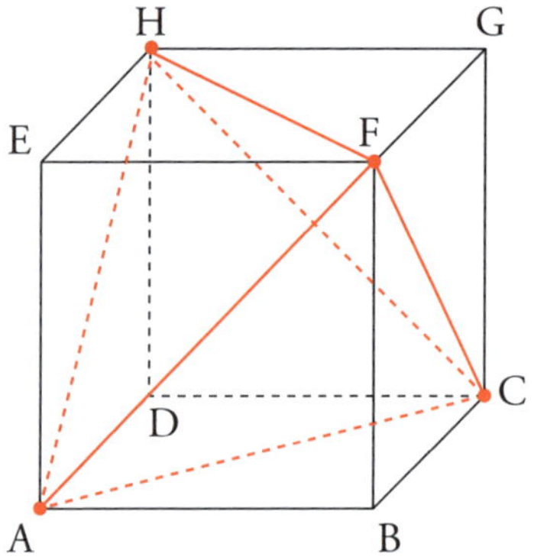

▶ 2. Déterminer la position d'un atome

Dans le repère proposé, nous avons : A(0 ; 0 ; 0), F(1 ; 0 ; 1), G(1 ; 1 ; 1), C(1 ; 1 ; 0) et H(0 ; 1 ; 1).

Le centre Ω du cube est le milieu des diagonales ; c'est en particulier le milieu de [AG].

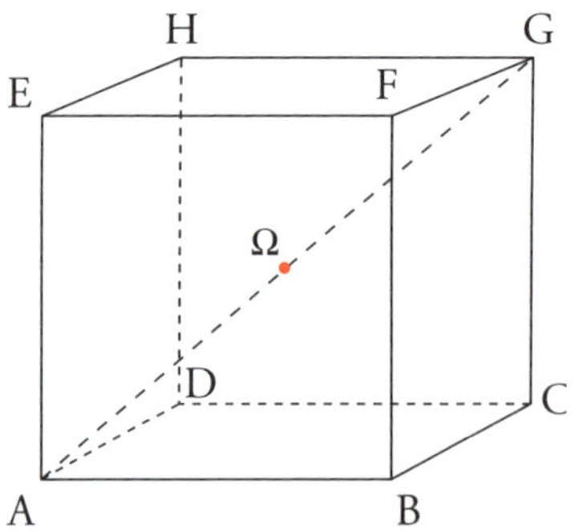

Ainsi : $x_\Omega = \dfrac{x_A + x_G}{2} = \dfrac{0+1}{2} = 0,5$, $y_\Omega = \dfrac{y_A + y_G}{2} = \dfrac{0+1}{2} = 0,5$ et $z_\Omega = \dfrac{z_A + z_G}{2} = \dfrac{0+1}{2} = 0,5$.

Le point Ω a donc pour coordonnées (0,5 ; 0,5 ; 0,5).

Ensuite, nous avons :

$$\Omega A = \sqrt{(x_A - x_\Omega)^2 + (y_A - y_\Omega)^2 + (z_A - z_\Omega)^2}$$
$$= \sqrt{(0-0{,}5)^2 + (0-0{,}5)^2 + (0-0{,}5)^2} = \sqrt{0{,}75}$$
$$\Omega C = \sqrt{(x_C - x_\Omega)^2 + (y_C - y_\Omega)^2 + (z_C - z_\Omega)^2}$$
$$= \sqrt{(1-0{,}5)^2 + (1-0{,}5)^2 + (0-0{,}5)^2} = \sqrt{0{,}75}$$
$$\Omega F = \sqrt{(x_F - x_\Omega)^2 + (y_F - y_\Omega)^2 + (z_F - z_\Omega)^2}$$
$$= \sqrt{(1-0{,}5)^2 + (0-0{,}5)^2 + (1-0{,}5)^2} = \sqrt{0{,}75}$$
$$\Omega H = \sqrt{(x_H - x_\Omega)^2 + (y_H - y_\Omega)^2 + (z_H - z_\Omega)^2}$$
$$= \sqrt{(0-0{,}5)^2 + (1-0{,}5)^2 + (1-0{,}5)^2} = \sqrt{0{,}75}.$$

Ω est donc équidistant des quatre sommets A, C, F et H qui symbolisent les atomes d'hydrogène : l'atome de carbone est donc au centre Ω du cube.

S'ENTRAÎNER

▶ 3. Déterminer la mesure d'un angle

• Dans le triangle ABC rectangle en A, d'après le théorème de Pythagore, nous avons :

$AC^2 = AB^2 + BC^2$.

Puisque, dans le repère orthonormé proposé, nous avons AB = BC = 1, il s'ensuit :

$AC^2 = AB^2 + BC^2 = 1^2 + 1^2 = 2$ et $AC = \sqrt{2}$.

• Dans le triangle ΩAC, d'après les formules d'Al-Kashi, nous avons :

$AC^2 = \Omega C^2 + \Omega A^2 - 2\Omega C \times \Omega A \times \cos \widehat{A\Omega C}$.

En exploitant les résultats de la question **2.**, nous obtenons, à partir de la relation ci-dessus :

$$\cos \widehat{A\Omega C} = \frac{\Omega C^2 + \Omega A^2 - AC^2}{2\Omega C \times \Omega A}$$
$$= \frac{0{,}75 + 0{,}75 - 2}{2 \times \sqrt{0{,}75} \times \sqrt{0{,}75}} = -\frac{0{,}5}{1{,}5} = -\frac{1}{3}$$

et $\widehat{A\Omega C} \approx 109{,}5°$.

L'angle que forment entre elles les liaisons carbone-hydrogène mesure environ 109,5°.

À NOTER

Formules d'Al-Kashi : soient A, B et C trois points distincts non alignés du plan.

Posons $a = BC$, $b = AC$ et $c = AB$.

Dans le triangle ABC :

$a^2 = b^2 + c^2 - 2bc\cos(\widehat{A})$;

$b^2 = a^2 + c^2 - 2ac\cos(\widehat{B})$;

$c^2 = a^2 + b^2 - 2ab\cos(\widehat{C})$.

Hauteurs d'un tétraèdre

1 heure
5 points

INTÉRÊT DU SUJET • Dans cet exercice de géométrie dans l'espace, étudiez, à l'aide d'équations cartésiennes de plans, les hauteurs d'un tétraèdre. Sont-elles concourantes ? À quelles conditions ?

Le but de cet exercice est d'examiner, dans différents cas, si les hauteurs d'un tétraèdre sont concourantes, c'est-à-dire d'étudier l'existence d'un point d'intersection de ses quatre hauteurs.

On rappelle que dans un tétraèdre MNPQ, la hauteur issue de M est la droite passant par M orthogonale au plan (NPQ).

PARTIE A : ÉTUDE DE CAS PARTICULIERS

On considère un cube ABCDEFGH.

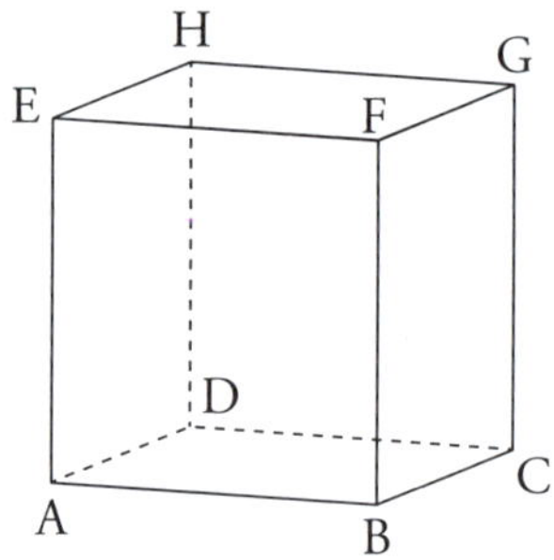

On admet que les droites (AG), (BH), (CE) et (DF), appelées « grandes diagonales » du cube, sont concourantes.

▶ **1.** On considère le tétraèdre ABCE.

a) Préciser la hauteur issue de E et la hauteur issue de C dans ce tétraèdre.

b) Les quatre hauteurs du tétraèdre ABCE sont-elles concourantes ?

▶ **2.** On considère le tétraèdre ACHF et on travaille dans le repère $\left(A\,;\overrightarrow{AB},\overrightarrow{AD},\overrightarrow{AE}\right)$.

a) Vérifier qu'une équation cartésienne du plan (ACH) est : $x-y+z=0$.
b) En déduire que (FD) est la hauteur issue de F du tétraèdre ACHF.
c) Par analogie avec le résultat précédent, préciser les hauteurs du tétraèdre ACHF issues respectivement des sommets A, C et H.
Les quatre hauteurs du tétraèdre ACHF sont-elles concourantes ?

*Dans la suite de cet exercice, un tétraèdre dont les quatre hauteurs sont concourantes sera appelé un **tétraèdre orthocentrique**.*

S'ENTRAÎNER

PARTIE B : UNE PROPRIÉTÉ DES TÉTRAÈDRES ORTHOCENTRIQUES

Dans cette partie, on considère un tétraèdre MNPQ dont les hauteurs issues des sommets M et N sont sécantes en un point K. Les droites (MK) et (NK) sont donc orthogonales aux plans (NPQ) et (MPQ) respectivement.

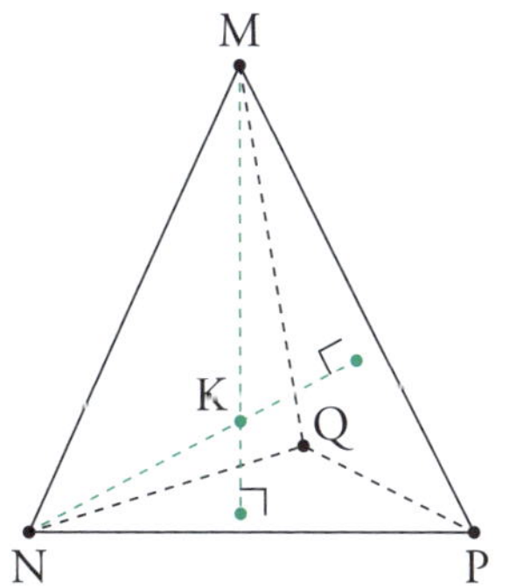

▶ **1. a)** Justifier que la droite (PQ) est orthogonale à la droite (MK) ; on admet de même que les droites (PQ) et (NK) sont orthogonales.
b) Que peut-on déduire de la question précédente relativement à la droite (PQ) et au plan (MNK) ? Justifier la réponse.

▶ **2.** Montrer que les arêtes [MN] et [PQ] sont orthogonales.
Ainsi, on obtient la propriété suivante :
« Si un tétraèdre est orthocentrique, alors ses arêtes opposées sont orthogonales deux à deux. »
(On dit que deux arêtes d'un tétraèdre sont « opposées » lorsqu'elles n'ont pas de sommet commun.)

PARTIE C : APPLICATION

Dans un repère orthonormé, on considère les points :

R (–3 ; 5 ; 2), S(1 ; 4 ; –2), T (4 ; –1 ; 5) et U (4 ; 7 ; 3).

Le tétraèdre RSTU est-il orthocentrique ? Justifier.

LES CLÉS DU SUJET

Partie A

▶ **2. a)** Vérifiez simplement que les coordonnées des points A, C et H vérifient l'équation $x - y + z = 0$.

Partie C

Déterminez les coordonnées des vecteurs $\overrightarrow{RT}$ et $\overrightarrow{SU}$. Calculez ensuite le produit scalaire $\overrightarrow{RT} \cdot \overrightarrow{SU}$. Utilisez enfin la contraposée de la propriété énoncée à la fin de la partie **B** pour conclure.

6 CORRIGÉ GUIDÉ

PARTIE A : ÉTUDE DE CAS PARTICULIERS

▶ 1. a) Identifier des hauteurs dans un tétraèdre

• Le quadrilatère ABFE est un carré donc (EA) ⊥ (AB). De même, le quadrilatère ADHE est un carré donc (EA) ⊥ (AD). La droite (EA) est ainsi orthogonale à deux droites sécantes du plan (ABC). La droite (EA) est donc orthogonale au plan (ABC). Il en résulte donc que la droite (EA), passant par E et orthogonale au plan (ABC), est la hauteur issue de E dans le tétraèdre ABCE.

• Le quadrilatère CBFG est un carré donc (CB) ⊥ (BF). De même, le quadrilatère CBAD est un carré donc (CB) ⊥ (AB). La droite (CB) est ainsi orthogonale à deux droites sécantes du plan (ABE). La droite (CB) est donc orthogonale au plan (ABE). Il en résulte donc que la droite (CB), passant par C et orthogonale au plan (ABE), est la hauteur issue de C dans le tétraèdre ABCE.

b) Étudier la position relative de droites

D'après la question précédente, les droites (EA) et (CB) sont des hauteurs du tétraèdre ABCE. Or (EA) est parallèle à (FB) donc (EA) est strictement parallèle au plan (FBC). Comme la droite (BC) est incluse dans le plan (FBC), il en résulte que les droites (EA) et (BC) ne peuvent être sécantes.

Les droites (EA) et (BC), hauteurs du tétraèdre ABCE, ne sont pas sécantes donc les quatre hauteurs du tétraèdre ABCE ne sont pas concourantes.

▶ **2. a) Identifier un plan par son équation**

• Le point A, origine du repère, a pour coordonnées A(0 ; 0 ; 0).
On a alors $x_A - y_A + z_A = 0 - 0 + 0 = 0$ et A appartient au plan d'équation $x - y + z = 0$.

• Le point C est tel que $\overrightarrow{AC} = \overrightarrow{AB} + \overrightarrow{BC} = 1\overrightarrow{AB} + 1\overrightarrow{AD} + 0\overrightarrow{AE}$; il a donc pour coordonnées C(1 ; 1 ; 0). On a alors $x_C - y_C + z_C = 1 - 1 + 0 = 0$ et C appartient au plan d'équation $x - y + z = 0$.

• Le point H est tel que $\overrightarrow{AH} = \overrightarrow{AD} + \overrightarrow{DH} = 0\overrightarrow{AB} + 1\overrightarrow{AD} + 1\overrightarrow{AE}$; il a donc pour coordonnées H(0 ; 1 ; 1).

On a alors $x_H - y_H + z_H = 0 - 1 + 1 = 0$ et H appartient au plan d'équation $x - y + z = 0$.

Finalement, le plan d'équation $x - y + z = 0$ est le plan (ACH).

b) Identifier une hauteur dans un tétraèdre

Le point D est tel que $\overrightarrow{AD} = 0\overrightarrow{AB} + 1\overrightarrow{AD} + 0\overrightarrow{AE}$; il a donc pour coordonnées D(0 ; 1 ; 0).

Le point F est tel que $\overrightarrow{AF} = \overrightarrow{AB} + \overrightarrow{BF} = 1\overrightarrow{AB} + 0\overrightarrow{AD} + 1\overrightarrow{AE}$; il a donc pour coordonnées F(1 ; 0 ; 1).

Nous avons alors $\overrightarrow{DF}\left|\begin{array}{l} x_F - x_D = 1 - 0 = 1 \\ y_F - y_D = 0 - 1 = -1 \\ z_F - z_D = 1 - 0 = 1 \end{array}\right.$ et $\overrightarrow{DF}$ est un vecteur normal au plan d'équation $x - y + z = 0$ qui n'est autre que le plan (ACH).

La droite (DF), de vecteur directeur $\overrightarrow{DF}$, passe par F et est orthogonale au plan (ACH). La droite (DF) est donc la hauteur issue de F du tétraèdre ACHF.

c) Étudier l'intersection éventuelle de hauteurs dans un tétraèdre

Par analogie avec le résultat précédent :

- on vérifierait que (HFC) admet pour équation cartésienne $x+y+z-2=0$, que $\overrightarrow{AG}$ est normal au plan (HFC) et finalement que la hauteur issue de A dans le tétraèdre ACHF est (AG) ;
- on vérifierait que (AFC) admet pour équation cartésienne $-x+y+z=0$, que $\overrightarrow{BH}$ est normal au plan (AFC) et finalement que la hauteur issue de H dans le tétraèdre ACHF est (HB) ;
- on vérifierait que (AHF) admet pour équation cartésienne $x+y-z=0$, que $\overrightarrow{EC}$ est normal au plan (AHF) et finalement que la hauteur issue de C dans le tétraèdre ACHF est (CE) ;
- d'après l'énoncé, les droites (AG), (BH), (CE) et (DF), appelées grandes diagonales du cube, sont concourantes.

Il résulte donc des quatre points précédents que les quatre hauteurs du tétraèdre ACHF que sont les droites (AG), (BH), (CE) et (DF) sont concourantes.

PARTIE B : UNE PROPRIÉTÉ DES TÉTRAÈDRES ORTHOCENTRIQUES

▶ 1. a) Étudier la position relative de deux droites

D'après l'énoncé, la droite (MK) est orthogonale au plan (NPQ). Elle est donc orthogonale à toute droite du plan (NPQ). En particulier, la droite (MK) est orthogonale à la droite (PQ).

b) Étudier la position relative d'une droite et d'un plan

D'après la question précédente, la droite (PQ) est orthogonale à la droite (MK). D'après le résultat admis dans l'énoncé à la question **1. a)** de la partie **B**, la droite (PQ) est orthogonale à la droite (NK). Ainsi, la droite (PQ) est orthogonale à deux droites sécantes du plan (MNK) que sont les droites (MK) et (NK). Par conséquent, la droite (PQ) est orthogonale au plan (MNK).

▶ 2. Montrer une orthogonalité

La droite (PQ) est, d'après la question précédente, orthogonale au plan (MNK). Elle est donc orthogonale à toute droite du plan (MNK). En particulier, la droite (PQ) est orthogonale à la droite (MN). Les arêtes [MN] et [PQ] sont donc orthogonales.

PARTIE C : APPLICATION

Étudier l'orthocentricité d'un tétraèdre

Nous avons $\overrightarrow{RT}\begin{vmatrix} x_T - x_R = 4-(-3)=7 \\ y_T - y_R = -1-5=-6 \\ z_T - z_R = 5-2=3 \end{vmatrix}$ et $\overrightarrow{SU}\begin{vmatrix} x_U - x_S = 4-1=3 \\ y_U - y_S = 7-4=3 \\ z_U - z_S = 3-(-2)=5 \end{vmatrix}$.

Il vient alors : $\overrightarrow{RT}\cdot\overrightarrow{SU} = 7\times3+(-6)\times3+3\times5=18\neq0$.

Les vecteurs $\overrightarrow{RT}$ et $\overrightarrow{SU}$ ne sont donc pas orthogonaux. Par conséquent, les arêtes opposées [RT] et [SU] dans le tétraèdre RSTU ne sont pas orthogonales. D'après la propriété donnée dans l'énoncé, nous savons que « si un tétraèdre est orthocentrique, alors ses arêtes opposées sont orthogonales deux à deux ». Nous venons d'identifier deux arêtes opposées dans le tétraèdre RSTU qui ne sont pas orthogonales. Par contraposée, il en résulte que le tétraèdre RSTU n'est pas orthocentrique.

S'ENTRAÎNER

Intersection de trois plans de l'espace

50 min
5 points

INTÉRÊT DU SUJET • Ce sujet vous propose d'étudier les positions relatives et l'intersection de plans ou de droites et de plans, dans le cas où les droites sont les axes du repère orthonormé et les plans sont les plans dits *de coordonnées* (passant par O et de vecteurs normaux respectifs $\vec{i}$, $\vec{j}$ et $\vec{k}$).

L'espace est muni d'un repère orthonormé $(O ; \vec{i}, \vec{j}, \vec{k})$.
On complétera le repère ci-après au fur et à mesure de l'exercice.

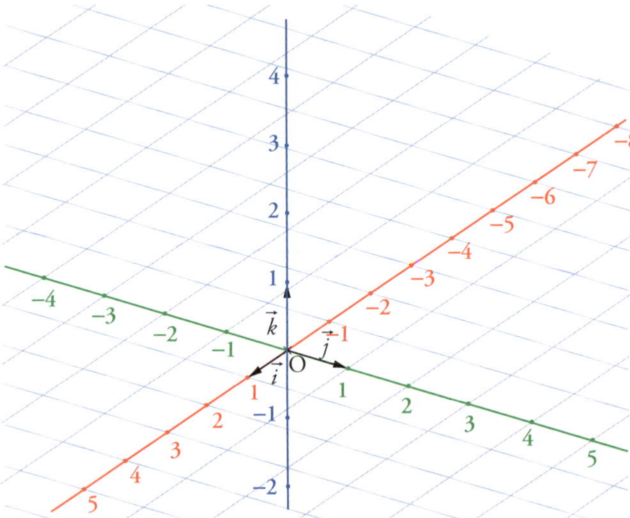

▶ **1.** On donne le plan $\mathcal{P}$ d'équation $2x + 2y + 3z = 6$.

a) Déterminer les coordonnées des points A, B et C, intersections du plan $\mathcal{P}$ avec, respectivement, les axes $(O ; \vec{i})$, $(O ; \vec{j})$ et $(O ; \vec{k})$ du repère $(O ; \vec{i}, \vec{j}, \vec{k})$.

Placer ces points dans le repère $(O ; \vec{i}, \vec{j}, \vec{k})$.

On rappelle que l'axe $(O ; \vec{i})$, par exemple, est défini par le système d'équations :
$\begin{cases} y = 0 \\ z = 0 \end{cases}$.

b) Tracer les droites d'intersection du plan $\mathcal{P}$ avec les plans de coordonnées du repère $(O ; \vec{i}, \vec{j}, \vec{k})$.
(On admettra que le plan $\mathcal{P}$ n'est parallèle à aucun plan de coordonnées du repère et que les intersections de $\mathcal{P}$ avec ces plans sont des droites.)

▶ **2.** On considère le plan $\mathcal{Q}$ d'équation $x + 2y = 2$.

a) Déterminer les coordonnées des points d'intersections du plan $\mathcal{Q}$ avec l'axe $(O ; \vec{i})$ et avec l'axe $(O ; \vec{j})$.
Placer ces points dans le repère $(O ; \vec{i}, \vec{j}, \vec{k})$.

b) Démontrer, par deux méthodes différentes, que le plan $\mathcal{Q}$ et l'axe $(O ; \vec{k})$ sont parallèles.

c) Tracer les droites d'intersections du plan $\mathcal{Q}$ avec les plans de coordonnées du repère $(O ; \vec{i}, \vec{j}, \vec{k})$.

d) Tracer la droite d'intersection des deux plans $\mathcal{P}$ et $\mathcal{Q}$.

LES CLÉS DU SUJET

▶ **1. a)** Remarquez que pour chaque point, deux des trois coordonnées sont nulles. Calculez la troisième à l'aide de l'équation du plan $\mathcal{P}$.

b) Trouvez deux points appartenant à chaque intersection avec les plans de coordonnées du repère.

▶ **2. a)** Comme pour la question **1. a)**, remarquez que pour chaque point, deux des trois coordonnées sont nulles. Calculez la troisième à l'aide de l'équation du plan $\mathcal{Q}$.

b) Pensez à un raisonnement par l'absurde ou utilisez un vecteur normal au plan $\mathcal{Q}$.

c) Utilisez le fait que le plan $\mathcal{Q}$ est parallèle à un des axes de coordonnées.

d) Trouvez deux points appartenant à l'intersection des plans $\mathcal{P}$ et $\mathcal{Q}$.

S'ENTRAÎNER

7 CORRIGÉ GUIDÉ

▶ 1. a) Déterminer les coordonnées du point d'intersection d'un plan et d'une droite

• Le point $A(x\,;y\,;z)$ appartient au plan $\mathcal{P}$ d'équation $2x+2y+3z=6$ et à l'axe $(O\,;\vec{i})$ défini par le système d'équations $\begin{cases} y=0 \\ z=0 \end{cases}$.

Les coordonnées du point A vérifient donc le système $\begin{cases} 2x+2y+3z=6 \\ y=0 \\ z=0 \end{cases}$.

En particulier, $2x+2\times 0+3\times 0=6$, soit $2x=6$ ou encore $x=3$.
D'où $A(3\,;0\,;0)$.

• Le point $B(x\,;y\,;z)$ appartient au plan $\mathcal{P}$ d'équation $2x+2y+3z=6$ et à l'axe $(O\,;\vec{j})$ défini par le système d'équations $\begin{cases} x=0 \\ z=0 \end{cases}$.

Les coordonnées du point B vérifient donc le système $\begin{cases} 2x+2y+3z=6 \\ x=0 \\ z=0 \end{cases}$.

En particulier, $2\times 0+2y+3\times 0=6$, soit $2y=6$ et donc $y=3$.
D'où $B(0\,;3\,;0)$.

• Le point $C(x\,;y\,;z)$ appartient au plan $\mathcal{P}$ d'équation $2x+2y+3z=6$ et à l'axe $(O\,;\vec{k})$ défini par le système d'équations $\begin{cases} x=0 \\ y=0 \end{cases}$.

Les coordonnées du point C vérifient donc le système $\begin{cases} 2x+2y+3z=6 \\ x=0 \\ y=0 \end{cases}$.

En particulier, $2\times 0+2\times 0+3z=6$, soit $3z=6$, c'est-à-dire $z=2$.
D'où $C(0\,;0\,;2)$.

Voir la figure ci-après.

b) Tracer la droite intersection de deux plans

Pour dessiner l'intersection de deux plans sécants, qui est une droite, il suffit de déterminer deux points qui appartiennent à ces deux plans, puis de tracer la droite passant par ces deux points.

• Les points A et C appartiennent au plan $\mathscr{P}$ et au plan $(O\,;\vec{i},\vec{k})$ qui sont non parallèles et donc sécants selon une droite, la droite (AC).

• Les points A et B appartiennent au plan $\mathscr{P}$ et au plan $(O\,;\vec{i},\vec{j})$ qui sont non parallèles et donc sécants selon une droite, la droite (AB).

• Les points B et C appartiennent au plan $\mathscr{P}$ et au plan $(O\,;\vec{j},\vec{k})$ qui sont non parallèles et donc sécants selon une droite, la droite (BC).

Voir la figure page suivante.

▶ 2. a) Déterminer les coordonnées du point d'intersection d'un plan et d'une droite

On utilise le même raisonnement qu'au **1. a)**.

Les coordonnées du point $M(x\,;y\,;z)$ d'intersection du plan $\mathscr{Q}$ d'équation $x+2y=2$ et de l'axe $(O\,;\vec{i})$ vérifient le système :

$$\begin{cases} x+2y=2 \\ y=0 \\ z=0 \end{cases} \quad \text{donc } M(2\,;0\,;0).$$

De même, les coordonnées du point $N(x\,;y\,;z)$ d'intersection du plan $\mathscr{Q}$ et de l'axe $(O\,;\vec{j})$ vérifient le système $\begin{cases} x+2y=2 \\ x=0 \\ z=0 \end{cases}$ donc $N(0\,;1\,;0)$.

b) Montrer qu'un plan et une droite sont parallèles

• **1re méthode**

Démontrons que l'axe $(O\,;\vec{k})$ et le plan $\mathscr{Q}$ ne sont pas sécants.

Si c'était le cas, les coordonnées du point d'intersection vérifieraient le système $\begin{cases} x+2y=2 \\ x=0 \\ y=0 \end{cases}$ donc $\begin{cases} x=2 \\ x=0. \\ y=0 \end{cases}$

La première et la deuxième équations sont en contradiction donc, c'est impossible.

On conclut que plan $\mathscr{Q}$ et l'axe $(O\,;\vec{k})$ ne sont pas sécants, ils sont donc parallèles.

S'ENTRAÎNER

• **2e méthode**

Le plan $\mathcal{Q}$ a pour équation $x + 2y = 2$, donc le vecteur $\vec{n}(1\,;2\,;0)$ est normal au plan. Or $\vec{n} \cdot \vec{k} = 1 \times 0 + 2 \times 0 + 0 \times 1 = 0$, donc le plan $\mathcal{Q}$ et l'axe $(O\,;\vec{k})$ sont parallèles.

À NOTER
Soit $\mathcal{D}$ une droite et $\mathcal{P}$ un plan de l'espace, $\vec{u} \neq \vec{0}$ un vecteur directeur de $\mathcal{D}$ et $\vec{n} \neq \vec{0}$ un vecteur normal à $\mathcal{P}$.
$\mathcal{D} \,//\, \mathcal{P} \Leftrightarrow \vec{u}$ et $\vec{n}$ sont orthogonaux $\Leftrightarrow \vec{n} \cdot \vec{u} = 0$.

c) Tracer la droite intersection de deux plans

Pour dessiner l'intersection de deux plans sécants, qui est une droite, il suffit de déterminer deux points qui appartiennent à ces deux plans, puis de tracer la droite passant par ces deux points.

• Les points M et N appartiennent au plan $\mathcal{Q}$ et au plan $(O\,;\vec{i},\vec{j})$ qui sont non parallèles et donc sécants selon une droite, la droite (MN).

• Le plan $\mathcal{Q}$ passe par les points M et N et est parallèle à l'axe $(O\,;\vec{k})$. Ses intersections avec les plans $(O\,;\vec{i},\vec{k})$ et $(O\,;\vec{j},\vec{k})$ sont les droites parallèles à l'axe $(O\,;\vec{k})$, passant respectivement par le point M et par le point N. *Voir la figure ci-dessous.*

d) Tracer la droite intersection de deux plans

À partir des tracés précédents, nous pouvons observer que deux points des plans de coordonnées $(O\,;\vec{i},\vec{k})$ et $(O\,;\vec{j},\vec{k})$ du repère appartiennent aux plans $\mathcal{P}$ et $\mathcal{Q}$. La droite d'intersection des plans $\mathcal{P}$ et $\mathcal{Q}$ est la droite passant par ces deux points.

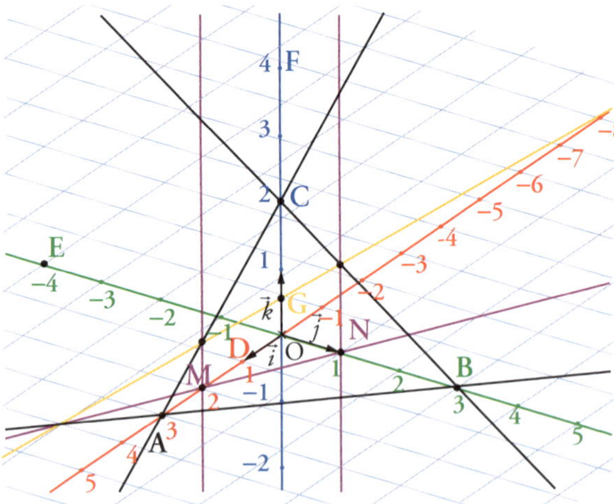

8 France métropolitaine, mai 2022 • Jour 1
Exercice 2

Projeté orthogonal d'un point de l'espace sur une droite

1 heure
7 points

S'ENTRAÎNER

INTÉRÊT DU SUJET • L'objectif de cet exercice est de calculer de deux manières différentes les coordonnées du projeté orthogonal d'un point sur une droite, puis de déterminer l'aire d'un triangle.

Dans l'espace rapporté à un repère orthonormé $(O\,;\vec{i},\vec{j},\vec{k})$, on considère :
- le point A de coordonnées $(-1\,;1\,;3)$;
- la droite $\mathcal{D}$ dont une représentation paramétrique est :

$$\begin{cases} x = 1+2t \\ y = 2-t \\ z = 2+2t \end{cases},\ t \in \mathbb{R}.$$

On admet que le point A n'appartient pas à la droite $\mathcal{D}$.

▶ **1. a)** Donner les coordonnées d'un vecteur directeur $\vec{u}$ de la droite $\mathcal{D}$.

b) Montrer que le point $B(-1\,;3\,;0)$ appartient à la droite $\mathcal{D}$.

c) Calculer le produit scalaire $\overrightarrow{AB}\cdot\vec{u}$.

▶ **2.** On note $\mathcal{P}$ le plan passant par le point A et orthogonal à la droite $\mathcal{D}$, et on appelle H le point d'intersection du plan $\mathcal{P}$ et de la droite $\mathcal{D}$. Ainsi, H est le projeté orthogonal de A sur la droite $\mathcal{D}$.

a) Montrer que le plan $\mathcal{P}$ admet pour équation cartésienne :

$$2x-y+2z-3=0.$$

b) En déduire que le point H a pour coordonnées $\left(\frac{7}{9}\,;\frac{19}{9}\,;\frac{16}{9}\right)$.

c) Calculer la longueur AH. On donnera une valeur exacte.

▶ **3.** Dans cette question, on se propose de retrouver les coordonnées du point H, projeté orthogonal du point A sur la droite $\mathcal{D}$, par une autre méthode.

On rappelle que le point $B(-1\,;3\,;0)$ appartient à la droite $\mathcal{D}$ et que le vecteur $\vec{u}$ est un vecteur directeur de la droite $\mathcal{D}$.

a) Justifier qu'il existe un nombre réel k tel que $\overrightarrow{HB} = k\vec{u}$.

b) Montrer que $k = \dfrac{\overrightarrow{AB} \cdot \vec{u}}{\|\vec{u}\|^2}$.

c) Calculer la valeur du nombre réel k et retrouver les coordonnées du point H.

▶ **4.** On considère un point C appartenant au plan $\mathcal{P}$ tel que le volume du tétraèdre ABCH soit égal à $\dfrac{8}{9}$.

Calculer l'aire du triangle ACH.

On rappelle que le volume d'un tétraèdre est donné par : $\mathcal{V} = \dfrac{1}{3} \times \mathcal{B} \times h$ où $\mathcal{V}$ désigne l'aire d'une base et h la hauteur relative à cette base.

LES CLÉS DU SUJET

▶ **2. a)** Utilisez le vecteur $\vec{u}$ de la question **1. a)**.

▶ **3. a)** H et B sont deux points de la droite $\mathcal{D}$, donc $\overrightarrow{HB}$ est un vecteur directeur de $\mathcal{D}$.

b) Vous pouvez utiliser la relation de Chasles : $\overrightarrow{AB} = \overrightarrow{AH} + \overrightarrow{HB}$.

8 CORRIGÉ GUIDÉ

▶ 1. a) Déterminer un vecteur directeur d'une droite

D'après la représentation paramétrique donnée, le vecteur $\vec{u}(2\ ;\ -1\ ;\ 2)$ est un vecteur directeur de la droite $\mathcal{D}$.

b) Montrer qu'un point appartient à une droite

Le point B appartient à la droite $\mathcal{D}$ si et seulement s'il existe un réel t tel que : $\begin{cases} 1+2t=-1 \\ 2-t=3 \\ 2+2t=0 \end{cases}$.

> **À NOTER**
> B est le point de la droite $\mathcal{D}$ correspondant à la valeur $t = -1$ du paramètre.

Les trois équations ont la même solution $t = -1$, donc le point B appartient à la droite $\mathcal{D}$.

c) Calculer le produit scalaire de deux vecteurs de l'espace

Avec $\overrightarrow{AB}(0\ ;\ 2\ ;-3)$, on a $\overrightarrow{AB}\cdot\vec{u}=-2-6$, soit $\boxed{\overrightarrow{AB}\cdot\vec{u}=-8}$.

▶ 2. a) Déterminer une équation cartésienne d'un plan

Le vecteur $\vec{u}(2\,;-1\,;2)$ est un vecteur directeur de la droite $\mathcal{D}$, qui est orthogonale au plan $\mathcal{P}$, donc $\vec{u}$ est un vecteur normal à $\mathcal{P}$.

Donc $\mathcal{P}$ a pour équation cartésienne $2x-y+2z+d=0$.

Le plan $\mathcal{P}$ passe par le point A, donc les coordonnées de A vérifient cette équation : $2\times(-1)-1+2\times3+d=0$, soit $d=-3$.

$\mathcal{P}$ a donc pour équation cartésienne $\boxed{2x-y+2z-3=0}$.

b) Vérifier les coordonnées du projeté orthogonal d'un point sur une droite

Notons K le point de coordonnées $\left(\frac{7}{9}\,;\frac{19}{9}\,;\frac{16}{9}\right)$ et montrons que ce point appartient à la fois à la droite $\mathcal{D}$ et au plan $\mathcal{P}$, c'est-à-dire que $K=H$.

Pour montrer que K appartient à la droite $\mathcal{D}$, on résout le système :

$$\begin{cases}1+2t=\dfrac{7}{9}\\[2mm] 2-t=\dfrac{19}{9}\\[2mm] 2+2t=\dfrac{16}{9}\end{cases}$$

À NOTER
On peut aussi déterminer le point d'intersection de $\mathcal{D}$ et $\mathcal{P}$ en remplaçant, dans l'équation cartésienne de $\mathcal{P}$, x, y et z par leurs expressions en fonction de t dans la représentation paramétrique de $\mathcal{D}$.

Les trois équations ont la même solution $t=-\frac{1}{9}$, donc $K\in\mathcal{D}$.

D'autre part, $2\times\frac{7}{9}-\frac{19}{9}+2\times\frac{16}{9}-3=0$, donc les coordonnés de K vérifient l'équation cartésienne de $\mathcal{P}$ obtenue à la question précédente. Donc $K\in\mathcal{P}$.

On en déduit que le point d'intersection de $\mathcal{D}$ et $\mathcal{P}$ est $H\left(\frac{7}{9}\,;\frac{19}{9}\,;\frac{16}{9}\right)$.

c) Calculer la distance de deux points de l'espace

$$AH=\sqrt{\left(\frac{7}{9}+1\right)^2+\left(\frac{19}{9}-1\right)^2+\left(\frac{16}{9}-3\right)^2}$$

S'ENTRAÎNER

$$AH = \frac{\sqrt{256+100+121}}{9} = \frac{\sqrt{477}}{9}$$

$$\boxed{AH = \frac{\sqrt{53}}{3}}.$$

▶ **3. a) Justifier une relation entre deux vecteurs de l'espace**

H et B sont deux points de $\mathscr{D}$, $\vec{u}$ est un vecteur directeur de $\mathscr{D}$, donc $\overrightarrow{HB}$ et $\vec{u}$ sont colinéaires et il existe un nombre réel k tel que $\overrightarrow{HB} = k\vec{u}$.

b) Déterminer l'expression d'un coefficient

D'après la relation de Chasles, $\overrightarrow{AB} = \overrightarrow{AH} + \overrightarrow{HB}$. Donc :

$$\overrightarrow{AB} \cdot \vec{u} = (\overrightarrow{AH} + \overrightarrow{HB}) \cdot \vec{u} = \overrightarrow{AH} \cdot \vec{u} + \overrightarrow{HB} \cdot \vec{u}.$$

Or $\overrightarrow{AH} \cdot \vec{u} = 0$ car A et H sont deux points du plan $\mathscr{P}$ et $\vec{u}$ est un vecteur directeur d'une droite orthogonale à $\mathscr{P}$.

Donc $\overrightarrow{AB} \cdot \vec{u} = \overrightarrow{HB} \cdot \vec{u} = k\vec{u} \cdot \vec{u} = k\|\vec{u}\|^2$. D'où $\boxed{k = \dfrac{\overrightarrow{AB} \cdot \vec{u}}{\|\vec{u}\|^2}}$.

c) Calculer un coefficient

On sait, d'après la question **1. c)**, que $\overrightarrow{AB} \cdot \vec{u} = -8$.

$\|\vec{u}\|^2 = 4+1+4 = 9$. Donc $\boxed{k = -\dfrac{8}{9}}$.

On en déduit que $\overrightarrow{HB} = -\dfrac{8}{9}\vec{u}$,

donc $\overrightarrow{HB}$ a pour coordonnées $\left(-\dfrac{16}{9} \,;\, \dfrac{8}{9} \,;\, -\dfrac{16}{9}\right)$.

Si on note $(x_H \,;\, y_H \,;\, z_H)$ les coordonnées de H, on a donc :

$$\begin{cases} -1 - x_H = -\dfrac{16}{9} \\ 3 - y_H = \dfrac{8}{9} \\ -z_H = -\dfrac{16}{9} \end{cases}, \text{ d'où } \begin{cases} x_H = \dfrac{7}{9} \\ y_H = \dfrac{19}{9} \\ z_H = \dfrac{16}{9} \end{cases}.$$

On retrouve les coordonnées de H obtenues précédemment.

▶ 4. Calculer l'aire d'un triangle

Soit $\mathcal{V}$ le volume du tétraèdre ABCH et $\mathcal{A}$ l'aire du triangle ACH.

[HB] est la hauteur du tétraèdre ABCH relative à la base ACH, donc :

$\mathcal{V} = \frac{1}{3} \times \mathcal{A} \times \text{HB}$.

Donc $\mathcal{A} = \frac{3\mathcal{V}}{\text{HB}} = \frac{8}{3\text{HB}}$ car $\mathcal{V} = \frac{8}{9}$.

Or $\text{HB} = \left\|\overrightarrow{\text{HB}}\right\| = \frac{\sqrt{256+64+256}}{9} = \frac{\sqrt{576}}{9} = \frac{24}{9} = \frac{8}{3}$. Donc $\mathcal{A} = 1$.

L'aire du triangle ACH est égale à 1.

> **À NOTER**
> Un tétraèdre est une pyramide à base triangulaire. Il a 4 sommets non coplanaires et 4 faces triangulaires.

S'ENTRAÎNER

Un tétraèdre et un triangle dans un pavé droit

55 min
5 points

INTÉRÊT DU SUJET • L'objectif est de calculer l'aire d'un triangle en calculant de deux manières différentes le volume d'un tétraèdre. On se place dans un repère orthonormé lié au pavé droit, et on utilise la notion de projeté orthogonal d'un point sur un plan.

On considère un pavé droit ABCDEFGH tel que $AB = AD = 1$ et $AE = 2$, représenté ci-dessous.
Le point I est le milieu du segment [AE]. Le point K est le milieu du segment [DC]. Le point L est défini par : $\overrightarrow{DL} = \dfrac{3}{2}\overrightarrow{AI}$. N est le projeté orthogonal du point D sur le plan (AKL).

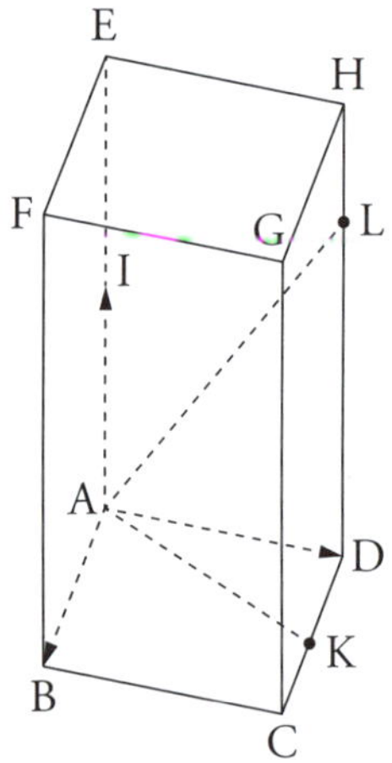

On se place dans le repère orthonormé $(A\ ;\ \overrightarrow{AB}, \overrightarrow{AD}, \overrightarrow{AI})$.
On admet que le point L a pour coordonnées $\left(0\ ;\ 1\ ;\ \dfrac{3}{2}\right)$.

▶ **1.** Déterminer les coordonnées des vecteurs $\overrightarrow{AK}$ et $\overrightarrow{AL}$.

▶ **2. a)** Démontrer que le vecteur $\vec{n}$ de coordonnées (6 ; – 3 ; 2) est un vecteur normal au plan (AKL).

b) En déduire une équation cartésienne du plan (AKL).

c) Déterminer un système d'équations paramétriques de la droite Δ passant par D et perpendiculaire au plan (AKL).

d) En déduire que le point N de coordonnées $\left(\frac{18}{49}\,;\frac{40}{49}\,;\frac{6}{49}\right)$ est le projeté orthogonal du point D sur le plan (AKL).

On rappelle que le volume $\mathcal{V}$ d'un tétraèdre est donné par la formule :

$$\mathcal{V} = \frac{1}{3} \times (\text{aire de la base}) \times \text{hauteur}.$$

▶ **3. a)** Calculer le volume du tétraèdre ADKL en utilisant le triangle ADK comme base.

b) Calculer la distance du point D au plan (AKL).

c) Déduire des questions précédentes l'aire du triangle AKL.

S'ENTRAÎNER

LES CLÉS DU SUJET

▶ **2. a)** Un vecteur normal à un plan est un vecteur directeur d'une droite perpendiculaire à ce plan.

Une droite est perpendiculaire à un plan si et seulement si elle est orthogonale à deux droites sécantes contenues dans ce plan.

b) Dans l'espace muni d'un repère orthonormé, si un plan a pour vecteur normal $\vec{n}(a\,;b\,;c)$, alors il a une équation cartésienne de la forme $ax + by + cz + d = 0$.

d) Le projeté orthogonal d'un point M sur un plan $\mathcal{P}$ est le point d'intersection (unique) du plan $\mathcal{P}$ et de la droite perpendiculaire à ce plan passant par le point M.

▶ **3. b)** Utilisez le résultat prouvé à la question **2. d)** et la formule donnant la distance de deux points de l'espace dont on connaît les coordonnées dans un repère orthonormé.

9 CORRIGÉ GUIDÉ

▶ **1. Calculer les coordonnées de deux vecteurs de l'espace**

• $\overrightarrow{AK} = \overrightarrow{AD} + \frac{1}{2}\overrightarrow{DC}$, donc $\overrightarrow{AK} = \frac{1}{2}\overrightarrow{AB} + \overrightarrow{AD}$ car $\overrightarrow{DC} = \overrightarrow{AB}$.

$\overrightarrow{AK}$ a donc pour coordonnées $\left(\frac{1}{2} ; 1 ; 0\right)$.

• Dans le repère $(A ; \overrightarrow{AB}, \overrightarrow{AD}, \overrightarrow{AI})$, A est l'origine et L a pour coordonnées $\left(0 ; 1 ; \frac{3}{2}\right)$ (donné dans l'énoncé).

Donc $\overrightarrow{AL}$ a pour coordonnées $\left(0 ; 1 ; \frac{3}{2}\right)$.

▶ **2. a) Montrer qu'un vecteur de coordonnées données est un vecteur normal à un plan**

Le vecteur $\vec{n}$ est un vecteur normal au plan (AKL) si, et seulement si, il est orthogonal à deux vecteurs formant une base de ce plan.

D'après la question précédente, les coordonnées des vecteurs $\overrightarrow{AK}$ et $\overrightarrow{AL}$ ne sont pas proportionnelles, donc ces deux vecteurs ne sont pas colinéaires, ils forment une base du plan (AKL). On calcule le produit scalaire du vecteur $\vec{n}$ et de chacun de ces deux vecteurs :

> **RAPPEL**
> Deux vecteurs forment une base d'un plan si, et seulement si, ce sont des vecteurs directeurs de deux droites sécantes contenues dans ce plan.

$$\vec{n} \cdot \overrightarrow{AK} = 6 \times \frac{1}{2} - 3 \times 1 = 3 - 3 = 0$$

$$\vec{n} \cdot \overrightarrow{AL} = -3 \times 1 + 2 \times \frac{3}{2} = -3 + 3 = 0.$$

On en déduit que le vecteur $\vec{n}$ est orthogonal à deux vecteurs d'une base du plan (AKL), donc $\vec{n}$ est un vecteur normal au plan (AKL).

b) Déterminer une équation cartésienne d'un plan

Puisque le vecteur $\vec{n}(6 ; -3 ; 2)$ est un vecteur normal au plan (AKL), ce plan a une équation cartésienne de la forme $6x - 3y + 2z + d = 0$, avec $d \in \mathbb{R}$.

Les coordonnées (0 ; 0 ; 0) du point A vérifient cette équation, donc $d = 0$.

> **REMARQUE**
> Les coordonnées des points K et L vérifient aussi cette équation.

Le plan (AKL) a pour équation cartésienne $\boxed{6x - 3y + 2z = 0}$.

c) Déterminer un système d'équations paramétriques d'une droite

La droite Δ est perpendiculaire au plan (AKL), donc elle a pour vecteur directeur $\vec{n}(6\ ;\ -3\ ;\ 2)$, vecteur normal au plan (AKL).

On sait également que Δ passe par le point D(0 ; 1 ; 0), donc un système d'équations paramétriques de cette droite est : $\begin{cases} x = 6t \\ y = 1-3t,\ \text{avec } t \in \mathbb{R} \\ z = 2t \end{cases}$.

> **REMARQUE**
> Cela signifie qu'un point M(x ; y ; z) appartient à Δ si, et seulement si, il existe un réel t tel que $x = 6t$ et $y = 1 - 3t$ et $z = 2t$.

d) Montrer qu'un point est le projeté orthogonal d'un point donné sur un plan donné

On montre, à l'aide des questions précédentes, que le point $\mathrm{N}\left(\frac{18}{49}\ ;\ \frac{40}{49}\ ;\ \frac{6}{49}\right)$ appartient à la fois au plan (AKL) et à la droite Δ.

- $6\times\frac{18}{49} - 3\times\frac{40}{49} + 2\times\frac{6}{49} = \frac{6\times 18 - 3\times 40 + 2\times 6}{49} = 0$,

donc N appartient au plan (AKL).

- On cherche s'il existe un réel t tel que : $\begin{cases} 6t = \frac{18}{49} \\ 1-3t = \frac{40}{49} \\ 2t = \frac{6}{49} \end{cases}$.

Les trois équations ont la même solution $t = \frac{3}{49}$, donc $\mathrm{N} \in \Delta$.

Le point N est le point d'intersection du plan (AKL) et de la droite perpendiculaire à ce plan passant par D, donc N est le projeté orthogonal de D sur le plan (AKL).

▶ 3. a) Calculer le volume d'un tétraèdre

Si on calcule le volume du tétraèdre ADKL en utilisant le triangle ADK comme base, la hauteur correspondante est DL, car la droite (DL) est perpendiculaire en D au plan (ADK).

- On calcule l'aire du triangle ADK. Ce triangle est rectangle en D, $\mathrm{DA} = 1$, $\mathrm{DK} = \frac{1}{2}$; l'aire du triangle ADK est $\frac{1\times\frac{1}{2}}{2}$, c'est-à-dire $\frac{1}{4}$.

S'ENTRAÎNER

• On calcule la distance DL, on a $DL = \frac{3}{2}AI = \frac{3}{2}$, car $AI = 1$.

Le volume $\mathcal{V}$ du tétraèdre ADKL est donc $\mathcal{V} = \frac{1}{3} \times \frac{1}{4} \times \frac{3}{2}$, soit :

$$\boxed{\mathcal{V} = \frac{1}{8}}$$

b) Calculer la distance d'un point D à un plan

La distance du point D au plan (AKL) est la distance de D à son projeté orthogonal sur le plan (AKL), c'est-à-dire la distance DN.

D'après la formule donnant la distance de deux points de l'espace dont on connaît les coordonnées dans un repère orthonormé :

$$DN = \sqrt{\left(\frac{18}{49}\right)^2 + \left(\frac{40}{49} - 1\right)^2 + \left(\frac{6}{49}\right)^2}$$

$$DN = \frac{\sqrt{441}}{49}$$

$$DN = \frac{21}{49}.$$

La distance du point D au plan (AKL) est égale à $\boxed{\frac{3}{7}}$.

RAPPEL
La distance DN est la plus courte distance entre le point D et un point du plan (AKL).

c) Déterminer l'aire d'un triangle

Si on note $\mathcal{A}$ l'aire du triangle AKL ($\mathcal{V}$ étant toujours le volume du tétraèdre ADKL), on a :

$$\mathcal{V} = \frac{1}{3} \times \mathcal{A} \times DN$$

c'est-à-dire :

$$\mathcal{V} = \frac{\mathcal{A}}{7}.$$

Comme on sait que $\mathcal{V} = \frac{1}{8}$, on a $\frac{\mathcal{A}}{7} = \frac{1}{8}$, soit $\mathcal{A} = \frac{7}{8}$.

L'aire du triangle AKL est donc égale à $\boxed{\frac{7}{8}}$.

Calcul de l'aire d'un triangle

1 heure
4 points

INTÉRÊT DU SUJET • L'objectif de cet exercice est de calculer l'aire d'un triangle en le considérant comme une face d'une pyramide. On détermine au préalable les coordonnées du point d'intersection d'un plan donné par une équation cartésienne et d'une droite dont on connaît une représentation paramétrique.

Exercice commun à tous les candidats

Dans l'espace rapporté à un repère orthonormé $(O ; \vec{i}, \vec{j}, \vec{k})$, on considère les points :
A de coordonnées $(2 ; 0 ; 0)$, B de coordonnées $(0 ; 3 ; 0)$ et C de coordonnées $(0 ; 0 ; 1)$.

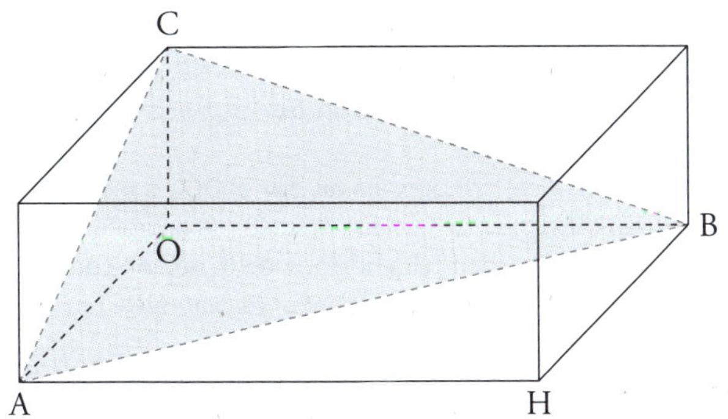

L'objectif de cet exercice est de calculer l'aire du triangle ABC.

▶ **1. a)** Montrer que le vecteur $\vec{n}\begin{pmatrix} 3 \\ 2 \\ 6 \end{pmatrix}$ est normal au plan (ABC).

b) En déduire qu'une équation cartésienne du plan (ABC) est : $3x + 2y + 6z - 6 = 0$.

▶ **2.** On note $\mathcal{D}$ la droite passant par O et orthogonale au plan (ABC).

a) Déterminer une représentation paramétrique de la droite $\mathcal{D}$.

b) Montrer que la droite $\mathcal{D}$ coupe le plan (ABC) au point H de coordonnées $\left(\frac{18}{49} ; \frac{12}{49} ; \frac{36}{49}\right)$.

c) Calculer la distance OH.

▶ **3.** On rappelle que le volume d'une pyramide est donné par : $\mathcal{V} = \frac{1}{3}\mathcal{B}h$, où $\mathcal{B}$ est l'aire d'une base et h est la hauteur de la pyramide correspondant à cette base.

En calculant de deux façons différentes le volume de la pyramide OABC, déterminer l'aire du triangle ABC.

LES CLÉS DU SUJET

▶ **1. a)** Un vecteur normal à un plan est un vecteur orthogonal à deux vecteurs formant une base de ce plan. Utilisez l'expression du produit scalaire de deux vecteurs de l'espace.

b) À partir des coordonnées d'un vecteur normal, on peut trouver la forme d'une équation cartésienne d'un plan ; utilisez ensuite les coordonnées d'un point du plan.

▶ **2. a)** La droite $\mathcal{D}$ est orthogonale au plan (ABC), donc le vecteur $\vec{n}$, normal au plan (ABC), est un vecteur directeur de la droite $\mathcal{D}$.

b) Utilisez la représentation paramétrique de $\mathcal{D}$ déterminée à la question précédente et l'équation cartésienne du plan (ABC) justifiée à la question **1. b)**.

▶ **3.** La pyramide OABC comporte quatre faces, vous pouvez donc calculer son volume de quatre façons différentes. Trois des faces de cette pyramide sont des triangles rectangles en O.

10 CORRIGÉ GUIDÉ

▶ 1. a) Montrer qu'un vecteur de coordonnées est normal à un plan

Les vecteurs $\overrightarrow{AB}$ et $\overrightarrow{AC}$ forment une base du plan (ABC), donc $\vec{n}$ est normal à ce plan si et seulement si $\vec{n} \cdot \overrightarrow{AB} = 0$ et $\vec{n} \cdot \overrightarrow{AC} = 0$.

On a $\overrightarrow{AB}\begin{pmatrix}-2\\3\\0\end{pmatrix}$ et $\overrightarrow{AC}\begin{pmatrix}-2\\0\\1\end{pmatrix}$.

On en déduit $\vec{n} \cdot \overrightarrow{AB} = -6+6=0$ et $\vec{n} \cdot \overrightarrow{AC} = -6+6=0$.

Donc le vecteur $\vec{n}\begin{pmatrix}3\\2\\6\end{pmatrix}$ est normal au plan (ABC).

> **▶ Le piège à éviter**
> Pour montrer qu'un vecteur est normal à un plan, il est indispensable de vérifier qu'il est orthogonal à **deux** vecteurs non colinéaires formant une base de ce plan ; l'orthogonalité avec un seul vecteur ne suffit pas.

b) Déterminer une équation cartésienne d'un plan

D'après la question précédente, le plan (ABC) a une équation cartésienne de la forme $3x+2y+6z+d=0$.

$A \in$ (ABC), donc ses coordonnées vérifient l'équation précédente, soit $6+d=0$, d'où $d=-6$.

Donc une équation cartésienne du plan (ABC) est : $3x+2y+6z-6=0$.

> **REMARQUE**
> On peut aussi déterminer le réel *d* en utilisant les coordonnées du point B ou bien celles du point C.

▶ 2. a) Déterminer une représentation paramétrique d'une droite

Puisque la droite $\mathscr{D}$ est orthogonale au plan (ABC), le vecteur $\vec{n}\begin{pmatrix}3\\2\\6\end{pmatrix}$ est un vecteur directeur de $\mathscr{D}$.

Comme en outre $\mathcal{D}$ passe par le point O, elle a pour représentation paramétrique $\begin{cases} x = 3t \\ y = 2t,\ t \in \mathbb{R}. \\ z = 6t \end{cases}$

b) Déterminer les coordonnées du point d'intersection d'une droite et d'un plan

$\mathcal{D}$ est orthogonale au plan (ABC), donc elle est sécante à ce plan ; $\mathcal{D}$ et (ABC) ont un unique point commun H.

Puisque H appartient à la droite $\mathcal{D}$, ses coordonnées sont de la forme $(3t\,;\,2t\,;\,6t)$, avec $t \in \mathbb{R}$. Comme H $\in$ (ABC), ses coordonnées vérifient l'équation cartésienne de ce plan :

$$9t + 4t + 36t - 6 = 0$$

soit :

$$t = \frac{6}{49}.$$

On remplace t par cette valeur dans les expressions de x, y et z de la représentation paramétrique de $\mathcal{D}$ obtenue à la question **2. a)** ; on a donc $H\left(\frac{18}{49}\,;\,\frac{12}{49}\,;\,\frac{36}{49}\right)$.

> **REMARQUE**
> H est le projeté orthogonal du point O sur le plan (ABC).

> **▶ Le conseil de méthode**
> On détermine dans un premier temps la valeur du paramètre t correspondant au point H ; il ne faut pas oublier ensuite de calculer les coordonnées de ce point.

c) Calculer la distance de deux points

O a pour coordonnées (0 ; 0 ; 0). Si on note $(x_H\,;\,y_H\,;\,z_H)$ les coordonnées du point H, on a, d'après la formule du cours :

$OH = \sqrt{x_H^2 + y_H^2 + z_H^2}$, soit

$OH = \sqrt{\frac{18^2 + 12^2 + 36^2}{49^2}}$ et $OH = \sqrt{\frac{1\,764}{2\,401}}$,

d'où finalement :

$$\boxed{OH = \frac{6}{7}}$$

> **INFO +**
> OH est la distance du point O au plan (ABC). Le point H est le point de (ABC) le plus proche de O.

▶ 3. Déterminer l'aire d'un triangle

Le volume d'une pyramide est $\mathcal{V} = \frac{1}{3}\mathcal{B}h$, où $\mathcal{B}$ est l'aire d'une base et h est la hauteur de la pyramide correspondant à cette base. Chaque face de la pyramide peut être considérée comme une base, on mesure alors la hauteur perpendiculairement à cette base.

Soit $\mathcal{V}$ le volume de la pyramide OABC et $\mathcal{A}$ l'aire du triangle ABC.

La hauteur de la pyramide correspondant à la base ABC est OH.

Donc $\mathcal{V} = \frac{1}{3} \times \mathcal{A} \times \frac{6}{7}$, c'est-à-dire $\boxed{\mathcal{V} = \frac{2}{7}\mathcal{A}}$.

Si on prend comme base OBC, la hauteur correspondante est OA et on a :

$$\mathcal{V} = \frac{1}{3} \times \text{aire(OBC)} \times \text{OA}.$$

Le triangle OBC est rectangle en O, donc son aire est $\frac{1}{2} \times \text{OB} \times \text{OC}$, soit $\frac{1}{2} \times 3 \times 1$, c'est-à-dire $\frac{3}{2}$.

D'autre part, OA = 2. Donc :

$$\mathcal{V} = \frac{1}{3} \times \frac{3}{2} \times 2$$

$$\boxed{\mathcal{V} = 1}$$

> **INFO +**
> On a aussi :
> $\mathcal{V} = \frac{1}{3} \times \text{aire(OAB)} \times \text{OC}$
> et $\mathcal{V} = \frac{1}{3} \times \text{aire(OAC)} \times \text{OB}$.

On en déduit $\frac{2}{7}\mathcal{A} = 1$, soit $\mathcal{A} = \frac{7}{2}$.

L'aire du triangle ABC est égale à $\frac{7}{2}$.

S'ENTRAÎNER

Distance d'un point à la droite intersection de deux plans

1 heure
5 points

INTÉRÊT DU SUJET • Ce sujet nous fait déterminer la position relative de deux plans de l'espace, puis définir leur intersection et, enfin, calculer la distance d'un point à cette intersection des deux plans.

Dans l'espace muni d'un repère orthonormé $(O\,;\vec{i},\vec{j},\vec{k})$, on considère les points $A(1\,;2\,;2)$, $B(3\,;2\,;1)$ et $C(1\,;3\,;3)$.

▶ **1. a)** Démontrer que les points A, B et C déterminent un plan, noté $\mathcal{P}_1$.
b) Vérifier que $x-2y+2z-1=0$ est une équation cartésienne de $\mathcal{P}_1$.

▶ **2.** On considère le plan $\mathcal{P}_2$ d'équation cartésienne $x-3y+2z+2=0$.
a) Démontrer que les plans $\mathcal{P}_1$ et $\mathcal{P}_2$ sont sécants.
On note Δ leur droite d'intersection.
b) Démontrer que le point C appartient à la droite Δ.
c) Vérifier que $\vec{u}(2\,;0\,;-1)$ est un vecteur directeur de la droite Δ.
d) En déduire que $\begin{cases} x=2t+1 \\ y=3 \\ z=-t+3 \end{cases}$, $t\in\mathbb{R}$, est une représentation paramétrique de la droite Δ.

▶ **3. a)** Démontrer qu'il existe un unique point H appartenant à Δ tel que les vecteurs $\overrightarrow{AH}$ et $\vec{u}$ sont orthogonaux. Déterminer les coordonnées de H, qui est donc le projeté othogonal du point A sur la droite Δ.
b) Que peut-on en déduire pour les droites (AH) et Δ ?
c) Calculer AH, qui est la distance du point A à la droite Δ.

LES CLÉS DU SUJET

▶ **1. a)** Démontrez, par exemple, que $\overrightarrow{AB}$ et $\overrightarrow{AC}$ ne sont pas colinéaires.

b) Démontrez que le vecteur $\vec{n}(1\,;-2\,;2)$ est un vecteur normal au plan $\mathcal{P}_1$ et que l'un des points A, B ou C appartient au plan d'équation donnée.

▶ **2. a)** Démontrez que les vecteurs normaux de ces deux plans ne sont pas colinéaires.

b) Démontrez que le point C appartient au plan $\mathcal{P}_1$ et au plan $\mathcal{P}_2$.

c) Considérez une droite de vecteur directeur $\vec{u}$ et démontrez que le vecteur $\vec{u}$ est orthogonal à un vecteur normal à chacun des deux plans.

d) Utilisez le fait que le point C appartient à Δ et que $\vec{u}$ en est un vecteur directeur.

▶ **3. a)** Résolvez dans $\mathbb{R}$ l'équation $\overrightarrow{AH}\cdot\vec{u} = 0$ d'inconnue t.

b) Remarquez que (AH) et Δ sont orthogonales et ont un point commun.

c) Utilisez les coordonnées du point A et du point H.

S'ENTRAÎNER

11 CORRIGÉ GUIDÉ

▶ **1. a) Montrer que des points déterminent un plan**

$\overrightarrow{AB}(3-1\,;2-2\,;1-2)$, soit $\overrightarrow{AB}(2\,;0\,;-1) \neq (0\,;0\,;0)$.

$\overrightarrow{AC}(1-1\,;3-2\,;3-2)$, soit $\overrightarrow{AC}(0\,;1\,;1) \neq (0\,;0\,;0)$.

Les vecteurs $\overrightarrow{AB}$ et $\overrightarrow{AC}$ ne sont pas colinéaires, donc les points A, B et C ne sont pas alignés et déterminent un plan, noté $\mathcal{P}_1$.

b) Vérifier qu'une équation cartésienne est celle d'un plan donné

Notons Π le plan dont $x-2y+2z-1=0$ est une équation cartésienne et démontrons que $\Pi = \mathcal{P}_1$.

• De l'équation, on déduit que le vecteur $\vec{n}(1\,;-2\,;2)$ est un vecteur normal au plan Π.

Or, $\vec{n}\cdot\overrightarrow{AB} = 1\times 2+(-2)\times 0+2\times(-1) = 2-2 = 0$

et $\vec{n}\cdot\overrightarrow{AC} = 1\times 0+(-2)\times 1+2\times 1 = -2+2 = 0$.

Donc, comme $(\overrightarrow{AB} ; \overrightarrow{AC})$ est un couple de vecteurs directeurs du plan $\mathcal{P}_1$, on en déduit que $\vec{n}(1 ; -2 ; 2)$ est aussi un vecteur normal au plan $\mathcal{P}_1$. Les plans Π et $\mathcal{P}_1$ sont donc parallèles.

- De plus, $A(1 ; 2 ; 2)$ et $1-2\times 2+2\times 2-1=0$, donc A appartient au plan Π.
- Ainsi, les plans Π et $\mathcal{P}_1$ sont parallèles et ont un point commun.

Ils sont donc confondus et $x-2y+2z-1=0$ est une équation cartésienne du plan $\mathcal{P}_1$.

À NOTER
Deux plans de l'espace qui admettent le même vecteur normal sont **parallèles.**

▶ 2. a) Étudier la position relative de deux plans

Un vecteur normal au plan $\mathcal{P}_2$ d'équation $x-3y+2z+2=0$ est $\overrightarrow{n'}(1 ; -3 ; 2)$.

Les vecteurs $\vec{n}(1 ; -2 ; 2)$ et $\overrightarrow{n'}(1 ; -3 ; 2)$ ne sont pas colinéaires, donc les plans $\mathcal{P}_1$ et $\mathcal{P}_2$ sont sécants et leur intersection est une droite, notée Δ.

À NOTER
Soit $\mathcal{P}$ et $\mathcal{P}'$ deux plans de vecteurs normaux respectifs $\vec{n} \neq \vec{0}$ et $\overrightarrow{n'} \neq \vec{0}$.
$\mathcal{P} \,/\!/\, \mathcal{P}' \Leftrightarrow \vec{n}$ et $\overrightarrow{n'}$ sont colinéaires $\Leftrightarrow$ Il existe $\alpha \in \mathbb{R}$ tel que $\overrightarrow{n'} = \alpha\vec{n}$.
Dans l'espace, deux plans sont **soit parallèles, soit sécants** selon une droite.

b) Démontrer qu'un point appartient à une droite

Démontrer que C appartient à Δ revient à démontrer que C appartient à $\mathcal{P}_1$ et à $\mathcal{P}_2$, c'est-à-dire que les coordonnées de C vérifient une équation cartésienne de chacun des deux plans.

$C(1 ; 3 ; 3)$ et $1-2\times 3+2\times 3-1=1-6+6-1=0$, donc $C \in \mathcal{P}_1$.

De même, $1-3\times 3+2\times 3+2=1-9+6+2=0$, donc $C \in \mathcal{P}_2$.

Donc le point C appartient à la droite Δ.

c) Identifier un vecteur directeur d'une droite donnée

Notons $\mathcal{D}$ une droite de vecteur directeur $\vec{u}(2 ; 0 ; -1)$ et démontrons que $\mathcal{D}$ est parallèle à Δ, ce qui prouvera que $\vec{u}$ est un vecteur directeur de Δ.

- $\vec{n}(1 ; -2 ; 2)$ est un vecteur normal au plan $\mathcal{P}_1$ et $\vec{n}\cdot\vec{u}=1\times 2+(-2)\times 0+2\times(-1)=2+0-2=0$, donc $\vec{n} \perp \vec{u}$.

On en déduit que $\mathcal{D}$ est parallèle au plan $\mathcal{P}_1$.

• De même, $\overrightarrow{n'}(1\,;-3\,;2)$ est un vecteur normal au plan $\mathcal{P}_2$ et $\overrightarrow{n'}\cdot\vec{u}=1\times 2+(-3)\times 0+2\times(-1)=2+0-2=0$, donc $\overrightarrow{n'}\perp\vec{u}$.
On en déduit que $\mathcal{D}$ est parallèle au plan $\mathcal{P}_2$.

• La droite $\mathcal{D}$ est donc parallèle à la droite Δ, intersection de $\mathcal{P}_1$ et $\mathcal{P}_2$.
Ainsi, $\vec{u}$ étant un vecteur directeur de $\mathcal{D}$, c'est aussi un vecteur directeur de Δ, car les droites $\mathcal{D}$ et Δ ont la même direction.

d) Déterminer une représentation paramétrique d'une droite

Δ est la droite passant par le point $C(1\,;3\,;3)$ et de vecteur directeur $\vec{u}(2\,;0\,;-1)$.

Une représentation paramétrique de Δ est donc $\begin{cases}x=2t+1\\ y=3\\ z=-t+3\end{cases}$, $t\in\mathbb{R}$.

▶ **3. a) Déterminer les coordonnées d'un point**

Compte tenu de la représentation paramétrique de Δ, un point M appartenant à la droite Δ a pour coordonnées $(2t+1\ ;\ 3\ ;\ -t+3)$, avec t appartenant à $\mathbb{R}$.

$\overrightarrow{AM}$ et $\vec{u}$ orthogonaux $\Leftrightarrow \overrightarrow{AM}\cdot\vec{u}=0$.

$A(1\,;2\,;2)$ donc $\overrightarrow{AM}(2t+1-1\,;3-2\,;-t+3-2)$, soit $\overrightarrow{AM}(2t\,;1\,;-t+1)$.
$\vec{u}(2\,;0\,;-1)$, donc :

$$\overrightarrow{AM}\cdot\vec{u}=0 \Leftrightarrow 2t\times 2+1\times 0+(-t+1)\times(-1)=0$$
$$\Leftrightarrow 4t+t-1=0 \Leftrightarrow 5t=1 \Leftrightarrow t=\frac{1}{5}.$$

Ainsi, il existe un unique réel t tel que les vecteurs $\overrightarrow{AM}$ et $\vec{u}$ sont orthogonaux, donc il existe un unique point de Δ tel que $\overrightarrow{AM}$ et $\vec{u}$ sont orthogonaux.

Notons H ce point. En remplaçant t par $\frac{1}{5}$ dans l'expression générale des coordonnées d'un point de Δ, on obtient :

H a pour coordonnées $\left(2\times\frac{1}{5}+1\,;3\,;-\frac{1}{5}+3\right)$, soit $\left(\frac{7}{5}\,;3\,;\frac{14}{5}\right)$.

S'ENTRAÎNER

b) Étudier la position relative de deux droites

La droite Δ a pour vecteur directeur $\vec{u}$, et les vecteurs $\overrightarrow{AH}$ et $\vec{u}$ sont orthogonaux, donc les droites Δ et (AH) sont orthogonales.

De plus, elles sont sécantes en H, donc les droites Δ et (AH) sont perpendiculaires en H.

> **À NOTER**
> Soit $\mathcal{D}$ et Δ deux droites de l'espace de vecteurs directeurs respectifs $\vec{u} \neq \vec{0}$ et $\vec{v} \neq \vec{0}$:
> $\mathcal{D} \perp \Delta \Leftrightarrow \vec{u} \cdot \vec{v} = 0$

c) Calculer une distance

$\mathrm{H}\left(\frac{7}{5}\,;3\,;\frac{14}{5}\right)$ et A(1 ; 2 ; 2), donc :

$$\mathrm{AH} = \sqrt{\left(\frac{7}{5}-1\right)^2 + (3-2)^2 + \left(\frac{14}{5}-2\right)^2}$$

$$= \sqrt{\frac{4}{25}+1+\frac{16}{25}} = \sqrt{\frac{4+25+16}{25}}$$

$$= \sqrt{\frac{45}{25}} = \frac{\sqrt{45}}{\sqrt{25}} = \frac{3\sqrt{5}}{5}.$$

> **À NOTER**
> $\mathrm{AH} = \sqrt{(x_\mathrm{H} - x_\mathrm{A})^2 + (y_\mathrm{H} - y_\mathrm{A})^2 + (z_\mathrm{H} - z_\mathrm{A})^2}$

Deux solides pour une sculpture

1 heure
6 points

INTÉRÊT DU SUJET • En utilisant le calcul vectoriel et le produit scalaire, on calcule le volume et l'aire d'une forme composée.

Un artiste souhaite réaliser une sculpture composée d'un tétraèdre posé sur un cube.
Ces deux solides sont représentés par le cube ABCDEFGH et par le tétraèdre SELM ci-contre.

L est le point du segment [EF] tel que $\overrightarrow{EL} = \frac{1}{3}\overrightarrow{EF}$.

M est le point d'intersection du plan (BDL) et de la droite (EH).

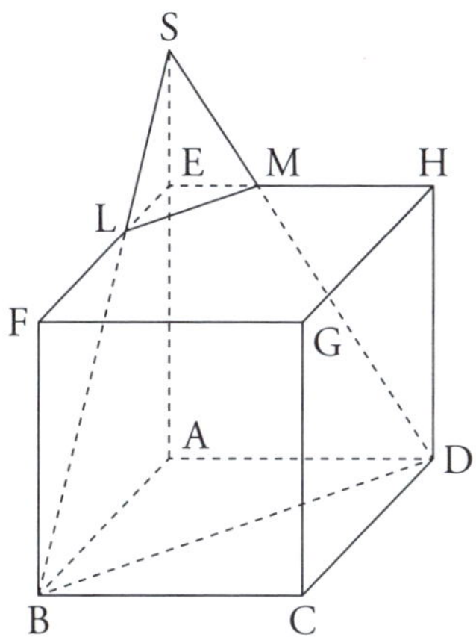

▶ **1.** Montrer que les droites (LM) et (BD) sont parallèles.

▶ **2.** Montrer que les droites (AE) et (BL) sont sécantes.
On appelle S leur point d'intersection.

▶ **3. a)** Montrer que $\overrightarrow{SE} = \frac{1}{3}\overrightarrow{SA}$, puis que $\overrightarrow{EM} = \frac{1}{3}\overrightarrow{AD}$.

b) En déduire que S, M et D sont alignés.
Dans la suite de l'exercice, on suppose que la longueur des arêtes du cube ABCDEFGH est égale à 1.

▶ **4. a)** Montrer que $\overrightarrow{LE} \cdot \overrightarrow{LS} = \frac{1}{9}$.

b) En déduire une valeur approchée au dixième de degré près de la mesure en degrés de l'angle $\widehat{ELS}$.

▶ **5. a)** Calculer le volume du tétraèdre SELM.
b) En déduire le volume total de la sculpture.

▶ **6. a)** Calculer l'aire du triangle SLM.
b) Calculer l'aire totale de la sculpture.

LES CLÉS DU SUJET

▶ **1.** Considérez chacune des deux droites (LM) et (BD) comme intersection du plan (BDL) avec un autre plan.
▶ **2.** Montrez que les droites (AE) et (BL) sont coplanaires et non parallèles.
▶ **3. a)** Utilisez à deux reprises le théorème de Thalès.
b) Utilisez la relation de Chasles pour montrer que deux vecteurs sont colinéaires.
▶ **4. a)** Décomposez le vecteur $\overrightarrow{LS}$ à l'aide de la relation de Chasles, puis utilisez une propriété du produit scalaire.
b) Utilisez une expression du produit scalaire.
▶ **5. a)** On rappelle que le volume d'un tétraèdre est $\mathcal{V} = \frac{1}{3}\mathcal{B} \times h$, où $\mathcal{B}$ est l'aire de l'une des bases et h la hauteur correspondante.
b) Additionnez le volume du tétraèdre et celui du cube.
▶ **6. a)** SL = SM, le triangle SLM est isocèle.

12 CORRIGÉ GUIDÉ

▶ 1. Montrer que deux droites sont parallèles

(LM) est la droite d'intersection du plan (BDL) et du plan (EFG), (BD) est la droite d'intersection du plan (BDL) et du plan (ABC) et les plans (EFG) et (ABC) sont parallèles (propriété du cube).

Or on sait que si deux plans sont parallèles, alors tout plan qui coupe l'un coupe l'autre et les droites d'intersection sont parallèles (théorème d'incidence) ; ici le plan (BDL) coupe les deux plans parallèles (EFG) et (ABC), donc les droites d'intersection (LM) et (BD) sont parallèles.

▶ 2. Montrer que deux droites sont sécantes

Les droites (AE) et (BL) sont coplanaires, car toutes deux contenues dans le plan (ABE). Elles ne sont pas parallèles : (BL) n'est pas parallèle à (BF) car $L \notin (BF)$, donc (BL) n'est pas parallèle à (AE).

Or deux droites coplanaires et non parallèles sont nécessairement sécantes ; (AE) et (BL) sont sécantes, on appelle S leur point d'intersection.

▶ 3. a) Établir deux relations vectorielles

On sait que $\overrightarrow{EL} = \frac{1}{3}\overrightarrow{EF}$, on a donc aussi $\overrightarrow{EL} = \frac{1}{3}\overrightarrow{AB}$. De plus, $E \in (SA)$ et $L \in (SB)$. Les droites (LE) et (AB) sont parallèles, on applique le théorème de Thalès au triangle SAB dans le plan (ABE).

On en déduit : $\overrightarrow{SE} = \frac{1}{3}\overrightarrow{SA}$.

> **À NOTER**
> On a aussi $\overrightarrow{SL} = \frac{1}{3}\overrightarrow{SB}$.

De même, on applique le théorème de Thalès au triangle SAD, avec les droites parallèles (EM) et (AD). Sachant que $\overrightarrow{SE} = \frac{1}{3}\overrightarrow{SA}$, on en déduit $\overrightarrow{EM} = \frac{1}{3}\overrightarrow{AD}$.

b) Montrer que trois points sont alignés

D'après la relation de Chasles $\overrightarrow{SM} = \overrightarrow{SE} + \overrightarrow{EM}$, donc, d'après les deux égalités prouvées à la question précédente, on a successivement :

$$\overrightarrow{SM} = \frac{1}{3}\overrightarrow{SA} + \frac{1}{3}\overrightarrow{AD}$$

$$\overrightarrow{SM} = \frac{1}{3}\left(\overrightarrow{SA} + \overrightarrow{AD}\right)$$

$$\overrightarrow{SM} = \frac{1}{3}\overrightarrow{SD}.$$

On en déduit que les vecteurs $\overrightarrow{SM}$ et $\overrightarrow{SD}$ sont colinéaires, donc que les points S, M et D sont alignés.

▶ 4. a) Calculer un produit scalaire

D'après la relation de Chasles $\overrightarrow{LS} = \overrightarrow{LE} + \overrightarrow{ES}$, donc :

$$\overrightarrow{LE} \cdot \overrightarrow{LS} = \overrightarrow{LE} \cdot \left(\overrightarrow{LE} + \overrightarrow{ES}\right)$$

$$\overrightarrow{LE} \cdot \overrightarrow{LS} = LE^2 + \overrightarrow{LE} \cdot \overrightarrow{ES}.$$

Or $LE = \frac{1}{3}$, et les vecteurs $\overrightarrow{LE}$ et $\overrightarrow{ES}$ sont orthogonaux, donc $\overrightarrow{LE} \cdot \overrightarrow{ES} = 0$.

Donc $\overrightarrow{LE} \cdot \overrightarrow{LS} = \left(\frac{1}{3}\right)^2$, soit $\overrightarrow{LE} \cdot \overrightarrow{LS} = \frac{1}{9}$.

b) Déterminer une valeur approchée de la mesure d'un angle

On a aussi $\overrightarrow{LE} \cdot \overrightarrow{LS} = LE \times LS \times \cos \widehat{ELS}$.

Or $LE = \frac{1}{3}$ et $\overrightarrow{SE} = \frac{1}{3}\ \overrightarrow{SA} = \frac{1}{3}\ \left(\overrightarrow{SE} + \overrightarrow{EA}\right)$, soit $\overrightarrow{SE} = \frac{1}{2}\overrightarrow{SA}$ et $ES = \frac{1}{2}$.

D'après le théorème de Pythagore dans le triangle LES rectangle en E :

$LS^2 = LE^2 + ES^2 = \frac{1}{9} + \frac{1}{4} = \frac{13}{36}$, donc $LS = \frac{\sqrt{13}}{6}$.

Donc $\overrightarrow{LE} \cdot \overrightarrow{LS} = \frac{1}{3} \times \frac{\sqrt{13}}{6} \times \cos \widehat{ELS} = \frac{\sqrt{13}}{18} \cos \widehat{ELS}$ et $\overrightarrow{LE} \cdot \overrightarrow{LS} = \frac{1}{9}$, d'où :

$\cos \widehat{ELS} = \frac{2}{\sqrt{13}}$.

D'après la calculatrice : $\widehat{ELS} = 56{,}3°$ au dixième de degré près.

> **▶ Le conseil de méthode**
>
> On pouvait aussi utiliser des relations trigonométriques dans le triangle SEL rectangle en E.

▶ 5. a) Calculer le volume d'un tétraèdre

Le volume du tétraèdre SELM est $\mathscr{V} = \frac{1}{3}\mathscr{B} \times h$, où $\mathscr{B}$ est l'aire de l'une des bases du tétraèdre et h la hauteur correspondante.

On prend pour base le triangle ELM, rectangle et isocèle en E.

$EL = EM = \frac{1}{3}$, donc l'aire du triangle ELM est $\mathscr{B} = \frac{1}{2} \times \left(\frac{1}{3}\right)^2$, soit

$\mathscr{B} = \frac{1}{18}$. La hauteur est $h = SE = \frac{1}{2}$.

D'où $\mathscr{V} = \frac{1}{3} \times \frac{1}{18} \times \frac{1}{2}$, soit $\mathscr{V} = \frac{1}{108}$.

b) Calculer le volume d'un solide

Le volume total de la sculpture est la somme du volume du cube ABCDEFGH et du volume $\mathscr{V}$ du tétraèdre SELM.

Les arêtes du cube ABCDEFGH sont de longueur 1, donc le volume de ce cube est 1 et le volume total de la sculpture est $1 + \frac{1}{108}$, soit $\frac{109}{108}$.

▶ **6. a) Calculer l'aire d'un triangle**

SL = SM, le triangle SLM est isocèle.

Si on appelle I le milieu de [LM], (SI) est la médiatrice de [LM] et l'aire $\mathcal{A}$ du triangle SLM est le double de celle du triangle SIL, soit :

$\mathcal{A} = 2 \times \frac{LI \times SI}{2} = LI \times SI$. On a $LI = \frac{1}{2}LM$ et

$LM = \frac{1}{3}BD = \frac{\sqrt{2}}{3}$, donc $LI = \frac{\sqrt{2}}{6}$.

> **À NOTER**
> Dans un carré de côté 1, la longueur de la diagonale est $\sqrt{2}$.

D'après le théorème de Pythagore dans le triangle SIL rectangle en I : $SI^2 = SL^2 - LI^2$.

On a vu que $SL^2 = \frac{13}{36}$, d'où $SI^2 = \frac{13}{36} - \frac{2}{36} = \frac{11}{36}$ et $SI = \frac{\sqrt{11}}{6}$.

On en déduit l'aire $\mathcal{A}$ du triangle SLM : $\mathcal{A} = LI \times SI = \frac{\sqrt{2}}{6} \times \frac{\sqrt{11}}{6}$.

L'aire du triangle SLM est donc $\mathcal{A} = \frac{\sqrt{22}}{36}$.

b) Calculer l'aire totale d'un solide

On doit calculer et additionner :

– les aires de 5 faces du cube ABCDEFGH ;

– l'aire du pentagone FGHML ;

– les aires des triangles rectangles SEL et SEM ;

– l'aire du triangle SLM.

Chacune des faces du cube a une aire égale à 1.

On a vu à la question 5. a) que l'aire du triangle ELM est $\frac{1}{18}$, donc l'aire du pentagone FGHML est $1 - \frac{1}{18}$, soit $\frac{17}{18}$.

On a vu également que $EL = EM = \frac{1}{3}$ et que $ES = \frac{1}{2}$, donc l'aire de chacun des deux triangles rectangles (identiques) SEL et SEM est $\frac{1}{2} \times \frac{1}{3} \times \frac{1}{2} = \frac{1}{12}$.

L'aire totale de la sculpture est donc $5 + \frac{17}{18} + \frac{1}{6} + \frac{\sqrt{22}}{36}$, soit :

$\frac{180 + 34 + 6 + \sqrt{22}}{36} = \frac{220 + \sqrt{22}}{36}$.

> **À NOTER**
> Les longueurs sont exprimées en unités de longueur, les aires en unités d'aire, les volumes en unités de volume.

S'ENTRAÎNER

13 France métropolitaine, mai 2022 • Jour 2 Exercice 3

Deux tétraèdres dans un cube

1 h 10
7 points

INTÉRÊT DU SUJET • On calcule de deux manières différentes le volume d'un tétraèdre et on en déduit l'aire d'un triangle. On s'intéresse ensuite à un autre tétraèdre, dont trois sommets sont les milieux de trois arêtes du premier tétraèdre.

On considère un cube ABCDEFGH et on appelle K le milieu du segment [BC].
On se place dans le repère $(A\,;\overrightarrow{AB}, \overrightarrow{AD}, \overrightarrow{AE})$ et on considère le tétraèdre EFGK.
On rappelle que le volume d'un tétraèdre est donné par :

$$\mathcal{V} = \frac{1}{3} \times \mathcal{B} \times h$$

où $\mathcal{B}$ désigne l'aire d'une base et h la hauteur relative à cette base.

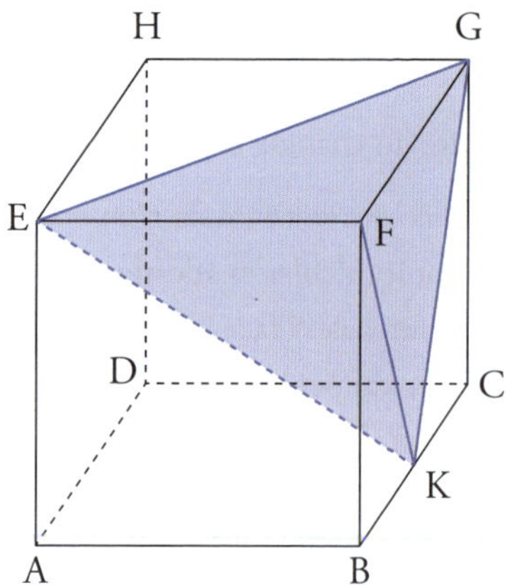

▶ **1.** Préciser les coordonnées des points E, F, G et K.

▶ **2.** Montrer que le vecteur $\vec{n}(2\,;-2\,;1)$ est orthogonal au plan (EGK).

▶ **3.** Démontrer que le plan (EGK) admet pour équation cartésienne : $2x - 2y + z - 1 = 0$.

▶ 4. Déterminer une représentation paramétrique de la droite (d) orthogonale au plan (EGK) passant par F.

▶ **5.** Montrer que le projeté orthogonal L de F sur le plan (EGK) a pour coordonnées $\left(\frac{5}{9}\,;\frac{4}{9}\,;\frac{7}{9}\right)$.

▶ **6.** Justifier que la longueur LF est égale à $\frac{2}{3}$.

▶ **7.** Calculer l'aire du triangle EFG. En déduire que le volume du tétraèdre EFGK est égal à $\frac{1}{6}$.

▶ **8.** Déduire des questions précédentes l'aire du triangle EGK.

▶ **9.** On considère les points P milieu du segment [EG], M milieu du segment [EK] et N milieu du segment [GK]. Déterminer le volume du tétraèdre FPMN.

LES CLÉS DU SUJET

▶ **3.** Utilisez le vecteur $\vec{n}$ de la question **2.**

▶ **5.** L est le point d'intersection du plan (EGK) et de la droite orthogonale à ce plan passant par F.

▶ **9.** Calculez l'aire du triangle MNP en utilisant le théorème des milieux et le résultat de la question **8.**

S'ENTRAÎNER

13 CORRIGÉ GUIDÉ

▶ 1. Donner les coordonnées de points de l'espace

Dans le repère $(A\,;\overrightarrow{AB},\overrightarrow{AD},\overrightarrow{AE})$, E a pour coordonnées $(0\,;0\,;1)$.

$\overrightarrow{AF}=\overrightarrow{AB}+\overrightarrow{AE}$, donc F a pour coordonnées $(1\,;0\,;1)$.

$\overrightarrow{AG}=\overrightarrow{AB}+\overrightarrow{AD}+\overrightarrow{AE}$, donc G a pour coordonnées $(1\,;1\,;1)$.

$\overrightarrow{AK}=\overrightarrow{AB}+\frac{1}{2}\overrightarrow{AD}$, donc K a pour coordonnées $\left(1\,;\frac{1}{2}\,;0\right)$.

▶ 2. Montrer qu'un vecteur est orthogonal à un plan

Le vecteur $\vec{n}$ est orthogonal au plan (EGK) si et seulement s'il est orthogonal aux vecteurs directeurs de deux droites sécantes du plan (EGK).

Les droites (EG) et (EK) sont deux droites sécantes du plan (EGK).

Leurs vecteurs directeurs sont $\overrightarrow{EG}(1\,;1\,;0)$ et $\overrightarrow{EK}\left(1\,;\frac{1}{2}\,;-1\right)$.

À NOTER
Un vecteur orthogonal, ou normal, à un plan est un vecteur directeur d'une droite orthogonale à ce plan.

$\vec{n} \cdot \overrightarrow{EG} = 2 - 2 = 0$ et $\vec{n} \cdot \overrightarrow{EK} = 2 - 1 - 1 = 0$.

On en déduit que le vecteur $\vec{n}(2\,;-2\,;1)$ est orthogonal, ou normal, au plan (EGK).

▶ 3. Déterminer une équation cartésienne d'un plan

Puisque $\vec{n}(2\,;-2\,;1)$ est un vecteur normal au plan (EGK), ce plan a pour équation cartésienne $2x - 2y + z + d = 0$.

Les coordonnées de E(0 ; 0 ; 1) vérifient cette équation, donc $1 + d = 0$; $d = -1$ et (EGK) admet pour équation cartésienne : $\boxed{2x - 2y + z - 1 = 0}$.

▶ 4. Déterminer une représentation paramétrique d'une droite

La droite (d) est orthogonale au plan (EGK), donc le vecteur $\vec{n}(2\,;-2\,;1)$ est un vecteur directeur de (d).

(d) a donc pour représentation paramétrique $\boxed{\begin{cases} x = 1 + 2t \\ y = -2t \quad , t \in \mathbb{R} \\ z = 1 + t \end{cases}}$.

▶ 5. Déterminer les coordonnées du projeté orthogonal d'un point sur un plan

Si L est le projeté orthogonal de F sur le plan (EGK), alors F est le point d'intersection de la droite (d) et du plan (EGK). Ses coordonnées sont de la forme $(1 + 2t\,;-2t\,;1 + t)$ et vérifient l'équation cartésienne de (EGK), d'où : $2(1 + 2t) - 2 \times (-2t) + 1 + t - 1 = 0$.

Cette équation équivaut à $9t + 2 = 0$, soit $t = -\dfrac{2}{9}$.

Le projeté orthogonal de F sur le plan (EGK) a donc pour coordonnées :

$$\begin{cases} x = 1 + 2 \times \left(-\dfrac{2}{9}\right) \\ y = -2 \times \left(-\dfrac{2}{9}\right) \\ z = 1 - \dfrac{2}{9} \end{cases} \quad \text{c'est-à-dire} \quad \begin{cases} x = \dfrac{5}{9} \\ y = \dfrac{4}{9} \\ z = \dfrac{7}{9} \end{cases}.$$

À NOTER
On peut aussi prouver que le triplet $\left(\dfrac{5}{9}\,;\dfrac{4}{9}\,;\dfrac{7}{9}\right)$ est de la forme $(1 + 2t\,;-2t\,;1 + t)$ et vérifie l'équation cartésienne de (EGK).

Le projeté orthogonal de F sur le plan (EGK) est donc bien $L\left(\dfrac{5}{9}\,;\dfrac{4}{9}\,;\dfrac{7}{9}\right)$.

▶ 6. Calculer la distance de deux points de l'espace

$$\text{LF}=\sqrt{\left(1-\frac{5}{9}\right)^2+\left(\frac{4}{9}\right)^2+\left(1-\frac{7}{9}\right)^2}=\frac{\sqrt{16+16+4}}{9}=\frac{6}{9},\quad \boxed{\text{LF}=\frac{2}{3}}.$$

▶ 7. Calculer l'aire d'un triangle et le volume d'un tétraèdre

Le triangle EFG est un triangle rectangle dont l'aire est la moitié de l'aire d'une face du cube. L'aire du triangle EFG est donc égale à $\frac{1}{2}$.

Dans le tétraèdre EFGK, la hauteur relative à la base EFG est la distance du point K à son projeté orthogonal sur le plan (EFG), c'est-à-dire la distance de K au milieu du segment [FG] ; cette distance est égale à 1.

On en déduit que le volume du tétraèdre EFGK est $\mathcal{V}=\frac{1}{3}\times\frac{1}{2}\times 1$, soit : $\boxed{\mathcal{V}=\frac{1}{6}}$.

> **À NOTER**
> Un tétraèdre est une pyramide à base triangulaire. Il a 4 sommets non coplanaires et 4 faces triangulaires.

▶ 8. Calculer l'aire d'un triangle

Dans le même tétraèdre EFGK, la hauteur h relative à la base EGK est la distance de F à son projeté orthogonal sur le plan (EGK).

Donc $h=\text{FL}=\frac{2}{3}$.

Si on note $\mathcal{A}$ l'aire du triangle EGK, le volume $\mathcal{V}$ du tétraèdre EFGK est :

$\mathcal{V}=\frac{1}{3}\times\mathcal{A}\times\frac{2}{3}$. Or $\mathcal{V}=\frac{1}{6}$, donc $\frac{1}{3}\times\mathcal{A}\times\frac{2}{3}=\frac{1}{6}$, soit $\mathcal{A}=\frac{3}{4}$.

L'aire du triangle EGK est égale à $\frac{3}{4}$.

▶ 9. Calculer le volume d'un tétraèdre

Dans le tétraèdre FPMN, la hauteur h' relative à la face MNP est la distance de F au plan (MNP). Or les points M, N et P appartiennent au plan (EGK), donc (MNP) = (EGK), donc $h'=\text{FL}=h=\frac{2}{3}$.

Les points M, N et P sont les milieux des côtés du triangle EGK, donc, d'après le théorème des milieux, l'aire du triangle MNP est égale à $\frac{1}{4}$ de celle du triangle EGK, c'est-à-dire $\frac{3}{16}$.

Le volume du tétraèdre FPMN est donc $\mathcal{V}'=\frac{1}{3}\times\frac{3}{16}\times\frac{2}{3}=\frac{1}{24}$.

Le volume du tétraèdre FPMN est égal à $\frac{1}{24}$.

S'ENTRAÎNER

QCM géométrie dans l'espace : 5 questions

1 heure
5 points

INTÉRÊT DU SUJET • Dans cet exercice, présenté sous forme de QCM, il est nécessaire de savoir calculer avec des coordonnées, par exemple pour identifier une représentation paramétrique de droite ou une équation cartésienne de plan. La configuration considérée est une pyramide à base carrée.

Exercice commun à tous les candidats

Cet exercice est un questionnaire à choix multiples. Pour chacune des questions suivantes, une seule des quatre réponses proposées est exacte. Une réponse exacte rapporte un point. Une réponse fausse, une réponse multiple ou l'absence de réponse à une question ne rapporte ni n'enlève de point. Pour répondre, indiquer sur la copie le numéro de la question et la lettre de la réponse choisie. Aucune justification n'est demandée.

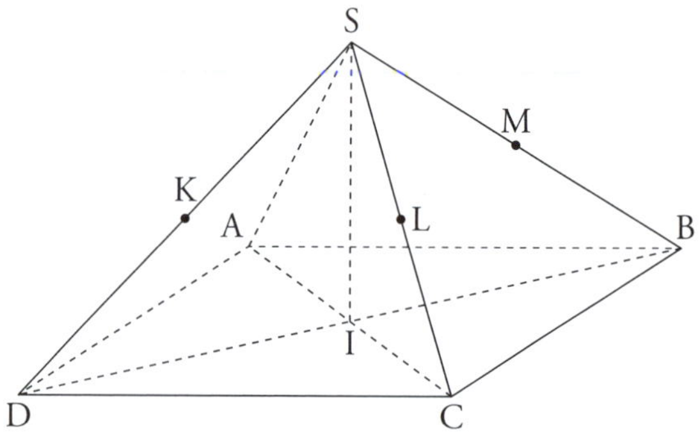

SABCD est une pyramide régulière à base carrée ABCD dont toutes les arêtes ont la même longueur.
Le point I est le centre du carré ABCD.
On suppose que IC = IB = IS = 1.
Les points K, L et M sont les milieux respectifs des arêtes [SD], [SC] et [SB].

▶ **1.** Les droites suivantes ne sont pas coplanaires :

a) (DK) et (SD)

b) (AS) et (IC)

c) (AC) et (SB)

d) (LM) et (AD)

Pour les questions suivantes, on se place dans le repère orthonormé de l'espace $\left(I ; \overrightarrow{IC}, \overrightarrow{IB}, \overrightarrow{IS}\right)$.

Dans ce repère, on donne les coordonnées des points suivants :
$I(0 ; 0 ; 0)$; $A(-1 ; 0 ; 0)$; $B(0 ; 1 ; 0)$; $C(1 ; 0 ; 0)$; $D(0 ; -1 ; 0)$; $S(0 ; 0 ; 1)$.

▶ **2.** Les coordonnées du milieu N de [KL] sont :

a) $\left(\frac{1}{4} ; \frac{1}{4} ; \frac{1}{2}\right)$

b) $\left(\frac{1}{4} ; -\frac{1}{4} ; \frac{1}{2}\right)$

c) $\left(-\frac{1}{4} ; \frac{1}{4} ; \frac{1}{2}\right)$

d) $\left(\frac{1}{2} ; -\frac{1}{2} ; 1\right)$

▶ **3.** Les coordonnées du vecteur $\overrightarrow{AS}$ sont :

a) $\begin{pmatrix} 1 \\ 1 \\ 0 \end{pmatrix}$ **b)** $\begin{pmatrix} 1 \\ 0 \\ 1 \end{pmatrix}$ **c)** $\begin{pmatrix} 2 \\ 1 \\ -1 \end{pmatrix}$ **d)** $\begin{pmatrix} 1 \\ 1 \\ 1 \end{pmatrix}$

▶ **4.** Une représentation paramétrique de la droite (AS) est :

a) $\begin{cases} x = -1 - t \\ y = t \\ z = -t \end{cases} \quad (t \in \mathbb{R})$

b) $\begin{cases} x = -1 + 2t \\ y = 0 \\ z = 1 + 2t \end{cases} \quad (t \in \mathbb{R})$

c) $\begin{cases} x - t \\ y = 0 \\ z = 1 + t \end{cases} \quad (t \in \mathbb{R})$

d) $\begin{cases} x = -1 - t \\ y = 1 + t \\ z = 1 - t \end{cases} \quad (t \in \mathbb{R})$

▶ **5.** Une équation cartésienne du plan (SCB) est :

a) $y + z - 1 = 0$

b) $x + y + z - 1 = 0$

c) $x - y + z = 0$

d) $x + z - 1 = 0$

S'ENTRAÎNER

LES CLÉS DU SUJET

▶ **1.** Deux droites coplanaires sont sécantes ou parallèles.

▶ **2.** Utilisez les formules qui permettent de calculer les coordonnées du milieu d'un segment connaissant les coordonnées de ses extrémités, en calculant en premier lieu les coordonnées des points K et L.

▶ **4.** Le vecteur $\overrightarrow{AS}$, dont les coordonnées ont été déterminées à la question **3**, est un vecteur directeur de la droite (AS).

▶ **5.** Les coordonnées des points S, C et B vérifient l'équation du plan (SCB).

14 CORRIGÉ GUIDÉ

▶ 1. Déterminer si des droites sont coplanaires ou non

Réponse **c)**

Les droites (AC) et (SB) ne sont pas coplanaires ; en effet, si elles étaient coplanaires, le point S appartiendrait au plan (ABC), ce qui est contraire à la définition d'une pyramide.

Les droites (DK) et (SD) sont coplanaires car confondues ; les points D, S et K sont alignés.

Les droites (AS) et (IC) sont coplanaires, toutes deux contenues dans le plan (ASC).

Les droites (LM) et (AD) sont coplanaires car elles sont parallèles (toutes deux parallèles à la droite (BC)).

▶ 2. Calculer les coordonnées du milieu d'un segment

Réponse **b)**

K est le milieu de [SD], donc il a pour coordonnées $\left(0\ ;-\frac{1}{2}\ ;\frac{1}{2}\right)$.

L est le milieu de [SC] donc ses coordonnées sont $\left(\frac{1}{2}\ ;0\ ;\frac{1}{2}\right)$.

On en déduit que le milieu N de [KL] a pour coordonnées $\left(\frac{1}{4}\ ;-\frac{1}{4}\ ;\frac{1}{2}\right)$.

RAPPEL
Si les points A et B ont pour coordonnées $(x_A\ ;y_A;z_A)$ et $(x_B\ ;y_B\ ;z_B)$, alors le milieu du segment [AB] a pour coordonnées $\left(\frac{x_A+x_B}{2}\ ;\frac{y_A+y_B}{2}\ ;\frac{z_A+z_B}{2}\right)$.

▶ 3. Calculer les coordonnées d'un vecteur

Réponse b)

Connaissant les coordonnées des points A et S, on calcule celles du vecteur $\overrightarrow{AS}$:

RAPPEL
Si les points A et B ont pour coordonnées $(x_A ; y_A ; z_A)$ et $(x_B ; y_B ; z_B)$, alors le vecteur $\overrightarrow{AB}$ a pour coordonnées $(x_B - x_A ; y_B - y_A ; z_B - z_A)$.

$\overrightarrow{AS}$ a pour coordonnées $(0-(-1) ; 0-0 ; 1-0)$ soit $(1 ; 0 ; 1)$.

▶ 4. Déterminer une représentation paramétrique d'une droite

Réponse c)

Parmi les quatre représentations paramétriques proposées, seules la 2e et la 3e correspondent à des droites de vecteur directeur $\overrightarrow{AS}$; on peut donc éliminer les réponses **a)** et **d)**.

Il n'existe aucune valeur du réel t permettant d'obtenir les coordonnées de A et de S à partir des égalités de la représentation **b)**.

Par exemple, pour A, le système $\begin{cases} -1+2t=-1 \\ 1+2t=0 \end{cases}$

n'a pas de solution, la représentation paramétrique donnée est celle d'une droite ne passant pas par le point A.

Avec les mêmes calculs à partir de la représentation **c)**, on trouve $t=0$ pour le point S, $t=-1$ pour le point A. La représentation **c)** est celle d'une droite passant par A et S.

▶ 5. Déterminer une équation cartésienne d'un plan

Réponse b)

Parmi les quatre équations données, la seule vérifiée simultanément par les coordonnées des points S, C et B est l'équation $\boxed{x+y+z-1=0}$.

Chacune des trois autres équations n'est pas vérifiée par les coordonnées de l'un au moins des trois points S, B ou C.

S'ENTRAÎNER

Volume d'un tétraèdre

1 heure
5 points

INTÉRÊT DU SUJET • Une base, une hauteur, c'est tout ce qu'il faut pour calculer le volume d'un tétraèdre ! Ou l'aire d'un triangle !

Dans l'espace muni du repère orthonormé $(O\,;\vec{i}, \vec{j}, \vec{k})$ d'unité 1 cm, on considère les points A, B, C et D de coordonnées respectives $(2\,;1\,;4)$, $(4\,;-1\,;0)$, $(0\,;3\,;2)$ et $(4\,;3\,;-2)$.

▶ **1.** Déterminer une représentation paramétrique de la droite (CD).

▶ **2.** Soit M un point de la droite (CD).

a) Déterminer les coordonnées du point M tel que la distance BM soit minimale.

b) On note H le point de la droite (CD) ayant pour coordonnées $(3\,;3\,;-1)$.

Vérifier que les droites (BH) et (CD) sont perpendiculaires.

c) Montrer que l'aire du triangle BCD est égale à 12 cm^2.

▶ **3. a)** Démontrer que le vecteur $\vec{n}(2\,;1\,;2)$ est un vecteur normal au plan (BCD).

b) Déterminer une équation cartésienne du plan (BCD).

c) Déterminer une représentation paramétrique de la droite Δ passant par A et orthogonale au plan (BCD).

d) Démontrer que le point I, intersection de la droite Δ et du plan (BCD), a pour coordonnées $\left(\frac{2}{3}\,;\frac{1}{3}\,;\frac{8}{3}\right)$.

▶ **4.** Calculer le volume du tétraèdre ABCD.

LES CLÉS DU SUJET

▶ **2. a)** Exprimez la longueur BM en fonction du paramètre choisi dans la représentation paramétrique de la question **1**. Faites apparaître la forme canonique du trinôme du second degré obtenu pour minimiser BM et concluez.

▶ **3. a)** Démontrez que le vecteur $\vec{n}$ est orthogonal à deux vecteurs non colinéaires du plan (BCD) et concluez.

d) Résolvez un système d'équations avec une représentation paramétrique de Δ et une équation cartésienne de (BCD) pour déterminer les coordonnées du point I.

15 CORRIGÉ GUIDÉ

▶ 1. Déterminer une représentation paramétrique d'une droite

Le vecteur $\overrightarrow{CD}\begin{vmatrix} x_D - x_C = 4 - 0 = 4 \\ y_D - y_C = 3 - 3 = 0 \\ z_D - z_C = -2 - 2 = -4 \end{vmatrix}$ est un vecteur directeur de la droite (CD) et C(0 ; 3 ; 2) est un point de (CD). Une représentation paramétrique de (CD) est donc :

$$(CD) : \begin{cases} x = 0 + 4t = 4t \\ y = 3 + 0t = 3, \quad t \in \mathbb{R}. \\ z = 2 - 4t \end{cases}$$

▶ 2. a) Déterminer les coordonnées d'un point pour optimiser une distance

$M \in (CD)$ donc M a pour coordonnées $(4t\,;3\,;2-4t)$, $t \in \mathbb{R}$.

$$\begin{aligned} BM &= \sqrt{(x_M - x_B)^2 + (y_M - y_B)^2 + (z_M - z_B)^2} \\ &= \sqrt{(4t-4)^2 + (3-(-1))^2 + (2-4t-0)^2} \\ &= \sqrt{16t^2 - 32t + 16 + 16 + 4 - 16t + 16t^2} \\ &= \sqrt{32t^2 - 48t + 36} = \sqrt{32(t^2 - 1{,}5t) + 36} \\ &= \sqrt{32(t-0{,}75)^2 - 18 + 36} = \sqrt{32(t-0{,}75)^2 + 18}. \end{aligned}$$

Pour tout $t \in \mathbb{R}$, $32(t-0{,}75)^2+18 \geqslant 18$ donc, puisque la fonction racine carrée est strictement croissante sur $[0\,;+\infty[$, on en déduit que $BM=\sqrt{32(t-0{,}75)^2+18} \geqslant \sqrt{18}$.

De plus, pour $t=0{,}75$, on a $BM=\sqrt{32(t-0{,}75)^2+18}=\sqrt{18}$.

Par conséquent, BM est minimale pour $t=0{,}75$.

Les coordonnées de M sont alors :
$(4\times 0{,}75\,;3\,;2-4\times 0{,}75)=(3\,;3\,;-1)$.

b) Vérifier que deux droites sont perpendiculaires

• On a $\overrightarrow{BH}\begin{vmatrix} x_H-x_B=3-4=-1 \\ y_H-y_B=3-(-1)=4 \\ z_H-z_B=-1-0=-1 \end{vmatrix}$ et $\overrightarrow{CD}\begin{vmatrix} 4 \\ 0 \\ -4 \end{vmatrix}$ d'après la question **1**.

On en déduit que $\overrightarrow{BH}\cdot\overrightarrow{CD}=-1\times 4+4\times 0+(-1)\times(-4)=0$.

Les vecteurs $\overrightarrow{BH}$ et $\overrightarrow{CD}$ sont donc orthogonaux. Il en résulte que les droites (BH) et (CD) sont orthogonales.

• Le point H est sur la droite (CD) d'après la question **2. a)** ; on en déduit que les droites (BH) et (CD) sont sécantes en H.

Des deux points ci-dessus, on en déduit que (BH) et (CD) sont perpendiculaires.

c) Calculer l'aire d'un triangle

D'après les questions précédentes, (BH) et (CD) sont perpendiculaires et le point H est sur (CD). Par conséquent, la droite (BH) est une hauteur du triangle BCD et l'aire du triangle BCD est donnée par :
$\text{aire}(BCD)=\dfrac{BH\times CD}{2}$.

D'après la question **2. a)**, $BH=\sqrt{18}=3\sqrt{2}$. En exploitant les coordonnées du vecteur $\overrightarrow{CD}(4\,;0\,;-4)$, nous obtenons :

$CD=\|\overrightarrow{CD}\|=\sqrt{4^2+0^2+(-4)^2}=\sqrt{32}=4\sqrt{2}$.

Finalement :

$\text{aire}(BCD)=\dfrac{BH\times CD}{2}=\dfrac{3\sqrt{2}\times 4\sqrt{2}}{2}=12\text{ cm}^2$.

▶ **3. a) Démontrer qu'un vecteur est normal à un plan**

• On a $\overrightarrow{BC}\begin{vmatrix} x_C-x_B=0-4=-4 \\ y_C-y_B=3-(-1)=4 \\ z_C-z_B=2-0=2 \end{vmatrix}$ et $\overrightarrow{CD}\begin{vmatrix} 4 \\ 0 \\ -4 \end{vmatrix}$.

Les coordonnées des vecteurs $\overrightarrow{BC}$ et $\overrightarrow{CD}$ ne sont pas proportionnelles donc les vecteurs $\overrightarrow{BC}$ et $\overrightarrow{CD}$ ne sont pas colinéaires.

- On a : $\vec{n} \cdot \overrightarrow{BC} = 2 \times (-4) + 1 \times 4 + 2 \times 2 = 0$ donc les vecteurs $\vec{n}$ et $\overrightarrow{BC}$ sont orthogonaux.
- On a : $\vec{n} \cdot \overrightarrow{CD} = 2 \times 4 + 1 \times 0 + 2 \times (-4) = 0$ donc les vecteurs $\vec{n}$ et $\overrightarrow{CD}$ sont orthogonaux.

D'après les trois points ci-dessus, on constate que le vecteur $\vec{n}$ est orthogonal à deux vecteurs non colinéaires du plan (BCD) que sont les vecteurs $\overrightarrow{BC}$ et $\overrightarrow{CD}$. Par conséquent, le vecteur $\vec{n}$ est un vecteur normal au plan (BCD).

b) Déterminer une équation cartésienne d'un plan

D'après la question précédente, le vecteur $\vec{n}$ est un vecteur normal au plan (BCD). Une équation cartésienne du plan (BCD) est donc $2x + y + 2z + d = 0$ où d est un réel à déterminer. Comme le point C appartient au plan (BCD), on peut en déduire que $2x_C + y_C + 2z_C + d = 0$ ce qui donne $2 \times 0 + 3 + 2 \times 2 + d = 0$ et finalement $d = -7$.

Une équation cartésienne du plan (BCD) est donc $2x + y + 2z - 7 = 0$.

c) Déterminer une représentation paramétrique d'une droite

La droite Δ est orthogonale au plan (BCD). Le vecteur $\vec{n}(2\,;1\,;2)$, normal au plan (BCD), est donc un vecteur directeur de Δ. Le point A(2 ; 1 ; 4) appartenant à la droite Δ, on en déduit une représentation paramétrique de la droite Δ :

$$\Delta : \begin{cases} x = 2 + 2t \\ y = 1 + 1t = 1 + t, \quad t \in \mathbb{R}. \\ z = 4 + 2t \end{cases}$$

d) Déterminer les coordonnées d'un point d'intersection

$$\mathrm{I} \in \Delta \cap (\mathrm{BCD}) \Leftrightarrow \begin{cases} x = 2 + 2t \\ y = 1 + t \\ z = 4 + 2t \\ 2x + y + 2z - 7 = 0 \end{cases}$$

$$\Leftrightarrow \begin{cases} x = 2 + 2t \\ y = 1 + t \\ z = 4 + 2t \\ 2 \times (2 + 2t) + (1 + t) + 2 \times (4 + 2t) - 7 = 0 \end{cases}$$

$$\Leftrightarrow \begin{cases} x = 2+2t \\ y = 1+t \\ z = 4+2t \\ 9t = -6 \end{cases} \Leftrightarrow \begin{cases} x = 2+2\times\left(-\dfrac{2}{3}\right) = \dfrac{2}{3} \\ y = 1+\left(-\dfrac{2}{3}\right) = \dfrac{1}{3} \\ z = 4+2\times\left(-\dfrac{2}{3}\right) = \dfrac{8}{3} \\ t = -\dfrac{2}{3} \end{cases}$$

Le point I a pour coordonnées $\left(\frac{2}{3}\,;\frac{1}{3}\,;\frac{8}{3}\right)$.

▶ 4. Calculer le volume d'un tétraèdre

La droite Δ est orthogonale au plan (BCD) et passe par le point A. Le volume du tétraèdre ABCD est donc donné par :

$\text{volume(ABCD)} = \frac{1}{3} \times \text{aire(BCD)} \times \text{AI}$.

On a : $\text{AI} = \sqrt{(x_\text{I} - x_\text{A})^2 + (y_\text{I} - y_\text{A})^2 + (z_\text{I} - z_\text{A})^2}$

$$= \sqrt{\left(\frac{2}{3} - 2\right)^2 + \left(\frac{1}{3} - 1\right)^2 + \left(\frac{8}{3} - 4\right)^2}$$

$$= \sqrt{\left(-\frac{4}{3}\right)^2 + \left(-\frac{2}{3}\right)^2 + \left(-\frac{4}{3}\right)^2} = \sqrt{\frac{36}{9}} = \sqrt{4} = 2 \text{ cm.}$$

Par conséquent : $\text{volume(ABCD)} = \frac{1}{3} \times 12 \times 2 = 8 \text{ cm}^3$.

Étude analytique de la trajectoire d'un drone

45 min
4 points

INTÉRÊT DU SUJET • Le problème suivant présente une application des équations de droites et de plans à la modélisation des trajectoires rectilignes de deux drones. Cette modélisation permet ensuite d'examiner la validité des règles de sécurité liées à leurs vols.

Les deux parties de cet exercice sont indépendantes.

Alex et Élisa, deux pilotes de drones, s'entraînent sur un terrain constitué d'une partie plane qui est bordée par un obstacle.

On considère un repère orthonormé $(O ; \vec{i}, \vec{j}, \vec{k})$, une unité correspondant à dix mètres. Pour modéliser le relief de la zone, on définit six points O, P, Q, T, U et V par leurs coordonnées dans ce repère :
O(0 ; 0 ; 0), P(0 ; 10 ; 0), Q(0 ; 11 ; 1), T(10 ; 11 ; 1), U(10 ; 10 ; 0) et V(10 ; 0 ; 0).
La partie plane est délimitée par le rectangle OPUV et l'obstacle par le rectangle PQTU.

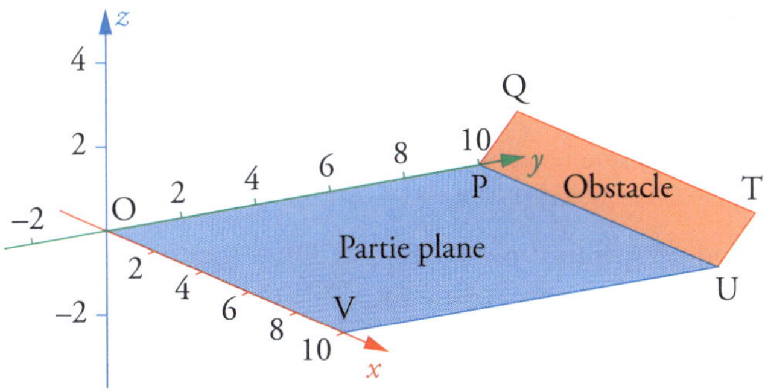

Les deux drones sont assimilables à deux points et on suppose qu'ils suivent des trajectoires rectilignes :
- le drone d'Alex suit la trajectoire portée par la droite (AB), avec A(2 ; 4 ; 0,25) et B(2 ; 6 ; 0,75) ;

• le drone d'Élisa suit la trajectoire portée par la droite (CD), avec C(4 ; 6 ; 0,25) et D(2 ; 6 ; 0,25).

PARTIE A : ÉTUDE DE LA TRAJECTOIRE DU DRONE D'ALEX

▶ **1.** Déterminer une représentation paramétrique de la droite (AB).

▶ **2. a)** Justifier que le vecteur $\vec{n}(0 ; 1 ; -1)$ est un vecteur normal au plan (PQU).
b) En déduire une équation cartésienne du plan (PQU).

▶ **3.** Démontrer que la droite (AB) et le plan (PQU) sont sécants au point I de coordonnées $\left(2 ; \frac{37}{3} ; \frac{7}{3}\right)$.

▶ **4.** Expliquer pourquoi, en suivant cette trajectoire, le drone d'Alex ne rencontre pas l'obstacle.

PARTIE B : DISTANCE MINIMALE ENTRE LES DEUX TRAJECTOIRES

Pour éviter une collision entre leurs deux appareils, Alex et Élisa imposent une distance minimale de 4 mètres entre les trajectoires de leurs drones.
L'objectif de cette partie est de vérifier si cette consigne est respectée.
Pour cela, on considère un point M de la droite (AB) et un point N de la droite (CD).
Il existe alors deux réels a et b tels que $\overrightarrow{AM} = a\overrightarrow{AB}$ et $\overrightarrow{CN} = b\overrightarrow{CD}$.
On s'intéresse donc à la distance MN.

▶ **1.** Démontrer que les coordonnées du vecteur $\overrightarrow{MN}$ sont : $(2-2b ; 2-2a ; -0,5a)$.

▶ **2.** On admet que les droites (AB) et (CD) ne sont pas coplanaires.
On admet également que la distance MN est minimale lorsque la droite (MN) est perpendiculaire à la fois à la droite (AB) et à la droite (CD).
Démontrer alors que la distance MN est minimale lorsque :
$a = \frac{16}{17}$ et $b = 1$.

▶ **3.** En déduire la valeur minimale de la distance MN puis conclure.

LES CLÉS DU SUJET

Partie A

▶ **1.** Déterminez un point et un vecteur directeur de la droite (AB).

▶ **2. a)** Montrez que $\vec{n}$ est orthogonal à deux vecteurs non colinéaires du plan (PQU).

b) Les coordonnées d'un vecteur normal à un plan sont des coefficients de son équation cartésienne.

▶ **3.** Les coordonnées du point d'intersection éventuel vérifient à la fois les équations de la droite et celle du plan.

▶ **4.** Examinez l'altitude (c'est-à-dire la cote) de l'obstacle et la cote du point I.

Partie B

▶ **1.** Utilisez la relation de Chasles pour exprimer $\overrightarrow{MN}$ à l'aide de vecteurs dont on connaît les coordonnées.

▶ **2.** Utilisez le produit scalaire pour caractériser l'orthogonalité des droites.

▶ **3.** Calculez la distance MN avec les valeurs de *a* et *b* trouvées en **2**.

16 CORRIGÉ GUIDÉ

PARTIE A : ÉTUDE DE LA TRAJECTOIRE DU DRONE D'ALEX

▶ 1. Déterminer une représentation paramétrique d'une droite

Les coordonnées du vecteur $\overrightarrow{AB}$ sont $(0\,;2\,;0{,}5)$ et un point $M(x\,;y\,;z)$ appartient à (AB) si et seulement s'il existe $t\in\mathbb{R}$ tel que $\overrightarrow{AM}=t\overrightarrow{AB}$, ce qui équivaut à :

$$\begin{cases}x-2=0t\\y-4=2t\\z-0{,}25=0{,}5t\end{cases}\Leftrightarrow\begin{cases}x=2\\y=4+2t\\z=0{,}25+0{,}5t\end{cases}.$$

> **RAPPEL**
> L'abscisse de $\overrightarrow{AB}$ est x_B-x_A. *Idem* pour l'ordonnée et la cote.

Ce système constitue une représentation paramétrique de la droite (AB).

▶ 2. a) Vérifier qu'un vecteur est normal à un plan

Les coordonnées des vecteurs $\overrightarrow{PQ}$ et $\overrightarrow{PU}$ sont respectivement $(0\,;1\,;1)$ et $(10\,;0\,;0)$. De plus $\vec{n}\cdot\overrightarrow{PQ}=0\times0+1\times1+(-1)\times1=0$ et $\vec{n}\cdot\overrightarrow{PU}=0\times10+1\times0+(-1)\times0=0$. Le vecteur $\vec{n}$ est donc orthogonal à deux vecteurs non colinéaires du plan (PQU). C'est pourquoi c'est un vecteur normal à ce plan.

b) Déterminer une équation cartésienne d'un plan

$\vec{n}(0\,;1\,;-1)$ est un vecteur normal au plan (PQU), donc une équation cartésienne de ce plan est de la forme :

$0x+1y+(-1)z+d=0 \Leftrightarrow y-z+d=0$.

Comme $P\in(PQU)$: $10+d=0$, d'où $d=-10$.

Une équation cartésienne du plan (PQU) est donc $y-z-10=0$.

▶ 3. Déterminer les coordonnées du point d'intersection d'une droite et d'un plan

Cherchons s'il existe un réel t tel que $\begin{cases}x=2\\ y=4+2t\\ z=0{,}25+0{,}5t\end{cases}$ et $y-z-10=0$.

On trouve : $4+2t-0{,}25-0{,}5t-10=0 \Leftrightarrow 1{,}5t=6{,}25$

$$\Leftrightarrow t=\frac{6{,}25}{1{,}5}=\frac{12{,}5}{3}.$$

Remplaçons dans les équations paramétriques de la droite (AB) :

$x=2$; $y=4+\frac{25}{3}=\frac{12}{3}+\frac{25}{3}=\frac{37}{3}$; $z=0{,}25+\frac{6{,}25}{3}=\frac{0{,}75}{3}+\frac{6{,}25}{3}=\frac{7}{3}$.

Il en résulte que le point de coordonnées $\left(2\,;\frac{37}{3}\,;\frac{7}{3}\right)$ est l'intersection de la droite (AB) et du plan (PQU).

▶ 4. Exploiter l'intersection d'une droite et d'un plan

L'obstacle culmine à 10 mètres du sol. La trajectoire du drone d'Alex rencontre le plan de l'obstacle à l'altitude $\frac{7}{3}\times10$ m, soit plus de 10 mètres. C'est pourquoi ce drone ne rencontre pas l'obstacle.

> **RAPPEL**
> L'unité du repère est 10 mètres.

PARTIE B : DISTANCE MINIMALE ENTRE LES DEUX TRAJECTOIRES

▶ 1. Déterminer les coordonnées d'un vecteur

$\overrightarrow{MN} = \overrightarrow{MA} + \overrightarrow{AC} + \overrightarrow{CN} = -a\overrightarrow{AB} + \overrightarrow{AC} + b\overrightarrow{CD}$.

On a $\overrightarrow{AB}\,(0\,;2\,;0{,}5)$, et de plus les coordonnées des vecteurs $\overrightarrow{AC}$ et $\overrightarrow{CD}$ sont respectivement $(2\,;2\,;0)$ et $(-2\,;0\,;0)$. On obtient donc les coordonnées de $\overrightarrow{MN}$:

$(-a\times 0+2+b\times(-2)\,;-a\times 2+2+b\times 0\,;-a\times 0{,}5+0+b\times 0)$.

Soit $\overrightarrow{MN}(2-2b\,;-2a+2\,;-0{,}5a)$, ce qu'il fallait démontrer.

▶ 2. Utiliser le produit scalaire pour caractériser l'orthogonalité de droites

La distance MN est minimale si et seulement si $(MN)\perp(AB)$ et $(MN)\perp(CD)$.

$$\begin{aligned}(MN)\perp(AB) &\Leftrightarrow \overrightarrow{MN}\cdot\overrightarrow{AB}=0\\ &\Leftrightarrow 0+2(-2a+2)-0{,}25a=0\\ &\Leftrightarrow -4{,}25a=-4\\ &\Leftrightarrow a=\frac{4}{4{,}25}=\frac{4\times 4}{4\times 4{,}25}=\frac{16}{17}.\end{aligned}$$

$(MN)\perp(CD)\Leftrightarrow \overrightarrow{MN}\cdot\overrightarrow{CD}=0\Leftrightarrow -2(2-2b)=0\Leftrightarrow b=1$.

Ce qu'il fallait démontrer.

▶ 3. Calculer une distance

Calculons $MN^2=\overrightarrow{MN}\cdot\overrightarrow{MN}$ lorsque $a=\frac{16}{17}$ et $b=1$.

$\overrightarrow{MN}$ a alors pour coordonnées $\left(0\,;-\frac{32}{17}+2\,;-\frac{8}{17}\right)$, soit $\left(0\,;\frac{2}{17}\,;-\frac{8}{17}\right)$.

Donc $MN^2=\left(\frac{2}{17}\right)^2+\left(-\frac{8}{17}\right)^2=\frac{68}{17^2}$.

On en déduit : $MN=\frac{\sqrt{68}}{17}$ et donc : $MN\approx 0{,}49$.

La distance minimale entre les deux drones est donc de 4,9 mètres, donc la consigne est respectée.

RAPPEL
Si $\overrightarrow{AB}(x\,;y\,;z)$ alors $AB^2=x^2+y^2+z^2$.

S'ENTRAÎNER

17 France métropolitaine, mai 2022 • Jour 2
Exercice 2

QCM sur les fonctions et les suites : 6 questions

1 heure
7 points

INTÉRÊT DU SUJET • Ce QCM comporte 3 questions sur les fonctions, entres autres sur l'étude de la convexité. Les 3 dernières questions concernent les suites, en particulier leur convergence.

Cet exercice est un questionnaire à choix multiples. Pour chacune des questions suivantes, une seule des quatre réponses proposées est exacte. Une réponse fausse, une réponse multiple ou l'absence de réponse à une question ne rapporte ni n'enlève de point. Pour répondre, indiquer sur la copie le numéro de la question et la lettre de la réponse choisie. Aucune justification n'est demandée.

Pour les questions **1.** à **3.** ci-dessous, on considère une fonction f définie et deux fois dérivable sur $\mathbb{R}$.
La courbe de sa fonction dérivée f' est donnée ci-dessous.

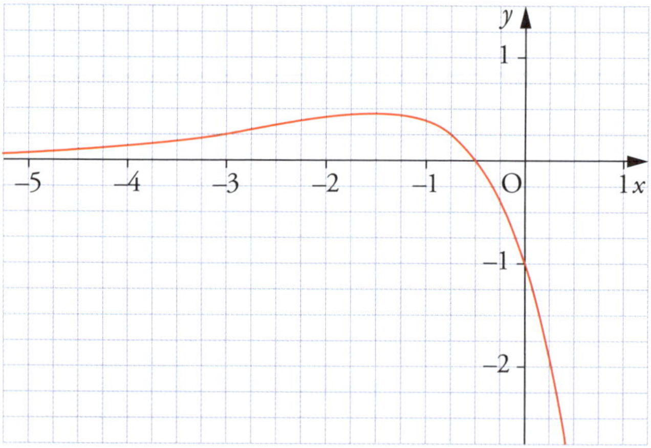

On admet que f' admet un maximum en $-\frac{3}{2}$ et que sa courbe coupe l'axe des abscisses au point de coordonnées $\left(-\frac{1}{2}\,;0\right)$.

▶ **1. a)** La fonction f admet un maximum en $-\frac{3}{2}$.

b) La fonction f admet un maximum en $-\frac{1}{2}$.

c) La fonction f admet un minimum en $-\frac{1}{2}$.

d) Au point d'abscisse - 1, la courbe de la fonction f admet une tangente horizontale.

▶ **2. a)** La fonction f est convexe sur $\left]-\infty ; -\frac{3}{2}\right[$.

b) La fonction f est convexe sur $\left]-\infty ; -\frac{1}{2}\right[$.

c) La courbe $\mathscr{C}_f$ représentant la fonction f n'admet pas de point d'inflexion.

d) La fonction f est concave sur $\left]-\infty ; -\frac{1}{2}\right[$.

▶ **3.** La dérivée seconde f'' de la fonction f vérifie :

a) $f''(x) \geqslant 0$ pour $x \in \left]-\infty ; -\frac{1}{2}\right[$

b) $f''(x) \geqslant 0$ pour $x \in [-2 ; -1]$

c) $f''\left(-\frac{3}{2}\right) = 0$

d) $f''(-3) = 0$

▶ **4.** On considère trois suites (u_n), (v_n) et (w_n). On sait que, pour tout entier naturel n, on a $u_n \leqslant v_n \leqslant w_n$ et de plus $\lim\limits_{n \to +\infty} u_n = 1$ et $\lim\limits_{n \to +\infty} w_n = 3$. On peut alors affirmer que :

a) La suite (v_n) converge.
b) Si la suite (u_n) est croissante alors la suite (v_n) est minorée par u_0.
c) $1 \leqslant v_0 \leqslant 3$.
d) La suite (v_n) diverge.

▶ **5.** On considère une suite (u_n) telle que, pour tout entier naturel n non nul, $u_n \leqslant u_{n+1} \leqslant \frac{1}{n}$. On peut alors affirmer que :

a) La suite (u_n) diverge.

b) La suite (u_n) converge.

c) $\lim\limits_{n \to +\infty} u_n = 0$

d) $\lim\limits_{n \to +\infty} u_n = 1$

S'ENTRAÎNER

▶ **6.** On considère (u_n) une suite réelle telle que pour tout entier naturel n, on a $n < u_n < n + 1$. On peut affirmer que :

a) Il existe un entier naturel N tel que u_N est un entier.
b) La suite (u_n) est croissante.
c) La suite (u_n) est convergente.
d) La suite (u_n) n'a pas de limite.

LES CLÉS DU SUJET

▶ **1.** N'oubliez pas que la courbe donnée représente la fonction f', dérivée de la fonction f.

▶ **2.** La convexité de f est liée au sens de variation de f'.

▶ **3.** f'' est la dérivée de f', donc le signe de f'' est lié au sens de variation de f'.

▶ **5.** Pensez au théorème de convergence monotone.

17 CORRIGÉ GUIDÉ

▶ 1. Étudier les extremums d'une fonction

Une condition nécessaire et suffisante pour que la fonction dérivable f admette un extrémum en a est que f' s'annule et change de signe en a.

$f'\left(-\frac{1}{2}\right) = 0$, $f'(x) > 0$ si $x < -\frac{1}{2}$, $f'(x) < 0$ si $x > -\frac{1}{2}$, donc f est croissante sur $\left]-\infty\,;-\frac{1}{2}\right]$, décroissante sur $\left[-\frac{1}{2}\,;+\infty\right[$; f admet un maximum en $-\frac{1}{2}$. La réponse **b)** est exacte, la réponse **c)** est fausse.

La réponse **a)** est fausse car $f'\left(-\frac{3}{2}\right) \neq 0$.

La réponse **d)** est fausse car $f'(-1) \neq 0$.

La bonne réponse est **b)**.

▶ 2. Étudier la convexité d'une fonction

La fonction f est convexe sur un intervalle I si et seulement si f' est croissante sur I ; elle est concave sur I si et seulement si f' est décroissante sur I.

f est convexe sur $\left]-\infty\,;-\dfrac{3}{2}\right[$ car f' est croissante sur cet intervalle.

Donc la réponse **a)** est exacte, la réponse **d)** est fausse.

f n'est pas convexe sur $\left]-\infty\,;-\dfrac{1}{2}\right[$ car f' n'est pas croissante sur $\left]-\infty\,;-\dfrac{1}{2}\right[$, la réponse **b)** est fausse.

La réponse **c)** est fausse, le point d'abscisse $-\dfrac{3}{2}$ est un point d'inflexion de la courbe $\mathscr{C}_f$ car f' change de sens de variation en $-\dfrac{3}{2}$.

La bonne réponse est **a)**.

MOT CLÉ
Le point d'abscisse a est un **point d'inflexion** de $\mathscr{C}_f$ si et seulement s'il y a en a un changement de convexité de f, c'est-à-dire si et seulement si f'' s'annule et change de signe en a.

▶ 3. Étudier la dérivée seconde d'une fonction

f' admet un maximum en $-\dfrac{3}{2}$, donc $f''\left(-\dfrac{3}{2}\right)=0$. Au point d'abscisse $-\dfrac{3}{2}$, la courbe représentative de f' a une tangente horizontale.

Les réponses **a)** et **b)** sont fausses car f' n'est pas croissante sur $\left]-\infty\,;-\dfrac{1}{2}\right[$, ni sur $[-2\,;-1]$. La réponse **d)** est fausse ; $f''(-3)\neq 0$ car au point d'abscisse -3, la courbe représentative de f' n'a pas une tangente horizontale.

La bonne réponse est **c)**.

▶ 4. Déterminer une propriété d'une suite

Si la suite (u_n) est croissante, alors pour tout entier naturel n, $u_0 \leqslant u_n$. Or $u_n \leqslant v_n$, donc $u_0 \leqslant u_n \leqslant v_n$.

u_0 est bien un minorant de la suite (v_n).

On ne dispose pas de suffisamment d'informations pour conclure quant aux affirmations **a)**, **c)** et **d)**.

La bonne réponse est **b)**.

À NOTER
u_0 est aussi un minorant de la suite (u_n), une suite croissante est toujours minorée par son premier terme.

S'ENTRAÎNER

▶ 5. Étudier la convergence d'une suite

Pour tout entier naturel n non nul, $\frac{1}{n} \leqslant 1$.

La suite (u_n) est donc croissante et majorée par 1, donc d'après le théorème de convergence monotone, elle converge. L'affirmation **a)** est fausse. On n'a pas suffisamment d'informations pour déterminer la limite de la suite (u_n).

La bonne réponse est **b)**.

▶ 6. Déterminer une propriété d'une suite

Pour tout entier naturel n, $n < u_n < n+1$ et $n+1 < u_{n+1} < n+2$, donc $u_n < u_{n+1}$. La suite (u_n) est croissante.
D'après un théorème de comparaison, $\lim\limits_{n \to +\infty} u_n = +\infty$, donc les affirmations **c)** et **d)** sont fausses. D'autre part, chacun des termes est strictement compris entre deux entiers consécutifs, donc aucun terme n'est entier. L'affirmation **a)** est fausse.

La bonne réponse est **b)**.

18 Centres étrangers, juin 2021 • Exercice 3

Mise en place du télétravail et satisfaction des collaborateurs

1 heure
5 points

S'ENTRAÎNER

INTÉRÊT DU SUJET • On modélise, à l'aide d'une suite définie par une relation de récurrence, l'évolution du nombre de collaborateurs en télétravail dans une entreprise. Une deuxième suite permet d'étudier le nombre de collaborateurs satisfaits par ce dispositif.

En mai 2020, une entreprise fait le choix de développer le télétravail afin de s'inscrire dans une démarche écoresponsable.
Elle propose alors à ses 5 000 collaborateurs en France de choisir entre le télétravail et le travail au sein des locaux de l'entreprise.
En mai 2020, seuls 200 d'entre eux ont choisi le télétravail.
Chaque mois, depuis la mise en place de cette mesure, les dirigeants de l'entreprise constatent que 85 % de ceux qui avaient choisi le télétravail le mois précédent choisissent de continuer, et que, chaque mois, 450 collaborateurs supplémentaires choisissent le télétravail.
On modélise le nombre de collaborateurs de cette entreprise en télétravail par la suite (a_n).
Le terme a_n désigne ainsi une estimation du nombre de collaborateurs en télétravail le n-ième mois après le mois de mai 2020. Ainsi $a_0 = 200$.

PARTIE A

▶ **1.** Calculer a_1.

▶ **2.** Justifier que, pour tout entier naturel n :

$$a_{n+1} = 0{,}85\, a_n + 450.$$

▶ **3.** On considère la suite (v_n) définie pour tout entier naturel n par :

$$v_n = a_n - 3\,000.$$

a) Démontrer que (v_n) est une suite géométrique de raison 0,85.
b) Exprimer v_n en fonction de n pour tout entier naturel n.
c) En déduire que, pour tout entier naturel n :

$$a_n = -2\,800 \times 0{,}85^n + 3\,000.$$

▶ **4.** Déterminer le nombre de mois au bout duquel le nombre de télétravailleurs sera strictement supérieur à 2 500, après la mise en place de cette mesure dans l'entreprise.

PARTIE B

Afin d'évaluer l'impact de cette mesure sur son personnel, les dirigeants de l'entreprise sont parvenus à modéliser le nombre de collaborateurs satisfaits par ce dispositif à l'aide de la suite (u_n) définie par $u_0 = 1$ et, pour tout entier naturel n :

$$u_{n+1} = \frac{5u_n + 4}{u_n + 2}$$

où u_n désigne le nombre de milliers de collaborateurs satisfaits par cette nouvelle mesure au bout de n mois après le mois de mai 2020.

▶ **1.** Démontrer que la fonction f définie pour tout $x \in [0 ; +\infty[$ par :

$$f(x) = \frac{5x + 4}{x + 2}$$

est strictement croissante sur $[0 ; +\infty[$.

▶ **2. a)** Démontrer par récurrence que, pour tout entier naturel n :

$$0 \leqslant u_n \leqslant u_{n+1} \leqslant 4.$$

b) Justifier que la suite (u_n) est convergente.

▶ **3.** On admet que, pour tout entier naturel n, $0 \leqslant 4 - u_n \leqslant 3 \times \left(\frac{1}{2}\right)^n$.

En déduire la limite de la suite (u_n) et l'interpréter dans le contexte de la modélisation.

LES CLÉS DU SUJET

Partie A

▶ **3. a)** Il faut montrer que, pour tout entier naturel n, on a $v_{n+1} = 0{,}85\, v_n$.

c) Pour tout entier naturel n, on a $v_n = a_n - 3\,000$, donc $a_n = v_n + 3\,000$.

▶ **4.** Utilisez la calculatrice ou la fonction ln.

Partie B

▶ **1.** Calculez la dérivée de la fonction f en utilisant la formule donnant la dérivée du quotient de deux fonctions.

▶ **2. a)** Utilisez le résultat établi à la question précédente.

b) Utilisez le théorème de convergence monotone.

▶ **3.** On sait que, si q est un réel tel que $-1 < q < 1$, alors la suite de terme général q^n converge vers 0.
Pour l'interprétation, n'oubliez pas que u_n représente le nombre de **milliers** de collaborateurs satisfaits.

18 CORRIGÉ **GUIDÉ**

PARTIE A

▶ 1. Calculer un terme d'une suite

Le terme a_1 est le nombre de collaborateurs en télétravail un mois après le mois de mai 2020, c'est-à-dire en juin 2020.

Parmi les 200 collaborateurs en télétravail en mai 2020, 85 % continuent le télétravail le mois suivant.

$\frac{200 \times 85}{100} = 170$, donc parmi les 200 collaborateurs en télétravail en mai 2020, 170 décident de continuer en juin 2020.

450 collaborateurs supplémentaires choisissent le télétravail.
$170 + 450 = 620$, donc en juin 2020, 620 collaborateurs de l'entreprise ont choisi le télétravail. On a alors :

$$\boxed{a_1 = 620}$$

▶ 2. Établir une relation de récurrence entre deux termes consécutifs d'une suite

Soit n un entier naturel.

Parmi les a_n collaborateurs en télétravail n mois après mai 2020, 85 % continuent le mois suivant, soit $\frac{a_n \times 85}{100}$, c'est-à-dire $0{,}85a_n$.

S'y ajoutent 450 collaborateurs supplémentaires, donc :

$$\boxed{a_{n+1} = 0{,}85a_n + 450}$$

REMARQUE
On dit que la suite (a_n) est une suite arithmético-géométrique.

▶ 3. a) Montrer qu'une suite est une suite géométrique

Pour tout entier naturel n :

$v_{n+1} = a_{n+1} - 3\,000$
$v_{n+1} = 0{,}85a_n + 450 - 3\,000$
$v_{n+1} = 0{,}85a_n - 2\,550.$

Or $v_n = a_n - 3\,000$, donc $a_n = v_n + 3\,000$, d'où :

$v_{n+1} = 0{,}85(v_n + 3\,000) - 2\,550$

$v_{n+1} = 0{,}85\,v_n + 2\,550 - 2\,550$

$v_{n+1} = 0{,}85\,v_n$.

La suite (v_n) est une suite géométrique de raison 0,85.

b) Donner l'expression du terme général d'une suite géométrique

Le premier terme de la suite (v_n) est :

$v_0 = a_0 - 3\,000 = 200 - 3\,000 = -2\,800$.

D'après la formule du cours, on en déduit que, pour tout entier naturel n :

$$\boxed{v_n = -2\,800 \times 0{,}85^n}$$

c) Donner l'expression du terme général d'une suite

Pour tout entier naturel n :

$$a_n = v_n + 3\,000$$

donc $\boxed{a_n = -2\,800 \times 0{,}85^n + 3\,000}$

REMARQUE
On peut en déduire que la suite (a_n) est croissante et qu'elle converge vers 3 000.

▶ 4. Déterminer l'indice du terme d'une suite strictement supérieur à une valeur donnée

Pour déterminer le nombre de mois au bout duquel le nombre de télétravailleurs sera strictement supérieur à 2 500, on résout l'inéquation $a_n > 2\,500$.

Cette inéquation équivaut successivement à :

$-2\,800 \times 0{,}85^n + 3\,000 > 2\,500$

$2\,800 \times 0{,}85^n < 500$

$0{,}85^n < \dfrac{500}{2\,800}$

$0{,}85^n < \dfrac{5}{28}$.

On applique la fonction ln aux deux membres de l'inégalité ; cette fonction est strictement croissante sur $]0\,;+\infty[$, donc le sens de l'inégalité ne change pas. On obtient :

$$n\ln(0{,}85) < \ln\left(\frac{5}{28}\right).$$

Puis, en divisant par ln(0,85), avec $\ln(0,85) < 0$:

$$n > \frac{\ln\left(\frac{5}{28}\right)}{\ln(0,85)}.$$

> ATTENTION !
> L'inégalité change de sens lorsqu'on divise les deux membres par un nombre négatif.

Or $\frac{\ln\left(\frac{5}{28}\right)}{\ln(0,85)} \approx 10,6$.

Comme n est entier, on a $n \geqslant 11$.

Au bout de 11 mois après la mise en place du dispositif, le nombre de collaborateurs en télétravail sera strictement supérieur à 2 500.

S'ENTRAÎNER

PARTIE B

▶ 1. Étudier le sens de variation d'une fonction sur un intervalle

La fonction f est dérivable sur $[0 ; +\infty[$ et, pour tout x dans cet intervalle :

$$f'(x) = \frac{5(x+2)-(5x+4)}{(x+2)^2}$$

$$f'(x) = \frac{6}{(x+2)^2}.$$

$6 > 0$ et, pour tout x dans $[0 ; +\infty[$, $(x+2)^2 > 0$, donc $f'(x) > 0$.

On en déduit que f est strictement croissante sur $[0 ; +\infty[$.

▶ 2. a) Établir par récurrence un encadrement des termes d'une suite

- **Initialisation**

$u_0 = 1$ et $u_1 = f(u_0) = \frac{5\times1+4}{1+2} = 3$, donc $0 \leqslant u_0 \leqslant u_1 \leqslant 4$.

La propriété est vraie pour $n = 0$.

- **Hérédité**

Soit n un entier naturel tel que $0 \leqslant u_n \leqslant u_{n+1} \leqslant 4$.

Puisque la fonction f est strictement croissante sur $[0 ; +\infty[$, il en découle que :

$$f(0) \leqslant f(u_n) \leqslant f(u_{n+1}) \leqslant f(4).$$

Or $f(0) = 2$, $f(u_n) = u_{n+1}$, $f(u_{n+1}) = u_{n+2}$ et $f(4) = 4$, donc :

$$2 \leqslant u_{n+1} \leqslant u_{n+2} \leqslant 4$$

qui entraîne :

$$0 \leqslant u_{n+1} \leqslant u_{n+2} \leqslant 4.$$

La propriété est vraie pour $n+1$ si elle est vraie pour n, elle est héréditaire.

• **Conclusion**

Des deux points précédents on déduit que, pour tout entier naturel n, $0 \leqslant u_n \leqslant u_{n+1} \leqslant 4$.

b) Montrer qu'une suite est convergente

D'après la question précédente, la suite (u_n) est croissante et majorée par 4.

Le théorème de convergence monotone s'applique : la suite (u_n) est convergente.

▶ 3. Déterminer et interpréter la limite d'une suite convergente

Puisque $-1 < \frac{1}{2} < 1$, $\lim_{n \to +\infty} \left(\frac{1}{2}\right)^n = 0$, donc $\lim_{n \to +\infty} 3 \times \left(\frac{1}{2}\right)^n = 0$.

D'après le théorème des gendarmes :

$$\lim_{n \to +\infty} (4 - u_n) = 0$$

ce qui équivaut à :

$$\boxed{\lim_{n \to +\infty} u_n = 4}$$

La suite (u_n) converge vers 4.

Puisque u_n représente le nombre de milliers de collaborateurs satisfaits par le dispositif de télétravail proposé par l'entreprise, on en déduit qu'au bout d'un grand nombre de mois après mai 2020, le nombre de collaborateurs satisfaits du dispositif est proche de 4 000.

19 France métropolitaine, septembre 2021
Exercice 4A

Étude conjointe de deux suites, récurrence et convergence

55 min
5 points

S'ENTRAÎNER

INTÉRÊT DU SUJET • On étudie ici deux suites imbriquées, c'est-à-dire que chaque terme est défini à partir du terme précédent de chacune des deux suites. L'objectif est de montrer, en utilisant deux suites auxiliaires, que ces deux suites convergent vers la même limite et de trouver cette limite commune.

On considère les suites (u_n) et (v_n) définies par :

$$u_0 = 16 ; v_0 = 5$$

et, pour tout entier naturel n :

$$\begin{cases} u_{n+1} = \dfrac{3u_n + 2v_n}{5} \\ v_{n+1} = \dfrac{u_n + v_n}{2} \end{cases}$$

▶ **1.** Calculer u_1 et v_1.

▶ **2.** On considère la suite (w_n) définie pour tout entier naturel n par :

$$w_n = u_n - v_n.$$

a) Démontrer que la suite (w_n) est géométrique de raison 0,1.
En déduire, pour tout entier naturel n, l'expression de w_n en fonction de n.

b) Préciser le signe de la suite (w_n) et la limite de cette suite.

▶ **3. a)** Démontrer que, pour tout entier naturel n, on a :

$$u_{n+1} - u_n = -0{,}4\, w_n.$$

b) En déduire que la suite (u_n) est décroissante.
On peut démontrer de la même manière que la suite (v_n) est croissante. On admet ce résultat, et on remarque qu'on a alors :

$$\text{pour tout entier naturel } n,\ v_n \geqslant v_0 = 5.$$

c) Démontrer par récurrence que, pour tout entier naturel n, on a $u_n \geqslant 5$.
En déduire que la suite (u_n) est convergente. On appelle ℓ la limite de (u_n).
On peut démontrer de la même manière que la suite (v_n) est convergente. On admet ce résultat, et on appelle ℓ' la limite de (v_n).

▶ **4. a)** Démontrer que $\ell = \ell'$.

b) On considère la suite (c_n) définie pour tout entier naturel n par :

$$c_n = 5u_n + 4v_n.$$

Démontrer que la suite (c_n) est constante, c'est-à-dire que pour tout entier naturel n, on a $c_{n+1} = c_n$.

En déduire que, pour tout entier naturel, $c_n = 100$.

c) Déterminer la valeur commune des limites ℓ et ℓ'.

LES CLÉS DU SUJET

▶ **2. a)** Montrez qu'il existe un réel q (à déterminer) tel que, pour tout n, $w_{n+1} = q w_n$.

▶ **3. c)** Appliquez le théorème de convergence monotone.

▶ **4. a)** Utilisez la suite (w_n) et sa limite déterminée à la question **2. b)**.

19 CORRIGÉ GUIDÉ

▶ 1. Calculer des termes de deux suites

$u_1 = \dfrac{3u_0 + 2v_0}{5}$ donc $u_1 = \dfrac{3 \times 16 + 2 \times 5}{5}$, soit $\boxed{u_1 = \dfrac{58}{5}}$.

$v_1 = \dfrac{u_0 + v_0}{2}$ donc $v_1 = \dfrac{16 + 5}{2}$, soit $\boxed{v_1 = \dfrac{21}{2}}$.

▶ 2. a) Montrer qu'une suite est une suite géométrique et donner l'expression de son terme général

Pour tout entier naturel n, $w_{n+1} = u_{n+1} - v_{n+1}$, soit :

$$w_{n+1} = \frac{3u_n + 2v_n}{5} - \frac{u_n + v_n}{2}$$

$$w_{n+1} = \frac{6u_n + 4v_n - 5u_n - 5v_n}{10}$$

$$w_{n+1} = \frac{u_n - v_n}{10}$$

$$w_{n+1} = \frac{w_n}{10} = 0{,}1\ w_n.$$

On en déduit que la suite (w_n) est une suite géométrique de raison 0,1.

$w_0 = u_0 - v_0$, donc $w_0 = 16 - 5 = 11$.

Donc, pour tout entier naturel n, $\boxed{w_n = 11 \times 0{,}1^n}$.

b) Déterminer le signe et la limite d'une suite

$11 > 0$ et $0{,}1 > 0$, donc, pour tout entier naturel n, $0{,}1^n > 0$ et $\boxed{w_n > 0}$.

Or $-1 < 0{,}1 < 1$, donc $\boxed{\lim\limits_{n \to +\infty} 0{,}1^n = 0}$.

La suite (w_n) converge vers 0.

▶ 3. a) Démontrer une relation entre des termes de deux suites

Pour tout entier naturel n :

$$u_{n+1} - u_n = \frac{3u_n + 2v_n}{5} - u_n = \frac{3u_n + 2v_n - 5u_n}{5}$$

$$u_{n+1} - u_n = \frac{2v_n - 2u_n}{5}$$

$$u_{n+1} - u_n = -\frac{2}{5}(u_n - v_n)$$

$$\boxed{u_{n+1} - u_n = -0{,}4\, w_n}$$

b) Déterminer le sens de variation d'une suite

On a vu à la question **2. b)** que, pour tout $n \in \mathbb{N}$, $w_n > 0$.

On a donc $u_{n+1} - u_n < 0$ pour tout entier naturel n, ce qui signifie que la suite (u_n) est décroissante.

c) Démontrer par récurrence qu'une suite est minorée

On montre par récurrence que, pour tout entier naturel n, $u_n \geqslant 5$. La démonstration se fait en trois étapes.

- **Initialisation**

$u_0 = 16$, donc $u_0 \geqslant 5$. La propriété est vraie pour $n = 0$.

- **Hérédité**

Soit n un entier naturel tel que $u_n \geqslant 5$ (hypothèse de récurrence).

On a admis que $v_n \geqslant 5$.

Il en découle :

$$\frac{3u_n + 2v_n}{5} \geqslant \frac{3 \times 5 + 2 \times 5}{5}$$

soit :

$$\frac{3u_n + 2v_n}{5} \geqslant 5$$

c'est-à-dire : $$u_{n+1} \geqslant 5.$$

La propriété est vraie pour $(n + 1)$ si elle est vraie pour n, elle est héréditaire.

S'ENTRAÎNER

• **Conclusion**

Des deux points précédents on déduit que, pour tout entier naturel n, $u_n \geqslant 5$.

La suite (u_n) est décroissante et minorée, donc elle converge d'après le théorème de convergence monotone. On note ℓ sa limite ($\ell \in \mathbb{R}$).

> **REMARQUE**
> On dit que la suite (u_n) est minorée par 5, ou encore que 5 est un minorant de cette suite.

▶ **4. a) Montrer l'égalité des limites de deux suites convergentes**

On sait que, pour tout entier naturel n, $w_n = u_n - v_n$, que (u_n) converge vers ℓ et que (v_n) converge vers ℓ'.

Par opérations, on en déduit que (w_n) converge vers $\ell - \ell'$.

Or on a vu à la question **2. b)** que (w_n) converge vers 0.

On en déduit $\ell - \ell' = 0$, c'est-à-dire $\boxed{\ell = \ell'}$.

b) Montrer qu'une suite est constante et déterminer la valeur de ses termes

Pour tout entier naturel n :

$c_{n+1} - c_n = 5u_{n+1} + 4v_{n+1} - (5u_n + 4v_n)$
$c_{n+1} - c_n = 3u_n + 2v_n + 2u_n + 2v_n - 5u_n - 4v_n$
$c_{n+1} - c_n = 0.$

Autrement dit, pour tout entier naturel n, $c_{n+1} = c_n$.

Les termes de la suite (c_n) sont tous égaux, la suite (c_n) est constante.

$c_0 = 5u_0 + 4v_0$
$c_0 = 5 \times 16 + 4 \times 5$
$c_0 = 100.$

Donc, pour tout entier naturel, $\boxed{c_n = 100}$.

c) Déterminer la valeur commune des limites de deux suites convergentes

Pour tout entier naturel n, $c_n = 5u_n + 4v_n$; (u_n) et (v_n) convergent vers ℓ.

Donc (c_n) converge vers $5\ell + 4\ell = 9\ell$.

Comme $c_n = 100$ pour tout n, on en déduit $9\ell = 100$, c'est-à-dire $\boxed{\ell = \frac{100}{9}}$.

Les suites (u_n) et (v_n) convergent vers $\ell = \frac{100}{9}$.

> **REMARQUE**
> On dit que les suites (w_n) et (c_n) sont deux suites auxiliaires, et que les suites (u_n) et (v_n) sont deux suites adjacentes.

Étude d'une suite à l'aide d'un tableur et d'une suite auxiliaire

1 heure
5 points

INTÉRÊT DU SUJET • Dans cet exercice, on étudie plusieurs propriétés d'une suite par diverses méthodes. Le sens de variation est conjecturé à partir de résultats donnés par un tableur. On utilise ensuite une démonstration par récurrence pour prouver la conjecture et étudier la convergence de la suite. Enfin, l'introduction d'une suite auxiliaire permet de donner une expression du terme général.

La suite (u_n) est définie sur $\mathbb{N}$ par $u_0 = 1$ et pour tout entier naturel n,

$$u_{n+1} = \frac{3}{4}u_n + \frac{1}{4}n + 1.$$

▶ **1.** Calculer, en détaillant les calculs, u_1 et u_2 sous forme de fraction irréductible.

L'extrait, reproduit ci-contre, d'une feuille de calcul réalisée avec un tableur présente les valeurs des premiers termes de la suite (u_n).

	A	B
1	n	u_n
2	0	1
3	1	1,75
4	2	2,5625
5	3	3,421875
6	4	4,31640625

▶ **2. a)** Quelle formule, étirée ensuite vers le bas, peut-on écrire dans la cellule B3 de la feuille de calcul pour obtenir les termes successifs de (u_n) dans la colonne B ?

b) Conjecturer le sens de variation de la suite (u_n).

▶ **3. a)** Démontrer par récurrence que, pour tout entier naturel n, on a :

$$n \leqslant u_n \leqslant n + 1.$$

b) En déduire, en justifiant la réponse, le sens de variation et la limite de la suite (u_n).

c) Démontrer que :

$$\lim_{n \to +\infty} \frac{u_n}{n} = 1.$$

▶ **4.** On désigne par (v_n) la suite définie sur $\mathbb{N}$ par $v_n = u_n - n$.

a) Démontrer que la suite (v_n) est géométrique de raison $\frac{3}{4}$.

b) En déduire que, pour tout entier naturel n, on a : $u_n = \left(\frac{3}{4}\right)^n + n$.

LES CLÉS DU SUJET

▶ **2. a)** Dans la feuille de calcul, les valeurs de n sont dans la colonne A, celles de u_n dans la colonne B.

▶ **3. b)** Étudiez le signe de $u_{n+1} - u_n$; puis utilisez un théorème de comparaison pour déterminer la limite de la suite.

c) Utilisez le théorème des gendarmes.

▶ **4. a)** Montrez qu'il existe un réel q tel que, pour tout n dans $\mathbb{N}$, $u_{n+1} = q\, u_n$.

20 CORRIGÉ GUIDÉ

▶ 1. Calculer deux termes d'une suite

$u_1 = \frac{3}{4}u_0 + \frac{1}{4} \times 0 + 1$, donc $u_1 = \frac{3}{4} + 1$, soit $\boxed{u_1 = \frac{7}{4}}$.

$u_2 = \frac{3}{4}u_1 + \frac{1}{4} \times 1 + 1 = \frac{3}{4} \times \frac{7}{4} + \frac{5}{4}$, donc $u_2 = \frac{21}{16} + \frac{20}{16}$, soit $\boxed{u_2 = \frac{41}{16}}$.

▶ 2. a) Déterminer une formule à saisir dans une cellule d'une feuille de calcul

Pour obtenir dans la colonne B les termes successifs de la suite (u_n), on peut saisir dans la cellule B3 la formule $\boxed{= \frac{3}{4} * \text{B2} + \frac{1}{4} * \text{A2} + 1}$, puis étirer cette formule vers le bas.

b) Conjecturer le sens de variation d'une suite

À partir des résultats donnés par le tableur, on peut conjecturer que la suite (u_n) est croissante.

▶ **3. a) Prouver par récurrence un encadrement d'un terme d'une suite**

▶ **Le conseil de méthode**

Pour montrer à l'aide d'une démonstration par récurrence qu'une propriété est vraie pour tout entier naturel $n \geqslant n_0$, il y a trois étapes :

Initialisation : on vérifie que la propriété est vraie pour l'entier naturel n_0.

Hérédité : on montre que si n est un entier naturel supérieur ou égal à n_0 pour lequel la propriété est vraie, alors la propriété est vraie aussi pour l'entier $n + 1$.

Conclusion : on conclut, d'après les deux résultats précédents, que la propriété est vraie pour tout entier naturel $n \geqslant n_0$.

S'ENTRAÎNER

Montrons par récurrence que, pour tout entier naturel n, on a : $n \leqslant u_n \leqslant n + 1$.

- **Initialisation**

$u_0 = 1$, donc $0 \leqslant u_0 \leqslant 0 + 1$; la propriété est vraie pour $n = 0$.

- **Hérédité**

Soit n un entier naturel tel que $n \leqslant u_n \leqslant n + 1$.

Alors $\frac{3}{4}n \leqslant \frac{3}{4}u_n \leqslant \frac{3}{4}(n+1)$, soit $\frac{3}{4}n \leqslant \frac{3}{4}u_n \leqslant \frac{3}{4}n + \frac{3}{4}$.

En ajoutant $\frac{1}{4}n$, on en déduit : $n \leqslant \frac{3}{4}u_n + \frac{1}{4}n \leqslant n + \frac{3}{4}$;

puis en ajoutant 1 :

$$n+1 \leqslant \frac{3}{4}u_n + \frac{1}{4}n + 1 \leqslant n + \frac{3}{4} + 1,$$

soit :

$$n+1 \leqslant u_{n+1} \leqslant n + \frac{3}{4} + 1,$$

qui entraîne :

$$n + 1 \leqslant u_{n+1} \leqslant n + 1 + 1.$$

Donc la propriété est vraie pour $n + 1$ si elle est vraie pour n.

- **Conclusion**

Des résultats précédents, on déduit que, pour tout entier naturel n : $n \leqslant u_n \leqslant n + 1$.

b) Déterminer le sens de variation et la limite d'une suite

Pour tout entier naturel n :

$n + 1 \leqslant u_{n+1} \leqslant n + 2$ et $n \leqslant u_n \leqslant n + 1$, donc $-n - 1 \leqslant -u_n \leqslant -n$.

En additionnant deux inégalités : $0 \leqslant u_{n+1} - u_n \leqslant 2$.

Puisque $u_{n+1} - u_n \geqslant 0$ pour tout n, la suite (u_n) est croissante.

Par ailleurs, $\lim\limits_{n \to +\infty} n = +\infty$, donc par comparaison, $\boxed{\lim\limits_{n \to +\infty} u_n = +\infty}$.

c) Déterminer la limite d'une suite

D'après la question **3. a)**, pour tout entier naturel non nul n :

$\frac{n}{n} \leqslant \frac{u_n}{n} \leqslant \frac{n+1}{n}$, soit :

$$1 \leqslant \frac{u_n}{n} \leqslant 1 + \frac{1}{n}.$$

Or $\lim\limits_{n \to +\infty} \frac{1}{n} = 0$, donc $\lim\limits_{n \to +\infty} \left(1 + \frac{1}{n}\right) = 1$.

D'après le théorème des gendarmes :

$$\boxed{\lim_{n \to +\infty} \frac{u_n}{n} = 1}.$$

▶ 4. a) Démontrer qu'une suite est géométrique

Pour tout entier naturel n :

$$v_{n+1} = u_{n+1} - (n+1)$$

$$v_{n+1} = \frac{3}{4} u_n + \frac{1}{4} n + 1 - n - 1$$

$$v_{n+1} = \frac{3}{4} u_n - \frac{3}{4} n$$

$$v_{n+1} = \frac{3}{4} v_n.$$

On en déduit que la suite (v_n) est géométrique de raison $\frac{3}{4}$.

b) Déterminer l'expression du terme général d'une suite

Puisque la suite (v_n) est géométrique de raison $\frac{3}{4}$, alors, pour tout entier naturel n :

$$v_n = v_0 \left(\frac{3}{4}\right)^n.$$

> **REMARQUE**
> $\lim\limits_{n \to +\infty} \left(\frac{3}{4}\right)^n = 0$ car $-1 < \frac{3}{4} < 1$.
> On retrouve $\lim\limits_{n \to +\infty} u_n = +\infty$ (résultat démontré en **3. b**).
> On peut aussi en déduire la limite de $\frac{u_n}{n}$.

Or $v_0 = u_0 = 1$, donc $v_n = \left(\frac{3}{4}\right)^n$ et $u_n = v_n + n$, soit : $\boxed{u_n = \left(\frac{3}{4}\right)^n + n}$.

21 Sujet spécimen 2021 n° 2 • Exercice 2

Deux suites, un quotient, un algorithme

1 h 10
6 points

S'ENTRAÎNER

INTÉRÊT DU SUJET • Les deux suites considérées dans cet exercice sont des suites imbriquées : on calcule un terme de l'une de ces suites à partir des termes précédents des deux suites. On étudie ensuite la suite de terme général le quotient des termes généraux des deux suites.

Exercice commun à tous les candidats

On considère les suites (u_n) et (v_n) définies pour tout entier naturel n par :

$$\begin{cases} u_0 = v_0 = 1 \\ u_{n+1} = u_n + v_n \\ v_{n+1} = 2u_n + v_n \end{cases}$$

Dans toute la suite de l'exercice, on admet que les suites (u_n) et (v_n) **sont strictement positives.**

▶ **1. a)** Calculer u_1 et v_1.

b) Démontrer que la suite (v_n) est strictement croissante, puis en déduire que, pour tout entier naturel n, $v_n \geqslant 1$.

c) Démontrer par récurrence que, pour tout entier naturel n, on a $u_n \geqslant n+1$.

d) En déduire la limite de la suite (u_n).

▶ **2.** On pose, pour tout entier naturel n :

$$r_n = \frac{v_n}{u_n}.$$

On admet que :

$$r_n^2 = 2 + \frac{(-1)^{n+1}}{{u_n}^2}.$$

a) Démontrer que pour tout entier naturel n :

$$-\frac{1}{u_n^2} \leqslant \frac{(-1)^{n+1}}{u_n^2} \leqslant \frac{1}{u_n^2}.$$

b) En déduire : $\lim\limits_{n \to +\infty} \dfrac{(-1)^{n+1}}{{u_n}^2}$.

c) Déterminer la limite de la suite (r_n^2) et en déduire que (r_n) converge vers $\sqrt{2}$.

d) Démontrer que pour tout entier naturel n : $r_{n+1} = \dfrac{2 + r_n}{1 + r_n}$.

e) On considère le programme suivant écrit en langage Python :

```
def seuil():
    n = 0
    r = 1
    while abs(r - sqrt(2)) > 10**(-4):
        r = (2 + r)/(1 + r)
        n = n + 1
    return n
```

(`abs` désigne la valeur absolue, `sqrt` la racine carrée et `10**(-4)` représente 10^{-4}.) La valeur de n renvoyée par ce programme est 5. À quoi correspond-elle ?

LES CLÉS DU SUJET

▶ **1. b)** Étudiez le signe de $v_{n+1} - v_n$.

d) Utilisez le résultat de la question précédente ainsi qu'un théorème de comparaison.

▶ **2. b)** Utilisez le théorème des gendarmes.

c) N'oubliez pas que, pour tout entier naturel n, $u_n > 0$ et $v_n > 0$.

21 CORRIGÉ GUIDÉ

▶ 1. a) Calculer des termes de deux suites

$u_1 = u_0 + v_0$, donc $\boxed{u_1 = 2}$. $v_1 = 2u_0 + v_0$, donc $\boxed{v_1 = 3}$.

b) Étudier le sens de variation d'une suite

Pour tout entier naturel n, $v_{n+1} - v_n = 2u_n$, or d'après l'énoncé $2u_n > 0$, donc $v_{n+1} - v_n > 0$. La suite (v_n) est strictement croissante.

On en déduit que, pour tout entier naturel n, $v_n \geqslant v_0$, c'est-à-dire $\boxed{v_n \geqslant 1}$.

c) Établir une inégalité concernant une suite

- **Initialisation**

Pour $n = 0$, $u_0 = 1$, donc $u_0 \geqslant 0 + 1$.

La propriété est vraie pour $n = 0$.

- **Hérédité**

Soit n un entier naturel tel que $u_n \geqslant n + 1$ (hypothèse de récurrence).

On a aussi $v_n \geqslant 1$ d'après la question précédente, donc

$$u_n + v_n \geqslant n + 1 + 1$$

soit :

$$u_{n+1} \geqslant n + 1 + 1.$$

La propriété est vraie pour $n + 1$ si elle est vraie pour n.

- **Conclusion**

La propriété est vraie pour $n = 0$ et héréditaire, donc elle est vraie pour tout $n \in \mathbb{N}$. Pour tout entier naturel n, $u_n \geqslant n + 1$.

d) Déterminer la limite d'une suite

$\lim\limits_{n \to +\infty} (n+1) = +\infty$ donc par comparaison :

$$\boxed{\lim_{n \to +\infty} u_n = +\infty}$$

▶ 2. a) Établir un encadrement

Soit n un entier naturel. $(-1)^{n+1} = 1$ si n est impair et $(-1)^{n+1} = -1$ si n est pair.

Dans tous les cas : $-1 \leqslant (-1)^{n+1} \leqslant 1$.

En divisant cette inégalité par u_n^2, sachant que $u_n^2 > 0$, on en déduit :

$$-\frac{1}{u_n^2} \leqslant \frac{(-1)^{n+1}}{u_n^2} \leqslant \frac{1}{u_n^2}.$$

b) Déterminer la limite d'une suite

On a vu à la question **1. d)** que $\lim\limits_{n \to +\infty} u_n = +\infty$;

on en déduit que :

$$\lim_{n \to +\infty} \frac{1}{u_n^2} = 0 \text{ et } \lim_{n \to +\infty} \left(-\frac{1}{u_n^2}\right) = 0.$$

D'après le théorème des gendarmes :

$$\boxed{\lim_{n \to +\infty} \frac{(-1)^{n+1}}{u_n^2} = 0}$$

REMARQUE

On a encadré $\frac{(-1)^{n+1}}{u_n^2}$ par les termes généraux de deux suites convergentes de même limite.

c) Déterminer la limite d'une suite

On sait que, pour tout entier naturel n :

$$r_n^2 = 2 + \frac{(-1)^{n+1}}{{u_n}^2}.$$

D'après la question précédente, $\lim\limits_{n \to +\infty} r_n^2 = 2$.

Or, pour tout entier naturel n, $r_n = \frac{v_n}{u_n}$, $u_n > 0$, $v_n > 0$, donc $r_n > 0$.

Donc :

$$\boxed{\lim_{n \to +\infty} r_n = \sqrt{2}}$$

> **▶ Le piège à éviter**
> Il est indispensable ici de vérifier que $r_n > 0$ pour tout n, car il existe deux nombres réels de signes opposés dont le carré est égal à 2 : $-\sqrt{2}$ et $\sqrt{2}$.

d) Établir une relation entre deux termes successifs d'une suite

Pour tout entier naturel n, $r_{n+1} = \frac{v_{n+1}}{u_{n+1}}$, soit $r_{n+1} = \frac{2u_n + v_n}{u_n + v_n}$.

On divise le numérateur et le dénominateur par u_n, on a alors :

$$r_{n+1} = \frac{2 + \frac{v_n}{u_n}}{1 + \frac{v_n}{u_n}} \text{ et donc } \boxed{r_{n+1} = \frac{2 + r_n}{1 + r_n}}.$$

e) Interpréter la valeur renvoyée par un programme

La valeur renvoyée par le programme est le plus petit entier n tel que $\left|r_n - \sqrt{2}\right| \leqslant 10^{-4}$ car le programme s'arrête dès que $\left|r_n - \sqrt{2}\right| \leqslant 10^{-4}$.

> **REMARQUE**
> Ce programme est un **algorithme de seuil**. On a montré à la question **2. c)** que la suite (r_n) converge vers $\sqrt{2}$. On peut donc en déduire que, pour n suffisamment grand, $\left|r_n - \sqrt{2}\right| \leqslant 10^{-4}$.

Étude d'une somme

50 min
5 points

INTÉRÊT DU SUJET • Étudiez ici une suite numérique définie par une somme, d'abord à l'aide d'un algorithme de calcul, puis à l'aide d'une suite auxiliaire faisant intervenir les fonctions exponentielle et logarithme népérien.

Soit (v_n) la suite définie par $v_1 = \ln(2)$ et, pour tout entier naturel n non nul, $v_{n+1} = \ln(2 - e^{-v_n})$.
On admet que cette suite est définie pour tout entier naturel n non nul.
On définit ensuite la suite (S_n) pour tout entier naturel n non nul par :

$$S_n = \sum_{k=1}^{n} v_k = v_1 + v_2 + \cdots + v_n.$$

Le but de cet exercice est de déterminer la limite de (S_n).

PARTIE A : CONJECTURES À L'AIDE D'UN ALGORITHME

▶ **1.** Recopier et compléter l'algorithme suivant qui calcule et affiche la valeur de S_n pour une valeur de n choisie par l'utilisateur :

Variables	n, k entiers S, v réels
Initialisation	Saisir la valeur de n v prend la valeur … S prend la valeur …
Traitement	Pour k variant de … à … faire … prend la valeur … … prend la valeur … Fin Pour
Sortie	Afficher S

▶ **2.** À l'aide de cet algorithme, on obtient quelques valeurs de S_n. Les valeurs arrondies au dixième sont données dans le tableau ci-dessous :

n	10	100	1 000	10 000	100 000	1 000 000
S_n	2,4	4,6	6,9	9,2	11,5	13,8

En expliquant votre démarche, émettre une conjecture quant au comportement de la suite (S_n).

PARTIE B : ÉTUDE D'UNE SUITE AUXILIAIRE

Pour tout entier naturel n non nul, on définit la suite (u_n) par $u_n = \mathrm{e}^{v_n}$.

▶ **1.** Vérifier que $u_1 = 2$ et que, pour tout entier naturel n non nul, $u_{n+1} = 2 - \dfrac{1}{u_n}$.

▶ **2.** Calculer u_2, u_3 et u_4. Les résultats seront donnés sous forme fractionnaire.

▶ **3.** Démontrer que, pour tout entier naturel n non nul, $u_n = \dfrac{n+1}{n}$.

PARTIE C : ÉTUDE DE (S_n)

▶ **1.** Pour tout entier naturel n non nul, exprimer v_n en fonction de u_n, puis v_n en fonction de n.

▶ **2.** Vérifier que $S_3 = \ln(4)$.

▶ **3.** Pour tout entier naturel n non nul, exprimer S_n en fonction de n. En déduire la limite de la suite (S_n).

LES CLÉS DU SUJET

Partie B

▶ **3.** Démontrez la relation à l'aide d'un raisonnement par récurrence.

22 CORRIGÉ GUIDÉ

PARTIE A : CONJECTURES À L'AIDE D'UN ALGORITHME

▶ 1. Compléter un algorithme

L'étape d'initialisation consiste à renseigner d'une part la valeur prise par le premier terme de la suite (v_n) et d'autre part, la valeur initiale de la somme, valeur à laquelle seront ajoutés les n premiers termes de cette suite. Comme, d'après l'énoncé, $v_1 = \ln(2)$, la phase d'initialisation complète est :

Initialisation	Saisir la valeur de n v prend la valeur $\ln(2)$ S prend la valeur 0

Ensuite, lors de la phase de traitement, les sommes S_1, S_2, ..., S_n doivent être déterminées successivement (k varie alors de 1 à n). En particulier, pour chaque valeur de k, nous devons calculer d'une part la somme S_k en ajoutant à la somme précédente le k-ième terme de la suite (v_n) et d'autre part le terme suivant v_{k+1} de cette suite. La phase de traitement complète est donc :

Traitement	Pour k variant de 1 à n
	    S prend la valeur $S + v$
	    v prend la valeur $\ln(2 - e^{-v})$
	Fin Pour

▶ 2. Émettre une conjecture

Nous constatons d'abord que :

$v_{10} < v_{100} < v_{1\,000} < v_{10\,000} < v_{100\,000} < v_{1\,000\,000}$.

Nous pouvons ainsi conjecturer que la suite (v_n) est croissante.

Nous constatons ensuite que, quand n devient de plus en plus grand, le terme S_n le devient également. En particulier, l'évolution semble « régulière » : $S_{100} = 4{,}6$; $S_{1\,000} = S_{100} + 2{,}3$; $S_{10\,000} = S_{1\,000} + 2{,}3$; $S_{100\,000} = S_{10\,000} + 2{,}3$ et $S_{1\,000\,000} = S_{100\,000} + 2{,}3$.

Nous pouvons aussi conjecturer que $\lim\limits_{n \to +\infty} S_n = +\infty$.

PARTIE B : ÉTUDE D'UNE SUITE AUXILIAIRE

À NOTER
Pour tout réel $a > 0$, $e^{\ln(a)} = a$.

▶ 1. Établir une relation de récurrence

D'une part, $u_1 = e^{v_1} = e^{\ln(2)} = 2$.

D'autre part, pour tout entier naturel n non nul,

$$u_{n+1} = e^{v_{n+1}} = e^{\ln(2-e^{-v_n})} = 2 - e^{-v_n} = 2 - \frac{1}{e^{v_n}} = 2 - \frac{1}{u_n}.$$

▶ 2. Calculer les termes d'une suite

Pour calculer les termes demandés, utilisons la relation de récurrence établie à la question **1.** partie **B** :

$$u_2 = 2 - \frac{1}{u_1} = 2 - \frac{1}{2} = \frac{3}{2}.$$

$$u_3 = 2 - \frac{1}{u_2} = 2 - \frac{1}{\frac{3}{2}} = 2 - \frac{2}{3} = \frac{4}{3}.$$

$$u_4 = 2 - \frac{1}{u_3} = 2 - \frac{1}{\frac{4}{3}} = 2 - \frac{3}{4} = \frac{5}{4}.$$

▶ 3. Démontrer une égalité par récurrence

Soit $P(n)$ la propriété : $u_n = \dfrac{n+1}{n}$.

Démontrons par récurrence que la propriété $P(n)$ est vraie pour tout entier naturel non nul n.

Initialisation

Pour $n = 1$, $u_1 = 2 = \dfrac{2}{1} = \dfrac{1+1}{1}$. Donc $P(1)$ est vraie. La propriété est ainsi initialisée.

Hérédité

Supposons que la propriété $P(k)$ soit vraie pour un entier naturel non nul k donné : $u_k = \dfrac{k+1}{k}$.

Démontrons que la propriété $P(k+1)$ est vraie. Par la question **1.** de la partie **B**, nous avons :

$$u_{k+1} = 2 - \frac{1}{u_k}$$
$$= 2 - \frac{1}{\frac{k+1}{k}} \text{ (hypothèse de récurrence)}$$
$$= 2 - \frac{k}{k+1}$$
$$= \frac{2 \times (k+1)}{k+1} - \frac{k}{k+1}$$
$$= \frac{(k+1)+1}{k+1}.$$

Il en découle que $u_{k+1} = \frac{(k+1)+1}{k+1}$ et la propriété $P(k+1)$ est vraie.

Conclusion

Pour tout entier naturel n non nul, $u_n = \frac{n+1}{n}$.

PARTIE C : ÉTUDE DE (S_n)

▶ 1. Donner une formule explicite d'une suite

Soit n un entier naturel non nul. Par définition, partie **B**, nous avons $u_n = e^{v_n}$. Or d'après la question **3.** de la partie **B**, $u_n = \frac{n+1}{n}$ et comme $n \geqslant 1$, $u_n > 0$. Nous en déduisons que :

$$u_n = e^{v_n} \Leftrightarrow \ln(u_n) = \ln(e^{v_n}) \Leftrightarrow \ln(u_n) = v_n.$$

En exprimant u_n en fonction de n, nous obtenons : $v_n = \ln\left(\frac{n+1}{n}\right)$.

> **À NOTER**
> Pour tous réels $a > 0$ et $b > 0$,
> $a = b \Leftrightarrow \ln(a) = \ln(b)$.

▶ 2. Vérifier une égalité

Nous avons :

$$S_3 = \sum_{k=1}^{3} v_k$$
$$= v_1 + v_2 + v_3$$
$$= \ln(2) + \ln\left(\frac{3}{2}\right) + \ln\left(\frac{4}{3}\right)$$
$$= \ln(2) + \ln(3) - \ln(2) + \ln(4) - \ln(3)$$
$$= \ln(4).$$

> **À NOTER**
> Pour tous réels $a > 0$ et $b > 0$,
> $\ln\left(\frac{a}{b}\right) = \ln(a) - \ln(b)$.

▶ **3. Déterminer la limite d'une suite**

Soit n un entier naturel non nul. Nous avons :

$$\begin{aligned}
S_n &= \sum_{k=1}^{n} v_k \\
&= \sum_{k=1}^{n} \ln\left(\frac{k+1}{k}\right) \\
&= \sum_{k=1}^{n} (\ln(k+1) - \ln(k)) \\
&= \sum_{k=1}^{n} \ln(k+1) - \sum_{k=1}^{n} \ln(k) \\
&= \sum_{j=2}^{n+1} \ln(j) - \sum_{k=1}^{n} \ln(k) \qquad \text{(en posant } j = k+1\text{)} \\
&= \ln(n+1) - \ln(1) \\
&= \ln(n+1).
\end{aligned}$$

Comme $\lim\limits_{n\to+\infty} n+1 = +\infty$, alors $\lim\limits_{n\to+\infty} S_n = \lim\limits_{N\to+\infty} \ln(N) = +\infty$.

La suite (S_n) est divergente.

De la suite dans les idées

1 heure
5 points

INTÉRÊT DU SUJET • Étudiez ici les variations et la limite d'une suite numérique définie par récurrence.

On considère la suite numérique (u_n) définie sur $\mathbb{N}$ par $u_0 = 2$ et pour tout entier naturel n, $u_{n+1} = -\dfrac{1}{2}u_n^2 + 3u_n - \dfrac{3}{2}$.

PARTIE A : CONJECTURE

▶ **1.** Calculer les valeurs exactes, données en fractions irréductibles, de u_1 et u_2.

▶ **2.** Donner une valeur approchée à 10^{-5} près des termes u_3 et u_4.

▶ **3.** Conjecturer le sens de variation et la convergence de la suite (u_n).

PARTIE B : VALIDATION DES CONJECTURES

On considère la suite numérique (v_n) définie pour tout entier naturel n, par $v_n = u_n - 3$.

▶ **1.** Montrer que, pour tout entier naturel n, $v_{n+1} = -\dfrac{1}{2}v_n^2$.

▶ **2.** Démontrer par récurrence que, pour tout entier naturel n, $-1 \leqslant v_n \leqslant 0$.

▶ **3. a)** Démontrer que, pour tout entier naturel n,
$v_{n+1} - v_n = -v_n\left(\dfrac{1}{2}v_n + 1\right)$.

b) En déduire le sens de variation de la suite (v_n).

▶ **4.** Pourquoi peut-on affirmer que la suite (v_n) converge ?

▶ **5.** On note l la limite de la suite (v_n). On admet que l appartient à l'intervalle $[-1 ; 0]$ et vérifie l'égalité : $l = -\frac{1}{2}l^2$.
Déterminer la valeur de l.

▶ **6.** Les conjectures faites dans la partie **A** sont-elles validées ?

LES CLÉS DU SUJET

Partie B

▶ **2.** Pour l'hérédité, travaillez sur les encadrements en partant de l'hypothèse de récurrence. Faites attention aux manipulations dans les inégalités. Identifiez pour cela les fonctions utilisées pour passer d'un encadrement au suivant.
▶ **3. b)** Pensez à exploiter la factorisation de la question précédente et l'encadrement obtenu à la question **2.** de la partie **B** pour déterminer le signe d'un produit.

23 CORRIGÉ GUIDÉ

PARTIE A

▶ 1. Calculer les premiers termes d'une suite

$$u_1 = -\frac{1}{2}u_0^2 + 3u_0 - \frac{3}{2} = -\frac{1}{2}\times 2^2 + 3\times 2 - \frac{3}{2} = -2+6-\frac{3}{2} = \frac{5}{2}.$$

$$u_2 = -\frac{1}{2}u_1^2 + 3u_1 - \frac{3}{2} = -\frac{1}{2}\times\left(\frac{5}{2}\right)^2 + 3\times\frac{5}{2} - \frac{3}{2} = -\frac{25}{8}+6 = \frac{23}{8}.$$

▶ 2. Donner des valeurs approchées de certains termes avec la calculatrice

En remarquant que, pour tout entier naturel n, $u_{n+1} = f(u_n)$ où $f(x) = -\frac{1}{2}x^2 + 3x - \frac{3}{2}$, nous obtenons à l'aide de la calculatrice (valeurs arrondies à 5 décimales) :

$$u_3 = f(u_2) = \frac{383}{128} \approx 2{,}99219 \text{ et } u_4 = f(u_3) = \frac{98\,303}{32\,768} \approx 2{,}99997.$$

▶ **3. Émettre des conjectures à propos d'une suite**

La suite (u_n) semble croissante (remarquez que $u_1 < u_2 < u_3 < u_4$) et elle semble converger vers 3.

PARTIE B

▶ **1. Établir une relation de récurrence**

Pour tout entier naturel n :

$$v_{n+1} = u_{n+1} - 3 = \left(-\frac{1}{2}u_n^2 + 3u_n - \frac{3}{2}\right) - 3 = -\frac{1}{2}u_n^2 + 3u_n - \frac{9}{2}$$

$$v_{n+1} = -\frac{1}{2}\left(u_n^2 - 6u_n + 9\right) = -\frac{1}{2}\left(u_n - 3\right)^2 = -\frac{1}{2}v_n^2.$$

À NOTER
Pour tous réels a et b, $a^2 - 2ab + b^2 = (a - b)^2$.

▶ **2. Démontrer des inégalités à l'aide d'un raisonnement par récurrence**

Soit $P(n)$ la propriété : $-1 \leqslant v_n \leqslant 0$. Démontrons cette propriété par récurrence.

Initialisation : $v_0 = u_0 - 3 = 2 - 3 = -1$ donc $-1 \leqslant v_0 \leqslant 0$ et $P(0)$ est vraie.

Hérédité : supposons que $P(k)$ soit vraie pour un entier naturel k donné (c'est l'hypothèse de récurrence) : $-1 \leqslant v_k \leqslant 0$. Démontrons alors que $P(k+1)$ est vraie.

Comme $-1 \leqslant v_k \leqslant 0$, nous obtenons : $0 \leqslant {v_k}^2 \leqslant 1$.

ATTENTION !
La fonction carré est décroissante sur $]-\infty\,;0]$.

Par conséquent $-\frac{1}{2} \leqslant -\frac{1}{2}v_k^2 \leqslant 0$ (la fonction affine $x \mapsto -\frac{1}{2}x$ est décroissante sur $\mathbb{R}$).

Ceci équivaut à $-\frac{1}{2} \leqslant v_{k+1} \leqslant 0$ et nous en déduisons que $-1 \leqslant v_{k+1} \leqslant 0$.

La propriété $P(k+1)$ est donc vraie.

Conclusion : la propriété $P(n)$ étant initialisée et héréditaire, de l'axiome de récurrence nous déduisons que : pour tout entier naturel n, $-1 \leqslant v_n \leqslant 0$.

▶ **3. a) Établir une égalité numérique**

Pour tout entier naturel n :

$$v_{n+1} - v_n = -\frac{1}{2}{v_n}^2 - v_n = -v_n\left(\frac{1}{2}v_n + 1\right).$$

À NOTER
Pour tous réels a, b et k : $ka + kb = k(a + b)$.

S'ENTRAÎNER

b) Déterminer le sens de variation d'une suite

Pour tout entier naturel n :

$$-1 \leqslant v_n \leqslant 0 \Leftrightarrow 0 \leqslant -v_n \leqslant 1$$

et

$$-1 \leqslant v_n \leqslant 0 \Leftrightarrow -\frac{1}{2} \leqslant \frac{1}{2}v_n \leqslant 0 \Leftrightarrow \frac{1}{2} \leqslant \frac{1}{2}v_n + 1 \leqslant 1.$$

Par produit, nous obtenons que, pour tout entier naturel n :

$$v_{n+1} - v_n = -v_n\left(\frac{1}{2}v_n + 1\right) \geqslant 0.$$

La suite (v_n) est donc croissante.

▶ 4. Justifier la convergence d'une suite

La suite (v_n) est croissante (partie **B**, question **3. b)**) et elle est majorée par 0 (partie **B**, question **2.** : $v_n \leqslant 0$ pour tout entier naturel n).

D'après le théorème de convergence monotone, la suite (v_n) est convergente.

▶ 5. Déterminer la limite d'une suite convergente

$$l = -\frac{1}{2}l^2 \Leftrightarrow l + \frac{1}{2}l^2 = 0 \Leftrightarrow l \times \left(1 + \frac{1}{2}l\right) = 0$$

$$l \times \left(1 + \frac{1}{2}l\right) = 0 \Leftrightarrow l = 0 \text{ ou } 1 + \frac{1}{2}l = 0$$

$$\Leftrightarrow l = 0 \text{ ou } l = -2.$$

D'après l'énoncé, nous savons que $l \in [-1 ; 0]$, nous en déduisons donc que $l = 0$.

La suite (v_n) converge donc vers 0.

> **À NOTER**
> Un produit de facteurs est nul si et seulement si l'un des facteurs est nul.

▶ 6. Valider des conjectures

• Pour tout entier naturel n, $v_n = u_n - 3$ donc $u_n = v_n + 3$.

D'après la question **3. b)** de la partie **B**, la suite (v_n) est croissante.

Par conséquent, pour tout entier naturel n, $v_n \leqslant v_{n+1}$ ce qui implique que $v_n + 3 \leqslant v_{n+1} + 3$ soit encore $u_n \leqslant u_{n+1}$.

La suite (u_n) est donc croissante, ce qui valide la première conjecture faite dans la partie **A**.

• D'après la question **5.** de la partie **B**, la suite (v_n) converge vers 0.

Or, pour tout entier naturel n, $u_n = v_n + 3$.

Par somme sur les limites, nous obtenons que $\lim\limits_{n \to +\infty} u_n = 3$.

La suite (u_n) converge donc vers 3, ce qui valide la seconde conjecture faite dans la partie **A**.

Mouvements de population

1 heure
5 points

INTÉRÊT DU SUJET • À l'aide de suites numériques, on étudie la répartition entre villes et zones rurales d'une population dont on connaît les mouvements. On cherche à estimer la tendance à long terme de cette répartition en utilisant un algorithme.

Dans un pays de population constante égale à 120 millions, les habitants vivent soit en zone rurale, soit en ville. Les mouvements de population peuvent être modélisés de la façon suivante :
- en 2010, la population compte 90 millions de ruraux et 30 millions de citadins ;
- chaque année, 10 % des ruraux émigrent à la ville ;
- chaque année, 5 % des citadins émigrent en zone rurale.

Pour tout entier naturel n, on note :
- u_n la population en zone rurale, en l'année $2010 + n$, exprimée en millions d'habitants ;
- v_n la population en ville, en l'année $2010 + n$, exprimée en millions d'habitants.

On a donc $u_0 = 90$ et $v_0 = 30$.

PARTIE A

▶ **1.** Traduire le fait que la population totale est constante par une relation liant u_n et v_n.

▶ **2.** On utilise un tableur pour visualiser l'évolution des suites (u_n) et (v_n). Quelles formules peut-on saisir dans les cellules B3 et C3 qui, recopiées vers le bas, permettent d'obtenir la feuille de calcul ci-dessous :

	A	B	C
1	n	Population en zone rurale	Population en ville
2	0	90	30
3	1	82,5	37,5
4	2	76,125	43,875

	A	B	C
5	3	70,706	49,294
6	4	66,100	53,900
7	5	62,185	57,815
8	6	58,857	61,143
9	7	56,029	63,971
10	8	53,625	66,375
11	9	51,581	68,419
12	10	49,844	70,156
13	11	48,367	71,633
14	12	47,112	72,888
15	13	46,045	73,955
16	14	45,138	74,862
17	15	44,368	75,632
18	16	43,713	76,287
19	17	43,156	76,844
20	18	42,682	77,318
21	19	42,280	77,720
22	20	41,938	78,062
...	...	...	...
59	57	40,005	79,995
60	58	40,004	79,996
61	59	40,003	79,997
62	60	40,003	79,997
63	61	40,002	79,998

▶ **3.** Quelles conjectures peut-on faire concernant l'évolution à long terme de cette population ?

PARTIE B

On admet dans cette partie que, pour tout entier naturel n, $u_{n+1} = 0{,}85u_n + 6$.

▶ **1. a)** Démontrer par récurrence que la suite (u_n) est décroissante.
b) On admet que u_n est positif pour tout entier naturel n.
Que peut-on en déduire quant à la suite (u_n) ?

▶ **2.** On considère la suite (w_n) définie par : $w_n = u_n - 40$, pour tout $n \geqslant 0$.
a) Démontrer que (w_n) est une suite géométrique de raison 0,85.
b) En déduire l'expression de w_n puis de u_n en fonction de n.
c) Déterminer l'expression de v_n en fonction de n.

▶ **3.** Valider ou invalider les conjectures effectuées à la question **3.** de la partie **A**.

▶ **4.** On considère l'algorithme suivant :

Entrée	n et u sont des nombres
Initialisation	n prend la valeur 0
	u prend la valeur 90
Traitement	Tant que $u \geqslant 120 - u$ faire
	n prend la valeur $n + 1$
	u prend la valeur $0{,}85 \times u + 6$
	Fin Tant que
Sortie	Afficher n

a) Que fait cet algorithme ?
b) Quelle valeur affiche-t-il ?

LES CLÉS DU SUJET

Partie B

▶ **1. b)** Pensez au théorème de la limite monotone.
▶ **3.** Exploitez les résultats des questions **2. a)** et **2. b)** de la partie **B** pour calculer les limites des suites (u_n) et (v_n).
▶ **4. a)** Identifiez le rôle de chaque variable et associez les instructions proposées dans cet algorithme à des calculs sur les termes de la suite (u_n).

24 CORRIGÉ GUIDÉ

PARTIE A

▶ 1. Établir une égalité

Le pays considéré a une population constante égale à 120 millions d'habitants. Par conséquent, nous avons, pour tout entier naturel n : $u_n + v_n = 120$.

▶ 2. Proposer des formules de calcul pour une feuille de tableur

Il est indiqué que, chaque année, 10 % des ruraux émigrent à la ville ; il en reste donc $0,9u_n$ pour l'année $2010+(n+1)$, tandis que 5 % des citadins émigrent en zone rurale soit $0,05v_n$ en supplément pour la zone rurale pour l'année $2010+(n+1)$.

Finalement, nous obtenons, pour tout entier naturel n :
$u_{n+1} = 0,9u_n + 0,05v_n$.

Une formule à taper en B3 pourrait donc être : $= 0,9 * \text{B}2 + 0,05 * \text{C}2$.

Au vu du résultat de la question **1.**, une formule à taper en C3 pourrait être : $= 120 - \text{B}3$.

▶ 3. Conjecturer des limites de suites

Au vu des résultats affichés sur la feuille de tableur, il semblerait qu'à long terme la population en zone rurale se stabilise à 40 millions d'habitants et que celle en ville se stabilise à 80 millions d'habitants.

PARTIE B

▶ 1. a) Justifier par récurrence le sens de variation d'une suite

Soit $P(n)$ la propriété : $u_n \geqslant u_{n+1}$.

Initialisation

$u_0 = 90$ et $u_1 = 0,85u_0 + 6 = 0,85 \times 90 + 6 = 82,5$ donc $u_0 \geqslant u_1$.

La propriété est donc bien initialisée.

Hérédité

On suppose que, pour un entier naturel k donné, la propriété $P(k)$ est vraie : $u_k \geqslant u_{k+1}$.

On démontre alors que la propriété $P(k+1)$ est aussi vérifiée :

$$\underbrace{u_k \geqslant u_{k+1}}_{\text{hypothèse de récurrence}} \Rightarrow 0{,}85u_k \geqslant 0{,}85u_{k+1} \Rightarrow 0{,}85u_k + 6 \geqslant 0{,}85u_{k+1} + 6 \Rightarrow u_{k+1} \geqslant u_{k+2}.$$

La propriété $P(k+1)$ est vérifiée.

Conclusion

La propriété indiquée étant initialisée et héréditaire, nous pouvons en déduire que, pour tout entier naturel n, $u_n \geqslant u_{n+1}$. La suite (u_n) est donc décroissante.

S'ENTRAÎNER

b) Démontrer qu'une suite est convergente

D'après l'énoncé, nous admettons que u_n est positif pour tout entier naturel n. La suite (u_n) est donc minorée par 0. Comme elle est décroissante, d'après la question précédente, avec le théorème de la limite monotone nous pouvons conclure que la suite (u_n) est convergente.

▶ 2. a) Démontrer qu'une suite est géométrique

Pour tout entier naturel n :

$$w_{n+1} = u_{n+1} - 40 = 0{,}85u_n + 6 - 40 = 0{,}85u_n - 34 = 0{,}85(u_n - 40) = 0{,}85w_n.$$

La suite (w_n) est une suite géométrique de raison $q = 0{,}85$.

b) Déterminer la formule explicite pour une suite

Le premier terme de la suite (w_n) est $w_0 = u_0 - 40 = 90 - 40 = 50$.

Pour tout entier naturel n, nous avons alors : $w_n = w_0 \times q^n = 50 \times 0{,}85^n$.

Comme par ailleurs, pour tout entier naturel n, nous avons $w_n = u_n - 40$, il en découle que, pour tout entier naturel n :

$$u_n = 40 + w_n = 40 + 50 \times 0{,}85^n.$$

c) Exploiter la relation entre deux suites

D'après la question **1.** de la partie **A**, pour tout entier naturel n, $u_n + v_n = 120$. Il vient donc :

$$v_n = 120 - u_n = 120 - (40 + 50 \times 0{,}85^n) = 80 - 50 \times 0{,}85^n.$$

▶ 3. Calculer des limites de suites

$q = 0{,}85 \in \left]-1\,;1\right[$ donc $\lim\limits_{n \to +\infty} q^n = 0$. Par produit et somme, nous en déduisons que :

$$\lim_{n \to +\infty} u_n = 40 + 50 \times 0 = 40 \quad \text{et} \quad \lim_{n \to +\infty} v_n = 80 - 50 \times 0 = 80.$$

Cela permet de valider les conjectures effectuées à la question **3.** de la partie **A** : à long terme, la population en zone rurale va se stabiliser à 40 millions d'habitants et celle en ville à 80 millions d'habitants.

▶ 4. a) Examiner le rôle d'un algorithme

Dans cet algorithme, la variable n correspond à l'indice des termes de la suite (u_n). La variable u correspond au terme u_n de la suite (u_n) pour un indice donné.

L'instruction « n prend la valeur 0 » permet d'initialiser l'indice des termes de la suite (u_n) à la valeur 0.

L'instruction « u prend la valeur 90 » affecte à u la valeur du premier terme u_0.

L'instruction « Tant que $u \geqslant 120 - u$ » de l'algorithme se traduit avec les suites proposées par « Tant que $u_n \geqslant v_n$ ».

L'instruction « n prend la valeur $n+1$ » signifie que l'on augmente la valeur de n de 1. L'instruction « u prend la valeur $0{,}85 \times u + 6$ » signifie que l'on calcule le terme suivant dans la liste des termes de la suite (u_n).

En résumé, on calcule les termes successifs de la suite (u_n) tant que l'on est dans la situation « $u_n \geqslant v_n$ ». Autrement dit, cet algorithme permet de déterminer la plus petite valeur de l'entier naturel n telle que l'on ait $u_n < v_n$.

b) Déterminer la valeur affichée par un algorithme

Si l'on se réfère à la feuille de tableur fournie dans la question **2.** de la partie **A**, l'algorithme affichera la valeur $n = 6$.

Autre méthode

Pour tout entier naturel n :

$$u_n < 120 - u_n \Leftrightarrow u_n < 60$$
$$\Leftrightarrow 40 + 50 \times 0{,}85^n < 60$$
$$\Leftrightarrow 0{,}85^n < 0{,}4$$
$$\Leftrightarrow \ln(0{,}85^n) < \ln(0{,}4)$$
$$\Leftrightarrow n \times \ln(0{,}85) < \ln(0{,}4)$$
$$\Leftrightarrow n > \frac{\ln(0{,}4)}{\ln(0{,}85)}.$$

> **À NOTER**
> Diviser par un nombre négatif change le sens de l'inégalité !
> Or ln(0,85) < 0.

Comme $\frac{\ln(0{,}4)}{\ln(0{,}85)} \approx 5{,}638$, nous obtenons donc $n = 6$.

Étude d'une suite définie par récurrence à l'aide d'une suite géométrique

1 heure
5 points

INTÉRÊT DU SUJET • On se sert d'une suite auxiliaire géométrique pour déterminer les limites de suites définies par récurrence et par sommes de termes consécutifs.

Soit la suite numérique (u_n) définie sur $\mathbb{N}$ par :
$u_0 = 2$ et pour tout entier naturel n, $u_{n+1} = \frac{2}{3}u_n + \frac{1}{3}n + 1$.

▶ **1. a)** Calculer u_1, u_2, u_3 et u_4. On pourra en donner des valeurs approchées à 10^{-2} près.

b) Formuler une conjecture sur le sens de variation de cette suite.

▶ **2. a)** Démontrer que, pour tout entier naturel n,

$$u_n \leqslant n + 3.$$

b) Démontrer que, pour tout entier naturel n,

$$u_{n+1} - u_n = \frac{1}{3}(n + 3 - u_n).$$

c) En déduire une validation de la conjecture précédente.

▶ **3.** On désigne par (v_n) la suite définie sur $\mathbb{N}$ par $v_n = u_n - n$.

a) Démontrer que la suite (v_n) est une suite géométrique de raison $\frac{2}{3}$.

b) En déduire que pour tout entier naturel n,

$$u_n = 2\left(\frac{2}{3}\right)^n + n.$$

c) Déterminer la limite de la suite (u_n).

▶ **4.** Pour tout entier naturel non nul n, on pose :

$$S_n = \sum_{k=0}^{n} u_k = u_0 + u_1 + \ldots + u_n \text{ et } T_n = \frac{S_n}{n^2}.$$

a) Exprimer S_n en fonction de n.
b) Déterminer la limite de la suite (T_n).

LES CLÉS DU SUJET

▶ **4. a)** Pensez à décomposer la somme proposée en deux sommes : l'une est la somme de termes consécutifs d'une suite arithmétique, l'autre est la somme de termes consécutifs d'une suite géométrique. Appliquez alors les formules permettant de calculer de telles sommes.
b) Simplifiez dans un premier temps l'expression de T_n, puis calculez la limite demandée à l'aide des opérations sur les limites de suites.

25 CORRIGÉ GUIDÉ

▶ 1. a) Calculer des termes d'une suite définie par une relation de récurrence

$$u_1 = \frac{2}{3}u_0 + \frac{1}{3}\times 0 + 1 = \frac{2}{3}\times 2 + 1 = \frac{7}{3}$$

$$u_2 = \frac{2}{3}u_1 + \frac{1}{3}\times 1 + 1 = \frac{2}{3}\times\frac{7}{3} + \frac{1}{3} + 1 = \frac{26}{9}$$

$$u_3 = \frac{2}{3}u_2 + \frac{1}{3}\times 2 + 1 = \frac{2}{3}\times\frac{26}{9} + \frac{2}{3} + 1 = \frac{97}{27}$$

$$u_4 = \frac{2}{3}u_3 + \frac{1}{3}\times 3 + 1 = \frac{2}{3}\times\frac{97}{27} + 2 = \frac{356}{81}.$$

En arrondissant à deux décimales, on obtient : $u_1 \approx 2{,}33$; $u_2 \approx 2{,}89$; $u_3 \approx 3{,}59$; $u_4 \approx 4{,}40$.

b) Émettre une conjecture sur le sens de variation d'une suite

La suite proposée semble croissante.

▶ 2. a) Démontrer une propriété par récurrence

Soit $P(n)$ la propriété : $u_n \leqslant n+3$.

Initialisation

$u_0 = 2$ et $0+3=3$ donc $u_0 \leqslant 0+3$. La propriété $P(0)$ est donc vraie.

Hérédité

On suppose la propriété $P(k)$ vraie pour un entier naturel k. On démontre alors que $P(k+1)$ est vérifiée.

On a $u_{k+1} = \frac{2}{3}u_k + \frac{1}{3}k + 1 \leqslant \frac{2}{3}(k+3) + \frac{1}{3}k + 1$ d'après l'hypothèse de récurrence.

Ensuite $\frac{2}{3}(k+3) + \frac{1}{3}k + 1 = \frac{2}{3}k + \frac{2}{3} \times 3 + \frac{1}{3}k + 1 = k+3 \leqslant (k+1)+3$.

Finalement $u_{k+1} \leqslant (k+1)+3$.

La propriété $P(k+1)$ est donc vérifiée.

Conclusion

De l'axiome de récurrence, on déduit que, pour tout entier naturel n, $u_n \leqslant n+3$.

b) Démontrer une égalité

Pour tout entier naturel n :

$$u_{n+1} - u_n = \frac{2}{3}u_n + \frac{1}{3}n + 1 - u_n = -\frac{1}{3}u_n + \frac{1}{3}n + 1$$

$$= \frac{1}{3}(-u_n + n + 3) = \frac{1}{3}(n+3-u_n).$$

c) Valider une conjecture

Pour tout entier naturel n : $u_{n+1} - u_n = \frac{1}{3}(n+3-u_n)$ et $u_n \leqslant n+3$ (question **2. a)**). Donc $n+3-u_n \geqslant 0$. Ainsi, pour tout entier naturel n, $u_{n+1} - u_n \geqslant 0$. La suite (u_n) est donc croissante.

▶ 3. a) Démontrer qu'une suite est géométrique

Pour tout entier naturel n :

$$v_{n+1} = u_{n+1} - (n+1) = \frac{2}{3}u_n + \frac{1}{3}n + 1 - n - 1 = \frac{2}{3}u_n - \frac{2}{3}n = \frac{2}{3}(u_n - n)$$

$$v_{n+1} = \frac{2}{3}v_n.$$

La suite (v_n) est donc une suite géométrique de raison $q = \frac{2}{3}$.

S'ENTRAÎNER

b) Déterminer la forme explicite d'une suite

La suite (v_n) est une suite géométrique de raison $q = \frac{2}{3}$ donc, pour tout entier naturel n : $v_n = v_0 \times q^n$ avec $v_0 = u_0 - 0 = 2$.

On a donc : $v_n = 2 \times \left(\frac{2}{3}\right)^n$ mais comme $v_n = u_n - n \Leftrightarrow u_n = v_n + n$, on en déduit que, pour tout entier naturel n : $u_n = 2 \times \left(\frac{2}{3}\right)^n + n$.

c) Déterminer la limite d'une suite

Comme $-1 < \frac{2}{3} < 1$, on obtient $\lim\limits_{n \to +\infty} \left(\frac{2}{3}\right)^n = 0$. Or $\lim\limits_{n \to +\infty} n = +\infty$. Par produit et somme, on en déduit que : $\lim\limits_{n \to +\infty} u_n = +\infty$.

▶ **4. a) Calculer une somme de termes d'une suite**

Pour tout entier naturel n non nul :

$$S_n = \sum_{k=0}^{n} u_k = u_0 + u_1 + \ldots + u_n$$

$$= 2 \times \left(\frac{2}{3}\right)^0 + 0 + 2 \times \left(\frac{2}{3}\right)^1 + 1 + \ldots + 2 \times \left(\frac{2}{3}\right)^n + n$$

$$= (0 + 1 + \ldots + n) + 2 \times \left[\left(\frac{2}{3}\right)^0 + \left(\frac{2}{3}\right)^1 + \ldots + \left(\frac{2}{3}\right)^n\right]$$

$$= \frac{n(n+1)}{2} + 2 \times \frac{1 - \left(\frac{2}{3}\right)^{n+1}}{1 - \left(\frac{2}{3}\right)}$$

$$= \frac{1}{2} n(n+1) + 2 \times \frac{1 - \left(\frac{2}{3}\right)^{n+1}}{\frac{1}{3}} = \frac{1}{2} n(n+1) + 6 \times \left[1 - \left(\frac{2}{3}\right)^{n+1}\right].$$

b) Déterminer la limite d'une suite

Pour tout entier naturel n non nul :

$$T_n = \frac{S_n}{n^2} = \frac{1}{n^2} \times \left(\frac{1}{2} n(n+1) + 6 \times \left[1 - \left(\frac{2}{3} \right)^{n+1} \right] \right)$$

$$= \frac{n+1}{2n} + \frac{6}{n^2} \times \left[1 - \left(\frac{2}{3} \right)^{n+1} \right] = \frac{1}{2} + \frac{1}{2n} + \frac{6}{n^2} \times \left[1 - \left(\frac{2}{3} \right)^{n+1} \right].$$

Comme $-1 < \frac{2}{3} < 1$, on obtient $\lim\limits_{n \to +\infty} \left(\frac{2}{3} \right)^{n+1} = 0$. De plus, $\lim\limits_{n \to +\infty} \frac{1}{2n} = 0$ et $\lim\limits_{n \to +\infty} \frac{6}{n^2} = 0$.

Par différence, produit et somme, on a finalement $\lim\limits_{n \to +\infty} T_n = \frac{1}{2}$.

S'ENTRAÎNER

Utiliser une suite auxiliaire

1 heure
5 points

INTÉRÊT DU SUJET • Après avoir étudié la variation et la convergence d'une suite, introduisez une suite auxiliaire pour calculer sa limite.

On considère la suite (u_n) définie par $u_0 = \dfrac{1}{2}$ et telle que, pour tout entier naturel n, $u_{n+1} = \dfrac{3u_n}{1+2u_n}$.

▶ **1. a)** Calculer u_1 et u_2.

b) Démontrer par récurrence que, pour tout entier naturel n, $0 < u_n$.

▶ **2.** On admet que pour tout entier naturel n, $u_n < 1$.

a) Démontrer que la suite (u_n) est croissante.

b) Démontrer que la suite (u_n) converge.

▶ **3.** Soit (v_n) la suite définie, pour tout entier naturel n, par $v_n = \dfrac{u_n}{1-u_n}$.

a) Montrer que la suite (v_n) est une suite géométrique de raison 3.

b) Exprimer, pour tout entier naturel n, v_n en fonction de n.

c) En déduire que, pour tout entier naturel n, $u_n = \dfrac{3^n}{3^n+1}$.

d) Déterminer la limite de la suite (u_n).

LES CLÉS DU SUJET

▶ **3. a)** Établissez, pour tout entier naturel n, une relation entre v_{n+1} et v_n de la forme $v_{n+1} = qv_n$ où q est un réel à préciser.

26 CORRIGÉ GUIDÉ

▶ **1. a) Calculer des termes d'une suite**

$$u_1 = \frac{3u_0}{1+2u_0} = \frac{3\times\frac{1}{2}}{1+2\times\frac{1}{2}} = \frac{\frac{3}{2}}{2} = \frac{3}{4} = 0{,}75$$

$$u_2 = \frac{3u_1}{1+2u_1} = \frac{3\times\frac{3}{4}}{1+2\times\frac{3}{4}} = \frac{\frac{9}{4}}{\frac{10}{4}} = \frac{9}{10} = 0{,}9.$$

b) Démontrer une inégalité par récurrence

Soit $P(n)$ la propriété : $0 < u_n$.

Initialisation : $u_0 = \frac{1}{2} > 0$ donc $P(0)$ est vraie.

Hérédité : supposons que $P(k)$ est vraie pour un entier naturel k. Démontrons que $P(k+1)$ est vérifiée.

D'après l'hypothèse de récurrence, on sait que $u_k > 0$.

Or : $u_{k+1} = \frac{3u_k}{1+2u_k}$ où $3u_k > 0$ et $1+2u_k > 0$ donc $u_{k+1} > 0$.

$P(k+1)$ est donc vérifiée et la propriété $P(n)$ est héréditaire.

Conclusion : d'après l'axiome de récurrence, pour tout entier naturel n, on a $u_n > 0$.

▶ **2. a) Étudier les variations d'une suite**

Pour tout entier naturel n :

$$u_{n+1} - u_n = \frac{3u_n}{1+2u_n} - u_n = \frac{3u_n}{1+2u_n} - \frac{u_n(1+2u_n)}{1+2u_n}$$

$$= \frac{3u_n - u_n - 2u_n{}^2}{1+2u_n} = \frac{2u_n(1-u_n)}{1+2u_n}.$$

Comme, pour tout entier naturel n, on sait que $0 < u_n < 1$, alors :

$$\left.\begin{array}{l} 2u_n > 0 \\ 1-u_n > 0 \\ 1+2u_n > 0 \end{array}\right\} \Rightarrow u_{n+1} - u_n > 0$$

La suite (u_n) est donc croissante.

b) Établir la convergence d'une suite

La suite (u_n) est croissante et majorée (par 1), donc elle est convergente.

▶ 3. a) Démontrer qu'une suite est géométrique

Pour tout entier naturel n, on sait que $u_n < 1$, donc $1 - u_n \neq 0$ et la suite (v_n) est bien définie.

Pour tout entier naturel n :

$$v_{n+1} = \frac{u_{n+1}}{1-u_{n+1}} = \frac{\dfrac{3u_n}{1+2u_n}}{1-\dfrac{3u_n}{1+2u_n}} = \frac{\dfrac{3u_n}{1+2u_n}}{\dfrac{1+2u_n}{1+2u_n}-\dfrac{3u_n}{1+2u_n}}$$

$$= \frac{\dfrac{3u_n}{1+2u_n}}{\dfrac{1-u_n}{1+2u_n}} = \frac{3u_n}{1+2u_n} \times \frac{1+2u_n}{1-u_n} = \frac{3u_n}{1-u_n} = 3v_n.$$

La suite (v_n) est donc une suite géométrique de raison 3.

b) Déterminer la forme explicite d'une suite auxiliaire

La suite (v_n) est une suite géométrique de raison 3. Son premier terme est $v_0 = \dfrac{u_0}{1-u_0} = \dfrac{\dfrac{1}{2}}{1-\dfrac{1}{2}} = 1.$

Donc, pour tout entier naturel n : $v_n = v_0 \times 3^n = 3^n$.

c) Déterminer la forme explicite de la suite initiale

Pour tout entier naturel n :

$$v_n = \frac{u_n}{1-u_n} \Leftrightarrow 3^n = \frac{u_n}{1-u_n} \overset{(1-u_n\neq 0)}{\Leftrightarrow} 3^n(1-u_n) = u_n$$

$$\Leftrightarrow 3^n - 3^n \times u_n = u_n \Leftrightarrow 3^n = (3^n+1)\times u_n \Leftrightarrow u_n = \frac{3^n}{3^n+1}.$$

d) Déterminer la limite d'une suite

Pour tout entier naturel n : $u_n = \dfrac{3^n}{3^n+1} = \dfrac{3^n}{3^n\left(1+\dfrac{1}{3^n}\right)} = \dfrac{1}{1+\left(\dfrac{1}{3}\right)^n}.$

Or $-1 < \dfrac{1}{3} < 1$ donc $\lim\limits_{n\to+\infty} \left(\dfrac{1}{3}\right)^n = 0$. Par somme et passage à l'inverse, on obtient donc $\lim\limits_{n\to+\infty} u_n = 1$.

27 France métropolitaine, mai 2022 • Jour 1 Exercice 4

QCM sur les fonctions : 6 questions

1 heure
7 points

S'ENTRAÎNER

INTÉRÊT DU SUJET • Ce QCM de 6 questions porte sur divers aspects des fonctions. Il y est surtout question de limite et d'asymptote, de dérivée, de primitives et de convexité.

Cet exercice est un questionnaire à choix multiple.

Pour chaque question, une seule des quatre réponses proposées est exacte. Le candidat indiquera sur sa copie le numéro de la question et la réponse choisie. Aucune justification n'est demandée. Une réponse fausse, une réponse multiple ou l'absence de réponse à une question ne rapporte ni n'enlève de point.

Les six questions sont indépendantes.

▶ **1.** La courbe représentative de la fonction f définie sur $\mathbb{R}$ par

$$f(x)=\frac{-2x^2+3x-1}{x^2+1}$$

admet pour asymptote la droite d'équation :

a) $x=-2$ **b)** $y=-1$ **c)** $y=-2$ **d)** $y=0$

▶ **2.** Soit f la fonction définie sur $\mathbb{R}$ par $f(x)=x\mathrm{e}^{x^2}$.

La primitive F de f sur $\mathbb{R}$ qui vérifie $F(0)=1$ est définie par :

a) $F(x)=\frac{x^2}{2}\mathrm{e}^{x^2}$ **b)** $F(x)=\frac{1}{2}\mathrm{e}^{x^2}$

c) $F(x)=(1+2x^2)\mathrm{e}^{x^2}$ **d)** $F(x)=\frac{1}{2}\mathrm{e}^{x^2}+\frac{1}{2}$

▶ **3.** On donne ci-dessous la représentation graphique $\mathscr{C}_{f'}$ de la fonction dérivée f' d'une fonction f définie sur $\mathbb{R}$.

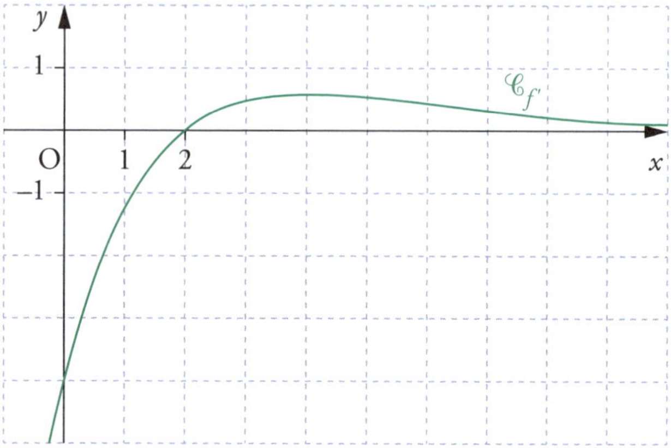

On peut affirmer que la fonction f est :

a) concave sur $]0\,;+\infty[$ **b)** convexe sur $]0\,;+\infty[$

c) convexe sur $[0\,;2]$ **d)** convexe sur $[2\,;+\infty[$

▶ **4.** Parmi les primitives de la fonction f définie sur $\mathbb{R}$ par $f(x)=3\mathrm{e}^{-x^2}+2$:

a) toutes sont croissantes sur $\mathbb{R}$ **b)** toutes sont décroissantes sur $\mathbb{R}$

c) certaines sont croissantes sur $\mathbb{R}$ et d'autres décroissantes sur $\mathbb{R}$

d) toutes sont croissantes sur $]-\infty\,;0]$ et décroissantes sur $[0\,;+\infty[$

▶ **5.** La limite en $+\infty$ de la fonction f définie sur l'intervalle $]0\,;+\infty[$ par $f(x)=\dfrac{2\ln x}{3x^2+1}$ est égale à :

a) $\dfrac{2}{3}$ **b)** $+\infty$ **c)** $-\infty$ **d)** 0

▶ **6.** L'équation $\mathrm{e}^{2x}+\mathrm{e}^{x}-12=0$ admet dans $\mathbb{R}$:

a) trois solutions **b)** deux solutions

c) une seule solution **d)** aucune solution

LES CLÉS DU SUJET

▶ **1.** Déterminez les limites de f en $+\infty$ et $-\infty$.

▶ **3.** La courbe donnée représente la fonction f'. La convexité d'une fonction est liée au sens de variation de sa dérivée.

▶ **4.** Le sens de variation d'une primitive F de f dépend du signe de F', or $F'=f$.

▶ **5.** Utilisez les « croissances comparées ».

▶ **6.** Vous pouvez faire un changement d'inconnue en posant $X=\mathrm{e}^x$.

27 CORRIGÉ GUIDÉ

▶ 1. Déterminer une asymptote à la courbe représentative d'une fonction

On détermine la limite en $+\infty$ et en $-\infty$ de la fonction f.

On a $-2x^2+3x-1=x^2\left(-2+\frac{3}{x}-\frac{1}{x^2}\right)$ et $x^2+1=x^2\left(1+\frac{1}{x^2}\right)$,

donc après simplification, pour $x \neq 0$, $f(x)=\dfrac{-2+\frac{3}{x}-\frac{1}{x^2}}{1+\frac{1}{x^2}}$.

Or $\lim\limits_{x\to\pm\infty}\frac{1}{x}=0$ et $\lim\limits_{x\to\pm\infty}\frac{1}{x^2}=0$, donc par opérations : $\lim\limits_{x\to\pm\infty}f(x)=-2$.

La courbe représentative de la fonction f admet donc en $+\infty$ et en $-\infty$ une asymptote parallèle à l'axe des abscisses d'équation $y=-2$.

La bonne réponse est **c)**.

▶ 2. Déterminer une primitive d'une fonction

On peut calculer la dérivée de chacune des fonctions F proposées.

- Si $F(x)=\frac{x^2}{2}e^{x^2}$, alors $F'(x)=xe^{x^2}+\frac{x^2}{2}\times 2xe^{x^2}$, soit

$F'(x)=(x+x^3)e^{x^2}\neq f(x)$. F n'est pas une primitive de f.

- Si $F(x)=\frac{1}{2}e^{x^2}$, alors $F'(x)=\frac{1}{2}\times 2xe^{x^2}=xe^{x^2}=f(x)$.

Donc cette fonction F est une primitive de f sur $\mathbb{R}$.

Mais $F(0)=\frac{1}{2}\times e^0=\frac{1}{2}$, donc la « condition initiale » n'est pas vérifiée.

En revanche, avec $F(x)=\frac{1}{2}e^{x^2}+\frac{1}{2}$, d'après ce qui précède, $F'=f$, donc F est une primitive de f. De plus, on a $F(0)=1$.

La fonction F définie par $F(x)=\frac{1}{2}e^{x^2}+\frac{1}{2}$ est bien la primitive de f sur $\mathbb{R}$ telle que $f(0)=1$.

La bonne réponse est **d)**.

▶ 3. Étudier la convexité d'une fonction

La convexité d'une fonction est liée au sens de variation de sa dérivée.

f' n'est pas monotone sur $]0\,;+\infty[$ donc f n'est ni convexe ni concave sur cet intervalle, ce qui élimine les réponses **a)** et **b)**.

S'ENTRAÎNER

La réponse **d)** est fausse car f' n'est pas croissante sur $[2\ ;+\infty[$.
f' est bien croissante sur $[0\ ;2]$, donc f est convexe sur cet intervalle.
La bonne réponse est **c)**.

▶ 4. Donner le sens de variation des primitives d'une fonction

Si F est une primitive de f sur $\mathbb{R}$, alors $F' = f$, donc le sens de variation de F dépend du signe de f.
Or $f(x) = 3e^{-x^2} + 2$ donc $f(x) > 0$ pour tout réel x.
Donc si F est une primitive de f sur $\mathbb{R}$, alors $F'(x) > 0$ pour tout réel x, F est forcément croissante sur $\mathbb{R}$.
La bonne réponse est **a)**.

▶ 5. Déterminer une limite

On a $\lim\limits_{x\to+\infty} 2\ln(x) = +\infty$ et $\lim\limits_{x\to+\infty} (3x^2+1) = +\infty$, donc pour la limite en $+\infty$ du quotient, on est dans un cas d'indétermination.
Pour tout $x > 0$,

$$f(x) = \frac{2\ln(x)}{x^2\left(3+\frac{1}{x^2}\right)} = \frac{\ln(x)}{x^2} \times \frac{2}{3+\frac{1}{x^2}}.$$

Or, $\lim\limits_{x\to+\infty} \frac{\ln(x)}{x^2} = 0$ (croissances comparées) et $\lim\limits_{x\to+\infty} \frac{1}{x^2} = 0$, donc par opérations $\lim\limits_{x\to+\infty} f(x) = 0$.
La bonne réponse est **d)**.

À NOTER
On peut aussi remarquer que, pour tout $x \geqslant 1$, $0 \leqslant f(x) \leqslant \frac{2}{3}\frac{\ln(x)}{x^2}$ et conclure à l'aide des croissances comparées et du théorème des gendarmes.

▶ 6. Déterminer le nombre de solutions d'une équation

On considère l'équation (E) : $e^{2x} + e^x - 12 = 0$.
On pose $X = e^x$. Alors (E) s'écrit : $X^2 + X - 12 = 0$.
C'est une équation du second degré dont les solutions sont 3 et -4.
Donc (E) équivaut à $e^x = 3$ ou $e^x = -4$.
$e^x = -4$ n'a pas de solution car une exponentielle est toujours positive ;
$e^x = 3$ équivaut à $x = \ln(3)$.
$\ln(3)$ est la seule solution de l'équation (E).
La bonne réponse est **c)**.

28 France métropolitaine, juin 2021
Exercice 4B

Différentes propriétés d'une fonction : conjectures et calculs

55 min
5 points

INTÉRÊT DU SUJET • Dans la première partie, des conjectures concernant une fonction f sont émises par lecture graphique. Les variations de la fonction f sont étudiées dans la deuxième partie, ainsi que sa convexité grâce au signe de la dérivée seconde. Les calculs permettent de valider les conjectures émises.

S'ENTRAÎNER

PARTIE A

On donne ci-dessous, dans le plan rapporté à un repère orthonormé, la courbe représentant la fonction dérivée f' d'une fonction f dérivable sur $\mathbb{R}$. À l'aide de cette courbe, conjecturer, en justifiant les réponses :

▶ **1.** le sens de variation de la fonction f sur $\mathbb{R}$;

▶ **2.** la convexité de la fonction f sur $\mathbb{R}$.

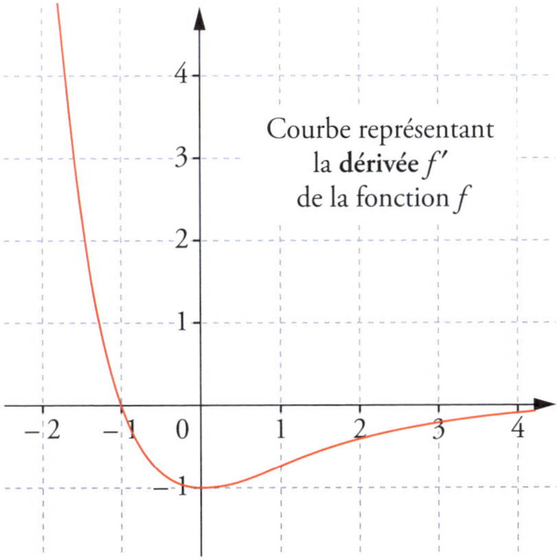

PARTIE B

On admet que la fonction f mentionnée dans la partie A est définie sur $\mathbb{R}$ par : $f(x) = (x+2)\mathrm{e}^{-x}$.
On note $\mathscr{C}$ la courbe représentative de f dans un repère orthonormé $(\mathrm{O}\,;\vec{i},\vec{j})$.
On admet que la fonction f est deux fois dérivable sur $\mathbb{R}$, et on note f' et f'' les fonctions dérivées première et seconde de f respectivement.

▶ **1.** Montrer que, pour tout nombre réel x, $f(x) = \dfrac{x}{\mathrm{e}^x} + 2\mathrm{e}^{-x}$.

En déduire la limite de f en $+\infty$.
Justifier que la courbe $\mathscr{C}$ admet une asymptote que l'on précisera.
On admet que $\lim\limits_{x \to -\infty} f(x) = -\infty$.

▶ **2. a)** Montrer que, pour tout nombre réel x :

$$f'(x) = (-x-1)\mathrm{e}^{-x}.$$

b) Étudier les variations sur $\mathbb{R}$ de la fonction f et dresser son tableau de variations.
c) Montrer que l'équation $f(x) = 2$ admet une unique solution α sur l'intervalle $[-2\,;-1]$ dont on donnera une valeur approchée à 10^{-1} près.

▶ **3.** Déterminer, pour tout nombre réel x, l'expression de $f''(x)$ et étudier la convexité de la fonction f. Que représente pour la courbe $\mathscr{C}$ son point A d'abscisse 0 ?

LES CLÉS DU SUJET

Partie A

N'oubliez pas que la courbe donnée représente la fonction f', dérivée de la fonction f.

Partie B

▶ **1.** Utilisez un résultat sur les croissances comparées.
▶ **2. a)** Utilisez la formule permettant de calculer la dérivée du produit de deux fonctions.
c) Appliquez le corollaire du théorème des valeurs intermédiaires.
▶ **3.** Calculez $f''(0)$ et étudiez le signe de $f''(x)$.

28 CORRIGÉ GUIDÉ

PARTIE A

▶ 1. Conjecturer par lecture graphique les variations d'une fonction

On peut conjecturer par lecture graphique que $f'(x) \geqslant 0$ (la courbe représentative de f' est au-dessus de l'axe des abscisses) pour $x \in]-\infty\ ;-1]$ et que $f'(x) \leqslant 0$ (la courbe représentative de f' est en dessous de l'axe des abscisses) pour $x \in [-1\ ;+\infty[$.

On conjecture donc que f est croissante sur $]-\infty\ ;-1]$ et décroissante sur $[-1\ ;+\infty[$.

▶ 2. Conjecturer par lecture graphique la convexité d'une fonction

Par lecture graphique, on conjecture également que f' est décroissante sur $]-\infty\ ;0]$ et croissante sur $[0\ ;+\infty[$, c'est-à-dire que f est concave sur $]-\infty\ ;0]$ et convexe sur $[0\ ;+\infty[$, et que sa courbe représentative a un point d'inflexion d'abscisse 0 (changement de sens de variation de f').

S'ENTRAÎNER

PARTIE B

▶ 1. Déterminer et interpréter la limite en +∞ d'une fonction

Pour tout réel x, $f(x) = x\mathrm{e}^{-x} + 2\mathrm{e}^{-x}$.

Or $\mathrm{e}^{-x} = \dfrac{1}{\mathrm{e}^x}$. Donc, pour tout nombre réel x, $f(x) = \dfrac{x}{\mathrm{e}^x} + 2\mathrm{e}^{-x}$.

D'après le cours, $\lim\limits_{x \to +\infty} \mathrm{e}^x = +\infty$ et $\lim\limits_{x \to +\infty} \dfrac{\mathrm{e}^x}{x} = +\infty$ (croissances comparées), donc :

$$\lim_{x \to +\infty} \mathrm{e}^{-x} = 0 \quad \text{et} \quad \lim_{x \to +\infty} \frac{x}{\mathrm{e}^x} = 0,$$

et par opérations :

$$\boxed{\lim_{x \to +\infty} f(x) = 0}$$

On en déduit que la courbe $\mathscr{C}$ a en $+\infty$ une asymptote (horizontale) d'équation $y = 0$.

REMARQUE
Cette asymptote est l'axe des abscisses.

▶ **2. a) Calculer la dérivée d'une fonction**

Pour tout réel x :

$f'(x) = 1 \times e^{-x} - (x+2)e^{-x}$

$f'(x) = (1 - x - 2)e^{-x}$.

Donc :

$$f'(x) = (-x-1)e^{-x}.$$

> **REMARQUE**
> La dérivée de la fonction $\varphi : x \mapsto e^{-x}$ est définie par $\varphi'(x) = -e^{-x}$.

b) Étudier les variations d'une fonction sur ℝ

Pour tout réel x, $e^{-x} > 0$, donc $f'(x)$ a le signe de $(-x-1)$.

Donc :

- $f'(-1) = 0$;
- si $x < -1$, alors $-x-1 > 0$, donc $f'(x) > 0$;
- si $x > -1$, alors $-x-1 < 0$, donc $f'(x) < 0$.

On en déduit que f est strictement croissante sur $]-\infty\,;\,-1]$ et strictement décroissante sur $[-1\,;\,+\infty[$. Son tableau de variations est :

x	$-\infty$		-1		$+\infty$
Signe de $f'(x)$		$+$	0	$-$	
Variations de f	$-\infty$	↗	e	↘	0

c) Montrer qu'une équation a une unique solution dans un intervalle donné

La fonction f est continue et strictement croissante sur l'intervalle $[-2\,;\,-1]$; $f(-2) = 0$ et $f(-1) = e > 2$, donc $2 \in [f(-2)\,;\,f(-1)]$.

D'après le corollaire du théorème des valeurs intermédiaires, l'équation $f(x) = 2$ admet une unique solution α sur l'intervalle $[-2\,;\,-1]$.

D'après la calculatrice, $f(-1{,}6) \approx 1{,}98 < 2$ et $f(-1{,}5) \approx 2{,}24 > 2$, donc $-1{,}6$ et $-1{,}5$ sont des valeurs approchées de α à 10^{-1} près.

▶ **3. Étudier la convexité d'une fonction**

Pour tout réel x :

$f''(x) = -1 \times e^{-x} - (-x-1)e^{-x}$

$f''(x) = (-1 + x + 1)e^{-x}$

$\boxed{f''(x) = xe^{-x}}$

$f''(x)$ est du signe de x, donc :

- $f''(0) = 0$;
- si $x < 0$, alors $f''(x) < 0$;
- si $x > 0$, alors $f''(x) > 0$.

On en déduit que f est concave sur $]-\infty\ ;\ 0]$ et convexe sur $[0\ ;\ +\infty[$.

En 0, f'' s'annule et change de signe, donc on peut dire que le point A d'abscisse 0 est un point d'inflexion de la courbe $\mathscr{C}$.

À NOTER
- $f(0) = 2e^2$, donc le point A a pour coordonnées $(0\ ;\ 2e^2)$.
- Les résultats établis dans la partie B valident les conjectures émises au début de l'exercice.

29 France métropolitaine, septembre 2021
Exercice 1

QCM fonctions et suites (4 questions)

45 min
4 points

INTÉRÊT DU SUJET • Les trois premières questions concernent une fonction f dont la courbe représentative est donnée. La quatrième question porte sur les suites. Pour donner la bonne réponse, il faut être attentif à toutes les hypothèses et éviter les confusions.

Cet exercice est un questionnaire à choix multiples. Pour chacune des questions suivantes, une seule des quatre réponses proposées est exacte. Une réponse exacte rapporte un point. Une réponse fausse, une réponse multiple ou l'absence de réponse à une question ne rapporte ni n'enlève de point.

Pour répondre, indiquer sur la copie le numéro de la question et la lettre de la réponse choisie. Aucune justification n'est demandée.

Le graphique ci-dessous donne la représentation graphique $\mathscr{C}_f$ dans un repère orthogonal d'une fonction f définie et dérivable sur $\mathbb{R}$.

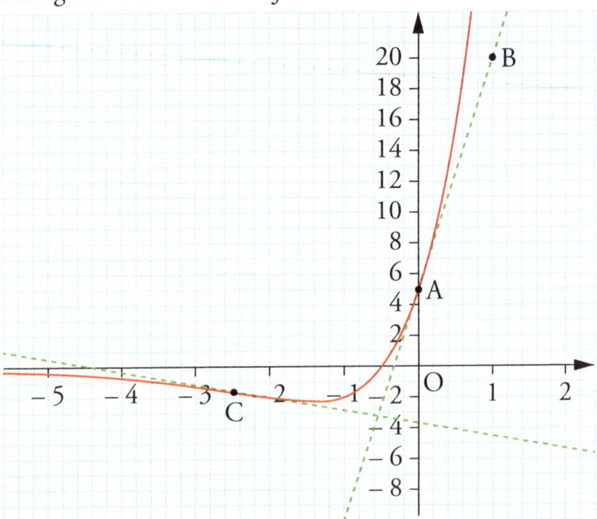

On notera f' la fonction dérivée de f.
On donne les points A de coordonnées (0 ; 5) et B de coordonnées (1 ; 20).
Le point C est le point de la courbe $\mathscr{C}_f$ ayant pour abscisse $-2{,}5$.
La droite (AB) est la tangente à la courbe $\mathscr{C}_f$ au point A.
Les questions **1.** à **3.** se rapportent à cette même fonction f.

▶ **1.** On peut affirmer que :
a) $f'(-0{,}5)=0$
b) Si $x \in]-\infty\,;-0{,}5[$, alors $f'(x)<0$.
c) $f'(0)=15$
d) La fonction dérivée f' ne change pas de signe sur $\mathbb{R}$.

▶ **2.** On admet que la fonction f représentée ci-dessus est définie sur $\mathbb{R}$ par $f(x)=(ax+b)\mathrm{e}^x$, où a et b sont deux nombres réels et que sa courbe coupe l'axe des abscisses en son point de coordonnées $(-0{,}5\,;0)$.
On peut affirmer que :
a) $a=10$ et $b=5$
b) $a=2{,}5$ et $b=-0{,}5$
c) $a=-1{,}5$ et $b=5$
d) $a=0$ et $b=5$

▶ **3.** On admet que la dérivée seconde de la fonction f est définie sur $\mathbb{R}$ par :

$$f''(x)=(10x+25)\mathrm{e}^x.$$

On peut affirmer que :
a) La fonction f est convexe sur $\mathbb{R}$.
b) La fonction f est concave sur $\mathbb{R}$.
c) Le point C est l'unique point d'inflexion de $\mathscr{C}_f$.
d) $\mathscr{C}_f$ n'admet pas de point d'inflexion.

▶ **4.** On considère deux suites (U_n) et (V_n) définies sur $\mathbb{N}$ telles que :
- pour tout entier naturel n, $U_n \leqslant V_n$;
- $\lim\limits_{n\to+\infty} V_n = 2$.

On peut affirmer que :
a) La suite (U_n) converge.
b) Pour tout entier naturel n, $V_n \leqslant 2$.
c) La suite (U_n) diverge.
d) La suite (U_n) est majorée.

S'ENTRAÎNER

LES CLÉS DU SUJET

▶ **1.** Observez sur la courbe le sens de variation de la fonction f et la direction des tangentes ; le coefficient directeur de la tangente au point d'abscisse α à la courbe représentative de la fonction f est $f'(\alpha)$.

▶ **2.** Utilisez les coordonnées du point d'intersection de la courbe $\mathscr{C}_f$ avec l'axe des abscisses. Pour chacune des réponses proposées, déterminez si la courbe représentative de la fonction obtenue coupe bien l'axe des abscisses en ce point.

▶ **3.** N'oubliez pas que la convexité d'une fonction et l'existence de points d'inflexion de sa courbe sont liées à sa dérivée seconde.

▶ **4.** Une suite convergente est bornée, elle est minorée **et** majorée. Pour montrer qu'une propriété est fausse, il suffit de trouver un contre-exemple.

29 CORRIGÉ GUIDÉ

▶ 1. Déterminer par lecture graphique des propriétés de la dérivée d'une fonction

La réponse **a)** est fausse : $f'(-0,5)$ est le coefficient directeur de la tangente à $\mathscr{C}_f$ au point d'abscisse $-0,5$. On observe que cette tangente n'est pas parallèle à l'axe des abscisses, son coefficient directeur n'est pas égal à 0.

La réponse **b)** est fausse : la fonction f n'est pas décroissante sur $]-\infty\,;-0,5[$, donc on n'a pas $f'(x)<0$ pour tout x dans $]-\infty\,;-0,5[$.

La réponse **d)** est fausse : la fonction f n'est pas monotone sur $\mathbb{R}$, donc sa fonction dérivée f' change de signe sur $\mathbb{R}$.

La réponse **c)** est exacte : la tangente à $\mathscr{C}_f$ au point A d'abscisse 0 est la droite (AB).

En notant $(x_A\,;y_A)$ les coordonnées du point A et $(x_B\,;y_B)$ les coordonnées du point B, le coefficient directeur de la droite (AB) est :

$$\frac{y_B-y_A}{x_B-x_A}=\frac{20-5}{1-0}=15.$$

La tangente à $\mathscr{C}_f$ au point A a un coefficient directeur égal à 15, donc $f'(0)=15$.

La bonne réponse est **c)**.

▶ 2. Déterminer l'expression d'une fonction

Puisque $\mathscr{C}_f$ coupe l'axe des abscisses au point de coordonnées $(-0,5 ; 0)$, on a $f(-0,5)=0$.

$f(-0,5)=0 \Leftrightarrow (-0,5a+b)\text{e}^{-0,5}=0 \Leftrightarrow -0,5a+b=0$, car $\text{e}^{-0,5} \neq 0$.

D'où $b=0,5a$.

Parmi les quatre réponses proposées, la seule pour laquelle on a $b=0,5a$ est la réponse **a)** : $a=10$ et $b=5$.

On peut vérifier que ce résultat est en accord avec celui de la question précédente. Si $f(x)=(10x+5)\text{e}^x$ pour tout réel x, alors :

$$f'(x)=10\text{e}^x+(10x+5)\text{e}^x=(10+10x+5)\text{e}^x=(10x+15)\text{e}^x.$$

D'où $f'(0)=15\text{e}^0=15$, qui est le résultat trouvé à la question précédente.

On peut également vérifier qu'il est en accord avec le graphique.

Si $f(x)=(10x+5)\text{e}^x$ pour tout réel x, alors $f(0)=5\times\text{e}^0=5$, ce qu'on observe sur le graphique car $\mathscr{C}_f$ coupe l'axe des ordonnées au point d'ordonnée 5.

La bonne réponse est **a)**.

▶ 3. Étudier la convexité d'une fonction et les éventuels points d'inflexion de sa courbe représentative

$f''(x)=0 \Leftrightarrow (10x+25)\ \text{e}^x=0 \Leftrightarrow 10x+25=0$ car $\text{e}^x \neq 0$ pour tout réel x. Donc :

$$f''(x)=0 \Leftrightarrow x=-2,5.$$

Par ailleurs, $\text{e}^x>0$ pour tout réel x, donc le signe de $f''(x)$ est celui de $10x+25$:

- si $x<-2,5$, alors $10x+25<0$ et $f''(x)<0$;
- si $x>-2,5$, alors $10x+25>0$ et $f''(x)>0$.

RAPPEL
La convexité d'une fonction f et l'existence d'éventuels points d'inflexion de sa courbe représentative $\mathscr{C}_f$ sont liées au signe de la dérivée seconde de f.

f n'est donc ni convexe sur $\mathbb{R}$, ni concave sur $\mathbb{R}$ car sa dérivée seconde change de signe, ce qui élimine les réponses **a)** et **b)**.

On a aussi montré que f'' s'annule et change de signe en $-2,5$, donc le point d'abscisse $-2,5$, c'est-à-dire le point C, est un point d'inflexion de $\mathscr{C}_f$. C'est le seul point d'inflexion de cette courbe, car l'équation $f''(x)=0$ n'a qu'une seule solution.

REMARQUE
D'après l'étude du signe de $f''(x)$, f est concave sur $]-\infty ; -2,5]$ et convexe sur $[2,5 ; +\infty[$.

La bonne réponse est **c)**.

▶ 4. Déterminer une propriété d'une suite

Les propriétés données des suites (U_n) et (V_n) ne permettent pas de savoir si la suite (U_n) converge ou diverge. On peut le justifier par des contre-exemples.

Soient $U_n = 1 + (-1)^n$ et $V_n = 2$ pour tout entier naturel n.

Les suites (U_n) et (V_n) vérifient :

- pour tout entier naturel n, $U_n \leqslant V_n$;
- $\lim\limits_{n \to +\infty} V_n = 2$.

Or la suite (U_n) diverge.

Soient $U_n = 2 - \dfrac{1}{n+1}$ et $V_n = 2$ pour tout entier naturel n.

Les suites (U_n) et (V_n) vérifient :

- pour tout entier naturel n, $U_n \leqslant V_n$;
- $\lim\limits_{n \to +\infty} V_n = 2$.

Or la suite (U_n) converge vers 2.

Cela exclut les réponses **a)** et **c)**.

Par ailleurs, avec les propriétés données, on ne peut pas affirmer que pour tout entier naturel n, $V_n \leqslant 2$.

Par exemple, la suite (V_n) de terme général $V_n = 2 + \dfrac{1}{n+1}$ converge vers 2, mais ne vérifie pas $V_n \leqslant 2$ pour tout n. La réponse **b)** est donc fausse également.

> **REMARQUE**
> Cet exemple montre qu'une suite qui converge vers 2 n'est pas nécessairement majorée par 2.

Par élimination, il ne reste que la réponse **d)**.

On peut montrer que c'est la bonne réponse.

La suite (V_n) converge vers 2, donc, comme toute suite convergente, elle est majorée.

Il existe donc un réel M tel que, pour tout entier naturel n, $V_n \leqslant M$.

> **REMARQUE**
> M est un majorant de la suite (V_n).

Comme $U_n \leqslant V_n$ pour tout entier naturel n, on a également $U_n \leqslant M$ pour tout entier naturel n, la suite (U_n) est donc majorée par M.

La bonne réponse est **d)**.

Étude d'une fonction comportant un logarithme

1 heure
5 points

INTÉRÊT DU SUJET • Dans cet exercice, on étudie différentes propriétés d'une fonction comportant un logarithme ; on s'intéresse aussi à la convexité de sa courbe représentative.

On considère la fonction f définie sur l'intervalle $]0\,;+\infty[$ par :

$$f(x)=x+4-4\ln(x)-\frac{3}{x}$$

où ln désigne la fonction logarithme népérien.
On note $\mathscr{C}$ la représentation graphique de f dans un repère orthonormé.

▶ **1.** Déterminer la limite de la fonction f en $+\infty$.

▶ **2.** On admet que la fonction f est dérivable sur $]0\,;+\infty[$ et on note f' sa fonction dérivée.
Démontrer que, pour tout nombre réel $x>0$, on a :

$$f'(x)=\frac{x^2-4x+3}{x^2}\ .$$

▶ **3. a)** Donner le tableau de variations de la fonction f sur l'intervalle $]0\,;+\infty[$. On y fera figurer les valeurs exactes des extremums et les limites de f en 0 et en $+\infty$. On admettra que $\lim\limits_{x\to 0} f(x)=-\infty$.

b) Par simple lecture du tableau de variations, préciser le nombre de solutions de l'équation $f(x)=\frac{5}{3}$.

▶ **4.** Étudier la convexité de la fonction f, c'est-à-dire préciser les parties de l'intervalle $]0\,;+\infty[$ sur lesquelles f est convexe, et celles sur lesquelles f est concave. On justifiera que la courbe $\mathscr{C}$ admet un unique point d'inflexion, dont on précisera les coordonnées.

LES CLÉS DU SUJET

▶ **1.** Pour lever l'indétermination, factorisez l'expression de $f(x)$, puis utilisez un résultat du cours sur les croissances comparées.

▶ **3. b)** On demande seulement le nombre de solutions de l'équation.

▶ **4.** Pour étudier la convexité d'une fonction, on s'intéresse au signe de sa dérivée seconde.

30 CORRIGÉ **GUIDÉ**

▶ 1. Déterminer la limite d'une fonction en $+\infty$

$\lim\limits_{x \to +\infty} (x+4) = +\infty$; $\lim\limits_{x \to +\infty} (-4\ln(x)) = -\infty$

et $\lim\limits_{x \to +\infty} \left(-\dfrac{3}{x}\right) = 0$.

Pour la somme, on est dans un cas d'indétermination.

Pour tout x dans $]0\,;+\infty[$:

$f(x) = x\left(1 + \dfrac{4}{x} - 4\,\dfrac{\ln(x)}{x} - \dfrac{3}{x^2}\right)$.

> INFO +
> Dans une somme, lorsque deux termes ont des limites infinies de signes contraires, on est dans un cas d'indétermination. Généralement, pour « lever » cette indétermination, on met en facteur le terme « dominant ».

$\lim\limits_{x \to +\infty} \dfrac{4}{x} = 0$; $\lim\limits_{x \to +\infty} \dfrac{\ln(x)}{x} = 0$ (croissances comparées) ; $\lim\limits_{x \to +\infty} \dfrac{3}{x^2} = 0$,

donc par somme : $\lim\limits_{x \to +\infty} \left(1 + \dfrac{4}{x} - 4\,\dfrac{\ln(x)}{x} - \dfrac{3}{x^2}\right) = 1$

et, par produit, $\boxed{\lim\limits_{x \to +\infty} f(x) = +\infty}$.

▶ 2. Calculer la dérivée d'une fonction

Pour tout réel $x > 0$: $f'(x) = 1 - \dfrac{4}{x} + \dfrac{3}{x^2}$, donc $\boxed{f'(x) = \dfrac{x^2 - 4x + 3}{x^2}}$.

▶ 3. a) Étudier les variations d'une fonction sur un intervalle

Pour tout x dans $]0\,;+\infty[$, $x^2 > 0$, donc $f'(x)$ est du signe de $x^2 - 4x + 3$.

Les racines de ce trinôme sont 1 et 3, d'où le tableau :

x	0		1		3		$+\infty$
Signe de $f'(x)$	‖	$+$	0	$-$	0	$+$	
Variations de f	‖ $-\infty$	↗	2	↘	$6-4\ln(3)$	↗	$+\infty$

b) Donner le nombre de solutions d'une équation

$6-4\ln(3)\approx 1{,}61$, soit $6-4\ln(3)<\dfrac{5}{3}<2$, donc d'après le tableau précédent, l'équation $f(x)=\dfrac{5}{3}$ possède 3 solutions.

> **INFO +**
> D'après le corollaire du théorème des valeurs intermédiaires, l'équation possède une unique solution dans chacun des intervalles $]0\,;1[$, $]1\,;3[$ et $]3\,;+\infty[$.

▶ 4. Étudier la convexité d'une fonction

Pour tout x dans $]0\,;+\infty[$,

$$f''(x)=\frac{x^2(2x-4)-2x(x^2-4x+3)}{x^4}$$

$$f''(x)=\frac{2x^2-4x-2x^2+8x-6}{x^3}=\frac{4x-6}{x^3}.$$

$x^3>0$ pour tout x dans $]0\,;+\infty[$, donc $f''(x)$ a le signe de $4x-6$. Donc :

- Si $0<x\leqslant\dfrac{3}{2}$, alors $4x-6\leqslant 0$, donc $f''(x)\leqslant 0$;

F est concave sur $\left]0\,;\dfrac{3}{2}\right]$.

- Si $x\geqslant\dfrac{3}{2}$, alors $4x-6\geqslant 0$, donc $f''(x)\geqslant 0$;

F est convexe sur $\left[\dfrac{3}{2}\,;+\infty\right[$.

f'' s'annule et change de signe en $\dfrac{3}{2}$, donc la courbe $\mathscr{C}$ a un unique point d'inflexion I d'abscisse $\dfrac{3}{2}$.

$$f\left(\frac{3}{2}\right)=\frac{11}{2}-4\ln\left(\frac{3}{2}\right)-2=\frac{7}{2}-4\ln\left(\frac{3}{2}\right).$$

La courbe $\mathscr{C}$ admet un unique point d'inflexion :

$$\mathrm{I}\left(\frac{3}{2}\,;\,\frac{7}{2}-4\ln\left(\frac{3}{2}\right)\right).$$

S'ENTRAÎNER

QCM sur les suites et les fonctions (5 questions)

1 heure
5 points

INTÉRÊT DU SUJET • Les cinq questions de ce sujet concernent différentes propriétés d'une suite ou d'une fonction. Certaines des réponses proposées correspondent à des erreurs « classiques », à des pièges dans lesquels il faut éviter de tomber.

Cet exercice est un questionnaire à choix multiples. Pour chacune des questions suivantes, une seule des quatre réponses proposées est exacte. Une réponse exacte rapporte un point. Une réponse fausse, une réponse multiple ou l'absence de réponse à une question ne rapporte ni n'enlève de point. Pour répondre, indiquer sur la copie le numéro de la question et la lettre de la réponse choisie. Aucune justification n'est demandée.

▶ **1.** On considère les suites (u_n) et (v_n) telles que, pour tout entier naturel n :

$$u_n = 1 - \left(\frac{1}{4}\right)^n \quad \text{et} \quad v_n = 1 + \left(\frac{1}{4}\right)^n.$$

On considère de plus une suite (w_n) qui, pour tout entier naturel n, vérifie $u_n \leqslant w_n \leqslant v_n$.

On peut affirmer que :

a) Les suites (u_n) et (v_n) sont géométriques.

b) La suite (w_n) converge vers 1.

c) La suite (u_n) est minorée par 1.

d) La suite (w_n) est croissante.

▶ **2.** On considère la fonction f définie sur $\mathbb{R}$ par $f(x) = xe^{x^2}$.

La fonction dérivée de f est la fonction f' définie sur $\mathbb{R}$ par :

a) $f'(x) = 2xe^{x^2}$

b) $f'(x) = (1+2x)e^{x^2}$

c) $f'(x) = (1+2x^2)e^{x^2}$

d) $f'(x) = (2+x^2)e^{x^2}$

▶ **3.** Que vaut $\lim\limits_{x \to +\infty} \dfrac{x^2-1}{2x^2-2x+1}$?

a) -1 **b)** 0 **c)** $\dfrac{1}{2}$ **d)** $+\infty$

▶ **4.** On considère une fonction h continue sur l'intervalle $[-1\ ;\ 1]$ telle que :

$$h(-1)=0\ ;\quad h(0)=2\ ;\quad h(1)=0.$$

On peut affirmer que :
a) La fonction h est croissante sur l'intervalle $[-1\ ;\ 0]$.
b) La fonction h est positive sur l'intervalle $[-1\ ;\ 1]$.
c) Il existe au moins un nombre réel a dans l'intervalle $[0\ ;\ 1]$ tel que $h(a)=1$.
d) L'équation $h(x)=1$ admet exactement deux solutions dans l'intervalle $[-1\ ;\ 1]$.

▶ **5.** On suppose que g est une fonction dérivable sur l'intervalle $[-4\ ;\ 4]$. On donne ci-dessous la représentation graphique de sa fonction dérivée g'.

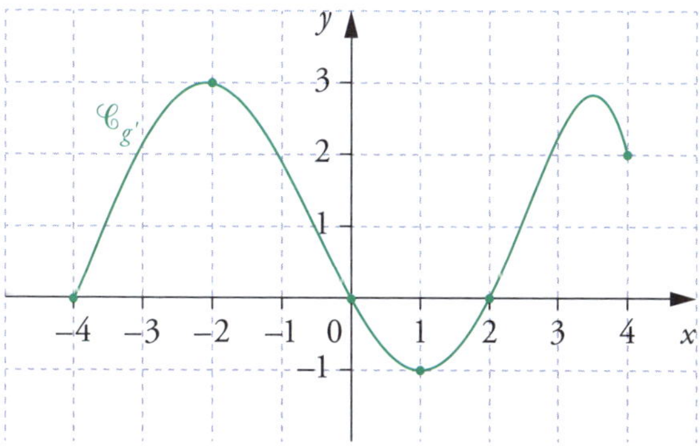

On peut affirmer que :
a) g admet un maximum en -2.
b) g est croissante sur l'intervalle $[1\ ;\ 2]$.
c) g est convexe sur l'intervalle $[1\ ;\ 2]$.
d) g admet un minimum en 0.

S'ENTRAÎNER

LES CLÉS DU SUJET

▶ **2.** Calculez la dérivée de f en utilisant la formule donnant la dérivée du produit de deux fonctions et la formule $(e^u)' = u'e^u$.

▶ **3.** Il s'agit d'un cas d'indétermination. Pour « lever » cette indétermination, mettez en facteur x^2 au numérateur et au dénominateur, puis simplifiez le quotient.

▶ **4.** Utilisez la continuité de h.

▶ **5.** Notez bien que la courbe donnée est celle de la fonction g'.

31 CORRIGÉ GUIDÉ

▶ 1. Déterminer une propriété d'une suite

donc par opérations, $\lim\limits_{n\to+\infty} u_n = 1$ et $\lim\limits_{n\to+\infty} v_n = 1$.

D'après le théorème des gendarmes,
$\lim\limits_{n\to+\infty} w_n = 1$; la suite (w_n) converge vers 1.

> **À NOTER**
> On utilise un théorème d'encadrement.

La bonne réponse est **b)**.

▶ 2. Déterminer la dérivée d'une fonction comportant une exponentielle

On a $f = uv$ avec $u(x) = x$ et $v(x) = e^{x^2}$.

Ces deux fonctions sont dérivables sur $\mathbb{R}$ et $u'(x) = 1$ et $v'(x) = 2xe^{x^2}$.

En utilisant $(uv)' = u'v + uv'$ on obtient, pour tout réel x :

$$f'(x) = 1 \times e^{x^2} + x \times 2xe^{x^2}.$$

soit, en mettant e^{x^2} en facteur : $f'(x) = e^{x^2}(1 + 2x^2)$.

La bonne réponse est **c)**.

▶ 3. Déterminer la limite en $+\infty$ d'une fonction rationnelle

La limite en l'infini d'un polynôme est celle de son terme de plus haut degré, on a donc :

$$\lim_{x\to+\infty} (x^2 - 1) = +\infty \text{ et } \lim_{x\to+\infty} (2x^2 - 2x + 1) = +\infty.$$

Pour le quotient, on est donc dans un cas d'indétermination.

Pour tout réel $x \neq 0$:

$$f(x)=\frac{x^2\left(1-\frac{1}{x^2}\right)}{x^2\left(2-\frac{2}{x}+\frac{1}{x^2}\right)}=\frac{1-\frac{1}{x^2}}{2-\frac{2}{x}+\frac{1}{x^2}}.$$

Or $\lim\limits_{x\to+\infty}\frac{2}{x}=0$, $\lim\limits_{x\to+\infty}\frac{1}{x^2}=0$ et $\lim\limits_{x\to+\infty}-\frac{1}{x^2}=0$.

Donc, par opérations, $\lim\limits_{x\to+\infty}f(x)=\frac{1}{2}$.

La bonne réponse est **c)**.

À NOTER
On peut en déduire que la courbe représentative de f possède en $+\infty$ une asymptote horizontale d'équation $y=\frac{1}{2}$.

▶ 4. Déterminer une propriété d'une fonction à partir de trois valeurs

On ne connaît pas le « comportement » de la fonction f entre -1 et 0, ni entre 0 et 1, donc les affirmations **a)** et **b)** sont fausses.

L'affirmation **d)** est fausse également, car on n'a pas d'information sur le sens de variation de f.

Comme $h(1)\leqslant 1\leqslant h(0)$ et h est continue sur l'intervalle [0 ; 1], alors d'après le théorème des valeurs intermédiaires, il existe au moins un nombre réel a dans l'intervalle [0 ; 1] tel que $h(a)=1$.

La bonne réponse est **c)**.

▶ 5. Déterminer une propriété d'une fonction à partir de la courbe de sa dérivée

L'affirmation **a)** est fausse car $g'(-2)\neq 0$.

L'affirmation **b)** est fausse, g n'est pas croissante sur l'intervalle [1 ; 2] car, d'après la courbe, g' est négative sur cet intervalle.

L'affirmation **d)** est fausse, g' est positive sur [-1 ; 0], négative sur [0 ; 1] ; donc g est croissante sur [-1 ; 0], décroissante sur [0 ; 1] et elle a un maximum en 0.

Sur l'intervalle [1 ; 2], g' est croissante d'après la courbe, donc g est convexe.

La bonne réponse est **c)**.

S'ENTRAÎNER

32 Compléments sur les fonctions
D'après sujet zéro 2020

Évolution de la température d'une baguette

1 heure
5 points

INTÉRÊT DU SUJET • On modélise la température d'une baguette sortant du four à l'aide d'une fonction. On étudie ensuite la diminution de cette température pendant une minute. La conformité du modèle à l'observation réelle est vérifiée.

Dans une boulangerie, les baguettes sortent du four à une température de 225 °C.

On s'intéresse à l'évolution de la température d'une baguette après sa sortie du four.

On admet qu'on peut modéliser cette évolution à l'aide d'une fonction f définie et dérivable sur l'intervalle $[0\,;+\infty[$. Dans cette modélisation, $f(t)$ représente la température en degrés Celsius de la baguette au bout de la durée t, exprimée en heures, après la sortie du four.

Ainsi, $f(0{,}5)$ représente la température d'une baguette une demi-heure après la sortie du four.

Dans tout l'exercice, la température ambiante de la boulangerie est maintenue à 25 °C.

On admet alors que la fonction f est définie, pour tout réel $t \geqslant 0$, par $f(t) = 200\,\mathrm{e}^{-6t} + 25$.

▶ **1.** Par expérience, on observe que la température d'une baguette sortant du four :

– décroît ;

– tend à se stabiliser à la température ambiante.

La fonction f fournit-elle un modèle en accord avec ces observations ?

▶ **2.** Montrer que l'équation $f(t) = 40$ admet une unique solution dans $[0\,;+\infty[$.

Pour mettre les baguettes en rayon, le boulanger attend que leur température soit inférieure ou égale à 40 °C. On note T_0 le temps d'attente minimal entre la sortie du four d'une baguette et sa mise en rayon.
On donne ci-dessous la représentation graphique de la fonction f dans un repère orthogonal.

▶ **3.** Avec la précision permise par le graphique, lire T_0. On donnera une valeur approchée de T_0 sous forme d'un nombre entier de minutes.

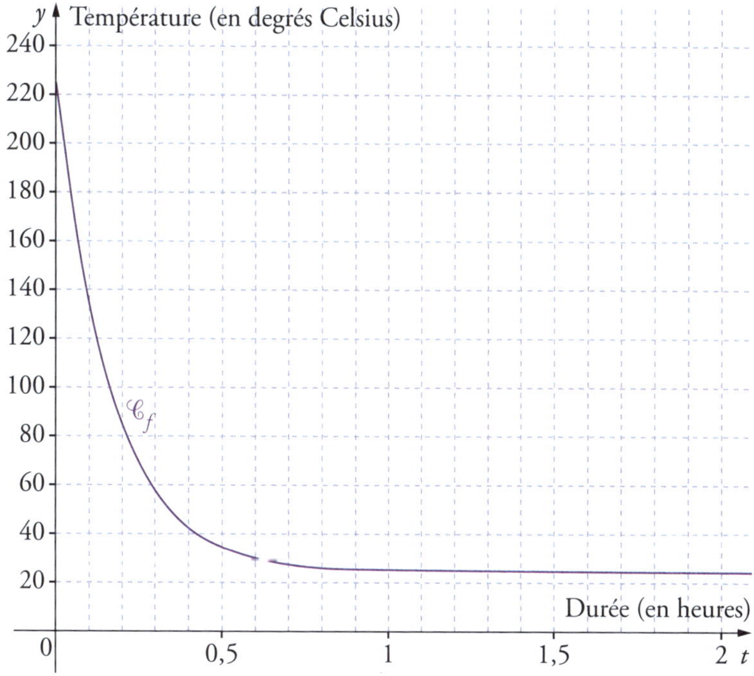

▶ **4.** On s'intéresse ici à la diminution, minute après minute, de la température d'une baguette à sa sortie du four.
Ainsi, pour un entier naturel n, D_n désigne la diminution de température en degrés Celsius d'une baguette entre la n-ième et la $(n+1)$-ième minute après sa sortie du four.
On admet que, pour tout entier naturel n :

$$D_n = f\left(\frac{n}{60}\right) - f\left(\frac{n+1}{60}\right).$$

a) Vérifier que 19 est une valeur approchée de D_0 à 0,1 près, et interpréter ce résultat dans le contexte de l'exercice.

b) Vérifier que l'on a, pour tout entier naturel n :

$$D_n = 200\,\mathrm{e}^{-0{,}1n}(1-\mathrm{e}^{-0{,}1}).$$

En déduire le sens de variation de la suite (D_n), puis la limite de la suite (D_n).

Ce résultat était-il prévisible dans le contexte de l'exercice ?

LES CLÉS DU SUJET

- ▶ **1.** Étudiez les variations et la limite en $+\infty$ de la fonction *f*.
- ▶ **2.** Utilisez le corollaire du théorème des valeurs intermédiaires.
- ▶ **3.** Lisez l'abscisse du point de la courbe d'ordonnée 40.

32 CORRIGÉ GUIDÉ

▶ 1. Étudier les variations et la limite en $+\infty$ d'une fonction

Pour tout réel $t \geqslant 0$, $f'(t) = 200 \times (-6\mathrm{e}^{-6t})$, soit $f'(t) = -1\,200\ \mathrm{e}^{-6t}$.

Pour tout réel positif t, $\mathrm{e}^{-6t} > 0$, donc $f'(t) < 0$. F est strictement décroissante sur $[0\ ;+\infty[$.

$\lim\limits_{t \to +\infty} (-6t) = -\infty$ et $\lim\limits_{X \to -\infty} \mathrm{e}^X = 0$, donc par composée et opérations :

$$\lim_{t \to +\infty} f(t) = 25.$$

La fonction f décroît et a pour limite 25 en $+\infty$. Elle fournit donc un modèle en accord avec les observations.

▶ 2. Montrer qu'une équation admet une solution unique

La fonction f est continue et strictement décroissante sur $[0\ ;+\infty[$.

De plus, $f(0) = 225$ et $\lim\limits_{t \to +\infty} f(t) = 25$.

Comme $40 \in\ ]25\ ;\ 225]$, d'après le corollaire du théorème des valeurs intermédiaires, l'équation $f(t) = 40$ admet une unique solution dans $[0\ ;+\infty[$.

▶ 3. Déterminer un antécédent par lecture graphique

Par lecture graphique, le point de la courbe $\mathscr{C}_f$ d'ordonnée 40 a une abscisse égale à environ 0,43.

> **À NOTER**
> T_0 est l'antécédent de 40 par f.

$0{,}43 \times 60 \approx 26$. Il faut donc attendre environ 26 minutes pour que la baguette puisse être mise en rayon.

▶ 4. a) Déterminer une valeur approchée d'un terme d'une suite

$$D_0 = f(0) - f\left(\frac{1}{60}\right) = 225 - 200\mathrm{e}^{-\frac{1}{10}} - 25 = 200\left(1 - \mathrm{e}^{-\frac{1}{10}}\right),$$

donc $D_0 \approx 19{,}03$.

19 est donc bien une valeur approchée de D_0 à 10^{-1} près.

La température de la baguette a donc diminué d'environ 19 °C pendant la première minute après sa sortie du four.

b) Étudier le sens de variation et la limite d'une suite

$$D_n = 200\mathrm{e}^{-\frac{n}{10}} + 25 - 200\,\mathrm{e}^{-\frac{n+1}{10}} - 25 = 200\mathrm{e}^{-\frac{n}{10}}\left(1 - \mathrm{e}^{-\frac{1}{10}}\right)$$

donc $D_n = 200\mathrm{e}^{-0{,}1n}\left(1 - \mathrm{e}^{-0{,}1}\right)$.

> **▶ Le conseil de méthode**
> Pour étudier le sens de variation de la suite de terme général D_n, on étudie, pour tout entier naturel n, le signe de $D_{n+1} - D_n$.

Pour tout entier naturel n :

$$D_{n+1} - D_n = 200\,(1 - \mathrm{e}^{-0{,}1})(\mathrm{e}^{-0{,}1(n+1)} - \mathrm{e}^{-0{,}1n})$$

$$D_{n+1} - D_n = 200\,(1 - \mathrm{e}^{-0{,}1})\,\mathrm{e}^{-0{,}1n}(\mathrm{e}^{-0{,}1} - 1)$$

$$D_{n+1} - D_n = -200\,\mathrm{e}^{-0{,}1\,n}(1 - \mathrm{e}^{-0{,}1})^2$$

Donc $D_{n+1} - D_n < 0$ pour tout entier naturel n.
La suite (D_n) est décroissante.

$\lim\limits_{n \to +\infty} (-0{,}1n) = -\infty$ et $\lim\limits_{X \to -\infty} \mathrm{e}^X = 0$, donc par composée $\lim\limits_{n \to +\infty} \mathrm{e}^{-0{,}1n} = 0$.

> **À NOTER**
> On peut aussi remarquer que (D_n) est une suite géométrique de raison $\mathrm{e}^{-0{,}1}$.

Il en découle que $\lim\limits_{n \to +\infty} D_n = 0$.

Dans le contexte de l'exercice, ces résultats étaient prévisibles. En effet, la température de la baguette diminue de plus en plus lentement, et l'écart de température entre la n-ième et la $(n + 1)$-ième minute devient infime au fil du temps, il tend vers 0.

Fonctions exponentielles, polynômes et rationnelles

1 heure
6 points

INTÉRÊT DU SUJET • Étudiez les variations d'une fonction faisant intervenir la fonction exponentielle. Puis démontrez un résultat sur des fonctions polynômes afin de calculer la limite d'une somme.

PARTIE A

Soit f la fonction définie sur $\mathbb{R}$ par :

$$f(x) = x\mathrm{e}^{1-x}.$$

▶ **1.** Vérifier que pour tout réel x, $f(x) = \mathrm{e} \times \dfrac{x}{\mathrm{e}^x}$.

▶ **2.** Déterminer la limite de la fonction f en $-\infty$.

▶ **3.** Déterminer la limite de la fonction f en $+\infty$. Interpréter graphiquement cette limite.

▶ **4.** Déterminer la dérivée de la fonction f.

▶ **5.** Étudier les variations de la fonction f sur $\mathbb{R}$ puis dresser le tableau de variations.

PARTIE B

Pour tout entier n non nul, on considère les fonctions g_n et h_n définies sur $\mathbb{R}$ par :

$$g_n(x) = 1 + x + x^2 + \ldots + x^n \quad \text{et} \quad h_n(x) = 1 + 2x + \ldots + nx^{n-1}.$$

▶ **1.** Vérifier que, pour tout réel x : $(1-x)g_n(x) = 1 - x^{n+1}$.

On obtient alors, pour tout réel $x \neq 1$: $g_n(x) = \dfrac{1 - x^{n+1}}{1-x}$.

▶ **2.** Comparer les fonctions h_n et g'_n, g'_n étant la dérivée de la fonction g_n.

En déduire que, pour tout réel $x \neq 1$: $h_n(x) = \dfrac{nx^{n+1} - (n+1)x^n + 1}{(1-x)^2}$.

▶ **3.** Soit $S_n = f(1) + f(2) + \ldots + f(n)$, f étant la fonction définie dans la partie **A.**

En utilisant les résultats de la partie **B**, déterminer une expression de S_n, puis sa limite quand n tend vers $+\infty$.

LES CLÉS DU SUJET

Partie B

▶ **2.** Dans un premier temps, dérivez g_n à partir de l'expression donnée dans l'énoncé de la partie **B** (fonction polynôme de degré n) puis constatez que g_n' n'est rien d'autre que la fonction h_n. Dans un deuxième temps, dérivez g_n à partir de l'expression donnée dans l'énoncé de la question **1.** (fonction rationnelle). Enfin, concluez.

▶ **3.** Dans un premier temps, démontrez, en utilisant l'expression de h_n donnée dans l'énoncé de la partie **B** (fonction polynôme de degré n), que $S_n = h_n(\mathrm{e}^{-1})$. Dans un deuxième temps, calculez, afin de déterminer la limite demandée, l'image de e^{-1} par h_n, en utilisant cette fois-ci l'expression donnée dans l'énoncé de la question **2.** (fonction rationnelle). Enfin, concluez à l'aide des « croissances comparées ».

S'ENTRAÎNER

33 CORRIGÉ GUIDÉ

PARTIE A

▶ 1. Transformer l'écriture d'une fonction

Pour tout nombre réel x :

$$\mathrm{e} \times \frac{x}{\mathrm{e}^x} = \frac{\mathrm{e}^1}{\mathrm{e}^x} \times x = \mathrm{e}^{1-x} \times x = f(x).$$

> **À NOTER**
> Pour tous nombres réels a et b, $\frac{\mathrm{e}^a}{\mathrm{e}^b} = \mathrm{e}^{a-b}$.

▶ 2. Déterminer la limite d'une fonction

D'une part, $\lim\limits_{x \to -\infty} x = -\infty$.

D'autre part, comme $\lim\limits_{x \to -\infty} 1 - x = +\infty$, alors

$\lim\limits_{x \to -\infty} \mathrm{e}^{1-x} = \lim\limits_{X \to +\infty} \mathrm{e}^X = +\infty$.

Par produit, $\lim\limits_{x \to -\infty} f(x) = \lim\limits_{x \to -\infty} x \times \mathrm{e}^{1-x} = -\infty$.

▶ 3. Déterminer la limite d'une fonction et l'interpréter

Comme $\lim\limits_{x \to +\infty} \frac{e^x}{x} = +\infty$ (« croissances comparées »), alors $\lim\limits_{x \to +\infty} \frac{x}{e^x} = 0$.

Ainsi, $\lim\limits_{x \to +\infty} f(x) = \lim\limits_{x \to +\infty} e \times \frac{x}{e^x} = e \times \lim\limits_{x \to +\infty} \frac{x}{e^x} = 0$.

Nous en déduisons que la droite d'équation $y = 0$ (axe des abscisses) est une asymptote à la courbe représentative de la fonction f dans un repère du plan.

▶ 4. Dériver une fonction

La fonction f est le produit de deux fonctions u et v définies sur $\mathbb{R}$ par $u(x) = x$ et $v(x) = e^{1-x}$. Comme u et v sont dérivables sur $\mathbb{R}$, alors la fonction f est dérivable sur $\mathbb{R}$ (produit de fonctions dérivables) et pour tout nombre réel x :

> **ATTENTION !**
> $(e^u)' = u' \times e^u$.

$$\begin{aligned} f'(x) &= u'(x) \times v(x) + u(x) \times v'(x) \\ &= 1 \times e^{1-x} + x \times (-1 \times e^{1-x}) \\ &= e^{1-x} \times (1 - x). \end{aligned}$$

▶ 5. Dresser un tableau de variations

- Pour tout nombre réel x, e^{1-x} est strictement positif.

Par suite, le signe de $f'(x)$ est donné par le signe de $1 - x$ qui s'annule en 1.

- Pour $x > 1$, $1 - x < 0$ et donc $f'(x) < 0$. La fonction f est donc strictement décroissante sur l'intervalle $[1 ; +\infty[$.
- Pour $x < 1$, $1 - x > 0$ et donc $f'(x) > 0$. La fonction f est donc strictement croissante sur l'intervalle $]-\infty ; 1]$.
- $f(1) = 1 \times e^{1-1} = e^0 = 1$.

Ce que nous pouvons résumer par le tableau suivant :

x	$-\infty$		1		$+\infty$
Signe de $f'(x)$		$+$	0	$-$	
Variations de f	$-\infty$	↗	1	↘	0

PARTIE B

▶ 1. Vérifier une égalité

Pour tout entier naturel n non nul, pour tout nombre réel x :

$$\begin{aligned}(1-x)\times g_n(x) &= g_n(x)-x\times g_n(x)\\ &=(1+x+x^2+\ldots+x^n)-x\times(1+x+x^2+\ldots+x^n)\\ &=(1+x+x^2+\ldots+x^n)-(x+x^2+x^3+\ldots+x^{n+1})\\ &=1+x+x^2+\ldots+x^n-x-x^2-x^3\ldots-x^n-x^{n+1}\\ &=1-x^{n+1}.\end{aligned}$$

▶ 2. Comparer des expressions

• La fonction g_n est dérivable sur $\mathbb{R}$ comme fonction polynôme de degré n (n entier naturel non nul) et pour tout nombre réel x :

$$g_n'(x)=0+1+2\times x+\ldots+n\times x^{n-1}=h_n(x).$$

Par suite, la fonction h_n est la dérivée de la fonction g_n sur $\mathbb{R}$.

• D'après la question précédente, la fonction g_n s'écrit comme le quotient de deux fonctions u et v définies par $u(x)=1-x^{n+1}$ et $v(x)=1-x$. Pour tout nombre réel $x\neq 1$, $v(x)$ ne s'annulant pas, et u et v étant dérivables, nous avons :

$$\begin{aligned}g_n'(x)&=\frac{u'(x)\times v(x)-u(x)\times v'(x)}{(v(x))^2}\\ &=\frac{-(n+1)\times x^n\times(1-x)-(1-x^{n+1})\times(-1)}{(1-x)^2}\\ &=\frac{-(n+1)x^n+(n+1)x^{n+1}+(1-x^{n+1})}{(1-x)^2}\\ &=\frac{nx^{n+1}-(n+1)x^n+1}{(1-x)^2}.\end{aligned}$$

Ainsi, pour tout nombre réel $x\neq 1$,

$$h_n(x)=g_n'(x)=\frac{nx^{n+1}-(n+1)x^n+1}{(1-x)^2}.$$

S'ENTRAÎNER

▶ 3. Déterminer la limite d'une somme

Pour tout entier naturel n non nul,

$$\begin{aligned} S_n &= f(1)+f(2)+\ldots+f(n) \\ &= 1\times e^{1-1}+2\times e^{1-2}+\ldots+n\times e^{1-n} \\ &= 1+2\times e^{-1}+\ldots+n\times(e^{-1})^{n-1} \\ &= 1+2\times\left(\frac{1}{e}\right)+\ldots+n\times\left(\frac{1}{e}\right)^{n-1} \\ &= h_n\left(\frac{1}{e}\right). \end{aligned}$$

À NOTER
Pour tout réel a, $e^{-a}=\frac{1}{e^a}$.

Or, d'après la question précédente, comme $\frac{1}{e}\neq 1$,

$$\begin{aligned} S_n = h_n\left(\frac{1}{e}\right) &= \frac{n\times\left(\frac{1}{e}\right)^{n+1}-(n+1)\times\left(\frac{1}{e}\right)^{n}+1}{\left(1-\frac{1}{e}\right)^2} \\ &= \frac{\frac{n}{e^{n+1}}-\frac{n+1}{e^n}+1}{\left(\frac{e-1}{e}\right)^2} \\ &= \frac{\frac{n+1}{e^{n+1}}-\frac{1}{e^{n+1}}-\frac{n}{e^n}-\frac{1}{e^n}+1}{\frac{(e-1)^2}{e^2}} \\ &= \frac{e^2}{(e-1)^2}\times\left(\frac{n+1}{e^{n+1}}-\frac{1}{e^{n+1}}-\frac{n}{e^n}-\frac{1}{e^n}+1\right). \end{aligned}$$

Comme $\lim\limits_{x\to+\infty}\frac{e^x}{x}=+\infty$ (« croissances comparées ») alors $\lim\limits_{x\to+\infty}\frac{x}{e^x}=0$ et donc $\lim\limits_{n\to+\infty}\frac{n+1}{e^{n+1}}=0$ et $\lim\limits_{n\to+\infty}\frac{n}{e^n}=0$.

Comme $\lim\limits_{x\to+\infty}e^x=+\infty$ (« fonction de référence »), alors $\lim\limits_{x\to+\infty}\frac{1}{e^x}=0$ et donc $\lim\limits_{n\to+\infty}\frac{1}{e^n}=0$ et $\lim\limits_{n\to+\infty}\frac{1}{e^{n+1}}=0$.

Nous en concluons que $\lim\limits_{n\to+\infty}S_n=\frac{e^2}{(e-1)^2}$.

Étude d'une fonction dont la courbe représentative admet une asymptote oblique

40 min
4 points

S'ENTRAÎNER

INTÉRÊT DU SUJET • L'étude des asymptotes d'une courbe représentative fait parfois apparaître des asymptotes obliques. C'est le cas dans ce sujet où, après avoir déterminé les éventuelles asymptotes verticales et horizontales d'une fonction, vous serez guidés dans la recherche de l'équation d'une asymptote oblique.

Soit f la fonction définie sur $\mathbb{R}\setminus\{2\}$ par $f(x)=\dfrac{x^2-x-1}{x-2}$.

▶ **1.** Étudier les variations de f sur $\mathbb{R}\setminus\{2\}$.

▶ **2.** Déterminer les limites de f aux bornes de son ensemble de définition.
Qu'en déduire pour sa courbe représentative $\mathscr{C}_f$?

▶ **3.** Déterminer trois réels a, b et c tels que :
$\forall x\in\mathbb{R}\setminus\{2\},\ f(x)=ax+b+\dfrac{c}{x-2}$.

▶ **4. a)** Déterminer $\lim\limits_{x\to+\infty}\big(f(x)-(ax+b)\big)$ et $\lim\limits_{x\to-\infty}\big(f(x)-(ax+b)\big)$.
Que peut-on en déduire graphiquement ?
b) Étudier la position de $\mathscr{C}_f$ par rapport à la droite d'équation $y=ax+b$.

▶ **5.** Tracer la courbe $\mathscr{C}_f$ ainsi que toutes les droites particulières dans un même repère orthogonal.

LES CLÉS DU SUJET

▶ **1.** Déterminez la dérivée de f et étudiez son signe.

▶ **2.** Déterminez les limites de f en $-\infty$, 2^-, 2^+ et $+\infty$. Déduisez-en l'existence éventuelle d'asymptotes parallèles aux axes de coordonnées.

▶ **3.** Réduisez au même dénominateur l'expression de $f(x)$ proposée et comparez l'expression obtenue à $\frac{x^2-x-1}{x-2}$. On obtient alors un système d'équations dont les inconnues sont a, b et c.

▶ **4. a)** Utilisez l'expression obtenue à la question précédente en remplaçant a, b et c par leurs valeurs.

b) Pour étudier la position de $\mathscr{C}_f$ par rapport à la droite d'équation $y = ax + b$, étudiez le signe de $f(x) - (ax + b)$.

34 CORRIGÉ GUIDÉ

▶ 1. Étudier les variations d'une fonction

La fonction f est dérivable sur $]-\infty\,;2[$ et sur $]2\,;+\infty[$ comme quotient de fonctions dérivables dont le dénominateur ne s'annule pas sur $]-\infty\,;2[$ et sur $]2\,;+\infty[$.

Pour tout réel $x \neq 2$, on a :

$$f'(x) = \frac{(2x-1)(x-2)-(x^2-x-1)}{(x-2)^2} = \frac{x^2-4x+3}{(x-2)^2}.$$

Ainsi $f'(x)$ est du signe du polynôme du second degré $p(x) = x^2 - 4x + 3$, lequel s'annule en 1 et 3.

Par conséquent, $f'(x) > 0$ pour tout réel $x \in\ ]-\infty\,;1[\ \cup\ ]3\,;+\infty[$, et $f'(x) < 0$ pour tout réel $x \in\ ]1\,;2[\ \cup\ ]2\,;3[$.

La fonction f est donc strictement croissante sur $]-\infty\,;1[$ et sur $]3\,;+\infty[$, elle est strictement décroissante sur $]1\,;2[$ et sur $]2\,;3[$.

▶ 2. Calculer les limites d'une fonction

- Pour tout réel $x \neq 0$ et $x \neq 2$, $f(x) = \dfrac{x-1-\frac{1}{x}}{1-\frac{2}{x}}$. La limite de $1-\frac{2}{x}$ en $+\infty$ et en $-\infty$ est égale à 1, la limite de $x-1-\frac{1}{x}$ en $+\infty$ est $+\infty$ et la limite de $x-1-\frac{1}{x}$ en $-\infty$ est $-\infty$.

Donc $\lim_{x \to +\infty} f(x) = +\infty$ et $\lim_{x \to -\infty} f(x) = -\infty$.

- $\lim_{x \to 2} (x^2 - x - 1) = 1$ et $\lim_{x \to 2} (x - 2) = 0$. Or $x - 2 > 0$ si $x > 2$ et $x - 2 < 0$ si $x < 2$.

Ainsi $\lim_{\substack{x \to 2 \\ x<2}} f(x) = -\infty$ et $\lim_{\substack{x \to 2 \\ x>2}} f(x) = +\infty$.

- La droite d'équation $x = 2$ est donc asymptote verticale à $\mathscr{C}_f$.

▶ **3. Obtenir une autre expression de *f* par identification**

Soit $x \neq 2$. On a :

$$f(x) = ax + b + \frac{c}{x-2} = \frac{(ax+b)(x-2)+c}{x-2} = \frac{ax^2 - 2ax + bx - 2b + c}{x-2}$$

$$= \frac{ax^2 + (b-2a)x + (-2b+c)}{x-2}$$

On doit donc déterminer a, b, c tels que :

$$\frac{x^2 - x - 1}{x-2} = \frac{ax^2 + (b-2a)x + (-2b+c)}{x-2}.$$

Ou encore, puisque $x \neq 2$, $x^2 - x - 1 = ax^2 + (b-2a)x + (-2b+c)$.

Deux polynômes sont égaux si, et seulement si, leurs monômes de même degré sont égaux.

On obtient donc le système suivant :

$$\begin{cases} a = 1 \\ b - 2a = -1 \\ -2b + c = -1 \end{cases} \Leftrightarrow \begin{cases} a = 1 \\ b = -1 + 2a = 1 \\ c = -1 + 2b = 1 \end{cases}$$

Ainsi $f(x) = x + 1 + \frac{1}{x-2}$.

▶ **4. a) Interpréter une limite**

Pour tout réel $x \neq 2$, on a $f(x) - (x+1) = \frac{1}{x-2}$.

Donc $\lim_{x \to +\infty} (f(x) - (ax+b)) = \lim_{x \to +\infty} (f(x) - (x+1)) = \lim_{x \to +\infty} \frac{1}{x-2} = 0$

et $\lim_{x \to -\infty} (f(x) - (ax+b)) = \lim_{x \to -\infty} (f(x) - (x+1)) = \lim_{x \to -\infty} \frac{1}{x-2} = 0$.

La courbe $\mathscr{C}_f$ se rapproche donc de la droite d'équation $y = x + 1$ lorsque x tend vers $+\infty$ ou $-\infty$.

Cette droite est une asymptote oblique à $\mathscr{C}_f$.

S'ENTRAÎNER

b) Étudier la position de deux courbes

On étudie le signe de $f(x)-(x+1)$, qui est le même que celui de $\dfrac{1}{x-2}$ ou encore de $x-2$.

$x-2>0 \Leftrightarrow x>2$ et $x-2<0 \Leftrightarrow x<2$

La courbe $\mathscr{C}_f$ est donc au-dessous de son asymptote oblique sur $]-\infty\,;2[$ et au-dessus sur $]2\,;+\infty[$.

> **À NOTER**
> Pour étudier la position relative de deux courbes $\mathscr{C}_f$ et $\mathscr{C}_g$ représentant deux fonctions *f* et *g* définies sur un intervalle I, on étudie le signe de $f(x)-g(x)$ sur I.

▶ 4. Tracer une courbe représentative dans un repère orthogonal

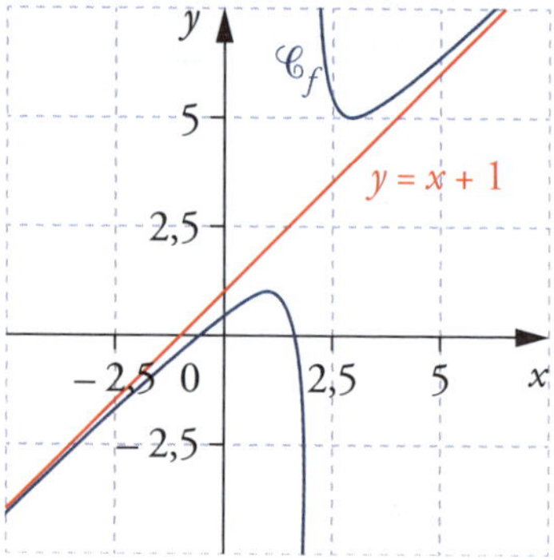

Utilisation d'une courbe de Lorenz

1 heure
5 points

INTÉRÊT DU SUJET • Ce sujet montre l'utilité de certaines fonctions mathématiques pour mesurer des inégalités au sein d'un pays. Ici, en particulier, il s'agit d'étudier la répartition des exploitations agricoles.

On appelle courbe de Lorenz la représentation graphique d'une fonction L vérifiant les conditions suivantes :

- L est définie sur $[0\ ;\ 1]$;
- L est croissante et convexe sur $[0\ ;\ 1]$;
- $L(0)=0$ et $L(1)=1$;
- pour tout x de $\left[0\,;1\right]$, $L(x)\leqslant x$.

PARTIE A : ANALYSE THÉORIQUE

Le but de la partie A est de vérifier que les fonctions f et g considérées satisfont les conditions énoncées ci-dessus.

▶ **1.** Soit la fonction f définie sur $\left[0\,;1\right]$ par $f(x)=\dfrac{3}{2}x+\dfrac{1}{x+1}-1$.

a) Déterminer la dérivée f' de f et dresser le tableau de variations de f sur $\left[0\,;1\right]$.

b) Déterminer le signe de $x-f(x)$ sur $\left[0\,;1\right]$.

c) La courbe représentant f est-elle une courbe de Lorenz ?

▶ **2.** Soit g la fonction définie sur $[0\ ;\ 1]$ par $g(x)=\mathrm{e}^x-(\mathrm{e}-2)x-1$.

a) Déterminer la dérivée g' de g, en déduire le sens de variations de g sur $\left[0\,;1\right]$.

b) Calculer $g(0)$ et $g(1)$.

c) g est-elle convexe sur $\left[0\,;1\right]$?

▶ **3.** Soit h la fonction définie sur $\left[0\,;1\right]$ par $h(x)=-\mathrm{e}^x+(\mathrm{e}-1)x+1$.

a) Le tableau de signes suivant donne le signe de la dérivée de h (que l'on ne demande pas de calculer). Dresser le tableau de variations de h ; on précisera l'arrondi à 0,1 près de $h(\ln(\mathrm{e}-1))$.

x	0		$\ln(e-1)$		1
Signe de $f''(x)$		+	0	−	

b) Vérifier que, pour tout x de $\left[0\,;1\right]$, on a $h(x) = x - g(x)$. À l'aide de la question **3. a)**, montrer que pour tout x appartenant à [0 ; 1], on a $g(x) \leqslant x$.
c) Conclure.

PARTIE B : APPLICATION

Sur le graphique ci-dessous sont tracées les courbes $\mathscr{C}$ et Γ respectivement représentatives des fonctions f et g définies dans la partie A, et le segment $[OA]$ où A est le point de coordonnées (1 ; 1).

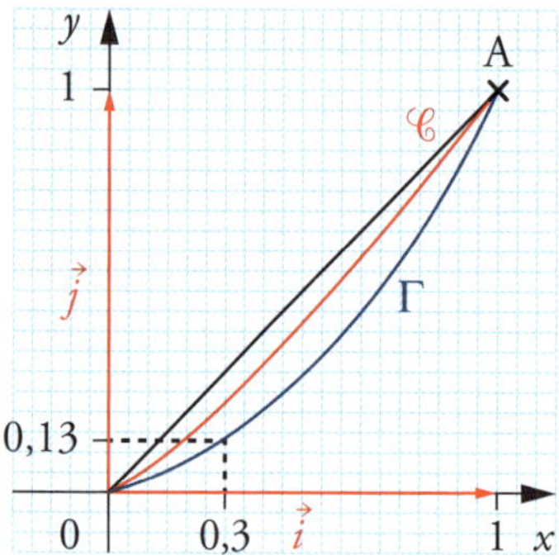

On suppose que la courbe de Lorenz Γ illustre la répartition des surfaces des exploitations agricoles d'un pays G.
En abscisse, x représente en pourcentage, la part des exploitations les plus petites par rapport au nombre total des exploitations du pays. En ordonnée, $g(x)$ représente le pourcentage total des superficies de ces exploitations. Par exemple, comme l'arrondi de $g(0{,}3)$ à 10^{-2} est 0,13, on dit que 30 % des exploitations les plus petites représentent au total 13 % de la superficie des exploitations du pays G.

▶ **1.** Donner la valeur arrondie à 0,01 de $g(0{,}5)$. Interpréter ce résultat.

▶ **2.** On appelle coefficient de Gini pour le pays G le nombre $2S$ où S est l'aire, en unités d'aire, du domaine limité par le segment $[OA]$ et la courbe Γ. On le note γ_G.
a) Exprimer cette aire à l'aide d'une intégrale. Déterminer la valeur exacte de cette aire.
b) Donner la valeur approchée à 0,01 de γ_G.

▶ **3.** La représentation graphique $\mathscr{C}$ de f est la courbe de Lorenz pour un pays F. Calculer γ_F, le coefficient de Gini pour le pays F.
En donner la valeur exacte et la valeur approchée arrondie à 0,01.
▶ **4.** Plus le coefficient de Gini est petit, plus la répartition des exploitations est égalitaire.
a) Quel est le pays pour lequel la répartition est la plus égalitaire ?
b) Le graphique permet-il de prévoir ce résultat ? Pourquoi ?

LES CLÉS DU SUJET

Partie A

▶ **1. a)** Déterminez la dérivée f' de f et étudiez son signe sur $[0;1]$.
b) Déterminez l'expression de $x - f(x)$, réduisez au même dénominateur et étudier le signe du quotient obtenu sur $[0;1]$.
c) Vérifiez que f est convexe sur $[0;1]$ et concluez.
▶ **2. a)** Déterminez la dérivée g' de g et étudiez son signe sur $[0;1]$.
c) Vérifiez que g est convexe sur $[0;1]$.
▶ **3. a)** Utilisez le tableau de signe de h' pour dresser le tableau de variations de h.
b) et **c)** Évaluez $h(x) = x - g(x)$ et étudiez le signe de $h(x)$ sur $[0;1]$.

Partie B

▶ **2.** Exprimez le coefficient de Gini à l'aide de l'intégrale donnant l'aire du domaine limité par le segment [OA] et la courbe Γ.
▶ **3.** Faites le même calcul pour la courbe $\mathscr{C}$.
▶ **4.** Comparez les coefficients de Gini des pays F et G.

35 CORRIGÉ GUIDÉ

PARTIE A : ANALYSE THÉORIQUE

▶ 1. a) Déterminer la dérivée d'une fonction

On a $f(x) = \frac{3}{2}x + \frac{1}{x+1} - 1$. f est dérivable sur $[0;1]$ comme somme de quotients de fonctions dérivables sur $[0;1]$.

$$f'(x) = \frac{3}{2} - \frac{1}{(x+1)^2} = \frac{3(x+1)^2 - 2}{2(x+1)^2} = \frac{3(x^2+2x+1)-2}{2(x+1)^2} = \frac{3x^2+6x+1}{2(x+1)^2}.$$

Comme $2(x+1)^2 \geqslant 0$ pour tout x de $[0\,;\,1]$, $f'(x)$ est du signe de $3x^2+6x+1$.

Étudions le signe de $3x^2+6x+1$: le discriminant Δ de ce polynôme est $\Delta = 6^2 - 4\times 3\times 1 = 24$. Ses deux racines sont donc :

$x_1 = \dfrac{-6-\sqrt{24}}{6} \approx -1{,}81$ et $x_2 = \dfrac{-6+\sqrt{24}}{6} \approx -0{,}18$.

Ainsi, sur $\left[0\,;1\right]$, $3x^2+6x+1$ est toujours positif. La fonction f est donc strictement croissante sur $\left[0\,;1\right]$.

x	0	1
$f'(x)$	$+$	
f	0 ↗	1

b) Déterminer le signe d'une expression

$$\text{On a : } x - f(x) = x - \left(\frac{3}{2}x + \frac{1}{x+1} - 1\right) = -\frac{1}{2}x - \frac{1}{x+1} + 1$$
$$= \frac{-x(x+1) - 2 + 2(x+1)}{2(x+1)} = \frac{-x^2+x}{2(x+1)} = \frac{x(-x+1)}{2(x+1)}$$

Sur $\left[0\,;1\right]$, $x \geqslant 0$ et $-x+1 \geqslant 0$, donc $x - f(x) \geqslant 0$.

Ainsi $x \geqslant f(x)$ pour tout x de $\left[0\,;1\right]$.

c) Conclure sur la nature d'une courbe

La courbe représentant f est une courbe de Lorenz si toutes les conditions du préambule sont vérifiées.

Il reste à vérifier que f est convexe sur $\left[0\,;1\right]$. Pour cela, on détermine la dérivée seconde de f et on étudie son signe.

$$f''(x) = \frac{(6x+6)\left[2(x+1)^2\right] - (3x^2+6x+1)(4x+4)}{\left[2(x+1)^2\right]^2}$$
$$= \frac{2(x+1)\left[(6x+6)(x+1) - 2(3x^2+6x+1)\right]}{4(x+1)^4}$$
$$= \frac{6x^2+12x+6-6x^2-12x-2}{2(x+1)^3}$$
$$= \frac{4}{2(x+1)^3}.$$

Sur $\left[0\,;1\right]$, $f''(x)$ est positive, f est donc convexe.

D'après les questions précédentes :
f est définie sur $[0;1]$;
f est croissante sur $[0;1]$;
$f(0)=0$ et $f(1)=1$ (tableau de variations) ;
pour tout x de $[0;1]$, $f(x)\leqslant x$;
f est convexe sur $[0;1]$.
On peut donc dire que la représentation graphique de f est une courbe de Lorenz.

▶ **2. a) Déterminer la dérivée d'une fonction**

g est une fonction dérivable sur $[0;1]$ car la fonction exponentielle et les fonctions affines sont dérivables sur cet intervalle.
On a $g'(x)=\mathrm{e}^x-(\mathrm{e}-2)$.
Étudions le signe de $g'(x)$ sur $[0;1]$.

$$g'(x)\geqslant 0 \Leftrightarrow \mathrm{e}^x\geqslant \mathrm{e}-2$$
$$\Leftrightarrow x\geqslant \ln(\mathrm{e}-2)$$

Or $\mathrm{e}-2<1$ donc $\ln(\mathrm{e}-2)<0$; ainsi sur $[0;1]$, g est toujours croissante.

b) Calculer $g(0)$ et $g(1)$

$g(0)=\mathrm{e}^0-(\mathrm{e}-2)\times 0-1=0$ et $g(1)=\mathrm{e}^1-(\mathrm{e}-2)-1=1$.

c) Étudier la convexité d'une fonction sur un intervalle

g' est dérivable sur $[0;1]$.
On a $g''(x)=\mathrm{e}^x$.
Pour tout x de $[0;1]$, $g''(x)\geqslant 0$, g est donc convexe sur $[0;1]$.

> **À NOTER**
> Une fonction est convexe si sa dérivée seconde est positive.

▶ **3. a) Donner le tableau de variations d'une fonction sur un intervalle**

On a $h(\ln(\mathrm{e}-1))\approx 0{,}21$. Le tableau de variations de h sur $[0;1]$ est :

x	0	$\ln(\mathrm{e}-1)$	1
$h(x)$	0 ↗	$h(\ln(\mathrm{e}-1))$	↘ 0

b) Étudier le signe d'une fonction

$$\text{On a } x-g(x)=x-\left[\mathrm{e}^x-(\mathrm{e}-2)x-1\right]$$
$$=x-\mathrm{e}^x+\mathrm{e}x-2x+1$$
$$=-\mathrm{e}^x+(\mathrm{e}-1)x+1=h(x).$$

D'après le tableau de variations de h, on constate que, pour tout x de $[0\,;1]$, $h(x) \geqslant 0$ puisque $h(0) = h(1) = 0$.

Ainsi, $x - g(x) \geqslant 0$ et donc $g(x) \leqslant x$.

c) Conclure sur la nature de la courbe de g

D'après les questions précédentes :

g est définie sur $[0\,;1]$;

g est croissante sur $[0\,;1]$;

$g(0)=0$ et $g(1)=1$;

pour tout x de $[0\,;1]$, $g(x) \leqslant x$;

g est convexe sur $[0\,;1]$.

On peut donc dire que la représentation graphique de g est une courbe de Lorenz.

PARTIE B : APPLICATION

▶ 1. Interpréter un résultat

$g(0,5) = \mathrm{e}^{0,5} - (\mathrm{e}-1)0,5 - 1 = \mathrm{e}^{0,5} - 0,5\mathrm{e} \approx 0,29.$

On peut dire que 50 % des exploitations les plus petites représentent au total 29 % de la superficie des exploitations du pays G.

▶ 2. a) Exprimer une aire à l'aide d'une intégrale

$$\begin{aligned}
\text{On a } S = \int_0^1 (x - g(x))\,\mathrm{d}x &= \int_0^1 (-\mathrm{e}^x + (\mathrm{e}-1)x + 1)\,\mathrm{d}x \\
&= \left[-\mathrm{e}^x + (\mathrm{e}-1)\frac{x^2}{2} + x\right]_0^1 \\
&= \left(-\mathrm{e}^1 + (\mathrm{e}-1)\frac{1}{2} + 1\right) - \left(-\mathrm{e}^0 + (\mathrm{e}-1)\times\frac{0}{2} + 0\right) \\
&= -\mathrm{e} + \frac{1}{2}(\mathrm{e}-1) + 1 + 1 \\
&= -\frac{1}{2}\mathrm{e} + \frac{3}{2}.
\end{aligned}$$

b) Donner le coefficient de Gini γ_G

$S \approx 0,14$. Le coefficient de Gini pour le pays G est donc $\gamma_G = 2S \approx 2 \times 0,14 \approx 0,28$.

▶ 3. Déterminer le coefficient de Gini γ_F

On a $S = \int_0^1 (x - f(x))\,\mathrm{d}x = \int_0^1 \left(-\frac{1}{2}x - \frac{1}{x+1} + 1\right)\mathrm{d}x$

$$= \left[-\frac{1}{2}\frac{x^2}{2} - \ln(x+1) + x\right]_0^1 = -\frac{1}{4} - \ln 2 + 1$$

$$= \frac{3}{4} - \ln 2 \approx 0{,}06.$$

On en déduit que $\gamma_F = 2S \approx 0{,}12$.

▶ 4. a) Comparer la répartition dans deux pays

Le coefficient de Gini du pays F est inférieur à celui du pays G, la répartition des exploitations est donc plus égalitaire dans le pays F.

b) Interpréter le résultat à l'aide du graphique

Il aurait été possible de voir cette conclusion sur le graphique car l'aire située entre la droite d'équation $y = x$ et la courbe $\mathscr{C}$ est plus petite que l'aire située entre la droite d'équation $y = x$ et la courbe Γ.

S'ENTRAÎNER

Définition d'une fonction convexe par une inégalité

50 min
5 points

INTÉRÊT DU SUJET • Il y a plusieurs façons d'aborder la notion de convexité. Ce sujet vous en propose une nouvelle qui lie des notions de géométrie et d'analyse, et qui est fondée sur l'étude d'une inégalité.

Soit f une fonction convexe sur un intervalle I et soient a et b deux éléments de I.
On considère les points A et B de la courbe représentative de f de coordonnées respectives $A(a\,;f(a))$ et $B(b\,;f(b))$.

Soient $A_0(a\,;0)$ et $B_0(b\,;0)$ deux points de l'axe des abscisses. On se propose de montrer que f est convexe sur $\left[a\,;b\right]$ si, pour tout t appartenant à $\left[0\,;1\right]$, on a $f(ta+(1-t)b) \leqslant tf(a)+(1-t)f(b)$.

PARTIE A : CARACTÉRISATION DE LA CONVEXITÉ

▶ **1.** Soit M un point d'abscisse x_0 situé entre A_0 et B_0 tel que $\overrightarrow{B_0M} = t\,\overrightarrow{B_0A_0}$ avec $t \in \left[0\,;1\right]$.

a) Déterminer l'abscisse de M en fonction de a, b et t.

b) Déterminer l'équation réduite de la droite (AB).

c) En traduisant que f est une fonction convexe sur $\left[a\,;b\right]$ à l'aide de la position de la courbe par rapport à ses cordes, montrer que f est convexe si, pour tout $t \in \left[0\,;1\right]$, $f(ta+(1-t)b) \leqslant tf(a)+(1-t)f(b)$.

d) En déduire que f est concave si $f(ta+(1-t)b) \geqslant tf(a)+(1-t)f(b)$.

PARTIE B : APPLICATIONS

▶ **1.** Soient f une fonction convexe sur un intervalle I et g une fonction croissante et convexe sur $\mathbb{R}$.
Montrer que la fonction $h : x \mapsto g\left[f(x)\right]$ est convexe sur I.

▶ **2. a)** Montrer que la fonction logarithme népérien est concave sur $\left]0\,;+\infty\right[$.

b) En déduire que, pour tous a et b réels strictement positifs, on a :
$\frac{1}{2}\ln a + \frac{1}{2}\ln b \leqslant \ln\left(\frac{1}{2}a + \frac{1}{2}b\right)$, puis que $\sqrt{ab} \leqslant \frac{a+b}{2}$.

S'ENTRAÎNER

LES CLÉS DU SUJET

Partie A

▶ **1. a)** Traduisez l'égalité vectorielle en utilisant l'abscisse et l'ordonnée de chacun des deux vecteurs. Pour rappel : deux vecteurs sont égaux s'ils ont les mêmes composantes.

c) La convexité précise la position de la courbe par rapport à ses cordes. Un point de la courbe et d'abscisse x comprise entre a et b (exprimée en fonction de a, b, t) a une ordonnée inférieure à celle du point de même abscisse situé sur la corde. Il peut être utile de faire un schéma.

Partie B

▶ **1.** Traduisez la convexité de f en utilisant l'inégalité de la question **1. c)**, puis utilisez le fait que g est croissante sur I, donc conserve l'ordre entre les antécédents et les images.

▶ **2. a)** Pour montrer que la fonction logarithme népérien est concave, on utilise le signe de la dérivée seconde.

b) La première inégalité demandée se déduit du résultat obtenu dans la partie **A** en choisissant une valeur de t pertinente. Pour obtenir la seconde inégalité, il suffit d'utiliser les règles de calcul de la fonction ln.

36 CORRIGÉ GUIDÉ

PARTIE A : CARACTÉRISATION DE LA CONVEXITÉ

▶ 1. a) Déterminer les composantes d'un vecteur

Les composantes du vecteur $\overrightarrow{B_0M}$ sont $\begin{pmatrix} x_0 - b \\ 0 \end{pmatrix}$, celles de $\overrightarrow{B_0A_0}$ sont $\begin{pmatrix} a-b \\ 0 \end{pmatrix}$.

On a donc $x_0 - b = t(a-b)$ ou encore

$x_0 = b + t(a-b) = ta + (1-t)b$.

> **À NOTER**
> L'égalité $\overrightarrow{B_0M} = t\overrightarrow{B_0A_0}$ avec $t \in [0;1]$ traduit le fait que le point M est situé entre A_0 et B_0, il est donc sur le segment $[A_0B_0]$.

b) Déterminer l'équation réduite d'une droite

L'équation réduite d'une droite est de la forme $y = mx + p$ où m est le coefficient de la droite et p est l'ordonnée à l'origine.

Pour déterminer p, on traduit le fait que le point $B(b, f(b))$ appartienne à la droite (AB) :

on a $f(b) = \dfrac{f(b)-f(a)}{b-a}b + p$, d'où

$p = f(b) - \dfrac{f(b)-f(a)}{b-a}b$.

> **À NOTER**
> Le **coefficient directeur** d'une droite (AB) est donné par $\dfrac{y_B - y_A}{x_B - x_A}$, avec $A(x_A\,;y_A)$ et $B(x_B\,;y_B)$.

Ainsi, l'équation réduite de la tangente cherchée est :

$y = \dfrac{f(b)-f(a)}{b-a}x + f(b) - \dfrac{f(b)-f(a)}{b-a}b$, soit

$y = \dfrac{f(b)-f(a)}{b-a}(x-b) + f(b)$.

c) Déduire une inégalité traduisant la convexité

Par hypothèse, f est convexe sur I, donc $\mathscr{C}$ est située au-dessous de ses sécantes ou cordes. La droite (AB) est une sécante de $\mathscr{C}$.

Considérons les points N et P de même abscisse x_0 (compris entre les abscisses de A_0 et B_0), N étant un point de la droite (AB) et P un point de la courbe $\mathscr{C}$.

La fonction f étant convexe sur I, P est donc au-dessous de N, ce qui se traduit par le fait que l'ordonnée de P soit inférieure à celle de N.

P a pour coordonnées $(ta + (1-t)b\,; f(ta + (1-t)b))$ car P est un point de $\mathscr{C}$.

N a pour ordonnée y_0 telle que :

$$y_0 = \frac{f(b)-f(a)}{b-a}(x_0-b)+f(b) = \frac{f(b)-f(a)}{b-a}(ta+(1-t)b-b)+f(b),$$

soit $y_0 = \dfrac{f(b)-f(a)}{b-a}(t(a-b))+f(b) = -t(f(b)-f(a))+f(b)$

$= tf(a)+(1-t)f(b)$.

Ainsi N a pour coordonnées $(ta+(1-t)b\ ;\ tf(a)+(1-t)f(b))$.

Puisque l'ordonnée de P est inférieure à celle de N, on peut écrire :

$f(ta+(1-t)b) \leqslant tf(a)+(1-t)f(b)$.

d) Si f est concave sur I, la courbe représentant f est située au-dessus de ses cordes.

L'ordonnée de P est donc supérieure à celle de N, soit :

$f(ta+(1-t)b) \geqslant tf(a)+(1-t)f(b)$.

S'ENTRAÎNER

PARTIE B : APPLICATIONS

▶ 1. Étudier la convexité d'une fonction composée

Soient a et b deux éléments de I et $t \in [0\,;1]$.

Puisque f est convexe sur I, on a :

$f(ta+(1-t)b) \leqslant tf(a)+(1-t)f(b)$.

Comme g est croissante sur $\mathbb{R}$, on en déduit que :

$g[f(ta+(1-t)b)] \leqslant g[tf(a)+(1-t)f(b)]$.

> **À NOTER**
> Une fonction croissante conserve l'ordre ; l'ordre des images est le même que celui des éléments de départ.

De plus, g étant convexe, on a aussi d'après la partie A :

$g[tf(a)+(1-t)f(b)] \leqslant tg[f(a)]+(1-t)g[f(b)]$.

Cela entraîne $g[f(ta+(1-t)b)] \leqslant tg[f(a)]+(1-t)g[f(b)]$,

soit $h[ta+(1-t)b] \leqslant th(a)+(1-t)h(b)$.

Cette inégalité permet d'affirmer que la fonction $h : x \mapsto g[f(x)]$ est convexe sur I.

▶ 2. a) Étudier la convexité de la fonction ln sur $]0\,;+\infty[$

Pour montrer que la fonction logarithme népérien est concave sur $]0\,;+\infty[$, on commence par calculer la dérivée seconde.

La fonction ln est dérivable sur $]0\,;+\infty[$ et a pour dérivée $x \mapsto \dfrac{1}{x}$.

De même, la fonction $x \mapsto \frac{1}{x}$ est dérivable sur $]0\,;+\infty[$ et a pour dérivée $x \mapsto -\frac{1}{x^2}$.

La dérivée seconde de la fonction ln est donc négative. On en déduit que la fonction logarithme népérien est concave sur $]0\,;+\infty[$.

b) Démontrer des inégalités

• D'après l'inégalité démontrée dans la partie A, on peut écrire que, pour tout $t \in [0\,;1]$, $\ln(ta+(1-t)b) \geqslant t\ln(a)+(1-t)\ln(b)$ car la fonction ln est concave sur $]0\,;+\infty[$.

En donnant à t la valeur $\frac{1}{2}$, on obtient : $\ln\left(\frac{1}{2}a+\frac{1}{2}b\right) \geqslant \frac{1}{2}\ln a+\frac{1}{2}\ln b$.

• L'inégalité précédente peut encore s'écrire

$\ln\left(\frac{a+b}{2}\right) \geqslant \ln\sqrt{a}+\ln\sqrt{b}$ ou encore

$\ln\left(\frac{a+b}{2}\right) \geqslant \ln\left(\sqrt{ab}\right)$.

La fonction ln est croissante, on en déduit que

$\sqrt{ab} \leqslant \frac{a+b}{2}$.

À NOTER
Pour tous a, b réels positifs on sait que $\ln(ab) = \ln a + \ln b$ et $\ln\sqrt{a} = \frac{1}{2}\ln a$.

37 France métropolitaine, mai 2022 • Jour 2
Exercice 4

Trajectoires d'une balle de golf

1 h 20
7 points

INTÉRÊT DU SUJET • On étudie deux modélisations de la trajectoire d'une balle de golf entre la frappe et l'atterrissage. L'un des objectifs est de déterminer lequel des deux modèles semble le plus adapté pour décrire la situation réelle.

PARTIE A • ÉTUDES DE DEUX FONCTIONS

On considère les deux fonctions f et g définies sur l'intervalle $[0\,;+\infty[$ par :

$$f(x) = 0{,}06(-x^2 + 13{,}7x) \text{ et } g(x) = (-0{,}15x + 2{,}2)\mathrm{e}^{0{,}2x} - 2{,}2.$$

On admet que les fonctions f et g sont dérivables et on note f' et g' leurs fonctions dérivées respectives.

▶ **1.** On donne le tableau de variations complet de la fonction f sur l'intervalle $[0\,;+\infty[$.

x	0		$6{,}85$		$+\infty$
			$f(6{,}85)$		
$f(x)$		↗		↘	
	0				$-\infty$

a) Justifier la limite de f en $+\infty$.
b) Justifier les variations de la fonction f.
c) Résoudre l'équation $f(x) = 0$.

▶ **2. a)** Déterminer la limite de g en $+\infty$.
b) Démontrer que, pour tout réel x appartenant à $[0\,;+\infty[$, on a : $g'(x) = (-0{,}03x + 0{,}29)\mathrm{e}^{0{,}2x}$.
c) Étudier les variations de la fonction g et dresser son tableau de variations sur $[0\,;+\infty[$. Préciser une valeur approchée à 10^{-2} près du maximum de g.
d) Montrer que l'équation $g(x) = 0$ admet une unique solution non nulle et déterminer, à 10^{-2} près, une valeur approchée de cette solution.

PARTIE B • TRAJECTOIRES D'UNE BALLE DE GOLF

Pour frapper la balle, un joueur de golf utilise un instrument appelé « club » de golf.
On souhaite exploiter les fonctions f et g étudiées en **partie A** pour modéliser de deux façons différentes la trajectoire d'une balle de golf.
On suppose que le terrain est parfaitement plat.
On admettra ici que 13,7 est la valeur qui annule la fonction f et une approximation de la valeur qui annule la fonction g.
On donne ci-dessous les représentations graphiques de f et g sur l'intervalle $[0 ; 13{,}7]$.

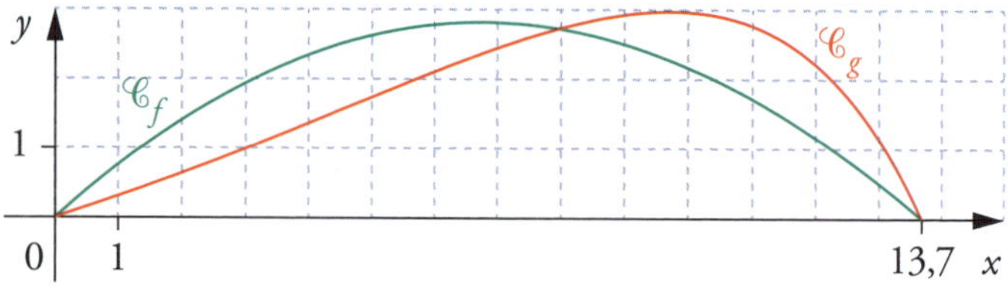

Pour x représentant la distance horizontale parcourue par la balle en dizaines de yards après la frappe (avec $0 \leqslant x \leqslant 13{,}7$), $f(x)$ (ou $g(x)$ selon le modèle) représente la hauteur correspondante de la balle par rapport au sol, en dizaines de yards (1 yard correspond à environ 0,914 mètre).
On appelle « angle de décollage » de la balle, l'angle entre l'axe des abscisses et la tangente à la courbe ($\mathscr{C}_f$ ou $\mathscr{C}_g$ selon le modèle) en son point d'abscisse 0. Une mesure de l'angle de décollage de la balle est un nombre réel d tel que $\tan(d)$ est égal au coefficient directeur de cette tangente.
De même, on appelle « angle d'atterrissage » de la balle, l'angle entre l'axe des abscisses et la tangente à la courbe ($\mathscr{C}_f$ ou $\mathscr{C}_g$ selon le modèle) en son point d'abscisse 13,7. Une mesure de l'angle d'atterrissage de la balle est un nombre réel a tel que $\tan(a)$ est égal à l'opposé du coefficient directeur de cette tangente.
Tous les angles sont mesurés en degrés.

Le schéma illustre les angles de décollage et d'atterrissage associés à la courbe $\mathscr{C}_f$.	**Le schéma illustre les angles de décollage et d'atterrissage associés à la courbe $\mathscr{C}_g$.**
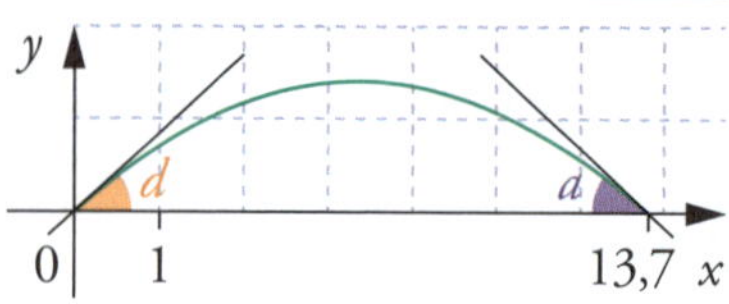	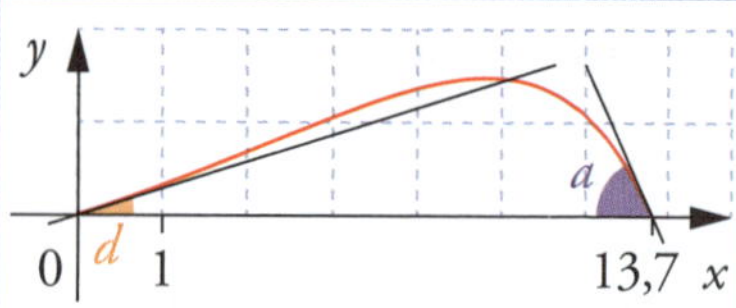

▶ **1.** *Première modélisation* : on rappelle qu'ici, l'unité étant la dizaine de yards, x représente la distance horizontale parcourue par la balle après la frappe et $f(x)$ la hauteur correspondante de la balle.
Selon ce modèle :
a) Quelle est la hauteur maximale, en yards, atteinte par la balle au cours de sa trajectoire ?
b) Vérifier que $f'(0)=0{,}822$.
c) Donner une mesure en degrés de l'angle de décollage de la balle, arrondie au dixième. (On pourra éventuellement utiliser le tableau ci-dessous.)
d) Quelle propriété graphique de la courbe $\mathscr{C}_f$ permet de justifier que les angles de décollage et d'atterrissage de la balle sont égaux ?

▶ **2.** *Seconde modélisation* : on rappelle qu'ici, l'unité étant la dizaine de yards, x représente la distance horizontale parcourue par la balle après la frappe et $g(x)$ la hauteur correspondante de la balle.
Selon ce modèle :
a) Quelle est la hauteur maximale, en yards, atteinte par la balle au cours de sa trajectoire ?
On précise que $g'(0)=0{,}29$ et $g'(13{,}7)\approx -1{,}87$.
b) Donner une mesure en degrés de l'angle de décollage de la balle, arrondie au dixième. (On pourra éventuellement utiliser le tableau ci-dessous).
Tableau : extrait d'une feuille de calcul donnant une mesure en degrés d'un angle quand on connaît sa tangente.

	A	B	C	D	E	F	G
1	tan(θ)	0,815	0,816	0,817	0,818	0,819	0,82
2	θ en degrés	39,18	39,21	39,25	39,28	39,32	39,35
3	tan(θ)	0,821	0,822	0,823	0,824	0,825	0,826
5	θ en degrés	39,39	39,42	39,45	39,49	39,52	39,56
6	tan(θ)	0,285	0,286	0,287	0,288	0,289	0,29
7	θ en degrés	15,91	15,96	16,01	16,07	16,12	16,17
8	tan(θ)	0,291	0,292	0,293	0,294	0,295	0,296
9	θ en degrés	16,22	16,28	16,33	16,38	16,44	16,49

c) Justifier que 62 est une valeur approchée, arrondie à l'unité près, d'une mesure en degrés de l'angle d'atterrissage de la balle.

PARTIE C • INTERROGATION DES MODÈLES

À partir d'un grand nombre d'observations des performances de joueurs professionnels, on a obtenu les résultats moyens suivants :

Angle de décollage en degrés	Hauteur maximale en yards	Angle d'atterrissage en degrés	Distance horizontale en yards au point de chute
24	32	52	137

Quel modèle, parmi les deux étudiés précédemment, semble le plus adapté pour décrire la frappe de la balle par un joueur professionnel ? La réponse sera justifiée.

LES CLÉS DU SUJET

Partie A

▶ **2. b)** Utilisez la formule permettant de calculer la dérivée du produit de deux fonctions.

d) Appliquez le corollaire du théorème des valeurs intermédiaires après avoir vérifié les conditions. Utilisez la calculatrice pour déterminer une valeur approchée de la solution.

Partie B

▶ **1. a)** et ▶ **2. a)** Utilisez les variations de f et de g étudiées dans la partie A.

37 CORRIGÉ GUIDÉ

PARTIE A • ÉTUDES DE DEUX FONCTIONS

▶ 1. a) Justifier la limite d'une fonction en +∞

Pour tout $x \in [0\,;+\infty[$, $f(x)=0{,}06x(-x+13{,}7)$.

$\lim\limits_{x\to+\infty} 0{,}06x=+\infty$ et $\lim\limits_{x\to+\infty}(-x+13{,}7)=-\infty$, donc par produit :

$\lim\limits_{x\to+\infty} f(x)=-\infty$.

b) Justifier les variations d'une fonction

Pour tout $x \in [0\,;+\infty[$, $f'(x) = 0{,}06(-2x + 13{,}7)$.

$f'(x) = 0 \Leftrightarrow x = \dfrac{13{,}7}{2} = 6{,}85$.

- Si $0 \leqslant x < 6{,}85$, alors $-2x + 13{,}7 > 0$, donc $f'(x) > 0$.
- Si $x > 6{,}85$, alors $-2x + 13{,}7 < 0$, donc $f'(x) < 0$.

f est donc croissante sur $[0\,;6{,}85]$ et décroissante sur $[6{,}85\,;+\infty[$.

> **À NOTER**
> On peut aussi utiliser le fait que f est une fonction du second degré de la forme $x \mapsto ax^2 + bx + c$, avec $a < 0$. Elle atteint son maximum en $x = -\dfrac{b}{2a}$.

c) Résoudre une équation

$f(x) = 0 \Leftrightarrow 0{,}06x(-x + 13{,}7) = 0 \Leftrightarrow x = 0$ ou $x = 13{,}7$.

L'équation $f(x) = 0$ a deux solutions : 0 et 13,7.

▶ 2. a) Déterminer la limite d'une fonction en $+\infty$

$\lim\limits_{x \to +\infty} (-0{,}15\,x + 2{,}2) = -\infty$ et, par composée, $\lim\limits_{x \to +\infty} \mathrm{e}^{0{,}2x} = +\infty$, donc par opérations :

$$\boxed{\lim_{x \to +\infty} g(x) = -\infty}$$

b) Calculer la dérivée d'une fonction

Pour tout $x \in [0\,;+\infty[$:

$g'(x) = -0{,}15\,\mathrm{e}^{0{,}2x} + 0{,}2(-0{,}15\,x + 2{,}2)\,\mathrm{e}^{0{,}2x}$

$g'(x) = \mathrm{e}^{0{,}2x}(-0{,}15 - 0{,}03x + 0{,}44)$

$$\boxed{g'(x) = (-0{,}03x + 0{,}29)\mathrm{e}^{0{,}2x}}$$

c) Étudier les variations d'une fonction

Pour tout $x \in [0\,;+\infty[$, $\mathrm{e}^{0{,}2x} > 0$, donc $g'(x)$ a le signe de $(-0{,}03x + 0{,}29)$.

$g'(x) = 0 \Leftrightarrow -0{,}03x + 0{,}29 = 0 \Leftrightarrow x = \dfrac{29}{3}$.

- Si $0 \leqslant x < \dfrac{29}{3}$, alors $-0{,}03x + 0{,}29 > 0$, donc $f'(x) > 0$.
- Si $x > \dfrac{29}{3}$, alors $-0{,}03x + 0{,}29 < 0$, donc $f'(x) < 0$.

D'où le tableau de variations :

x	0		$\frac{29}{3}$		$+\infty$
Signe de $g'(x)$		$+$	0	$-$	
Variations de g	0	↗	$g\left(\frac{29}{3}\right)$	↘	$-\infty$

Le maximum de g est $M = g\left(\frac{29}{3}\right)$.

Or $M = \left(-0{,}15 \times \frac{29}{3} + 2{,}2\right) e^{\frac{5{,}8}{3}} - 2{,}2$ donc :

$$\boxed{M \approx 2{,}98}$$

d) Montrer qu'une équation admet une unique solution sur un intervalle donné

Sur $\left]0\,;\frac{29}{3}\right]$, $g(x) > 0$, donc l'équation $g(x) = 0$ n'a pas de solution sur cet intervalle.

Sur $\left[\frac{29}{3}\,;+\infty\right[$, g est continue et strictement décroissante.

On a $g\left(\frac{29}{3}\right) = M \approx 2{,}98$ et $\lim\limits_{x \to +\infty} g(x) = -\infty$, or $0 \in]-\infty\,;M]$.

Donc, d'après le corollaire du théorème des valeurs intermédiaires, l'équation $g(x) = 0$ a une unique solution sur l'intervalle $\left[\frac{29}{3}\,;+\infty\right[$.

Finalement l'équation $g(x) = 0$ admet une unique solution non nulle α, avec $\alpha > \frac{29}{3}$.

À l'aide de la calculatrice, on obtient que $g(13{,}72) \approx 0{,}008 > 0$ et $g(13{,}73) \approx -0{,}011 < 0$, donc 13,72 et 13,73 sont des valeurs approchées de α à 10^{-2} près.

PARTIE B • TRAJECTOIRES D'UNE BALLE DE GOLF

▶ 1. Première modélisation

a) Donner la hauteur maximale atteinte par une balle

D'après la **partie A**, le maximum de f sur $[0\,;+\infty[$ est $f(6{,}85)$.

Or $f(6{,}85) \approx 2{,}815$ et $f(x)$ représente la hauteur de la balle en dizaines de yards si x est la distance horizontale, également en dizaines de yards, parcourue par la balle après la frappe.

Selon cette modélisation, la hauteur maximale atteinte par la balle au cours de sa trajectoire est donc environ 28,15 yards.

b) Vérifier un nombre dérivé

$f'(0) = 0{,}06 \times 13{,}7 = 0{,}822.$

c) Déterminer une valeur approchée de l'angle de décollage d'une balle

L'angle de décollage d de la balle vérifie $\tan(d) = 0{,}822$.

D'après le tableau donné, $\boxed{d \approx 39{,}4}$ au dixième de degré près.

> **À NOTER**
> On peut aussi utiliser la calculatrice et la fonction Atn ou atan pour déterminer une valeur approchée de d.

d) Exploiter une propriété graphique d'une courbe

La fonction f est une fonction polynôme de degré 2, la courbe est un arc de parabole qui a pour axe de symétrie la droite Δ d'équation $x = 6{,}85$.

Les deux points d'intersection de $\mathscr{C}_f$ avec l'axe des abscisses sont symétriques l'un de l'autre par rapport à Δ, les tangentes à $\mathscr{C}_f$ en ces points sont également symétriques l'une de l'autre par rapport à Δ et par symétrie, elles forment le même angle avec l'axe des abscisses.

Par symétrie par rapport à la droite Δ d'équation $x = 6{,}85$, on peut donc dire que selon ce modèle, les angles de décollage et d'atterrissage de la balle sont égaux.

▶ 2. Seconde modélisation

a) Donner la hauteur maximale atteinte par une balle

D'après la **partie A**, le maximum de g sur $[0\,;+\infty[$ est :

$$g\left(\frac{29}{3}\right) = M \approx 2{,}98.$$

Comme $g(x)$ représente la hauteur de la balle en dizaines de yards si x est la distance horizontale, également en dizaines de yards, parcourue par la balle après la frappe, on en déduit qu'avec cette modélisation, la hauteur maximale atteinte par la balle est environ 29,8 yards.

S'ENTRAÎNER

b) Déterminer une valeur approchée de l'angle de décollage d'une balle

On a $g'(0) = 0,29$, donc si d est l'angle de décollage de la balle, on a $\tan(d) = 0,29$.

D'après le tableau donné, $\boxed{d \approx 16,2}$ au dixième de degré près.

c) Justifier une valeur approchée de l'angle d'atterrissage d'une balle

$g'(13,7) \approx -1,87$, donc $\tan(a) \approx 1,87$.

Or, d'après la calculatrice, $\tan(62) \approx 1,88$ et $\tan(61) \approx 1,8$, donc, à l'unité près, $a \approx 62$.

PARTIE C • INTERROGATION DES MODÈLES

Les deux modèles donnent une distance horizontale au point de chute égale ou environ égale à 137 yards ; cela ne permet donc pas de privilégier l'un des modèles par rapport à l'autre.

Les hauteurs maximales atteintes par la balle sont voisines avec les deux modèles, même si le deuxième modèle donne un résultat plus grand, donc plus proche de la valeur réellement observée.

Les observations des performances des joueurs donnent en revanche des angles de décollage d et d'atterrissage a très différents (valeur de d assez faible, valeur de a plus élevée), ce qui permet d'affirmer que le deuxième modèle semble le plus adapté pour décrire la frappe de la balle par un joueur professionnel.

38 France métropolitaine, mai 2022 • Jour 1 Exercice 1

Deux protocoles de traitement d'une maladie

1 h 10
7 points

S'ENTRAÎNER

INTÉRÊT DU SUJET • On étudie deux protocoles de traitement avec deux modélisations différentes : des fonctions et des suites.

Dans le cadre d'un essai clinique, on envisage deux protocoles de traitement d'une maladie.
L'objectif de cet exercice est d'étudier, pour ces deux protocoles, l'évolution de la quantité de médicament présente dans le sang d'un patient en fonction du temps.

Les parties A et B sont indépendantes.

PARTIE A • ÉTUDE DU PREMIER PROTOCOLE

Le premier protocole consiste à faire absorber un médicament, sous forme de comprimé, au patient.
On modélise la quantité de médicament présente dans le sang du patient, exprimée en mg, par la fonction f définie sur l'intervalle $[0\ ;\ 10]$ par $f(t) = 3t\mathrm{e}^{-0,5t+1}$, où t désigne le temps, exprimé en heures, écoulé depuis la prise du comprimé.

▶ **1. a)** On admet que la fonction f est dérivable sur l'intervalle $[0\ ;\ 10]$ et on note f' sa fonction dérivée.
Montrer que, pour tout nombre réel t de $[0\ ;\ 10]$, on a :

$$f'(t) = 3(-0,5t+1)\mathrm{e}^{-0,5t+1}.$$

b) En déduire le tableau de variations de la fonction f sur l'intervalle $[0\ ;\ 10]$.
c) Selon cette modélisation, au bout de combien de temps la quantité de médicament présente dans le sang du patient sera-t-elle maximale ? Quelle est alors cette quantité maximale ?

▶ **2. a)** Montrer que l'équation $f(t) = 5$ admet une unique solution sur l'intervalle $[0\ ;\ 2]$, notée α, dont on donnera une valeur approchée à 10^{-2} près.

On admet que l'équation $f(t) = 5$ admet une unique solution sur l'intervalle [2 ; 10], notée β, et qu'une valeur approchée de β à 10^{-2} près est 3,46.
b) On considère que ce traitement est efficace lorsque la quantité de médicament présente dans le sang du patient est supérieure ou égale à 5 mg.
Déterminer, à la minute près, la durée d'efficacité du médicament dans le cas de ce protocole.

PARTIE B • ÉTUDE DU DEUXIÈME PROTOCOLE

Le deuxième protocole consiste à injecter initialement au patient, par piqûre intraveineuse, une dose de 2 mg de médicament puis à réinjecter toutes les heures une dose de 1,8 mg.
On suppose que le médicament se diffuse instantanément dans le sang et qu'il est ensuite progressivement éliminé.
On estime que lorsqu'une heure s'est écoulée après une injection, la quantité de médicament dans le sang a diminué de 30 % par rapport à la quantité présente immédiatement après cette injection.
On modélise cette situation à l'aide de la suite (u_n) où, pour tout entier naturel n, u_n désigne la quantité de médicament, exprimée en mg, présente dans le sang du patient immédiatement après l'injection de la n-ième heure. On a donc $u_0 = 2$.

▶ **1.** Calculer, selon cette modélisation, la quantité u_1 de médicament (en mg) présente dans le sang du patient immédiatement après l'injection de la première heure.

▶ **2.** Justifier que, pour tout entier naturel n, on a :

$$u_{n+1} = 0{,}7u_n + 1{,}8.$$

▶ **3. a)** Montrer par récurrence que, pour tout entier naturel n, on a :

$$u_n \leqslant u_{n+1} < 6.$$

b) En déduire que la suite (u_n) est convergente. On note ℓ sa limite.
c) Déterminer la valeur de ℓ. Interpréter cette valeur dans le contexte de l'exercice.

▶ **4.** On considère la suite (v_n) définie, pour tout entier naturel n, par $v_n = 6 - u_n$.
a) Montrer que la suite (v_n) est une suite géométrique de raison 0,7 dont on précisera le premier terme.
b) Déterminer l'expression de v_n en fonction de n, puis de u_n en fonction de n.

c) Avec ce protocole, on arrête les injections lorsque la quantité de médicament présente dans le sang du patient est supérieure ou égale à 5,5 mg.
Déterminer, en détaillant les calculs, le nombre d'injections réalisées en appliquant ce protocole.

LES CLÉS DU SUJET

Partie A

▶ **2. a)** Utilisez le corollaire du théorème des valeurs intermédiaires.

▶ **3. b)** Attention à l'unité de temps ! On demande ici la durée à la minute près.

Partie B

▶ **3. c)** Justifiez que ℓ vérifie $0{,}7\ell + 1{,}8 = \ell$ et résolvez une équation.

▶ **4. c)** Utilisez la fonction ln.

38 CORRIGÉ GUIDÉ

PARTIE A • ÉTUDE DU PREMIER PROTOCOLE

▶ **1. a) Calculer la dérivée d'une fonction**

D'après la formule donnant la dérivée du produit de deux fonctions dérivables, on a, pour tout $t \in [0\,;\,10]$:

$f'(t) = 3\mathrm{e}^{-0,5t+1} - 0,5 \times 3t\mathrm{e}^{-0,5t+1}$.

$f'(t) = 3\mathrm{e}^{-0,5t+1}(-0,5t+1)$.

b) Étudier les variations d'une fonction sur un intervalle

Pour tout $t \in [0\,;\,10]$, $\mathrm{e}^{-0,5t+1} > 0$, donc $f'(t)$ a le signe de $-0,5t + 1$.

- $f'(t) = 0 \Leftrightarrow t = 2$.
- Si $0 \leqslant t < 2$, alors $-0,5t + 1 > 0$, donc $f'(t) > 0$.
- Si $2 < t \leqslant 10$, alors $-0,5t + 1 < 0$, donc $f'(t) < 0$.

D'où le tableau :

t	0		2		10
Signe de $f'(t)$		+	0	–	
Variations de f	0	↗	$f(2)$	↘	$f(10)$

c) Rechercher le maximum d'une fonction

D'après la question précédente, la fonction f atteint son maximum sur $[0\ ;\ 10]$ en $t=2$. Ce maximum est $f(2)$.

$f(2)=3\times 2\times e^0=6$.

On en déduit que la quantité de médicament dans le sang du patient est maximale au bout de 2 heures ; elle est alors de 6 mg.

▶ 2. a) Montrer qu'une équation admet une solution

La fonction f est continue et strictement croissante sur l'intervalle $[0\ ;\ 2]$.

$f(0)=0$, $f(2)=6$ et $5\in[0\ ;\ 6]$. On en déduit que l'équation $f(x)=5$ possède une unique solution α dans l'intervalle $[0\ ;\ 2]$.

D'après la calculatrice : $f(1{,}02)\approx 4{,}995$ et $f(1{,}03)\approx 5{,}019$, donc $f(1{,}02)\leqslant f(\alpha)\leqslant f(1{,}03)$, donc $1{,}02\leqslant \alpha\leqslant 1{,}03$.

1,02 et 1,03 sont des valeurs approchées de α à 10^{-2} près.

b) Déterminer la durée d'efficacité d'un traitement

D'après les questions précédentes :

$f(t)\geqslant 5 \Leftrightarrow \alpha\leqslant t\leqslant \beta$.

La durée d'efficacité du traitement en heures est donc $\beta-\alpha$.

> **À NOTER**
> α et β représentent les deux instants où la quantité de médicament dans le sang est de 5 mg.

$\beta-\alpha\approx 3{,}46-1{,}02$, donc $\beta-\alpha\approx 2{,}44$.

Or 1 h = 60 min, donc 2,44 h = 146,4 min, soit 2 h et 26,4 min.

Le traitement est donc efficace pendant environ 146 minutes, soit 2 heures et 26 minutes.

PARTIE B • ÉTUDE DU DEUXIÈME PROTOCOLE

▶ 1. Calculer une quantité de produit dans le sang d'un patient

Immédiatement avant l'injection de la première heure, il reste dans le sang du patient 70 % de la quantité de produit injectée initialement, puisqu'en une heure la quantité diminue de 30 %.

Des 2 mg injectés initialement, il reste donc 1,4 mg. À cette quantité s'ajoute la dose de 1,8 mg injectée au bout d'une heure.

Immédiatement après l'injection de la première heure, la quantité de médicament dans le sang du malade est de 3,2 mg.

▶ 2. Établir une relation entre deux termes consécutifs d'une suite

Le raisonnement est similaire à celui de la question précédente. Juste avant l'injection de la $n+1$-ième heure, il reste 70 % de la quantité u_n de produit présente une heure auparavant, soit $0{,}7u_n$, et on ajoute une dose de 1,8 mg.

D'où, pour tout entier naturel n : $\boxed{u_{n+1} = 0{,}7u_n + 1{,}8}$.

▶ 3. a) Montrer par récurrence une inégalité entre les termes d'une suite

On veut montrer que, pour tout entier naturel n, $u_n \leqslant u_{n+1} < 6$.

Initialisation : on a $u_0 = 2$ et $u_1 = 3{,}2$, donc $u_0 \leqslant u_1 < 6$. La propriété est vraie pour $n = 0$.

Hérédité : soit n un entier naturel tel que $u_n \leqslant u_{n+1} < 6$.

Alors, en multipliant par 0,7 : $0{,}7\ u_n \leqslant 0{,}7\ u_{n+1} < 4{,}2$.

Puis, en ajoutant 1,8 : $0{,}7\ u_n + 1{,}8 \leqslant 0{,}7\ u_{n+1} + 1{,}8 < 6$, soit $u_{n+1} \leqslant u_{n+2} < 6$.

La propriété est vraie pour $n + 1$ si elle est vraie pour n ; elle est héréditaire.

Conclusion : la propriété étant vraie pour $n = 0$ et héréditaire, par récurrence elle est vraie pour tout entier naturel n.

b) Montrer qu'une suite est convergente

D'après la question précédente, la suite (u_n) est croissante et majorée par 6. D'après le théorème de convergence monotone, elle est convergente.

> **À NOTER**
> Le théorème ne permet pas de dire quelle est la limite de la suite.

c) Déterminer et interpréter la limite d'une suite

On a $\ell = \lim\limits_{n \to +\infty} u_n$ donc $\lim\limits_{n \to +\infty} u_{n+1} = \ell$.

Or pour tout entier naturel n,
$u_{n+1} = 0{,}7u_n + 1{,}8$, donc par opérations sur les limites : $\ell = 0{,}7\ell + 1{,}8$.

$\ell = 0{,}7\ell + 1{,}8 \Leftrightarrow \ell = 6$.

La suite (u_n) converge vers 6. Cela signifie qu'à long terme, avec ce protocole, la quantité de médicament dans le sang du patient se rapprochera de 6 mg.

> **À NOTER**
> On peut aussi remarquer que pour tout n, $u_{n+1} = f(u_n)$ avec $f : x \mapsto 0{,}7x + 1{,}8$. Puisque f est continue sur $\mathbb{R}$, ℓ vérifie $f(\ell) = \ell$.

▶ 4. a) Montrer qu'une suite est une suite géométrique

Pour tout entier naturel n :

$v_{n+1} = 6 - u_{n+1} = 6 - 0{,}7u_n - 1{,}8 = 4{,}2 - 0{,}7u_n$

$v_{n+1} = 0{,}7(6 - u_n) = 0{,}7v_n$.

On en déduit que (v_n) est une suite géométrique de raison 0,7.

Son premier terme est $v_0 = 6 - u_0$, soit $\boxed{v_0 = 4}$.

b) Déterminer l'expression du terme général de deux suites

Puisque (v_n) est la suite géométrique de raison 0,7 et de premier terme 4, on a, pour tout entier naturel n : $\boxed{v_n = 4 \times 0{,}7^n}$.

Comme $u_n = 6 - v_n$, on a donc

$\boxed{u_n = 6 - 4 \times 0{,}7^n}$.

> **À NOTER**
> Comme $-1 < 0{,}7 < 1$, $\lim\limits_{n \to +\infty} 0{,}7^n = 0$.
> On retrouve que $\lim\limits_{n \to +\infty} u_n = 6$.

c) Déterminer l'indice d'un terme vérifiant une condition donnée

On cherche n tel que $u_n \geqslant 5{,}5$:

$u_n \geqslant 5{,}5 \Leftrightarrow 6 - 4 \times 0{,}7^n \geqslant 5{,}5 \Leftrightarrow 4 \times 0{,}7^n \leqslant 0{,}5$

$u_n \geqslant 5{,}5 \Leftrightarrow 0{,}7^n \leqslant 0{,}125 \Leftrightarrow n\ln(0{,}7) \leqslant \ln(0{,}125)$

car la fonction ln est strictement croissante sur $]0\,;+\infty[$.

$\ln(0{,}7) < 0$ car $0 < 0{,}7 < 1$, donc :

$$u_n \geqslant 5{,}5 \Leftrightarrow n \geqslant \frac{\ln(0{,}125)}{\ln(0{,}7)}.$$

Or $\dfrac{\ln(0{,}125)}{\ln(0{,}7)} \approx 5{,}83$ et n est entier, donc $u_n \geqslant 5{,}5 \Leftrightarrow n \geqslant 6$.

C'est donc après l'injection de la 6e heure que la quantité de médicament dans le sang du patient dépassera pour la première fois 5,5 mg. Il faudra donc 6 injections de 1,8 mg, en plus de l'injection initiale. Pour que la quantité de médicament atteigne 5,5 mg il faut donc 7 injections.

39 Centres étrangers juin 2021 • Exercice 4A

Une méthode pour optimiser les tests de dépistage d'une maladie

1 heure
5 points

INTÉRÊT DU SUJET • Dans un premier temps, on décrit une méthode de réalisation de tests de dépistage par regroupement de n individus. Dans un deuxième temps, on compare cette méthode avec la méthode « classique » consistant à tester tous les individus un par un, dans le but de déterminer la valeur de n qui permet (théoriquement) de minimiser le coût du dépistage.

S'ENTRAÎNER

PARTIE A

Dans un pays, une maladie touche la population avec une probabilité de 0,05. On possède un test de dépistage de cette maladie.
On considère un échantillon de n personnes ($n \geqslant 20$) prises au hasard dans la population assimilé à un tirage avec remise.
On teste l'échantillon suivant cette méthode : on mélange le sang de ces n individus, on teste le mélange. Si le test est positif, on effectue une analyse individuelle de chaque personne.
Soit X_n la variable aléatoire qui donne le nombre d'analyses effectuées.

▶ **1.** Montrer que X_n prend les valeurs 1 et $(n+1)$.

▶ **2.** Prouver que $P(X_n = 1) = 0{,}95^n$.
Établir la loi de X_n en recopiant sur la copie et en complétant le tableau suivant :

x_i	1	$n+1$
$P(X_n = x_i)$		

▶ **3.** Que représente l'espérance de X_n dans le cadre de l'expérience ?
Montrer que $E(X_n) = n + 1 - n \times 0{,}95^n$.

PARTIE B

▶ **1.** On considère la fonction f définie sur $[20\ ;+\infty[$ par :

$$f(x)=\ln(x)+x\ln(0{,}95).$$

Montrer que f est décroissante sur $[20\ ;+\infty[$.

▶ **2.** On rappelle que $\lim\limits_{x\to+\infty}\dfrac{\ln(x)}{x}=0$. Montrer que :

$$\lim_{x\to+\infty} f(x)=-\infty.$$

▶ **3.** Montrer que $f(x)=0$ admet une unique solution α sur $[20\ ;+\infty[$. Donner un encadrement à 0,1 près de cette solution.

▶ **4.** En déduire le signe de f sur $[20\ ;+\infty[$.

PARTIE C

On cherche à comparer deux types de dépistages. La première méthode est décrite dans la partie A, la seconde, plus classique, consiste à tester tous les individus.
La première méthode permet de diminuer le nombre d'analyses dès que $E(X_n)<n$.
En utilisant la partie B, montrer que la première méthode diminue le nombre d'analyses pour des échantillons comportant 87 personnes maximum.

LES CLÉS DU SUJET

Partie A

▶ **2.** Puisque la variable aléatoire X_n ne prend que les valeurs 1 et $(n+1)$, on a $P(X_n=1)+P(X_n=n+1)=1$.

Partie B

▶ **1.** Calculez la dérivée de la fonction f.

▶ **2.** La détermination directe de la limite de f en $+\infty$ conduit à une indétermination. Mettez x en facteur dans l'expression de $f(x)$ pour lever cette indétermination.

▶ **3.** Utilisez le corollaire du théorème des valeurs intermédiaires après avoir vérifié les conditions d'application.

Partie C

Utilisez la fonction ln.

39 CORRIGÉ GUIDÉ

PARTIE A

▶ 1. Déterminer les valeurs prises par une variable aléatoire

On effectue, pour commencer, une analyse portant sur le mélange des sangs des n individus de l'échantillon.

Si le résultat de ce test est négatif, il n'y a pas d'autre analyse, X_n prend alors la valeur 1.

Si le résultat est positif, comme le décrit l'énoncé, on effectue une analyse individuelle de chaque personne, on effectue donc au total $n + 1$ analyses, X_n prend la valeur $n + 1$.

> **REMARQUE**
> Cela signifie que les n individus de l'échantillon sont négatifs ; on a établi cette conclusion à l'aide d'un seul test.

Ces deux cas étant les seuls possibles, on en déduit que X_n prend les valeurs 1 et $(n+1)$.

▶ 2. Déterminer la loi d'une variable aléatoire

L'événement $\{X_n = 1\}$ est l'événement « on effectue une seule analyse », c'est-à-dire « les n individus de l'échantillon sont tous négatifs ».

Or la probabilité qu'un individu choisi au hasard soit atteint de la maladie est 0,05, donc la probabilité qu'il ait un test négatif est égale à 0,95.

On considère que le choix des n personnes de l'échantillon peut être assimilé à un tirage avec remise, donc la probabilité que ces n personnes aient toutes un test négatif, c'est-à-dire la probabilité qu'aucune ne soit atteinte par la maladie, est égale à $0{,}95^n$.

> **À NOTER**
> On considère dans cet exercice que le test est totalement fiable, c'est-à-dire que le résultat du test est positif si et seulement si la personne est atteinte par la maladie.

Autrement dit : $\boxed{P(X_n = 1) = 0{,}95^n}$.

Puisque X_n ne prend comme valeurs que 1 et $n + 1$, on en déduit que : $P(X_n = n+1) = 1 - 0{,}95^n$.

D'où le tableau résumant la loi de X_n :

x_i	1	$n+1$
$P(X_n = x_i)$	$0{,}95^n$	$1 - 0{,}95^n$

▶ 3. Interpréter et calculer l'espérance d'une variable aléatoire

L'espérance $E(X_n)$ de la variable aléatoire X_n représente, dans le cadre de l'expérience, le nombre moyen d'analyses à effectuer par échantillon de n personnes.

$$E(X_n) = 0{,}95^n + (n+1)(1-0{,}95^n)$$
$$E(X_n) = 0{,}95^n + n + 1 - (n+1)0{,}95^n$$
$$\boxed{E(X_n) = n + 1 - n \times 0{,}95^n}$$

PARTIE B

▶ 1. Étudier les variations d'une fonction

La fonction f est dérivable sur l'intervalle $[20 ; +\infty[$. Pour tout x dans cet intervalle :

$$f'(x) = \frac{1}{x} + \ln(0{,}95)$$
$$f'(x) = \frac{1 + x\ln(0{,}95)}{x}.$$

Pour tout x dans $[20 ; +\infty[$, $x > 0$ donc $f'(x)$ a le signe de $1 + x\ln(0{,}95)$.

Pour tout x dans $[20 ; +\infty[$:

$x \geqslant 20$, donc $x\ln(0{,}95) \leqslant 20\ln(0{,}95)$ et $1 + x\ln(0{,}95) \leqslant 1 + 20\ln(0{,}95)$.

> **RAPPEL**
> $0 < 0{,}95 < 1$ donc $\ln(0{,}95) < 0$.

En arrondissant au millième,
$1 + 20\ln(0{,}95) \approx -0{,}026 < 0$, donc pour tout x dans $[20 ; +\infty[$, $1 + x\ln(0{,}95) < 0$, soit $f'(x) < 0$.

On en déduit que f est strictement décroissante sur $[20 ; +\infty[$.

▶ 2. Déterminer la limite en $+\infty$ d'une fonction

On a $f(x) = \ln(x) + x\ln(0{,}95)$ et :

$$\lim_{x\to+\infty} \ln(x) = +\infty \text{ et } \lim_{x\to+\infty} x\ln(0{,}95) = -\infty$$

car $\ln(0{,}95) < 0$. Donc pour la somme, on est dans un cas d'indétermination.

Pour tout x dans $[20 ; +\infty[$:

$$f(x) = x\left(\frac{\ln(x)}{x} + \ln(0{,}95)\right).$$

Or $\lim_{x \to +\infty} \frac{\ln(x)}{x} = 0$ donc $\lim_{x \to +\infty} \left(\frac{\ln(x)}{x} + \ln(0{,}95) \right) = \ln(0{,}95) < 0$.

Par produit, $\boxed{\lim_{x \to +\infty} f(x) = -\infty}$.

▶ 3. Montrer qu'une équation admet une unique solution sur un intervalle donné

Sur l'intervalle $[20\,;+\infty[$, f est continue et strictement décroissante.

$$f(20) = \ln(20) + 20\ln(0{,}95) \approx 1{,}97$$

en arrondissant au centième.

$f(20) > 0$ et $\lim_{x \to +\infty} f(x) = -\infty$, donc $0 \in\,]-\infty\,; f(20)]$.

D'après le corollaire du théorème des valeurs intermédiaires, l'équation $f(x) = 0$ admet une unique solution α sur $[20\,;+\infty[$.

D'après la calculatrice, en arrondissant à 10^{-4} :

$f(87) \approx 0{,}0034 > 0$ et $f(88) \approx -0{,}0365 < 0$, donc

$f(88) < f(\alpha) < f(87)$, donc $87 < \alpha < 88$.

$f(87{,}1) \approx -0{,}0006$, donc $f(87{,}1) < f(\alpha) < f(87)$, on en déduit :

$$\boxed{87 < \alpha < 87{,}1}$$

▶ 4. Déterminer le signe d'une fonction sur un intervalle

D'après les questions précédentes :

- $f(x) > 0$ si $x \in [20\,;\alpha[$;
- $f(\alpha) = 0$;
- $f(x) < 0$ si $x \in\,]\alpha\,;+\infty[$.

PARTIE C

Comparer deux types de dépistage

La première méthode permet de diminuer le nombre moyen d'analyses à effectuer dès que $E(X_n) < n$, car avec cette méthode le nombre d'analyses par échantillon est X_n et par la méthode « classique » ce nombre est égal à n (les n individus sont testés un à un).

$E(X_n) < n \Leftrightarrow n + 1 - n \times 0{,}95^n < n$

$E(X_n) < n \Leftrightarrow 1 - n \times 0{,}95^n < 0$

$E(X_n) < n \Leftrightarrow n \times 0{,}95^n > 1$.

S'ENTRAÎNER

On applique à chacun des deux membres de l'inégalité la fonction ln. Cette fonction est strictement croissante sur $]0\,;+\infty[$ donc le sens de l'inégalité ne change pas.

$E(X_n) < n \Leftrightarrow \ln(n) + n\ln(0{,}95) > 0$

$E(X_n) < n \Leftrightarrow f(n) > 0.$

D'après la **partie B**,
$f(x) > 0 \Leftrightarrow x < \alpha.$

RAPPELS
- $\ln(1) = 0$.
- Pour tous réels strictement positifs a et b : $\ln(ab) = \ln(a) + \ln(b)$.
- Pour tout réel strictement positif a et tout entier n : $\ln(a^n) = n\ln(a)$.

Or $87 < \alpha < 87{,}1$ et n est entier, donc :

$$E(X_n) < n \Leftrightarrow n \leqslant 87\ .$$

La première méthode diminue le nombre moyen d'analyses à effectuer pour des échantillons comportant 87 personnes maximum.

40 Sujet spécimen 2021 n° 1 • Exercice 2

Étude numérique et graphique d'une fonction comportant une exponentielle

55 min
5 points

S'ENTRAÎNER

INTÉRÊT DU SUJET • Dans cet exercice, il s'agit d'étudier les variations d'une fonction *f*, puis de déterminer, suivant les valeurs d'un paramètre réel, le nombre de solutions d'une équation associée à la fonction *f*.

Exercice commun à tous les candidats

Soit f la fonction définie sur l'intervalle $]0\ ;+\infty[$ par :

$$f(x)=\frac{e^x}{x}.$$

On note $\mathscr{C}_f$ la courbe représentative de la fonction f dans un repère orthonormé.

▶ **1. a)** Préciser la limite de la fonction f en $+\infty$.
b) Justifier que l'axe des ordonnées est asymptote à la courbe $\mathscr{C}_f$.

▶ **2.** Montrer que, pour tout nombre réel x de l'intervalle $]0\ ;+\infty[$, on a :

$$f'(x)=\frac{e^x(x-1)}{x^2}$$

où f' désigne la fonction dérivée de la fonction f.

▶ **3.** Déterminer les variations de la fonction f sur l'intervalle $]0\ ;+\infty[$. On établira un tableau de variations de la fonction f dans lequel apparaîtront les limites.

▶ **4.** Soit m un nombre réel. Préciser, en fonction des valeurs du nombre réel m, le nombre de solutions de l'équation $f(x)=m$.

▶ **5.** On note Δ la droite d'équation $y=-x$.
On note A un éventuel point de $\mathscr{C}_f$ d'abscisse a en lequel la tangente à la courbe $\mathscr{C}_f$ est parallèle à la droite Δ.
a) Montrer que a est solution de l'équation $e^x(x-1)+x^2=0$.

b) On note g la fonction définie sur $[0\,;+\infty[$ par $g(x)=\mathrm{e}^x(x-1)+x^2$. On admet que la fonction g est dérivable et on note g' sa fonction dérivée. Calculer $g'(x)$ pour tout nombre réel x de l'intervalle $[0\,;+\infty[$, puis dresser le tableau de variations de g sur $[0\,;+\infty[$.
c) Montrer qu'il existe un unique point A en lequel la tangente à $\mathscr{C}_f$ est parallèle à la droite Δ.

LES CLÉS DU SUJET

▶ **1. b)** Étudiez la limite de f en 0.
▶ **2.** Appliquez la formule permettant de calculer la dérivée du quotient de deux fonctions.
▶ **3.** Étudiez le signe de $f'(x)$ suivant les valeurs de x.
▶ **5. a)** Deux droites sont parallèles si et seulement si elles ont le même coefficient directeur.
c) Appliquez le corollaire du théorème des valeurs intermédiaires.

40 CORRIGÉ GUIDÉ

▶ 1. a) Donner la limite en $+\infty$ d'une fonction

D'après le résultat du cours sur les croissances comparées,

$\lim\limits_{x\to+\infty}\dfrac{\mathrm{e}^x}{x}=+\infty$, soit :

$$\boxed{\lim_{x\to+\infty} f(x)=+\infty}$$

b) Montrer qu'une droite est asymptote à une courbe

$\lim\limits_{x\to 0}\mathrm{e}^x=\mathrm{e}^0=1$ et $x>0$, donc par quotient $\lim\limits_{x\to 0} f(x)=+\infty$.

Il en découle que l'axe des ordonnées est asymptote à la courbe $\mathscr{C}_f$.

▶ 2. Calculer la dérivée d'une fonction

Pour tout x dans $]0\,;+\infty[$:

$$f'(x)=\frac{x\,\mathrm{e}^x-\mathrm{e}^x}{x^2}$$

$$\boxed{f'(x)=\frac{\mathrm{e}^x(x-1)}{x^2}}$$

▶ 3. Étudier les variations d'une fonction

Pour tout x dans $]0\,;+\infty[$, $\mathrm{e}^x>0$ et $x^2>0$, donc $f'(x)$ a le signe de $x-1$, d'où le tableau :

x	0		1		$+\infty$
Signe de $f'(x)$	‖	$-$	0	$+$	
Variations de f	‖ $+\infty$	↘	e	↗	$+\infty$

▶ 4. Déterminer suivant les valeurs d'un paramètre le nombre de solutions d'une équation

> **▶ Le conseil de méthode**
> Une solution de l'équation $f(x)=m$ est l'abscisse d'un point d'intersection de la courbe $\mathscr{C}_f$ et de la droite d'équation $y=m$. Utilisez le tableau de variations pour dessiner la courbe $\mathscr{C}_f$.

D'après la question précédente, le minimum de f sur $]0\,;+\infty[$ est e, donc pour tout x dans $]0\,;+\infty[$, $f(x)\geqslant \mathrm{e}$.

On en déduit, suivant la valeur du réel m, le nombre de solutions de l'équation $f(x)=m$.

- Si $m<\mathrm{e}$, l'équation $f(x)=m$ n'a pas de solution.
- Si $m=\mathrm{e}$, l'équation $f(x)=\mathrm{e}$ a une seule solution : 1.
- Si $m>\mathrm{e}$, l'équation $f(x)=m$ a deux solutions : une dans l'intervalle $]0\,;1[$, une dans l'intervalle $]1\,;+\infty[$.

▶ 5. a) Déterminer une condition relative à une tangente à une courbe

La tangente à $\mathscr{C}_f$ en $\mathrm{A}(a\,;\,f(a))$ est parallèle à la droite Δ d'équation $y=-x$ si et seulement si ces deux droites ont le même coefficient directeur, c'est-à-dire si et seulement si $f'(a)=-1$, ce qui signifie que a est solution de l'équation $f'(x)=-1$.

> **INFO +**
> La tangente à $\mathscr{C}_f$ en $\mathrm{A}(a\,;\,f(a))$ a pour coefficient directeur $f'(a)$.

$f'(x) = -1$ équivaut successivement à :

$$\frac{e^x(x-1)}{x^2} = -1$$

$$e^x(x-1) = -x^2$$

$$e^x(x-1) + x^2 = 0.$$

a est donc bien solution de l'équation $e^x(x-1) + x^2 = 0$.

b) Dresser le tableau de variations d'une fonction

Pour tout x dans $[0\,;+\infty[$:

$$g'(x) = e^x(x-1) + e^x + 2x$$

$$g'(x) = xe^x + 2x$$

$$\boxed{g'(x) = x(e^x + 2)}$$

$e^x + 2 > 0$ pour tout réel x, donc $g'(x)$ a le signe de x.

$g'(0) = 0$ et pour tout x dans $]0\,;+\infty[$, $g'(x) > 0$, donc g est strictement croissante sur $[0\,;+\infty[$.

$g(0) = -1$, $\lim\limits_{x\to+\infty} e^x = +\infty$, $\lim\limits_{x\to+\infty} (x-1) = +\infty$ et $\lim\limits_{x\to+\infty} x^2 = +\infty$ donc, par opérations, $\lim\limits_{x\to+\infty} g(x) = +\infty$.

D'où le tableau :

x	0		$+\infty$
Signe de $g'(x)$	0	$+$	
Variations de g	-1	$\nearrow$	$+\infty$

c) Montrer qu'une courbe admet une unique tangente parallèle à une droite donnée

La fonction g est continue et strictement croissante sur l'intervalle $[0\,;+\infty[$. $g(0) = -1$, $\lim\limits_{x\to+\infty} g(x) = +\infty$ et $0 \in [-1\,;+\infty[$ donc, d'après le corollaire du théorème des valeurs intermédiaires, l'équation $g(x) = 0$ admet une unique solution a dans l'intervalle $[0\,;+\infty[$, donc la courbe $\mathscr{C}_f$ admet une unique tangente parallèle à la droite Δ.

41 Sujet spécimen 2021 n° 2 • Exerice 4A

Deux courbes et une droite, intersection et distance

1 heure
5 points

S'ENTRAÎNER

INTÉRÊT DU SUJET • Les deux fonctions considérées sont étudiées d'un point de vue graphique : points d'intersection, position relative, distance entre un point sur l'une et un point sur l'autre. Dans la dernière question, on cherche le nombre de points communs à l'une de ces courbes et à une droite donnée.

Le graphique ci-dessous représente, dans un repère orthogonal, les courbes $\mathcal{C}_f$ et $\mathcal{C}_g$ des fonctions f et g définies sur $\mathbb{R}$ par :

$$f(x) = x^2 e^{-x} \text{ et } g(x) = e^{-x}.$$

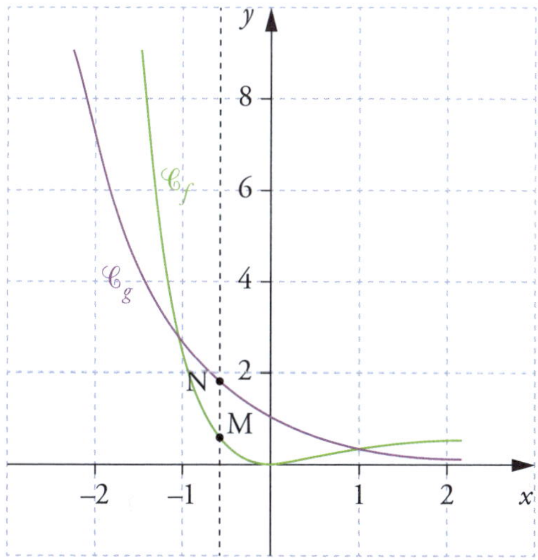

La question 3 est indépendante des questions 1 et 2.

▶ **1. a)** Déterminer les coordonnées des points d'intersection de $\mathcal{C}_f$ et $\mathcal{C}_g$.
b) Étudier la position relative des courbes $\mathcal{C}_f$ et $\mathcal{C}_g$.

▶ **2.** Pour tout nombre réel x de l'intervalle $[-1\ ;\ 1]$, on considère les points M de coordonnées $(x\ ;\ f(x))$ et N de coordonnées $(x\ ;\ g(x))$, et on note $d(x)$ la distance MN. On admet que $d(x) = \mathrm{e}^{-x} - x^2\mathrm{e}^{-x}$.
On admet que la fonction d est dérivable sur l'intervalle $[-1\ ;\ 1]$ et on note d' sa fonction dérivée.
a) Montrer que $d'(x) = \mathrm{e}^{-x}(x^2 - 2x - 1)$.
b) En déduire les variations de la fonction d sur l'intervalle $[-1\ ;\ 1]$.
c) Déterminer l'abscisse commune x_0 des points M_0 et N_0 permettant d'obtenir une distance $d(x_0)$ maximale, et donner une valeur approchée à 0,1 près de la distance M_0N_0.

▶ **3.** Soit Δ la droite d'équation $y = x + 2$.
On considère la fonction h dérivable sur $\mathbb{R}$ et définie par :

$$h(x) = \mathrm{e}^{-x} - x - 2.$$

Et étudiant le nombre de solutions de l'équation $h(x) = 0$, déterminer le nombre de points d'intersection de la droite Δ et de la courbe $\mathscr{C}_g$.

LES CLÉS DU SUJET

▶ **1. a)** Résolvez une équation pour trouver les abscisses des points communs. Calculez ensuite les ordonnées de ces points.
b) Étudiez le signe de $f(x) - g(x)$ suivant les valeurs de x.
▶ **2. a)** Utilisez la formule donnant la dérivée d'une fonction de la forme e^u et celle donnant la dérivée du produit de deux fonctions.
▶ **3.** On demande seulement le nombre de points d'intersection, il n'est pas nécessaire de calculer leurs coordonnées.

41 CORRIGÉ GUIDÉ

▶ 1. a) Déterminer les points d'intersection de deux courbes

Les abscisses des points communs à $\mathscr{C}_f$ et $\mathscr{C}_g$ sont les solutions de l'équation $f(x) = g(x)$.
$f(x) = g(x) \Leftrightarrow x^2\mathrm{e}^{-x} = \mathrm{e}^{-x}$.
Or $\mathrm{e}^{-x} \neq 0$ pour tout x, donc :

$$f(x) = g(x) \Leftrightarrow x^2 = 1$$

$$f(x) = g(x) \Leftrightarrow x = 1 \text{ ou } x = -1.$$

$\mathscr{C}_f$ et $\mathscr{C}_g$ ont donc deux points communs d'abscisses respectives 1 et -1.

De plus $f(1) = g(1) = e^{-1} = \frac{1}{e}$ et $f(-1) = g(-1) = e$.

$\mathscr{C}_f$ et $\mathscr{C}_g$ ont deux points d'intersection, de coordonnées respectives $\left(1 \; ; \; \frac{1}{e}\right)$ et $(-1 \; ; \; e)$.

REMARQUE
Cette conclusion peut être vérifiée graphiquement.

b) Étudier la position relative de deux courbes

Pour tout réel x, $f(x) - g(x) = x^2 e^{-x} - e^{-x}$,
soit $f(x) - g(x) = e^{-x}(x^2 - 1)$.

Or $e^{-x} > 0$ pour tout x, donc $f(x) - g(x)$ a le signe de $(x^2 - 1)$. Donc :

- si $x < -1$, $x^2 - 1 > 0$ donc $f(x) - g(x) > 0$, soit $f(x) > g(x)$;
- $f(-1) = g(-1)$;
- si $-1 < x < 1$, $x^2 - 1 < 0$ donc $f(x) - g(x) < 0$, soit $f(x) < g(x)$;
- $f(1) = g(1)$;
- si $x > 1$, $x^2 - 1 > 0$ donc $f(x) - g(x) > 0$, soit $f(x) > g(x)$.

Pour les courbes représentatives :

- sur $]-\infty \; ; -1[$ et sur $]1 \; ; +\infty[$, $\mathscr{C}_f$ est au-dessus de $\mathscr{C}_g$;
- sur $]-1 \; ; 1[$, $\mathscr{C}_f$ est en dessous de $\mathscr{C}_g$;
- $\mathscr{C}_f$ et $\mathscr{C}_g$ ont deux points communs d'abscisses respectives -1 et 1.

▶ 2. a) Calculer la dérivée d'une fonction

Pour tout x appartenant à l'intervalle $[-1 \; ; \; 1]$:

$$\begin{aligned} d'(x) &= -e^{-x} - 2x\, e^{-x} + x^2\, e^{-x} \\ &= e^{-x}(x^2 - 2x - 1). \end{aligned}$$

b) Étudier les variations d'une fonction

$e^{-x} > 0$ pour tout x, donc $d'(x)$ a le signe de $(x^2 - 2x - 1)$.

Le discriminant du trinôme $x^2 - 2x - 1$ est $\Delta = 8$; ses racines sont $1 - \sqrt{2}$ et $1 + \sqrt{2}$.

$(1 - \sqrt{2}) \in [-1 \; ; \; 1]$ et $(1 + \sqrt{2}) \notin [-1 \; ; \; 1]$, d'où le tableau :

REMARQUE
On sait que $d(-1) = 0$ et $d(1) = 0$, car $\mathscr{C}_f$ et $\mathscr{C}_g$ se coupent aux points d'abscisses -1 et 1.

x	-1		$1-\sqrt{2}$		1
Signe de $d'(x)$		$+$	0	$-$	
Variations de d	0	↗	$d(1-\sqrt{2})$	↘	0

c) Déterminer le maximum d'une fonction

D'après la question précédente, l'abscisse commune x_0 des points M_0 et N_0 permettant d'obtenir une distance $d(x_0)$ maximale est $\boxed{x_0 = 1-\sqrt{2}}$.

$$\begin{aligned} M_0N_0 &= d(1-\sqrt{2}) \\ &= e^{\sqrt{2}-1}[1-(1-\sqrt{2})^2] \\ &= e^{\sqrt{2}-1}(2\sqrt{2}-2). \end{aligned}$$

À 0,1 près, $M_0N_0 = 1{,}3$.

▶ 3. Déterminer le nombre de points d'intersection d'une droite Δ et d'une courbe

Les abscisses des points d'intersection de Δ et $\mathscr{C}_g$ sont les solutions de l'équation :

$$x+2 = g(x).$$

Donc le nombre de points d'intersection de Δ et $\mathscr{C}_g$ est égal au nombre de solutions de l'équation $x+2 = g(x)$.

Cette équation équivaut à $e^{-x} = x+2$, soit $e^{-x} - x - 2 = 0$, c'est-à-dire $h(x) = 0$. Pour déterminer le nombre de solutions de cette équation, on étudie les variations de la fonction h sur $\mathbb{R}$.

Pour tout réel x, $h'(x) = -e^{-x} - 1$.

$e^{-x} > 0$, donc $h'(x) < 0$, et h est strictement décroissante sur $\mathbb{R}$.

$\lim\limits_{x\to-\infty} e^{-x} = +\infty$ et $\lim\limits_{x\to-\infty} (-x-2) = +\infty$, donc par somme :

$$\lim_{x\to-\infty} h(x) = +\infty.$$

$\lim\limits_{x\to+\infty} e^{-x} = 0$ et $\lim\limits_{x\to+\infty} (-x-2) = -\infty$, donc par somme :

$$\lim_{x\to+\infty} h(x) = -\infty.$$

La fonction h est continue et strictement décroissante sur $\mathbb{R}$, $\lim\limits_{x\to-\infty} h(x) = +\infty$ et $\lim\limits_{x\to+\infty} h(x) = -\infty$, donc d'après le corollaire du théorème des valeurs intermédiaires, pour tout réel k, l'équation $h(x) = k$ a une unique solution dans $\mathbb{R}$. Donc en particulier, l'équation $h(x) = 0$ a une unique solution dans $\mathbb{R}$.

On en déduit que la droite Δ et la courbe $\mathscr{C}_g$ ont un unique point d'intersection.

REMARQUE
L'abscisse de ce point est la solution de l'équation $h(x) = 0$.

Étude de trois fonctions comportant un logarithme

1 heure
5 points

INTÉRÊT DU SUJET • Dans la première partie, on étudie une fonction g dans le but de connaître son signe. La fonction f considérée dans la deuxième partie a des variations qui dépendent du signe de cette fonction g. Puis dans la troisième partie, il s'agit d'une fonction F dont on ne connaît pas l'expression algébrique, ce qui n'empêche pas d'en établir quelques propriétés.

PARTIE A : ÉTUDE D'UNE FONCTION AUXILIAIRE

Soit g la fonction définie sur $]0\,;+\infty[$ par $g(x)=\ln(x)+2x-2$.

▶ **1.** Déterminer les limites de g en $+\infty$ et 0.

▶ **2.** Déterminer le sens de variation de la fonction g sur $]0\,;+\infty[$.

▶ **3.** Démontrer que l'équation $g(x)=0$ admet une unique solution α sur $]0\,;+\infty[$.

▶ **4.** Calculer $g(1)$ puis déterminer le signe de g sur $]0\,;+\infty[$.

PARTIE B : ÉTUDE D'UNE FONCTION *f*

On considère la fonction f, définie sur $]0\,;+\infty[$ par :

$$f(x)=\left(2-\frac{1}{x}\right)(\ln(x)-1).$$

▶ **1. a)** On admet que la fonction f est dérivable sur $]0\,;+\infty[$ et on note f' sa dérivée.
Démontrer que, pour tout x de $]0\,;+\infty[$, on a :

$$f'(x)=\frac{g(x)}{x^2}.$$

b) Dresser le tableau de variation de la fonction f sur $]0\,;+\infty[$. Le calcul des limites n'est pas demandé.

▶ **2.** Résoudre l'équation $f(x) = 0$ sur $]0\,;+\infty[$ puis dresser le tableau de signes de f sur l'intervalle $]0\,;+\infty[$.

PARTIE C : ÉTUDE D'UNE FONCTION *F* ADMETTANT POUR DÉRIVÉE LA FONCTION *f*

On admet qu'il existe une fonction F dérivable sur $]0\,;+\infty[$ dont la dérivée F' est la fonction f. Ainsi, on a $F' = f$.
On note $\mathscr{C}_F$ la courbe représentative de la fonction F dans un repère orthonormé $(\text{O}\,;\vec{i},\vec{j})$.
On ne cherchera pas à déterminer une expression de $F(x)$.

▶ **1.** Étudier les variations de F sur $]0\,;+\infty[$.

▶ **2.** La courbe représentative $\mathscr{C}_F$ de F admet-elle des tangentes parallèles à l'axe des abscisses ? Justifier la réponse.

LES CLÉS DU SUJET

Partie A

▶ **1.** Utilisez les résultats concernant la limite de la somme de deux fonctions.
▶ **3.** Appliquez le corollaire du théorème des valeurs intermédiaires, après avoir vérifié les conditions d'application.

Partie B

▶ **1. a)** Appliquez la formule permettant de calculer la dérivée du produit de deux fonctions.
▶ **2.** On attend une résolution algébrique exacte de l'équation.
Ne confondez pas tableau de signes et tableau de variations.

Partie C

Utilisez les résultats établis dans la partie B en prenant compte du fait que $F' = f$.
▶ **2.** On ne demande pas les équations des tangentes à $\mathscr{C}_F$ parallèles à l'axe des abscisses.

42 CORRIGÉ GUIDÉ

PARTIE A : ÉTUDE D'UNE FONCTION AUXILIAIRE

▶ 1. Déterminer les limites d'une fonction aux bornes de son ensemble de définition

- **En $+\infty$**

$\lim\limits_{x \to +\infty} \ln(x) = +\infty$ et $\lim\limits_{x \to +\infty} (2x-2) = +\infty$, donc par somme :

$$\boxed{\lim_{x \to +\infty} g(x) = +\infty}$$

- **En 0**

$\lim\limits_{x \to 0} \ln(x) = -\infty$ et $\lim\limits_{x \to 0} (2x-2) = -2$, donc par somme :

$$\boxed{\lim_{x \to 0} g(x) = -\infty}$$

▶ 2. Étudier les variations d'une fonction sur un intervalle

Pour tout réel $x > 0$:

$$g'(x) = \frac{1}{x} + 2.$$

Donc $g'(x) > 0$ sur $]0\,;+\infty[$ et g est strictement croissante sur $]0\,;+\infty[$.

▶ 3. Montrer qu'une équation admet une unique solution sur un intervalle donné

La fonction g est continue et strictement croissante sur $]0\,;+\infty[$,
$\lim\limits_{x \to 0} g(x) = -\infty$ et $\lim\limits_{x \to +\infty} g(x) = +\infty$.
Donc, d'après le corollaire du théorème des valeurs intermédiaires, quel que soit le réel k, l'équation $g(x) = k$ admet une unique solution sur $]0\,;+\infty[$.

En particulier, l'équation $g(x) = 0$ admet une unique solution, notée α, sur $]0\,;+\infty[$.

▶ 4. Déterminer le signe d'une fonction sur un intervalle

$g(1) = \ln(1) + 2 - 2$, donc $g(1) = 0$.

1 est donc l'unique solution α de l'équation $g(x) = 0$ sur $]0\,;+\infty[$ et la fonction g est strictement croissante sur $]0\,;+\infty[$.

S'ENTRAÎNER

D'où son signe :

- si $x < 1$, alors $g(x) < g(1)$, donc g est strictement négative sur $]0\,;1[$;
- $g(1) = 0$;
- si $x > 1$, alors $g(x) > g(1)$, donc g est strictement positive sur $]1\,;+\infty[$.

PARTIE B : ÉTUDE D'UNE FONCTION *f*

▶ 1. a) Calculer la dérivée d'une fonction

Pour tout x appartenant à $]0\,;+\infty[$:

$$\begin{aligned} f'(x) &= \frac{1}{x^2}\times(\ln(x)-1)+\left(2-\frac{1}{x}\right)\times\frac{1}{x} \\ &= \frac{1}{x^2}\times(\ln(x)-1) + \frac{2}{x}-\frac{1}{x^2} \\ &= \frac{1}{x^2}(\ln(x)-1+2x-1) \\ &= \frac{1}{x^2}(\ln(x)+2x-2). \end{aligned}$$

On a donc :

$$\boxed{f'(x)=\frac{g(x)}{x^2}}$$

b) Étudier les variations d'une fonction sur un intervalle

$x^2 > 0$ pour tout x dans $]0\,;+\infty[$, donc $f'(x)$ a le signe de $g(x)$.

Ce signe a été étudié à la partie A :

- si $x < 1$, alors $f'(x) < 0$ et f est strictement décroissante sur $]0\,;1[$;
- $f'(1) = 0$;
- si $x > 1$, alors $f'(x) > 0$ et f est strictement croissante sur $]1\,;+\infty[$.

On peut dresser le tableau suivant :

x	0		1		$+\infty$
Signe de $f'(x)$	‖	$-$	0	$+$	
Variations de f	‖	↘		↗	

▶ 2. Résoudre une équation associée à une fonction

$f(x)=0$ équivaut à $\frac{1}{x}=2$ ou $\ln(x)=1$, soit $x=\frac{1}{2}$ ou $x=\mathrm{e}$.

L'équation $f(x)=0$ a donc deux solutions sur $]0\ ;+\infty[$.

Du tableau de variations précédent, on peut déduire le tableau de signes suivant :

x	0		$\frac{1}{2}$		e		$+\infty$
Signe de $f(x)$	‖	+	0	−	0	+	

PARTIE C : ÉTUDE D'UNE FONCTION *F* ADMETTANT POUR DÉRIVÉE LA FONCTION *f*

▶ 1. Étudier les variations d'une fonction sur un intervalle

Le signe de $f(x)$ a été étudié à la partie B.

On en déduit que :

- sur $\left]0\ ;\frac{1}{2}\right]$, $F'(x)\geqslant 0$, F est croissante ;
- sur $\left[\frac{1}{2}\ ;\mathrm{e}\right]$, $F'(x)\leqslant 0$, F est décroissante ;
- sur $[\mathrm{e}\ ;+\infty[$, $F'(x)\geqslant 0$, F est croissante.

INFO +
La fonction F est une primitive de f sur l'intervalle $]0\ ;+\infty[$.

▶ 2. Déterminer des tangentes de direction donnée

La tangente à $\mathscr{C}_F$ au point d'abscisse a est parallèle à l'axe des abscisses si et seulement si $F'(a)=0$, c'est-à-dire $f(a)=0$.

D'après la question **2.** de la partie B, l'équation $f(x)=0$ admet deux solutions : $\frac{1}{2}$ et e.

La courbe $\mathscr{C}_F$ admet donc deux tangentes parallèles à l'axe des abscisses, aux points d'abscisses $\frac{1}{2}$ et e.

RAPPEL
Le coefficient directeur de la tangente à $\mathscr{C}_F$ au point d'abscisse a est $F'(a)$.
Par ailleurs, une droite est parallèle à l'axe des abscisses si et seulement si son coefficient directeur est égal à 0.

S'ENTRAÎNER

Taux d'alcoolémie

1 h 15
7 points

INTÉRÊT DU SUJET • La concentration en alcool dans le sang est ici modélisée par une fonction du temps qui fait intervenir une fonction exponentielle. Étudiez les variations de cette fonction pour savoir quand le maximum est atteint et quand elle descend sous un seuil.

PARTIE A

Voici deux courbes $\mathscr{C}_1$ et $\mathscr{C}_2$ qui donnent pour deux personnes P_1 et P_2 de corpulences différentes la concentration C d'alcool dans le sang (taux d'alcoolémie) en fonction du temps t après ingestion de la même quantité d'alcool. L'instant $t = 0$ correspond au moment où les deux individus ingèrent l'alcool.
C est exprimée en grammes par litre et t en heures.
Définition : La corpulence est le nom scientifique correspondant au volume du corps.

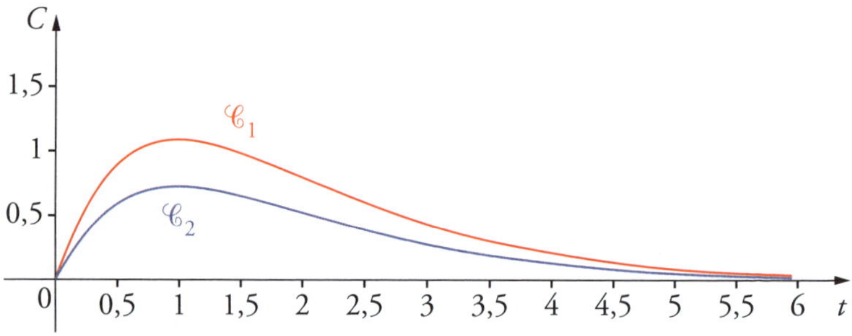

▶ **1.** La fonction C est définie sur l'intervalle $[0\,;+\infty[$ et on note C' sa fonction dérivée. À un instant t positif ou nul, la vitesse d'apparition d'alcool dans le sang est donnée par $C'(t)$.
À quel instant cette vitesse est-elle maximale ?

On dit souvent qu'une personne de faible corpulence subit plus vite les effets de l'alcool.

▶ **2.** Sur le graphique précédent, identifier la courbe correspondant à la personne la plus corpulente. Justifier le choix effectué.

▶ **3.** Une personne à jeun absorbe de l'alcool. On admet que la concentration C d'alcool dans son sang peut être modélisée par la fonction f définie sur $[0\,;+\infty[$ par :

$$f(t) = At\,\mathrm{e}^{-t}$$

où A est une constante positive qui dépend de la corpulence et de la quantité d'alcool absorbée.

a) On note f' la fonction dérivée de la fonction f. Déterminer $f'(0)$.

b) L'affirmation suivante est-elle vraie ?
« À quantité d'alcool absorbée égale, plus A est grand, plus la personne est corpulente. »

S'ENTRAÎNER

PARTIE B : UN CAS PARTICULIER

Paul, étudiant de 19 ans de corpulence moyenne et jeune conducteur, boit deux verres de rhum. La concentration C d'alcool dans son sang est modélisée en fonction du temps t, exprimé en heures, par la fonction f définie sur $[0\,;+\infty[$ par :

$$f(t) = 2t\,\mathrm{e}^{-t}.$$

▶ **1.** Étudier les variations de la fonction f sur l'intervalle $[0\,;+\infty[$.

▶ **2.** À quel instant la concentration d'alcool dans le sang de Paul est-elle maximale ? Quelle est alors sa valeur ? Arrondir à 10^{-2} près.

▶ **3.** Rappeler la limite de $\dfrac{\mathrm{e}^t}{t}$ lorsque t tend vers $+\infty$ et en déduire celle de $f(t)$ en $+\infty$.
Interpréter le résultat dans le contexte de l'exercice.

▶ **4.** Paul veut savoir au bout de combien de temps il peut prendre sa voiture. On rappelle que la législation autorise une concentration maximale d'alcool dans le sang de $0{,}2\ \mathrm{g \cdot L^{-1}}$ pour un jeune conducteur.

a) Démontrer qu'il existe deux nombres réels t_1 et t_2 tels que $f(t_1) = f(t_2) = 0{,}2$.

b) Quelle durée minimale Paul doit-il attendre avant de pouvoir prendre le volant en toute légalité ?
Donner le résultat arrondi à la minute la plus proche.

▶ **5.** La concentration minimale d'alcool détectable dans le sang est estimée à $5 \times 10^{-3}\ \mathrm{g \cdot L^{-1}}$.

a) Justifier qu'il existe un instant T à partir duquel la concentration d'alcool dans le sang n'est plus détectable.
b) On donne l'algorithme suivant où f est la fonction définie par $f(t) = 2t\,e^{-t}$.

Initialisation	t prend la valeur 3,5 p prend la valeur 0,25 C prend la valeur 0,21
Traitement	TANT QUE $C > 5 \times 10^{-3}$ faire : t prend la valeur $t + p$ C prend la valeur $f(t)$ FIN TANT QUE
Sortie	Afficher t

Recopier et compléter le tableau de valeurs suivant en exécutant cet algorithme. Arrondir les valeurs à 10^{-2} près.

	Initialisation	**Étape 1**	**Étape 2**
p	0,25		
t	3,5		
C	0,21		

Que représente la valeur affichée par cet algorithme ?

LES CLÉS DU SUJET

Partie A

▶ **1.** Pensez à relier le nombre dérivé en un réel t à la notion de coefficient directeur de la tangente à la courbe représentative de C au point d'abscisse t. Essayez de déterminer pour quelle valeur de t le coefficient directeur d'une telle tangente est maximal.

▶ **2.** Tracez la tangente à l'origine pour chacune des courbes proposées et comparez leurs coefficients directeurs.

Partie B

▶ **4. a)** et **5. a)** Corollaire du théorème des valeurs intermédiaires.

43 CORRIGÉ GUIDÉ

PARTIE A

▶ 1. Identifier une vitesse maximale

$C'(t)$ est le coefficient directeur de la tangente au point d'abscisse t à la courbe représentative de la fonction C. Pour chacune des courbes $\mathscr{C}_1$ et $\mathscr{C}_2$, le coefficient directeur de la tangente au point d'abscisse t semble maximal lorsque $t = 0$.

Par conséquent, la vitesse d'apparition de l'alcool dans le sang est maximale à $t = 0$.

▶ 2. Identifier une courbe sous contrainte

Pour identifier la personne la plus corpulente, il suffit de s'intéresser à la vitesse d'apparition de l'alcool dans le sang à l'instant $t = 0$.

Si l'on trace les tangentes T_1 et T_2 au point d'abscisse 0 respectivement pour les courbes $\mathscr{C}_1$ et $\mathscr{C}_2$, la tangente qui semble avoir le coefficient directeur le plus élevé est la tangente T_1.

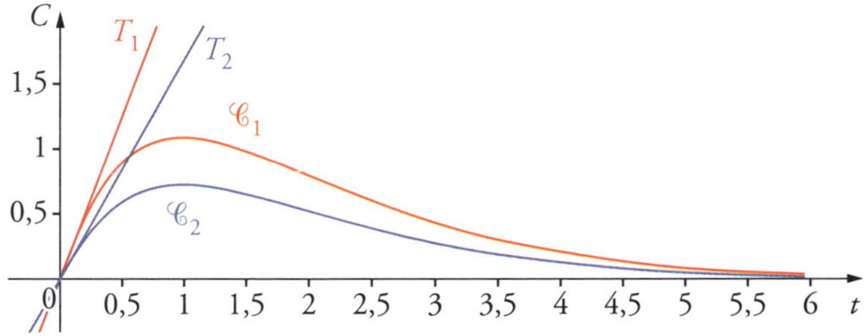

La vitesse maximale d'apparition de l'alcool dans le sang est donc plus élevée pour la personne P_1 que pour la personne P_2. La personne P_2 subit donc moins vite les effets de l'alcool que la personne P_1. Par conséquent, la personne P_2 est celle qui a la plus forte corpulence.

S'ENTRAÎNER

▶ 3. a) Calculer un nombre dérivé

f est un produit de fonctions dérivables sur $\left[0\,;+\infty\right[$ donc f est dérivable sur $\left[0\,;+\infty\right[$.

> **À NOTER**
> Si u et v sont deux fonctions dérivables sur un intervalle I, alors la fonction $u \times v$ est dérivable sur I et $(u \times v)' = u' \times v + u \times v'$.

Pour tout $t \in \left[0\,;+\infty\right[$:

$$f'(t) = A \times \mathrm{e}^{-t} + At \times \left(-\mathrm{e}^{-t}\right) = A(1-t)\mathrm{e}^{-t}.$$

Par conséquent, $f'(0) = A \times (1-0) \times \underbrace{\mathrm{e}^{-0}}_{=1} = A$.

b) Étudier une affirmation

Considérons deux personnes P_1 et P_2 qui absorbent à jeun une même quantité d'alcool et notons f_1 et f_2 les fonctions qui modélisent la concentration d'alcool dans le sang, associées respectivement à P_1 et P_2 avec $f_1(t) = A_1 t\,\mathrm{e}^{-t}$ et $f_2(t) = A_2 t\,\mathrm{e}^{-t}$ pour $t \in \left[0\,;+\infty\right[$. Notons ensuite $V(P_1)$ et $V(P_2)$ les corpulences respectives des personnes P_1 et P_2.

Supposons que $A_1 < A_2$. Cela donne, d'après la question **A 3. a)**, $f_1'(0) < f_2'(0)$. La vitesse initiale d'apparition de l'alcool dans le sang de la personne P_1 est donc moins élevée que celle de la personne P_2. La personne P_1 subit donc, juste après l'absorption, moins vite les effets de l'alcool. Elle est donc plus corpulente que la personne P_2. Ainsi, $V(P_1) > V(P_2)$.

En résumé, si A augmente, la corpulence diminue. L'affirmation est donc fausse.

PARTIE B : UN CAS PARTICULIER

▶ 1. Étudier les variations d'une fonction

En reprenant les résultats de la question **A 3. a)** avec $A = 2$, on obtient, pour tout $t \in \left[0\,;+\infty\right[$:

$$f'(t) = 2(1-t)\mathrm{e}^{-t}.$$

Pour tout $t \in \left[0\,;+\infty\right[$, $\mathrm{e}^{-t} > 0$ (une exponentielle est toujours positive) donc le signe de $f'(t)$ est celui de $(1-t)$. Or $1-t > 0 \Leftrightarrow t < 1$.

Par conséquent :

Si $t \in \left[0\,;1\right[$ alors $f'(t) > 0$ donc f est strictement croissante sur $[0\,;\,1]$.

Si $t \in \left]1\,;+\infty\right[$ alors $f'(t) < 0$ donc f est strictement décroissante sur $[1\,;\,+\infty[$.

▶ 2. Identifier un maximum

Puisque f est strictement croissante sur $[0\,;1]$ et strictement décroissante sur $[1\,;+\infty[$, f admet un maximum en $t=1$. La concentration d'alcool dans le sang de Paul est donc maximale au bout d'une heure.

Cette concentration maximale est égale à :

$f(1)=2\times 1\times \mathrm{e}^{-1}=\dfrac{2}{\mathrm{e}}\approx 0{,}74\ \mathrm{g}\cdot\mathrm{L}^{-1}$.

▶ 3. Calculer et interpréter une limite

Pour rappel, nous avons : $\lim\limits_{t\to+\infty}\dfrac{\mathrm{e}^t}{t}=+\infty$. Comme, pour tout $t>0$,

$f(t)=2t\,\mathrm{e}^{-t}=2\times\dfrac{t}{\mathrm{e}^t}=2\times\dfrac{1}{\dfrac{\mathrm{e}^t}{t}}$, par quotient, on obtient $\lim\limits_{t\to+\infty}f(t)=0$.

Au bout d'un certain temps, la concentration d'alcool dans le sang de Paul sera proche de 0 : l'alcool ingéré aura été éliminé par le corps.

▶ 4. a) Déterminer les solutions d'une équation

D'après la question **A 3. a)**, f est dérivable sur $[0\,;+\infty[$ donc f est continue sur $[0\,;+\infty[$ et *a fortiori* sur $[0\,;1]$ et sur $[1\,;+\infty[$.

• D'après la question **B 1.**, f est strictement croissante sur $[0\,;1]$.

$f(0)=0$ et $f(1)=\dfrac{2}{\mathrm{e}}\approx 0{,}74$ (voir question **B 2.**). Par conséquent, $0{,}2$ est compris entre $f(0)$ et $f(1)$.

D'après le corollaire du théorème des valeurs intermédiaires, l'équation $f(t)=0{,}2$ admet une unique solution $t_1\in[0\,;1]$.

• D'après la question **B 1.**, f est strictement décroissante sur $[1\,;+\infty[$.

$f(1)=\dfrac{2}{\mathrm{e}}\approx 0{,}74$ et $\lim\limits_{t\to+\infty}f(t)=0$ (voir question **B 3.**). Par conséquent, $0{,}2\in\left]0\,;\,\dfrac{2}{\mathrm{e}}\right]$.

D'après le corollaire du théorème des valeurs intermédiaires, l'équation $f(t)=0{,}2$ admet une unique solution $t_2\in[1\,;+\infty[$.

Il existe donc deux nombres réels t_1 et t_2 tels que $f(t_1)=f(t_2)=0{,}2$.

b) Déterminer une durée minimale

Paul pourra prendre le volant lorsque son taux d'alcoolémie sera à nouveau en dessous de $0{,}2\ \mathrm{g}\cdot\mathrm{L}^{-1}$. Cela se produira pour $t=t_2$. À la calculatrice, on obtient $t_2\approx 3{,}577\ \mathrm{h}\approx 3\ \mathrm{h}\ 35\ \mathrm{min}$.

S'ENTRAÎNER

Paul devra donc attendre 3 h 35 min avant de pouvoir prendre le volant.

▶ 5. a) Déterminer une valeur seuil

En reprenant les éléments de rédaction de la question **B 4. a)** :

f est continue sur $\left[1\,;+\infty\right[$ et f est strictement décroissante sur $\left[1\,;+\infty\right[$.

$f(1)=\dfrac{2}{\mathrm{e}}\approx 0{,}74$ et $\lim\limits_{t\to+\infty} f(t)=0$. Par conséquent, $5\times10^{-3}\in\left]0\,;\dfrac{2}{\mathrm{e}}\right]$.

D'après le corollaire du théorème des valeurs intermédiaires, l'équation $f(t)=5\times10^{-3}$ admet une unique solution $T\in\left[1\,;+\infty\right[$.

Puisque f est strictement décroissante sur $\left[1\,;+\infty\right[$ et que $f(T)=5\times10^{-3}$, on a, pour tout $t>T$, $f(t)<5\times10^{-3}$.

Il existe donc un instant T à partir duquel la concentration d'alcool dans le sang n'est plus détectable.

b) Exécuter un algorithme et identifier son rôle

	Initialisation	Étape 1	Étape 2
p	0,25	0,25	0,25
t	3,5	$t=3{,}5+0{,}25=3{,}75$	$t=3{,}75+0{,}25=4$
C	0,21	$f(3{,}75)\approx 0{,}18$	$f(4)\approx 0{,}15$
$C>5\times10^{-3}$	Vrai	Vrai	Vrai

La concentration d'alcool dans le sang de Paul au bout de 3,5 heures est $f(3{,}5)\approx 0{,}21\ \mathrm{g\cdot L^{-1}}$.

Cet algorithme permet de déterminer l'heure (à 15 minutes près car $p=0{,}25$) à partir de laquelle la concentration d'alcool dans le sang de Paul n'est plus détectable.

Casse-tête sur l'exponentielle

30 min
5 points

S'ENTRAÎNER

INTÉRÊT DU SUJET • On cherche à connaître le nombre de points d'intersection d'une droite passant par l'origine de pente positive et la courbe représentative de la fonction exponentielle.

On considère la courbe $\mathscr{C}$ d'équation $y = e^x$, tracée ci-contre.
Pour tout réel m strictement positif, on note $\mathscr{D}_m$ la droite d'équation $y = mx$.

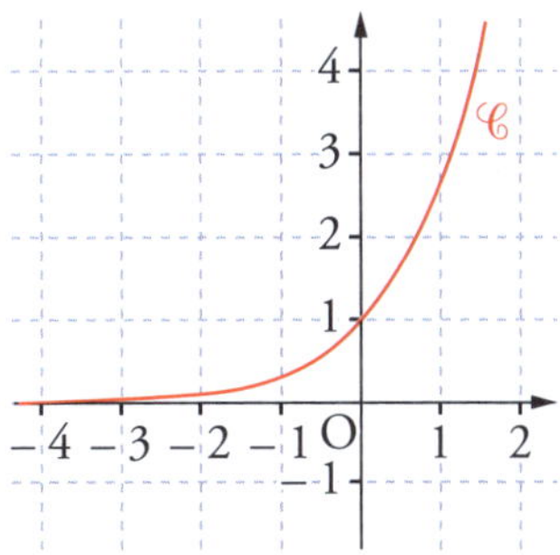

▶ **1.** Dans cette question, on choisit $m = e$.
Démontrer que la droite $\mathscr{D}_e$ d'équation $y = ex$ est tangente à la courbe $\mathscr{C}$ en son point d'abscisse 1.

▶ **2.** Conjecturer, selon les valeurs prises par le réel strictement positif m, le nombre de points d'intersection de la courbe $\mathscr{C}$ et de la droite $\mathscr{D}_m$.

▶ **3.** Démontrer cette conjecture.

LES CLÉS DU SUJET

▶ **2.** Tracez à l'aide de votre calculatrice la courbe $\mathscr{C}$ puis la droite $\mathscr{D}_m$ pour différentes valeurs de m. N'oubliez pas que le réel m est strictement positif. Prenez en compte également l'étude du cas $m = e$ à la question **1.** qui n'est pas anodine.

▶ **3.** Dressez le tableau de variations complet de la fonction d définie sur $\mathbb{R}$ par $d(x) = e^x - mx$. Puis déterminez les éventuelles valeurs de x pour lesquelles la fonction d s'annule selon les valeurs prises par le réel strictement positif m. Concluez.

44 CORRIGÉ GUIDÉ

▶ 1. Déterminer une équation réduite d'une tangente

Désignons par f la fonction exponentielle, fonction définie sur $\mathbb{R}$ par $f(x) = e^x$. Cette fonction a pour courbe représentative la courbe d'équation $y = e^x$ notée $\mathscr{C}$ dans l'énoncé.

De plus, cette fonction de référence est dérivable sur $\mathbb{R}$ et sa dérivée f' est définie par $f'(x) = e^x$. En particulier, nous avons pour $x = 1$: $f(1) = e^1 = e$ et $f'(1) = e$.

L'équation réduite de la tangente au point d'abscisse 1 à la courbe $\mathscr{C}$ est :

$$y = f'(1) \times (x - 1) + f(1).$$

D'après le premier point, nous en déduisons que $y = e \times (x - 1) + e$ qui, après simplification, s'écrit : $y = e \times x$. La droite $\mathscr{D}_e$ d'équation $y = e \times x$ est donc tangente à la courbe $\mathscr{C}$ en son point d'abscisse 1.

▶ 2. Émettre une conjecture

D'après la première question, nous pouvons penser que la valeur e joue un rôle prépondérant pour connaître le nombre de points d'intersection entre la courbe $\mathscr{C}$ et la droite $\mathscr{D}_m$.

Traçons la droite d'équation $y = ex$ et la courbe $\mathscr{C}$ (figure 1). Nous observons l'existence d'un seul point d'intersection, point de coordonnées $(1 ; e)$.

Traçons ensuite plusieurs droites d'équation $y = mx$ avec $m < e$ (figure 2). Nous observons que ces droites sont strictement en dessous de la courbe $\mathscr{C}$: donc aucun point d'intersection. Enfin, traçons plusieurs droites d'équation $y = mx$ avec $m > e$ (figure 3). Nous observons cette fois-ci que ces droites coupent la courbe $\mathscr{C}$ en deux points.

> **REMARQUE**
> Cela est logique, la droite $\mathscr{D}_e$ est tangente à la courbe $\mathscr{C}$.

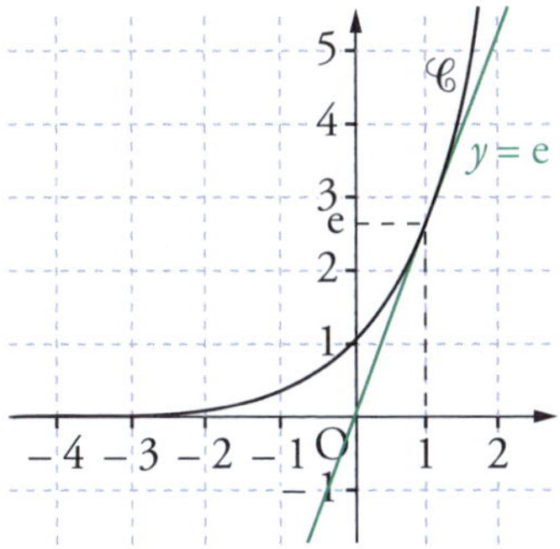

Figure 1. $m = \mathrm{e}$

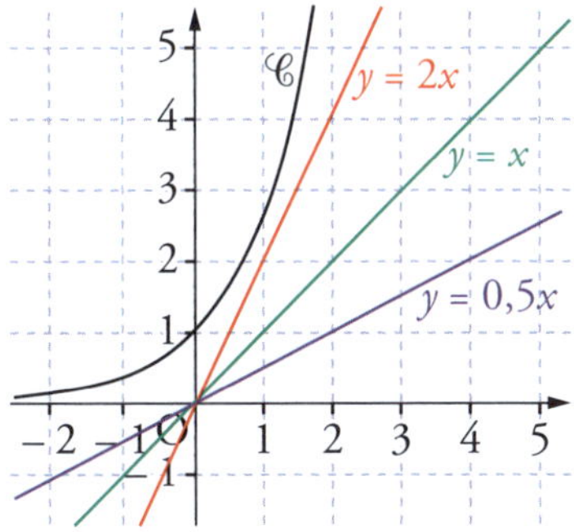

Figure 2. $m < \mathrm{e}$

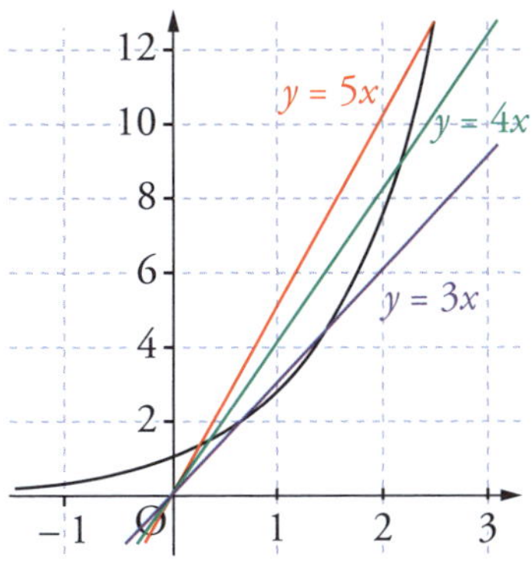

Figure 3. $m > \mathrm{e}$

Nous pouvons conjecturer que le nombre de points d'intersection de la droite $\mathscr{D}_m$ et de la courbe $\mathscr{C}$ est : zéro si $m < \mathrm{e}$, un si $m = \mathrm{e}$ et deux si $m > \mathrm{e}$.

▶ 3. Valider une conjecture

- Un point M de coordonnées $(x\,;y)$ appartient à la courbe $\mathscr{C}$ et à la droite $\mathscr{D}_m$ si, et seulement si, $y = \mathrm{e}^x$ et $y = mx$. Ce qui nous amène à résoudre dans $\mathbb{R}$ l'équation $\mathrm{e}^x = mx$ équivalente à $\mathrm{e}^x - mx = 0$ que nous noterons (E).
- Posons d la fonction définie sur $\mathbb{R}$ par $d(x) = \mathrm{e}^x - mx$. Cette fonction d est dérivable sur $\mathbb{R}$ comme somme de fonctions dérivables et sa dérivée d' est donnée par $d'(x) = \mathrm{e}^x - m$. Étudions le signe de cette dérivée suivant les valeurs prises par le réel m pour dresser le tableau de variations de la fonction d.

Tout d'abord, nous avons :

$$d'(x) > 0 \Leftrightarrow e^x - m > 0$$
$$\Leftrightarrow e^x > m$$
$$\Leftrightarrow \ln(e^x) > \ln(m) \ (m > 0)$$
$$\Leftrightarrow x > \ln(m).$$

À NOTER
Pour tous réels a et b strictement positifs, $\ln a < \ln b \Leftrightarrow a < b$.

Nous en déduisons le tableau de signes de la dérivée d' :

x	$-\infty$		$\ln(m)$		$+\infty$
Signe de $d'(x)$		$-$	0	$+$	

Ensuite, calculons l'image de $\ln(m)$ par la fonction d :

$d(\ln(m)) = e^{\ln(m)} - m \times \ln(m) = m - m \times \ln(m) = m \times (1 - \ln(m))$.

Enfin, déterminons les limites aux bornes de l'ensemble de définition de d.

À NOTER
Pour tout réel $a > 0$, $e^{\ln(a)} = a$.

D'une part, $\lim\limits_{x \to -\infty} e^x = 0$ et $\lim\limits_{x \to -\infty} m \times x = -\infty$ $(m > 0)$ donc par différence $\lim\limits_{x \to -\infty} d(x) = +\infty$.

D'autre part, nous avons :

$d(x) = e^x - mx = e^x \times \left(1 - m \times \dfrac{x}{e^x}\right)$.

À NOTER
Factoriser permet de lever ici la forme indéterminée pour la différence étudiée.

Comme $\lim\limits_{x \to +\infty} e^x = +\infty$ et $\lim\limits_{x \to +\infty} \dfrac{x}{e^x} = 0$, par somme et par produit, $\lim\limits_{x \to +\infty} d(x) = +\infty$.

Nous en déduisons le tableau de variation de d :

x	$-\infty$	$\ln(m)$	$+\infty$
Variations de d	$+\infty$ ↘	$m \times (1 - \ln(m))$	↗ $+\infty$

D'après le premier point, résoudre l'équation (E) dans $\mathbb{R}$ revient à déterminer les valeurs pour lesquelles la fonction d s'annule. D'après le tableau de variations de d, ce nombre de valeurs dépend du signe du minimum de la fonction d à savoir $m \times (1 - \ln(m))$.

Premier cas : $m \times (1 - \ln(m)) = 0$.

Comme $m > 0$,

$$\begin{aligned} m \times (1 - \ln(m)) = 0 &\Leftrightarrow 1 - \ln(m) = 0 \\ &\Leftrightarrow 1 = \ln(m) \\ &\Leftrightarrow \mathrm{e} = m. \end{aligned}$$

> **À NOTER**
> Pour tous réels a et b, $a = b \Leftrightarrow \mathrm{e}^a = \mathrm{e}^b$.

Dans ce cas, $m = \mathrm{e}$, la fonction d s'annule une seule fois en $x = \ln(m) = \ln(\mathrm{e}) = 1$. Autrement dit, pour $m = \mathrm{e}$, la courbe $\mathscr{C}$ et la droite $\mathscr{D}_m$ d'équation $y = \mathrm{e} \times x$ ont un seul point d'intersection.

Deuxième cas : $m \times (1 - \ln(m)) > 0$.

Similairement au premier cas,
$m \times (1 - \ln(m)) > 0 \Leftrightarrow 1 - \ln(m) > 0 \Leftrightarrow \mathrm{e} > m$.
Dans ce cas, $\mathrm{e} > m$ et la fonction d est strictement positive sur $\mathbb{R}$. Autrement dit, pour $\mathrm{e} > m$, la courbe $\mathscr{C}$ et la droite $\mathscr{D}_m$ n'ont aucun point d'intersection.

> **À NOTER**
> Pour tous réels a et b, $a < b \Leftrightarrow \mathrm{e}^a < \mathrm{e}^b$.

Troisième cas : $m \times (1 - \ln(m)) < 0$.

Dans ce cas, $\mathrm{e} < m$, le minimum de la fonction d est strictement négatif. Il faut donc étudier le signe de la fonction d sur $]-\infty\,;\ln(m)]$ et sur $[\ln(m)\,;+\infty[$.

Sur $]-\infty\,;\ln(m)]$, la fonction d est continue et strictement décroissante. De plus, comme $\lim\limits_{x \to -\infty} d(x) = +\infty$ et $d(\ln(m)) < 0$, $0 \in [d(\ln(m))\,;+\infty[$.

D'après le corollaire du théorème des valeurs intermédiaires, la fonction d s'annule une seule fois sur $]-\infty\,;\ln(m)]$.

De même, sur $[\ln(m)\,;+\infty[$, la fonction d est continue et strictement croissante. Comme $\lim\limits_{x \to +\infty} d(x) = +\infty$ et $d(\ln(m)) < 0$, $0 \in [d(\ln(m))\,;+\infty[$.

D'après le corollaire du théorème des valeurs intermédiaires, la fonction d s'annule une seule fois sur $[\ln(m)\,;+\infty[$. Ainsi, pour $\mathrm{e} < m$, la courbe $\mathscr{C}$ et la droite $\mathscr{D}_m$ ont deux points d'intersection.

S'ENTRAÎNER

Une fonction sous toutes les coutures

1 heure
5 points

INTÉRÊT DU SUJET • Étude d'une fonction définie avec une fonction logarithme népérien et existence d'une solution d'équation !

On considère la fonction f définie sur $]0\,;+\infty[$ par :

$$f(x)=\frac{(\ln(x))^2}{x}.$$

On note $\mathscr{C}$ la courbe représentative de f dans un repère orthonormé.

▶ **1.** Déterminer la limite en 0 de la fonction f et interpréter graphiquement le résultat.

▶ **2. a)** Démontrer que, pour tout x appartenant à $]0\,;+\infty[$:

$$f(x)=4\left(\frac{\ln\left(\sqrt{x}\right)}{\sqrt{x}}\right)^2.$$

b) En déduire que l'axe des abscisses est une asymptote à la courbe représentative de la fonction f au voisinage de $+\infty$.

▶ **3.** On admet que f est dérivable sur $]0\,;+\infty[$ et on note f' sa fonction dérivée.

a) Démontrer que, pour tout x appartenant à $]0\,;+\infty[$:

$$f'(x)=\frac{\ln(x)\,(2-\ln(x))}{x^2}.$$

b) Étudier le signe de $f'(x)$ selon les valeurs du nombre réel x strictement positif.

c) Calculer $f(1)$ et $f(\mathrm{e}^2)$.

On obtient alors le tableau de variations ci-dessous.

x	0	1	e^2	$+\infty$
$f(x)$	$+\infty$ ↘	0 ↗	$\frac{4}{\mathrm{e}^2}$ ↘	0

▶ **4.** Démontrer que l'équation $f(x) = 1$ admet une unique solution α sur $]0 ; +\infty[$ et donner un encadrement de α d'amplitude 10^{-2}.

LES CLÉS DU SUJET

▶ **2. b)** Déterminez la limite de la fonction f en $+\infty$ en utilisant l'expression de $f(x)$ justifiée à la question **2. a)**.

▶ **3. b)** Précisez le signe de $\ln(x)$ et étudiez celui de $2 - \ln(x)$ sur l'intervalle $]0 ; +\infty[$.

Dressez ensuite un tableau de signes pour conclure sur le signe de $f'(x)$.

▶ **4.** Justifiez que l'équation $f(x) = 1$ n'admet aucune solution sur l'intervalle $[1 ; +\infty[$.

Appliquez ensuite le corollaire du théorème des valeurs intermédiaires sur l'intervalle $]0 ; 1]$ pour conclure.

S'ENTRAÎNER

45 CORRIGÉ GUIDÉ

▶ 1. Déterminer une limite et l'interpréter

Pour tout nombre réel $x > 0$, nous avons $f(x) = \dfrac{1}{x} \times (\ln(x))^2$.

Comme $\lim\limits_{\substack{x \to 0 \\ x > 0}} \ln(x) = -\infty$, par produit, nous avons :

$$\lim_{\substack{x \to 0 \\ x > 0}} (\ln(x))^2 = +\infty.$$

De plus, nous avons :

$$\lim_{\substack{x \to 0 \\ x > 0}} \frac{1}{x} = +\infty.$$

Par conséquent, par produit, $\boxed{\lim\limits_{\substack{x \to 0 \\ x > 0}} f(x) = +\infty.}$

Ainsi, la droite d'équation $x = 0$ est une asymptote à la courbe représentative de f dans un repère orthonormé.

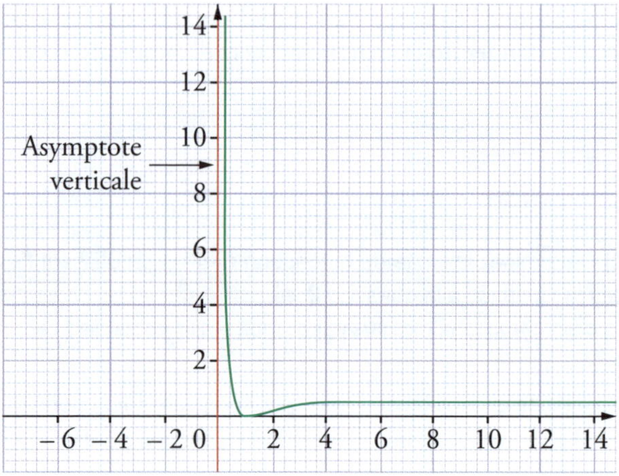

▶ 2. a) Établir une égalité

Pour tout nombre réel x appartenant à $]0\ ;\ +\infty[$, nous avons :

$$f(x)=\frac{\left(\ln\left(\left(\sqrt{x}\right)^2\right)\right)^2}{\left(\sqrt{x}\right)^2}$$

$$=\left(\frac{\ln\left(\left(\sqrt{x}\right)^2\right)}{\sqrt{x}}\right)^2$$

$$=\left(\frac{2\ln\left(\sqrt{x}\right)}{\sqrt{x}}\right)^2$$

$$=\boxed{4\times\left(\frac{\ln\left(\sqrt{x}\right)}{\sqrt{x}}\right)^2}.$$

RAPPEL
Pour tout nombre réel $a>0$, $\ln(a^2)=2\ln(a)$ et $a=\left(\sqrt{a}\right)^2$.

b) Déterminer une limite et l'interpréter

Comme $\lim\limits_{x\to+\infty}\sqrt{x}=+\infty$ et $\lim\limits_{x\to+\infty}\frac{\ln x}{x}=0$ (croissances comparées), nous avons alors :

$$\lim_{x\to+\infty}f(x)=\lim_{X\to+\infty}4\times\left(\frac{\ln(X)}{X}\right)^2=0.$$

Nous en déduisons que l'axe des abscisses est une asymptote à la courbe représentative de f au voisinage de $+\infty$.

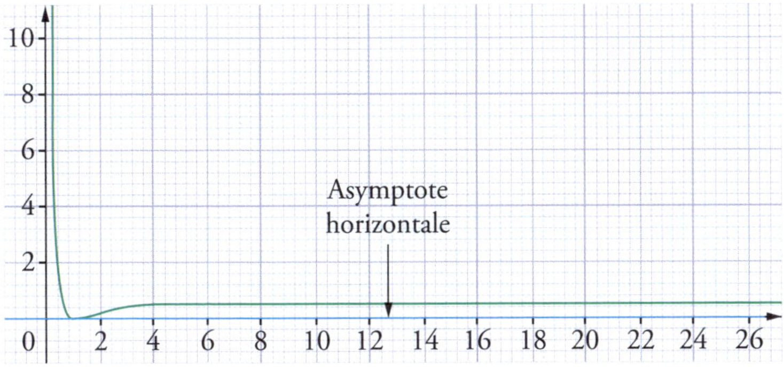

▶ 3. a) Déterminer la dérivée d'une fonction

La fonction f est le quotient de deux fonctions $u : x \mapsto (\ln(x))^2$ et $v : x \mapsto x$ définies et dérivables sur l'intervalle $]0\ ;\ +\infty[$. Comme la fonction v ne s'annule pas sur cet intervalle, la fonction f y est dérivable.

Comme $u' : x \mapsto 2 \times \dfrac{1}{x} \times \ln(x)$ et $v' : x \mapsto 1$ alors la fonction dérivée f' est définie sur $]0\ ;\ +\infty[$ par :

$$f'(x) = \frac{u'(x) \times v(x) - u(x) \times v'(x)}{(v(x))^2}$$

$$= \frac{2 \times \frac{1}{x} \times \ln(x) \times x - (\ln(x))^2 \times 1}{x^2}$$

$$= \frac{2\ln(x) - (\ln(x))^2}{x^2}$$

$$= \boxed{\frac{\ln(x) \times (2 - \ln(x))}{x^2}}.$$

> **RAPPEL**
> Si u est dérivable sur I, alors u^2 est dérivable sur I et $(u^2)' = 2 \times u' \times u$.

b) Étudier le signe d'une expression

> **RAPPEL**
> $\ln(1) = 0$.

Pour tout nombre réel $x > 0$ nous avons :

$\ln(x) < 0 \Leftrightarrow 0 < x < 1$ et $\ln(x) = 0 \Leftrightarrow x = 1$ (fonction de référence),

et :

$$2 - \ln(x) < 0 \Leftrightarrow 2 < \ln(x) \Leftrightarrow e^2 < x \text{ et}$$
$$2 - \ln(x) = 0 \Leftrightarrow 2 = \ln(x) \Leftrightarrow e^2 = x.$$

> **RAPPEL**
> Pour tous nombres réels a et b, $a < b \Leftrightarrow e^a < e^b$.

Ainsi, nous avons :

x	0		1		e^2		$+\infty$
Signe de $\ln(x)$		−	0	+		+	
Signe de $2-\ln(x)$		+		+	0	−	
Signe de $\dfrac{1}{x^2}$		+		+		+	
Signe de $f'(x)$		−	0	+	0	−	

La fonction dérivée f' s'annule en 1 et en e^2, est strictement négative sur $]0\ ;\ 1[$ et sur $]e^2\ ;+\infty[$ et enfin est strictement positive sur $]1\ ;e^2[$.

c) Déterminer des images par une fonction

Nous avons :

RAPPELS
$\ln(1) = 0$ et $\ln(e) = 1$.

$f(1)=\dfrac{(\ln(1))^2}{1}=\dfrac{0^2}{1}=0$ et

$f\left(e^2\right)=\dfrac{\left(\ln(e^2)\right)^2}{e^2}=\dfrac{(2\times\ln(e))^2}{e^2}=\dfrac{(2\times 1)^2}{e^2}=\dfrac{4}{e^2}$.

Ainsi, $f(1)=0$ et $f(e)=\dfrac{4}{e^2}$.

▶ 4. Justifier l'existence d'une solution d'une équation et l'encadrer

• Le maximum de f sur l'intervalle $[1\ ;+\infty[$ est $\dfrac{4}{e^2}\approx 0,54<1$.
Par suite, l'équation $f(x)=1$ n'admet pas de solution dans l'intervalle $[1\ ;+\infty[$.

• Sur l'intervalle $]0\ ;\ 1]$, la fonction f est strictement décroissante. Comme la fonction f y est continue (« flèche oblique » dans le tableau de variations) et $1\in[0\ ;\ +\infty[$, alors d'après le corollaire du théorème des valeurs intermédiaires, l'équation $f(x)=1$ admet une unique solution dans l'intervalle $]0\ ;\ 1]$.

L'équation $f(x)=1$ admet donc une unique solution α sur l'intervalle $]0\ ;+\infty[$.

En utilisant la calculatrice, nous avons : $f(0,49)\approx 1,0385>1$ et $f(0,50)\approx 0,9609<1$.
Un encadrement de α d'amplitude 10^{-2} est : $0,49<\alpha<0,50$.

Triangle d'aire maximale

1 heure
5 points

INTÉRÊT DU SUJET • La tangente à la représentation graphique d'une fonction définie à l'aide de la fonction logarithme népérien dessine un triangle rectangle. On cherche le point dont la tangente maximise l'aire de ce triangle.

Le plan est muni d'un repère orthogonal (O, I, J).

▶ **1.** On considère la fonction f définie sur l'intervalle $]0\,;1]$ par :

$$f(x) = x(1 - \ln x)^2.$$

a) Déterminer une expression de la fonction dérivée de f et vérifier que pour tout $x \in\ ]0\,;1]$, $f'(x) = (\ln x + 1)(\ln x - 1)$.
b) Étudier les variations de la fonction f et dresser son tableau de variations sur l'intervalle $]0\,;1]$ (on admettra que la limite de la fonction f en 0 est nulle).

On note Γ la courbe représentative de la fonction g définie sur l'intervalle $]0\,;1]$ par $g(x) = \ln x$.
Soit a un réel de l'intervalle $]0\,;1]$. On note M_a le point de la courbe Γ d'abscisse a et d_a la tangente à la courbe Γ au point M_a. Cette droite d_a coupe l'axe des abscisses au point N_a et l'axe des ordonnées au point P_a.
On s'intéresse à l'aire du triangle ON_aP_a quand le réel a varie dans l'intervalle $]0\,;1]$.

▶ **2.** Dans cette question, on étudie le cas particulier où $a = 0{,}2$ et on donne la figure ci-dessous.

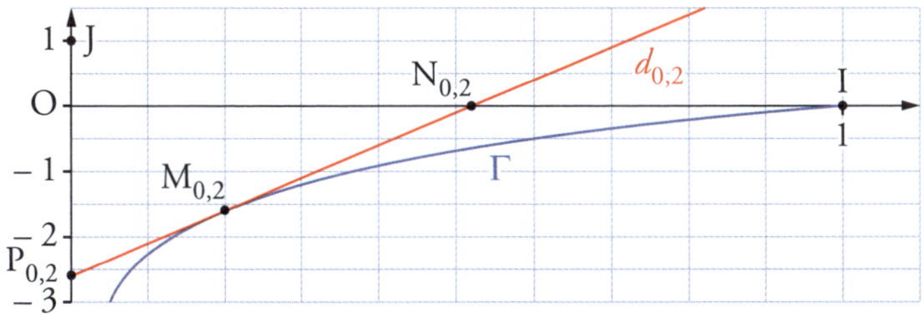

a) Déterminer graphiquement une estimation de l'aire du triangle $ON_{0,2}P_{0,2}$ en unités d'aire.

b) Déterminer une équation de la tangente $d_{0,2}$.

c) Calculer la valeur exacte de l'aire du triangle $ON_{0,2}P_{0,2}$.

Dans ce qui suit, on admet que, pour tout réel a de l'intervalle $]0\ ;\ 1]$, l'aire du triangle ON_aP_a en unités d'aire est donnée par :

$$\mathcal{A}(a) = \frac{1}{2}a\,(1 - \ln a)^2.$$

▶ **3.** À l'aide des questions précédentes, déterminer pour quelle valeur de a l'aire $\mathcal{A}(a)$ est maximale. Déterminer cette aire maximale.

LES CLÉS DU SUJET

▶ **1. b)** Déterminez le signe de $\ln(x) - 1$ sur $]0\ ;\ 1]$ en exploitant le signe de la fonction logarithme népérien, puis étudiez le signe de $\ln(x) + 1$ en résolvant une inéquation. Appliquez la règle des signes pour un produit et concluez pour le signe de $f'(x)$ et les variations de f sur $]0\ ;\ 1]$.

▶ **2. c)** Remarquez que les points $N_{0,2}$ et $P_{0,2}$ sont les points d'intersection de la droite $d_{0,2}$ respectivement avec l'axe des abscisses et l'axe des ordonnées.

46 CORRIGÉ GUIDÉ

▶ 1. a) Calculer une dérivée

f est un produit de fonctions u et v dérivables sur $]0\ ;\ 1]$ donc f est dérivable sur $]0\ ;\ 1]$. On définit sur $]0\ ;\ 1]$ les fonctions u et v par $u(x) = x$ et $v(x) = (1 - \ln(x))^2$. On a alors

$u'(x) = 1$ et $v'(x) = 2(1 - \ln(x)) \times \left(-\dfrac{1}{x}\right)$.

> **À NOTER**
> Si u est une fonction dérivable sur un intervalle I, alors u^2 est dérivable sur I et $(u^2)' = 2uu'$.

Pour tout $x \in]0\ ;\ 1]$:

$$\begin{aligned}
f'(x) &= u'(x)v(x) + u(x)v'(x)\\
&= (1 - \ln(x))^2 + x \times 2(1 - \ln(x)) \times \left(-\frac{1}{x}\right)\\
&= (1 - \ln(x))\left[(1 - \ln(x)) - 2\right]\\
&= (1 - \ln(x))(-1 - \ln(x)) = (\ln(x) - 1)(\ln(x) + 1).
\end{aligned}$$

b) Étudier les variations d'une fonction

- Pour tout $x \in]0\,;1]$, $\ln(x) \leqslant 0$ donc $\ln(x)-1 \leqslant -1 < 0$.
- Pour tout $x \in]0\,;\,1]$, $\ln(x)+1=0 \Leftrightarrow \ln(x)=-1 \Leftrightarrow x=\mathrm{e}^{-1}=\dfrac{1}{\mathrm{e}}$.

$\ln(x)+1>0 \Leftrightarrow \ln(x)>-1 \Leftrightarrow x>\dfrac{1}{\mathrm{e}}$.

Nous obtenons donc :

x	0		$\frac{1}{\mathrm{e}}$		1
$\ln(x)-1$	‖	$-$		$-$	
$\ln(x)+1$	‖	$-$	0	$+$	
$f'(x)$	‖	$+$	0	$-$	
$f(x)$	‖ 0	↗	$\frac{4}{\mathrm{e}}$	↘	1

$f(1)=1\times(1-\ln(1))^2=(1-0)^2=1.$

$$f\left(\frac{1}{\mathrm{e}}\right)=\frac{1}{\mathrm{e}}\times\left(1-\ln\left(\frac{1}{\mathrm{e}}\right)\right)^2=\frac{1}{\mathrm{e}}\times(1+1)^2=\frac{4}{\mathrm{e}}.$$

$\lim\limits_{x\to 0} f(x)=0$ (donnée de l'énoncé).

> **À NOTER**
> $\ln(1)=0$; $\ln(\mathrm{e})=1$;
> pour tout $a>0$,
> $\ln\left(\dfrac{1}{a}\right)=-\ln(a)$.

▶ 2. a) Estimer graphiquement l'aire d'un triangle

Graphiquement, il semble que nous ayons $OP_{0,2}=2{,}6$ et $ON_{0,2}=0{,}52$. Par conséquent, l'aire du triangle $ON_{0,2}P_{0,2}$ serait, en unités d'aire, égale à :

$$\frac{OP_{0,2}\times ON_{0,2}}{2}=\frac{2{,}6\times 0{,}52}{2}=0{,}676 \text{ u.a.}$$

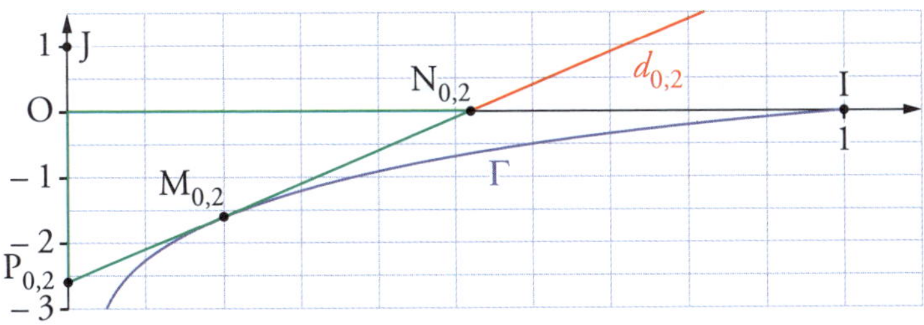

b) Déterminer une équation de tangente

$d_{0,2}$ est la tangente à la courbe Γ au point $M_{0,2}$. Γ est la courbe représentative de la fonction g qui n'est autre que la fonction logarithme népérien. Cette fonction est dérivable sur $]0\ ;\ 1]$. Une équation de $d_{0,2}$ est donc donnée par la formule $y = g'(0,2)(x-0,2)+g(0,2)$.

Pour tout $x \in]0\ ;\ 1]$, $g'(x)=\dfrac{1}{x}$ donc $g'(0,2)=\dfrac{1}{0,2}=5$;

ensuite $g(0,2)=\ln(0,2)=\ln\left(\dfrac{1}{5}\right)=-\ln(5)$. Finalement :

$y = g'(0,2)(x-0,2)+g(0,2)=5(x-0,2)-\ln(5)=5x-1-\ln(5)$.

Une équation de la tangente $d_{0,2}$ est donc $y=5x-1-\ln(5)$.

c) Calculer la valeur exacte de l'aire d'un triangle

Pour calculer la valeur exacte de l'aire du triangle $ON_{0,2}P_{0,2}$, il faut au préalable déterminer les coordonnées des points $N_{0,2}$ et $P_{0,2}$ qui sont les points d'intersection de la droite $d_{0,2}$ respectivement avec l'axe des abscisses et l'axe des ordonnées.

- Nous avons $x_{P_{0,2}}=0$ et $y_{P_{0,2}}=5x_{P_{0,2}}-1-\ln(5)=-1-\ln(5)$.

Par conséquent, $OP_{0,2}=|-1-\ln(5)|=1+\ln(5)$.

- Nous avons $y_{N_{0,2}}=0$ et $y_{N_{0,2}}=5x_{N_{0,2}}-1-\ln(5)$ donc

$x_{N_{0,2}}=\dfrac{1+\ln(5)}{5}$. Par conséquent, $ON_{0,2}=\dfrac{1+\ln(5)}{5}$.

Finalement, la valeur exacte de l'aire du triangle $ON_{0,2}P_{0,2}$, en unités d'aire, est égale à :

$$\frac{OP_{0,2}\times ON_{0,2}}{2}=\frac{1}{2}(1+\ln(5))\times\frac{1+\ln(5)}{5}=\frac{[1+\ln(5)]^2}{10}\text{ u.a.}$$

▶ 3. Optimiser une aire

D'après l'énoncé, pour tout réel a de l'intervalle $]0\ ;\ 1]$, l'aire du triangle ON_aP_a est donnée par $\mathscr{A}(a)=\dfrac{1}{2}a(1-\ln(a))^2$. En exploitant la fonction f de la question **1.**, nous remarquons que :

$$\mathscr{A}(a)=\frac{1}{2}a(1-\ln(a))^2=\frac{1}{2}f(a).$$

D'après le tableau de variations de la fonction f sur l'intervalle $]0\ ;\ 1]$ de la question **1. b)**, nous constatons que le maximum de f sur $]0\ ;\ 1]$ est $f\left(\dfrac{1}{e}\right)=\dfrac{4}{e}$. Par conséquent, l'aire $\mathscr{A}(a)$ du triangle ON_aP_a est maximale pour $a=\dfrac{1}{e}$ et est égale à $\dfrac{1}{2}\times\dfrac{4}{e}=\dfrac{2}{e}$ u.a.

Optimisons une aire

30 min
3 points

INTÉRÊT DU SUJET • On veut maximiser l'aire d'un rectangle sous la courbe représentative d'une fonction logarithme népérien. Pour cela étudiez les variations de la fonction qui calcule cette aire.

Soit f la fonction définie sur $]0\ ;\ 14]$ par $f(x) = 2 - \ln\left(\dfrac{x}{2}\right)$.

La courbe représentative $\mathscr{C}_f$ de la fonction f est donnée dans le repère orthogonal d'origine O ci-dessous.

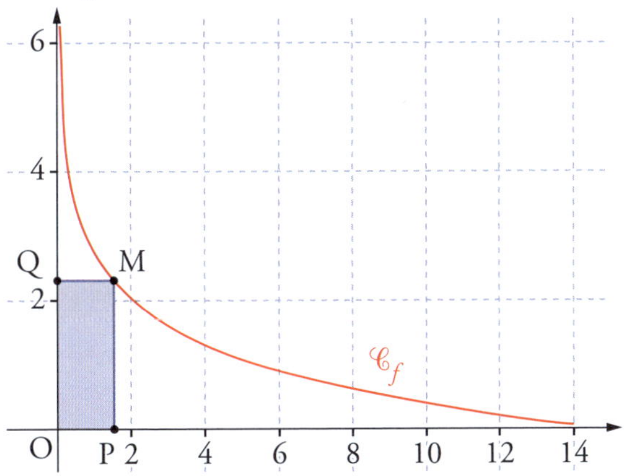

À tout point M appartenant à $\mathscr{C}_f$, on associe le point P projeté orthogonal de M sur l'axe des abscisses, et le point Q projeté orthogonal de M sur l'axe des ordonnées.

Justifier les réponses.

▶ **1.** L'aire du rectangle OPMQ est-elle constante quelle que soit la position du point M sur $\mathscr{C}_f$?

▶ **2.** L'aire du rectangle OPMQ peut-elle être maximale ?
Si oui, préciser les coordonnées du point M correspondant.

LES CLÉS DU SUJET

▶ **1.** Choisissez deux valeurs distinctes dans l'intervalle proposé pour faire le calcul de l'aire du rectangle et concluez.

▶ **2.** Exprimez l'aire du rectangle en fonction de l'abscisse *x* du point M et étudiez la fonction ainsi obtenue sur l'intervalle proposé pour conclure.

47 CORRIGÉ GUIDÉ

▶ 1. Calculer des aires

Notons x l'abscisse du point M.

D'après l'énoncé, x est dans l'intervalle $]0\ ;\ 14]$.

Comme $M \in \mathscr{C}_f$, l'ordonnée du point M est

$y_M = f(x) = 2 - \ln\left(\frac{x}{2}\right)$.

L'aire, en unités d'aire, du rectangle OPMQ en fonction de x est $\mathscr{A}(x) = OP \times OQ = x \times f(x)$.

À NOTER
Pour tout réel $a > 0$,
$\ln\left(\frac{1}{a}\right) = -\ln(a)$ et
$\ln(1) = 0$.

Pour $x = 1$,

$$\mathscr{A}(1) = 1 \times f(1) = f(1) = 2 - \ln\left(\frac{1}{2}\right) = 2 + \ln(2).$$

Pour $x = 2$, $\mathscr{A}(2) = 2 \times f(2) = 2 \times \left(2 - \ln\left(\frac{2}{2}\right)\right) = 2 \times (2 - \ln(1)) = 4$.

$\mathscr{A}(1) \neq \mathscr{A}(2)$ donc l'aire du rectangle OPMQ n'est pas constante quelle que soit la position du point M sur $\mathscr{C}_f$.

▶ 2. Rechercher un extremum

Pour déterminer si l'aire du rectangle OPMQ peut être maximale, étudions les variations de la fonction $\mathscr{A}$ définie sur $I =]0\ ;\ 14]$ par

$$\mathscr{A}(x) = x \times f(x) = x \times \left(2 - \ln\left(\frac{x}{2}\right)\right).$$

$\mathscr{A}$ est dérivable sur $I =]0\ ;\ 14]$ comme produit de fonctions dérivables sur I.

Pour tout $x \in I$:

$$\mathcal{A}'(x) = 1 \times f(x) + x \times f'(x)$$

$$= 2 - \ln\left(\frac{x}{2}\right) + x \times \frac{-\frac{1}{2}}{\frac{x}{2}}$$

$$= 2 - \ln\left(\frac{x}{2}\right) - 1 = 1 - \ln\left(\frac{x}{2}\right).$$

À NOTER
- Si u et v sont dérivables sur I, alors $u \times v$ est dérivable sur I et $(u \times v)' = u'v + uv'$.
- Si u est dérivable et strictement positive sur I, alors $\ln(u)$ est dérivable sur I et $[\ln(u)]' = \frac{u'}{u}$.

Étudions maintenant le signe de $\mathcal{A}'(x)$ sur I.

$$\mathcal{A}'(x) > 0 \Leftrightarrow 1 - \ln\left(\frac{x}{2}\right) > 0$$

$$\Leftrightarrow 1 > \ln\left(\frac{x}{2}\right) \Leftrightarrow \ln(\mathrm{e}) > \ln\left(\frac{x}{2}\right) \Leftrightarrow \mathrm{e} > \frac{x}{2} \Leftrightarrow x < 2\mathrm{e}.$$

Nous en déduisons le tableau de signes suivant :

x	0		2e		14
signe de $\mathcal{A}'(x)$	‖	+	0	–	

Comme $\mathcal{A}'(x) > 0$ si $x \in]0 ; 2\mathrm{e}[$, $\mathcal{A}$ est strictement croissante sur $]0 ; 2\mathrm{e}]$.

Comme $\mathcal{A}'(x) < 0$ si $x \in]2\mathrm{e} ; 14]$, $\mathcal{A}$ est strictement décroissante sur $[2\mathrm{e} ; 14]$.

La fonction $\mathcal{A}$ admet donc un maximum en $x = 2\mathrm{e}$.

L'aire du rectangle OPMQ est donc maximale pour $x = 2\mathrm{e}$.

Dans cette situation, l'ordonnée du point M est alors :

$$y_{\mathrm{M}} = f(2\mathrm{e}) = 2 - \ln\left(\frac{2\mathrm{e}}{2}\right) = 2 - \ln(\mathrm{e}) = 1.$$

À NOTER
$\ln(\mathrm{e}) = 1$.

L'aire du rectangle OPMQ est donc maximale si le point M a pour coordonnées $(2\mathrm{e} ; 1)$.

S'ENTRAÎNER

Température de pièces de fonte

50 min
5 points

INTÉRÊT DU SUJET • Le refroidissement d'une pièce de fonte est modélisé par une fonction (solution d'une équation différentielle). Cela permet, en utilisant un algorithme, de prévoir le moment optimal pour manipuler cette pièce.

Une entreprise fabrique des pièces de fonte. Coulées dans des moules de sable, elles ont une température de 1 400 °C à la sortie du four.
Ces pièces sont entreposées dans un local dont la température ambiante est maintenue à 30 °C, et peuvent être démoulées dès que leur température est inférieure ou égale à 650 °C.

Ph © FedotovAnatoly – stock.adobe.com

La température en degrés Celsius d'une pièce est une fonction f du temps t, exprimé en heures, depuis sa sortie du four. On admet que cette fonction f, définie et dérivable sur l'intervalle $[0\ ;+\infty[$, est définie, pour tout réel $t \geqslant 0$, par :

$$f(t) = 1\,370\mathrm{e}^{-0{,}065t} + 30.$$

▶ **1.** Étudier le sens de variation de f sur l'intervalle $[0\ ;+\infty[$.
En quoi ce résultat était-il prévisible ?

▶ **2. a)** Déterminer la limite de la fonction f en $+\infty$. Donner une interprétation du résultat.
b) En déduire qu'il existe nécessairement un temps à partir duquel la pièce pourra être démoulée.

▶ **3.** La pièce de fonte peut-elle être démoulée 5 heures après avoir été entreposée dans le local ?

▶ **4.** On cherche à déterminer une valeur approchée du nombre minimal d'heures h au bout duquel la pièce peut être démoulée.

a) On considère le programme suivant, écrit en langage Python :

```
from math import exp
def demoulage(n):
    x = 0
    while 1370*exp(-0.065*x)+30 > n:
        x = x + 0.25
    return [x - 0.25, x]
print(demoulage(650))
```

L'affichage obtenu lors de l'exécution de ce programme est :
`[12.0, 12.25]`.
Que représente cet affichage ? Que peut-on en déduire ?
b) Déterminer, en résolvant une inéquation, une valeur approchée de h au dixième d'heure près.

▶ **5.** Pour éviter la fragilisation de la fonte, il est préférable de ne pas démouler la pièce avant que sa température ait atteint 325 °C. Faudra-t-il pour cela attendre exactement deux fois plus de temps que pour un démoulage à 650 °C ? Justifier la réponse.

S'ENTRAÎNER

LES CLÉS DU SUJET

▶ **1.** Calculez la dérivée de f et étudiez son signe.
▶ **2. a)** Utilisez les résultats sur les limites.
b) Utilisez la définition d'une limite.
▶ **3.** La température de la pièce 5 heures après sa sortie du four est $f(5)$.
▶ **4. b)** Utilisez la fonction logarithme népérien.

48 CORRIGÉ GUIDÉ

▶ 1. Étudier et interpréter le sens de variation d'une fonction

La fonction f est dérivable sur l'intervalle $[0\,;+\infty[$. Pour tout t dans cet intervalle, $f'(t) = -0{,}065 \times 1\,370\ \mathrm{e}^{-0{,}065t} = -89{,}05\ \mathrm{e}^{-0{,}065t}$.

On sait que la fonction exponentielle ne prend que des valeurs strictement positives, donc, pour tout t dans $[0 ; +\infty[$, $e^{-0{,}065t} > 0$ et $f'(t) < 0$.

On en déduit que f est strictement décroissante sur $[0 ; +\infty[$.

Ce résultat était prévisible ; en effet, une pièce sort du four à une température de 1 400 °C et est entreposée dans un local où la température est de 30 °C, il est normal qu'elle refroidisse, que sa température diminue.

▶ 2. a) Déterminer et interpréter la limite d'une fonction en $+\infty$

On sait que $\lim\limits_{t \to +\infty} (-0{,}065\, t) = -\infty$ et $\lim\limits_{X \to -\infty} e^{X} = 0$, donc :

$$\lim_{t \to +\infty} e^{-0{,}065t} = 0 \text{ et } \lim_{t \to +\infty} f(t) = 30.$$

Au fil du temps, la température de la pièce de fonte se rapproche de 30 °C, c'est-à-dire de la température du local où elle est entreposée.

b) Donner une conséquence d'une limite

D'après les questions précédentes, puisque f est décroissante sur $[0 ; +\infty[$ et a pour limite 30 en $+\infty$, il existe un réel T appartenant à $[0 ; +\infty[$ tel que, pour $t \geqslant T$, $f(t) \leqslant 650$, donc un nombre d'heures T à partir duquel la pièce peut être démoulée.

▶ 3. Déterminer si l'image d'un nombre par une fonction atteint une valeur donnée

Pour savoir si la pièce de fonte peut être démoulée 5 heures après sa sortie du four, on calcule $f(5)$:

$f(5) = 1\,370\, e^{-0{,}065 \times 5} + 30 \approx 1\,020$.

Comme $f(5) > 650$, on en déduit que 5 heures après sa sortie du four, la pièce ne peut pas être démoulée, sa température est encore largement supérieure à 650 °C.

▶ 4. a) Interpréter le résultat d'un programme Python

Le programme donné permet d'obtenir un encadrement de h d'amplitude 0,25, c'est-à-dire un quart d'heure. On en déduit qu'il faut attendre entre 12 heures et 12 heures et 15 minutes pour que la température de la pièce de fonte soit descendue à 650 °C.

b) Déterminer une valeur approchée des solutions d'une inéquation

Pour obtenir une approximation plus précise de h, on peut résoudre l'inéquation : $1\,370\, e^{-0{,}065\, t} + 30 \leqslant 650$.

Cette inéquation équivaut successivement à :

$1\ 370\ \mathrm{e}^{-0,065t} \leqslant 620$

$\mathrm{e}^{-0,065\,t} \leqslant \dfrac{620}{1\ 370}$

$-0,065\,t \leqslant \ln\left(\dfrac{620}{1\ 370}\right)$

$t \geqslant -\dfrac{\ln\left(\dfrac{620}{1\ 370}\right)}{0,065}$.

Or $-\dfrac{\ln\left(\dfrac{620}{1\ 370}\right)}{0,065} \approx 12,198$, d'où $h \approx 12,2$.

À NOTER
On a appliqué la fonction ln qui est strictement croissante sur $[0\ ;+\infty[$.

On en déduit qu'au bout de 12,2 heures, soit 12 heures et 12 minutes, on pourra démouler la pièce.

▶ 5. Résoudre et interpréter une inéquation

On résout l'inéquation $1\ 370\ \mathrm{e}^{-0,065\,t} + 30 \leqslant 325$.

Cette inéquation équivaut successivement à :

$1\ 370\ \mathrm{e}^{-0,065\,t} \leqslant 295$

$\mathrm{e}^{-0,065\,t} \leqslant \dfrac{295}{1\ 370}$

$-0,065\,t \leqslant \ln\left(\dfrac{295}{1\ 370}\right)$

$t \geqslant -\dfrac{\ln\left(\dfrac{295}{1\ 370}\right)}{0,065}$.

Or $-\dfrac{\ln\left(\dfrac{295}{1\ 370}\right)}{0,065} \approx 23,6245$ et $23,6245 < 2 \times 12,2$.

Le temps nécessaire pour que la température de la pièce de fonte devienne inférieure à 325 °C est strictement inférieur au double du temps nécessaire pour que cette température devienne inférieure à 650 °C, il ne faut donc pas attendre exactement deux fois plus de temps que précédemment.

À NOTER
On peut réutiliser le programme Python de la question 4. a) en remplaçant à la dernière ligne `print(demoulage(650))` par `print(demoulage(325))`. On obtient comme affichage `[23.5, 23.75]`, ce qui est cohérent avec la conclusion ici.

S'ENTRAÎNER

49 France métropolitaine, mai 2022 • Jour 1
Exercice 3

Stage de formation et augmentation de salaire

1 heure
7 points

INTÉRÊT DU SUJET • On étudie ici la répartition hommes/femmes des salariés d'une entreprise ayant suivi un stage de formation, et l'augmentation de salaire accordée à ces salariés.

Le directeur d'une grande entreprise a proposé à l'ensemble de ses salariés un stage de formation à l'utilisation d'un nouveau logiciel.
Ce stage a été suivi par 25 % des salariés.

▶ **1.** Dans cette entreprise, 52 % des salariés sont des femmes, parmi lesquelles 40 % ont suivi le stage.
On interroge au hasard un salarié de l'entreprise et on considère les événements :

- F : « le salarié interrogé est une femme » ;
- S : « le salarié interrogé a suivi le stage ».

$\overline{F}$ et $\overline{S}$ désignent respectivement les événements contraires des événements F et S.

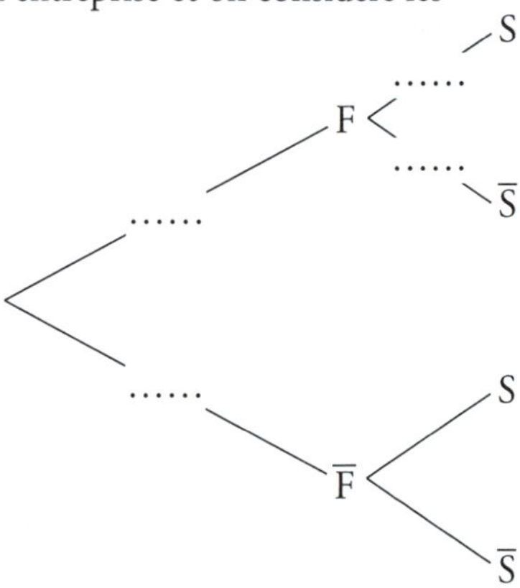

a) Donner la probabilité de l'événement S.
b) Recopier et compléter les pointillés de l'arbre pondéré ci-contre sur les quatre branches indiquées.
c) Démontrer que la probabilité que la personne interrogée soit une femme ayant suivi le stage est égale à 0,208.
d) On sait que la personne interrogée a suivi le stage. Quelle est la probabilité que ce soit une femme ?
e) Le directeur affirme que, parmi les hommes salariés de l'entreprise, moins de 10 % ont suivi le stage.
Justifier l'affirmation du directeur.

▶ **2.** On note X la variable aléatoire qui, à un échantillon de 20 salariés de cette entreprise choisis au hasard, associe le nombre de salariés de cet échantillon ayant suivi le stage. On suppose que l'effectif des salariés de l'entreprise est suffisamment important pour assimiler ce choix à un tirage avec remise.

a) Déterminer, en justifiant, la loi de probabilité suivie par la variable aléatoire X.

b) Déterminer, à 10^{-3} près, la probabilité que 5 salariés dans un échantillon de 20 aient suivi le stage.

c) Le programme ci-dessous, écrit en langage Python, utilise la fonction `binomiale(i,n,p)` créée pour l'occasion qui renvoie la valeur de la probabilité $P(X = i)$ dans le cas où la variable aléatoire X suit une loi binomiale de paramètres n et p.

```
def proba(k):
    P = 0
    for i in range(0, k+1):
        P = P + binomiale(i,20,0.25)
    return P
```

Déterminer, à 10^{-3} près, la valeur renvoyée par ce programme lorsque l'on saisit `proba(5)` dans la console Python. Interpréter cette valeur dans le contexte de l'exercice.

d) Déterminer, à 10^{-3} près, la probabilité qu'au moins 6 salariés dans un échantillon de 20 aient suivi le stage.

▶ **3.** *Cette question est indépendante des questions 1 et 2.*
Pour inciter les salariés à suivre le stage, l'entreprise avait décidé d'augmenter les salaires des salariés ayant suivi le stage de 5 %, contre 2 % d'augmentation pour les salariés n'ayant pas suivi le stage.
Quel est le pourcentage moyen d'augmentation des salaires de cette entreprise dans ces conditions ?

S'ENTRAÎNER

LES CLÉS DU SUJET

▶ **1. b)** Sur un arbre pondéré, les branches de premier niveau portent des probabilités simples, les branches de deuxième niveau portent des probabilités conditionnelles.

c) On demande la probabilité de l'intersection de deux événements.

d) Il faut calculer une probabilité conditionnelle ; utilisez la définition.

e) Calculez la probabilité conditionnelle $P_{\overline{F}}(S)$ et comparez-la à 0,1.

▶ **3.** Tenez compte de la proportion de salariés ayant suivi la formation.

49 CORRIGÉ GUIDÉ

▶ 1. a) Donner la probabilité d'un événement

Puisque le stage a été suivi par 25 % des salariés de l'entreprise, on a $\boxed{P(\text{S}) = 0{,}25}$.

b) Compléter un arbre pondéré

D'après l'énoncé, $P(\text{F}) = 0{,}52$ car 52 % des salariés de l'entreprise sont des femmes. On a donc $P(\overline{\text{F}}) = 0{,}48$.

À NOTER
Si 52 % des salariés sont des femmes, 48 % sont des hommes.

D'autre part, 40 % des femmes salariées de l'entreprise ont suivi le stage, donc $P_{\text{F}}(\text{S}) = 0{,}4$.

On en déduit que 60 % des femmes salariées de l'entreprise n'ont pas suivi le stage, ce qui se traduit par $P_{\text{F}}(\overline{\text{S}}) = 0{,}6$.

L'arbre peut donc être complété de la manière suivante :

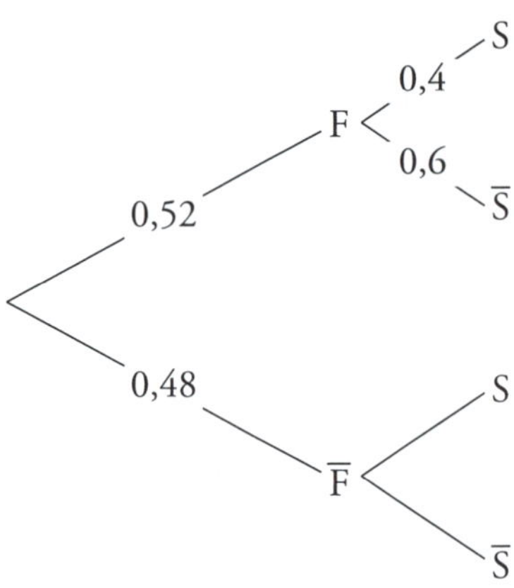

À NOTER
Pour l'instant, on ne peut pas indiquer les probabilités portées par les deux branches du bas ; on ne connaît pas, parmi les hommes, la proportion de ceux qui ont suivi le stage.

c) Calculer la probabilité de l'intersection de deux événements

La probabilité que la personne interrogée soit une femme ayant suivi le stage est $P(\text{F} \cap \text{S})$.

$P(\text{F} \cap \text{S}) = P(\text{F}) \times P_{\text{F}}(\text{S}) = 0{,}52 \times 0{,}4 = 0{,}208.$

La probabilité que la personne interrogée soit une femme ayant suivi le stage est bien 0,208.

d) Calculer une probabilité conditionnelle

La probabilité cherchée est $P_S(F)$, car on sait que la personne interrogée a suivi le stage. Par définition d'une probabilité conditionnelle :

$$P_S(F) = \frac{P(F \cap S)}{P(S)} = \frac{0,208}{0,25}, \text{ soit } \boxed{P_S(F) = 0,832}.$$

À NOTER
Parmi les personnes ayant suivi le stage, 83,2 % sont des femmes.

e) Calculer une probabilité conditionnelle

Pour connaître, parmi les hommes, la proportion de ceux qui ont suivi le stage, on calcule $P_{\overline{F}}(S)$:

$$P_{\overline{F}}(S) = \frac{P(\overline{F} \cap S)}{P(\overline{F})}.$$

Puisque F et $\overline{F}$ forment une partition de l'univers, on a, d'après la formule des probabilités totales :

$P(S) = P(F \cap S) + P(\overline{F} \cap S)$, donc $P(\overline{F} \cap S) = P(S) - P(F \cap S)$.

Or $P(S) = 0,25$ d'après l'énoncé et $P(F \cap S) = 0,208$ (question **1. c**)), donc $P(\overline{F} \cap S) = 0,25 - 0,208 = 0,042$.

On en déduit $P_{\overline{F}}(S) = \dfrac{0,042}{0,48} = 0,0875$.

À NOTER
Les hommes ayant suivi le stage représentent 4,2 % de l'ensemble des salariés de l'entreprise.

Ce résultat signifie que parmi les hommes salariés de l'entreprise, 8,75 % ont suivi le stage.

8,75 < 10, donc le directeur a raison lorsqu'il affirme que parmi les hommes salariés de l'entreprise, moins de 10 % ont suivi le stage.

▶ 2. a) Déterminer la loi d'une variable aléatoire

On assimile le choix des 20 salariés à un tirage avec remise, ce qui assure l'indépendance des épreuves successives.

Donc l'expérience est un schéma de Bernoulli constitué de la répétition de 20 épreuves identiques et indépendantes, dont le succès est « le salarié a suivi le stage » et a une probabilité égale à 0,25.

X donne le nombre de succès, donc X suit la loi binomiale de paramètres 20 et 0,25.

b) Calculer une probabilité associée à une loi binomiale

D'après la calculatrice, $P(X = 5) \approx 0,202$.

La probabilité que, dans un échantillon de 20 salariés, exactement 5 aient suivi le stage est égale à environ 0,202.

S'ENTRAÎNER

c) Déterminer la valeur renvoyée par un programme Python

Ce programme calcule, pour une valeur de l'entier naturel k saisie au départ, la somme des probabilités $P(X=i)$ pour i de 0 à k.

Si on saisit `proba(5)`, on obtient la somme des $P(X=i)$ pour i de 0 à 5, c'est-à-dire $P(X \leqslant 5)$.

D'après la calculatrice : $P(X \leqslant 5) \approx 0{,}617$.

Cela signifie que la probabilité que, dans un échantillon de 20, au plus 5 salariés aient suivi le stage est environ 0,617.

d) Calculer une probabilité associée à une loi binomiale

$P(X \geqslant 6) = 1 - P(X < 6) = 1 - P(X \leqslant 5)$, donc $P(X \geqslant 6) \approx 0{,}383$.

La probabilité que, dans un échantillon de 20 salariés, au moins 6 aient suivi le stage est environ 0,383.

▶ 3. Calculer un pourcentage moyen d'augmentation

25 %, c'est-à-dire un quart, des salariés de l'entreprise ont suivi le stage, donc bénéficient d'une augmentation de 5 %, les trois quarts ont une augmentation de 2 %.

$$\frac{1}{4} \times 5 + \frac{3}{4} \times 2 = 2{,}75$$

Dans l'entreprise, le pourcentage moyen d'augmentation des salaires est de 2,75 %.

À NOTER
On considère ici que tous les salaires sont égaux, ou au moins que le salaire moyen de ceux qui ont suivi le stage est égal à celui de ceux qui ne l'ont pas suivi. En pratique, il faudrait tenir compte des écarts.

Jeu de hasard sur ordinateur

1 heure
5 points

INTÉRÊT DU SUJET • En modélisant un jeu de hasard à l'aide d'un arbre de probabilité faisant intervenir des probabilités conditionnelles, construisez une suite arithmético-géométrique puis déterminez son comportement.

Un jeu de hasard sur ordinateur est paramétré de la façon suivante :

• si le joueur gagne une partie, la probabilité qu'il gagne la partie suivante est $\frac{1}{4}$;

• si le joueur perd une partie, la probabilité qu'il perde la partie suivante est $\frac{1}{2}$;

• la probabilité de gagner la première partie est $\frac{1}{4}$.

Pour tout entier naturel n non nul, on note G_n l'événement « la n-ième partie est gagnée » et on note p_n la probabilité de cet événement. On a donc $p_1 = \frac{1}{4}$.

▶ **1.** Montrer que $p_2 = \frac{7}{16}$.

▶ **2.** Montrer que, pour tout entier naturel n non nul, $p_{n+1} = -\frac{1}{4}p_n + \frac{1}{2}$.

▶ **3.** On obtient ainsi les premières valeurs de p_n :

n	1	2	3	4	5	6	7
p_n	0,25	0,4375	0,3906	0,4023	0,3994	0,4001	0,3999

Quelle conjecture peut-on émettre ?

▶ **4.** On définit, pour tout entier naturel n non nul, la suite (u_n) par un $u_n = p_n - \frac{2}{5}$.

S'ENTRAÎNER

a) Démontrer que la suite (u_n) est une suite géométrique dont on précisera la raison.
b) En déduire que, pour tout entier naturel n non nul,
$$p_n = \frac{2}{5} - \frac{3}{20}\left(-\frac{1}{4}\right)^{n-1}.$$
c) La suite (p_n) converge-t-elle ? Interpréter ce résultat.

LES CLÉS DU SUJET

▶ **1.** Pensez à construire un arbre pondéré avec les événements G_1 et G_2 et leurs événements contraires pour vous aider à déterminer p_2 avec la formule des probabilités totales.
▶ **2.** Pensez à construire un arbre pondéré avec les événements G_n et G_{n+1} et leurs événements contraires pour vous aider à déterminer la relation proposée avec la formule des probabilités totales.

50 CORRIGÉ **GUIDÉ**

▶ 1. Calculer une probabilité

• Comme $P(G_1) = p_1 = 0{,}25$, on a immédiatement $P(\overline{G_1}) = 1 - P(G_1) = 0{,}75$.

• Si le joueur gagne la première partie, la probabilité qu'il gagne la partie suivante est $\frac{1}{4} = 0{,}25$; il s'agit d'une probabilité conditionnelle : c'est la probabilité que l'événement G_2 se réalise sachant que l'événement G_1 est déjà réalisé. Nous avons donc $P_{G_1}(G_2) = 0{,}25$.

Il vient alors $P_{G_1}(\overline{G_2}) = 1 - P_{G_1}(G_2) = 1 - 0{,}25 = 0{,}75$.

• Si le joueur perd la première partie, la probabilité qu'il perde la partie suivante est $\frac{1}{2} = 0{,}5$. Nous avons donc

$P_{\overline{G_1}}(\overline{G_2}) = 0{,}5$.

Il vient alors :

$P_{\overline{G_1}}(G_2) = 1 - P_{\overline{G_1}}(\overline{G_2}) = 1 - 0{,}5 = 0{,}5$.

Résumons ces données à l'aide d'un arbre pondéré :

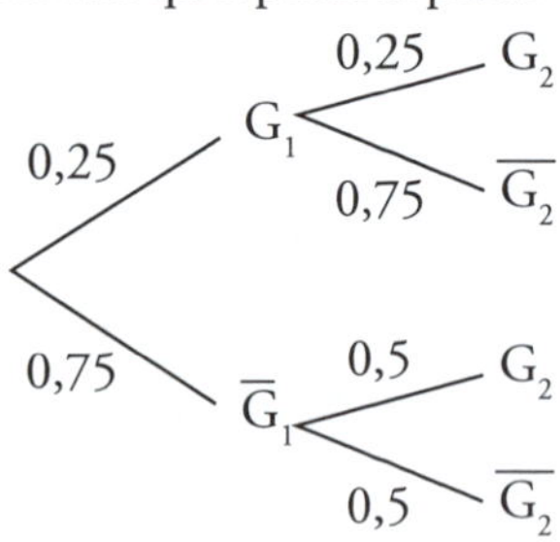

Il vient alors, par la formule des probabilités totales :

$$\begin{aligned} p_2 &= P(\mathrm{G}_2) = P(\mathrm{G}_1 \cap \mathrm{G}_2) + P(\overline{\mathrm{G}_1} \cap \mathrm{G}_2) \\ &= P(\mathrm{G}_1) \times P_{\mathrm{G}_1}(\mathrm{G}_2) + P(\overline{\mathrm{G}_1}) \times P_{\overline{\mathrm{G}_1}}(\mathrm{G}_2) \\ &= 0{,}25 \times 0{,}25 + 0{,}75 \times 0{,}5 = 0{,}4375 = \frac{7}{16}. \end{aligned}$$

▶ 2. Établir une formule de récurrence

Pour tout entier naturel n non nul :

- La probabilité que la n-ième partie soit gagnée est la probabilité de l'événement G_n. On a $P(\mathrm{G}_n) = p_n$.

Il vient alors immédiatement $P(\overline{\mathrm{G}_n}) = 1 - P(\mathrm{G}_n) = 1 - p_n$.

- Si le joueur gagne la n-ième partie, la probabilité qu'il gagne la partie suivante est $\frac{1}{4} = 0{,}25$. Nous avons donc $P_{\mathrm{G}_n}(\mathrm{G}_{n+1}) = 0{,}25$.

Il vient alors $P_{\mathrm{G}_n}(\overline{\mathrm{G}_{n+1}}) = 1 - P_{\mathrm{G}_n}(\mathrm{G}_{n+1}) = 1 - 0{,}25 = 0{,}75$.

- Si le joueur perd la n-ième partie, la probabilité qu'il perde la partie suivante est $\frac{1}{2} = 0{,}5$. Nous avons donc $P_{\overline{G_n}}(\overline{G_{n+1}}) = 0{,}5$.

Il vient alors $P_{\overline{G_n}}(G_{n+1}) = 1 - P_{\overline{G_n}}(\overline{G_{n+1}}) = 1 - 0{,}5 = 0{,}5$.

Résumons ces données à l'aide d'un arbre pondéré :

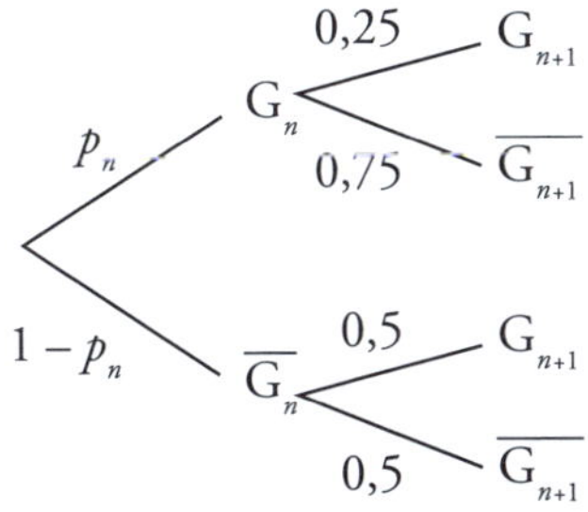

Il vient alors, par la formule des probabilités totales, pour tout entier naturel n non nul :

$$\begin{aligned} p_{n+1} = P(\mathrm{G}_{n+1}) &= P(\mathrm{G}_n \cap \mathrm{G}_{n+1}) + P(\overline{\mathrm{G}_n} \cap \mathrm{G}_{n+1}) \\ &= P(\mathrm{G}_n) \times P_{\mathrm{G}_n}(\mathrm{G}_{n+1}) + P(\overline{\mathrm{G}_n}) \times P_{\overline{\mathrm{G}_n}}(\mathrm{G}_{n+1}) \\ &= p_n \times 0{,}25 + (1 - p_n) \times 0{,}5 \\ &= -0{,}25\, p_n + 0{,}5 = -\frac{1}{4} p_n + \frac{1}{2}. \end{aligned}$$

▶ 3. Émettre des conjectures sur une suite

Les termes de la suite (p_n) se rapprochent de plus en plus de la valeur 0,4 quand n augmente.

Il semblerait donc que la suite (p_n) converge vers 0,4.

▶ 4. a) Démontrer qu'une suite est géométrique

Pour tout entier naturel n non nul :

$$u_{n+1} = p_{n+1} - \frac{2}{5} = \left(-\frac{1}{4}p_n + \frac{1}{2}\right) - \frac{2}{5}$$
$$= -\frac{1}{4}p_n + \frac{1}{10} = -\frac{1}{4}\left(p_n - \frac{2}{5}\right) = -\frac{1}{4}u_n.$$

La suite (u_n) est donc géométrique de raison $q = -\frac{1}{4}$.

b) Déterminer la formule explicite pour une suite

- $u_1 = p_1 - \frac{2}{5} = \frac{1}{4} - \frac{2}{5} = -\frac{3}{20}$.
- Pour tout entier naturel n non nul :

$$u_n = u_1 \times \left(-\frac{1}{4}\right)^{n-1} = -\frac{3}{20} \times \left(-\frac{1}{4}\right)^{n-1} \text{ et } p_n = u_n + \frac{2}{5}.$$

Donc $p_n = \frac{2}{5} - \frac{3}{20} \times \left(-\frac{1}{4}\right)^{n-1}$.

c) Étudier la convergence d'une suite

D'après la question **4. b)**, pour tout entier naturel n non nul :

$$p_n = \frac{2}{5} - \frac{3}{20} \times \left(-\frac{1}{4}\right)^{n-1}.$$

$\lim\limits_{n \to +\infty} \left(-\frac{1}{4}\right)^{n-1} = 0$; par produit et différence, il en résulte que $\lim\limits_{n \to +\infty} p_n = \frac{2}{5} = 0{,}4$.

La suite (p_n) converge donc vers 0,4.

Au bout d'un grand nombre de parties, la probabilité que le joueur gagne une partie va se stabiliser à 0,4, celle qu'il perde une partie va se stabiliser à 0,6.

> **RAPPEL**
> Si $-1 < q < 1$ alors $\lim\limits_{n \to +\infty} q^n = 0$.

Propagation d'un virus

1 heure
5 points

INTÉRÊT DU SUJET • La propagation d'un virus dans une population peut être estimée par des modèles mathématiques compartimentaux tel le SIR. Le modèle étudié ici fait appel à des probabilités conditionnelles et des suites numériques.

On étudie un modèle de propagation d'un virus dans une population, semaine après semaine.

Chaque individu de la population peut être, à l'exclusion de toute autre possibilité :

- soit susceptible d'être atteint par le virus, on dira qu'il est « de type S » ;
- soit malade (atteint par le virus) ;
- soit immunisé (ne peut plus être atteint par le virus).

Un individu est immunisé lorsqu'il a été vacciné, ou lorsqu'il a guéri après avoir été atteint par le virus.

Pour tout entier naturel n, le modèle de propagation du virus est défini par les règles suivantes :

- parmi les individus de type S en semaine n, on observe qu'en semaine $n+1$: 85 % restent de type S, 5 % deviennent malades et 10 % deviennent immunisés ;
- parmi les individus malades en semaine n, on observe qu'en semaine $n+1$: 65 % restent malades, et 35 % sont guéris et deviennent immunisés ;
- tout individu immunisé en semaine n reste immunisé en semaine $n+1$.

On choisit au hasard un individu dans la population. On considère les événements suivants :

S_n : « l'individu est de type S en semaine n » ;
M_n : « l'individu est malade en semaine n » ;
I_n : « l'individu est immunisé en semaine n ».

En semaine 0, tous les individus sont considérés « de type S », on a donc les probabilités suivantes :

$$P(S_0) = 1,\ P(M_0) = 0 \text{ et } P(I_0) = 0.$$

PARTIE A

On étudie l'évolution de l'épidémie au cours des semaines 1 et 2.

▶ **1.** Reproduire sur la copie et compléter l'arbre de probabilités donné ci-dessous :

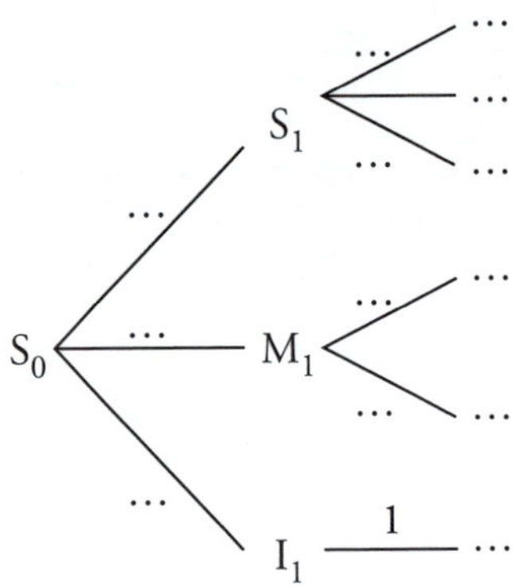

▶ **2.** Montrer que $P(I_2) = 0{,}2025$.

▶ **3.** Sachant qu'un individu est immunisé en semaine 2, quelle est la probabilité, arrondie au millième, qu'il ait été malade en semaine 1 ?

PARTIE B

On étudie dans cette partie l'évolution à long terme de l'épidémie.
Pour tout entier naturel n, on note $u_n = P(S_n)$, $v_n = P(M_n)$ et $w_n = P(I_n)$ les probabilités respectives des événements S_n, M_n et I_n.

▶ **1.** Justifier que, pour tout entier naturel n, on a : $u_n + v_n + w_n = 1$.
On admet que la suite (v_n) est définie par $v_0 = 0$ et, pour tout entier naturel n :

$$v_{n+1} = 0{,}65v_n + 0{,}05u_n.$$

▶ **2.** À l'aide d'un tableur, on a calculé les premiers termes des suites (u_n), (v_n) et (w_n) :

	A	B	C	D
1	n	u_n	v_n	w_n
2	0	1	0	0
3	1	0,8500	0,0500	0,1000
4	2	0,7225	0,0750	0,2025
5	3	0,6141	0,0849	0,3010
6	4	0,5220	0,0859	0,3921
7	5	0,4437	0,0819	0,4744
8	6	0,3771	0,0754	0,5474
...	...	...	...	...
20	18	0,0536	0,0133	0,9330
21	19	0,0456	0,0113	0,9431
22	20	0,0388	0,0096	0,9516

Pour répondre aux questions **a)** *et* **b)** *suivantes, on utilisera la feuille de calcul reproduite ci-dessus.*

a) Quelle formule, saisie dans la cellule C3, permet, par recopie vers le bas, de calculer les termes de la suite (v_n) ?

b) On admet que les termes de (v_n) augmentent, puis diminuent à partir d'un certain rang N, appelé le « pic épidémique » : c'est l'indice de la semainc pendant laquelle la probabilité d'être malade pour un individu choisi au hasard est la plus grande.
Déterminer la valeur du pic épidémique prévue par le modèle.

▶ **3. a)** Justifier que, pour tout entier naturel n, on a : $u_{n+1} = 0{,}85\ u_n$.
En déduire l'expression de u_n en fonction de n.

b) Montrer, à l'aide d'un raisonnement par récurrence, que pour tout entier naturel n, on a :

$$v_n = \frac{1}{4}(0{,}85^n - 0{,}65^n).$$

▶ **4.** Calculer les limites de chacune des trois suites (u_n), (v_n) et (w_n).
Que peut-on en déduire quant à l'évolution de l'épidémie prévue à long terme par ce modèle ?

S'ENTRAÎNER

LES CLÉS DU SUJET

Partie A

▶ **2.** Identifiez tous les chemins menant à l'événement I_2 avant d'appliquer la formule des probabilités totales.

Partie B

▶ **3. a)** Remarquez que seul un chemin passant par l'événement S_n permet d'aboutir à l'événement S_{n+1}. Utilisez ensuite la notation $u_n = P(S_n)$ et la formule des probabilités totales pour conclure.

51 CORRIGÉ GUIDÉ

PARTIE A

▶ 1. Compléter un arbre de probabilités

D'après l'énoncé, pour tout entier naturel n :

• Parmi les individus de type S en semaine n, on observe qu'en semaine $n + 1$, 85 % restent de type S. Il s'agit d'une probabilité conditionnelle, probabilité que l'événement S_{n+1} se réalise sachant que l'événement S_n s'est déjà réalisé ; on a donc $P_{S_n}(S_{n+1}) = 0{,}85$. Dans les cas $n = 0$ et $n = 1$, cela donne $P_{S_0}(S_1) = P_{S_1}(S_2) = 0{,}85$.

• Parmi les individus de type S en semaine n, on observe qu'en semaine $n + 1$, 5 % deviennent malades. Il s'agit d'une probabilité conditionnelle, probabilité que l'événement M_{n+1} se réalise sachant que l'événement S_n s'est déjà réalisé ; on a donc $P_{S_n}(M_{n+1}) = 0{,}05$. Dans les cas $n = 0$ et $n = 1$, cela donne $P_{S_0}(M_1) = P_{S_1}(M_2) = 0{,}05$.

• Parmi les individus de type S en semaine n, on observe qu'en semaine $n + 1$, 10 % deviennent immunisés. Il s'agit d'une probabilité conditionnelle, probabilité que l'événement I_{n+1} se réalise sachant que l'événement S_n s'est déjà réalisé ; on a donc $P_{S_n}(I_{n+1}) = 0{,}10$. Dans les cas $n = 0$ et $n = 1$, cela donne $P_{S_0}(I_1) = P_{S_1}(I_2) = 0{,}10$.

• Parmi les individus malades en semaine n, on observe qu'en semaine $n + 1$, 65 % restent malades. Il s'agit d'une probabilité conditionnelle, probabilité que l'événement M_{n+1} se réalise sachant que l'événement M_n s'est déjà réalisé ; on a donc $P_{M_n}(M_{n+1}) = 0,65$. Dans le cas où $n = 1$, cela donne $P_{M_1}(M_2) = 0,65$.

- Parmi les individus malades en semaine n, on observe qu'en semaine $n + 1$, 35 % sont guéris et deviennent immunisés. Il s'agit d'une probabilité conditionnelle, probabilité que l'événement I_{n+1} se réalise sachant que l'événement M_n s'est déjà réalisé ; on a donc $P_{M_n}(I_{n+1}) = 0,35$. Dans le cas où $n = 1$, cela donne $P_{M_1}(I_2) = 0,35$.
- Tout individu immunisé en semaine n reste immunisé en semaine $n + 1$. Il s'agit d'une probabilité conditionnelle, probabilité que l'événement I_{n+1} se réalise sachant que l'événement I_n s'est déjà réalisé ; on a donc $P_{I_n}(I_{n+1}) = 1$. Dans le cas où $n = 1$, on a $P_{I_1}(I_2) = 1$.

On résume toutes ces informations dans l'arbre de probabilités ci-dessous.

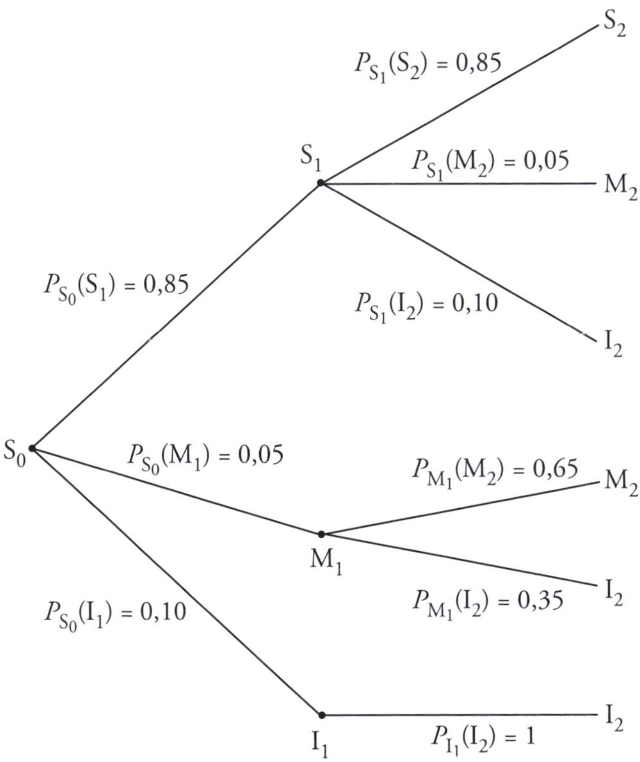

S'ENTRAÎNER

▶ 2. Calculer une probabilité

À NOTER
D'après l'énoncé, $P(S_0) = 1$: il est certain que l'individu choisi au hasard soit de type S en semaine 0.

Les chemins menant à l'événement I_2 sont $S_0 \cap S_1 \cap I_2$, $S_0 \cap M_1 \cap I_2$ et $S_0 \cap I_1 \cap I_2$.
D'après la formule des probabilités totales, nous avons :

$$\begin{aligned}P(I_2) &= P(S_0 \cap S_1 \cap I_2) + P(S_0 \cap M_1 \cap I_2) + P(S_0 \cap I_1 \cap I_2)\\ &= P(S_0) \times P_{S_0}(S_1) \times P_{S_1}(I_2) + P(S_0) \times P_{S_0}(M_1) \times P_{M_1}(I_2)\\ &\quad + P(S_0) \times P_{S_0}(I_1) \times P_{I_1}(I_2)\\ &= 1 \times 0{,}85 \times 0{,}10 + 1 \times 0{,}05 \times 0{,}35 + 1 \times 0{,}10 \times 1\\ &= 0{,}2025.\end{aligned}$$

La probabilité $P(I_2)$ est bien égale à 0,2025.

▶ 3. Calculer une probabilité conditionnelle

Sachant qu'un individu est immunisé en semaine 2, la probabilité qu'il ait été malade en semaine 1 est la probabilité conditionnelle $P_{I_2}(M_1)$.

Par définition, puisque d'après la question précédente $P(I_2) = 0{,}2025 \neq 0$, nous avons :

$$\begin{aligned}P_{I_2}(M_1) &= \frac{P(M_1 \cap I_2)}{P(I_2)} = \frac{P(S_0 \cap M_1 \cap I_2)}{0{,}2025}\\ &= \frac{P(S_0) \times P_{S_0}(M_1) \times P_{M_1}(I_2)}{0{,}2025} = \frac{1 \times 0{,}05 \times 0{,}35}{0{,}2025} \approx 0{,}086.\end{aligned}$$

La probabilité qu'un individu ait été malade en semaine 1 sachant qu'il est immunisé en semaine 2 est 0,086, arrondie au millième.

PARTIE B

▶ 1. Justifier une égalité

Pour tout entier naturel n, lors de la semaine n, un individu peut être, à l'exclusion de tout autre possibilité, soit de type S, soit malade, soit immunisé. La somme des probabilités des événements disjoints S_n, M_n et I_n est donc égale à 1. Ainsi, pour tout entier naturel n, $P(S_n) + P(M_n) + P(I_n) = 1$ soit $u_n + v_n + w_n = 1$.

▶ 2. a) Proposer une formule de tableur

Pour tout entier naturel n, nous avons, d'après l'énoncé, $v_{n+1} = 0{,}65v_n + 0{,}05u_n$. Pour calculer le terme de la suite (v_n) de la cellule C3, nous avons donc besoin du terme d'indice précédent de la suite (v_n) qui se trouve en C2 et du terme d'indice précédent de la suite (u_n) qui se trouve en B2.

Une formule à saisir dans la cellule C3 permettant de calculer, par recopie vers le bas, les termes de la suite (v_n) est « =0,65*C2+0,05*B2 ».

b) Déterminer une valeur seuil

D'après la feuille de calcul reproduite dans l'énoncé, on constate que les termes de la suite (v_n) augmentent, puis diminuent à partir de $N = 4$ (cellule A6).

	A	B	C	D
1	n	u_n	v_n	w_n
2	0	1	0	0
3	1	0,8500	0,0500	0,1000
4	2	0,7225	0,0750	0,2025
5	3	0,6141	0,0849	0,3010
6	4	0,5220	0,0859	0,3921
7	5	0,4437	0,0819	0,4744
8	6	0,3771	0,0754	0,5474

La valeur du pic épidémique prévue par le modèle est donc $N = 4$.

▶ **3. a) Identifier une suite géométrique et sa formule explicite**

Pour tout entier naturel n, seul le chemin $S_n \cap S_{n+1}$ aboutit à l'événement S_{n+1}.

D'après la question **1.** de la partie **A**, nous avons, pour tout entier naturel n, $P_{S_n}(S_{n+1}) = 0,85$. Nous en déduisons donc :

$u_{n+1} = P(S_{n+1}) = P(S_n \cap S_{n+1}) = P(S_n) \times P_{S_n}(S_{n+1}) = u_n \times 0,85 = 0,85u_n$.

La suite (u_n) est donc une suite géométrique de raison $q = 0,85$ et de premier terme $u_0 = P(S_0) = 1$. Nous avons ainsi, pour tout entier naturel n, $u_n = u_0 \times q^n = 1 \times 0,85^n = 0,85^n$.

b) Raisonner par récurrence

Soit $P(n)$ la propriété : $v_n = \frac{1}{4}(0,85^n - 0,65^n)$.

- **Initialisation** : $v_0 = P(M_0) = 0$ (énoncé) et $\frac{1}{4}(0,85^0 - 0,65^0) = \frac{1}{4} \times (1-1) = 0$ donc $v_0 = \frac{1}{4}(0,85^0 - 0,65^0)$ et la propriété est initialisée pour $n = 0$.
- **Hérédité** : supposons que la propriété $P(k)$ soit vraie pour un entier naturel k.

D'après l'hypothèse de récurrence, on a : $v_k = \frac{1}{4}(0{,}85^k - 0{,}65^k)$.

Démontrons alors que $P(k+1)$ est également vérifiée.

$$\begin{aligned} v_{k+1} &= 0{,}65 v_k + 0{,}05 u_k \\ &= 0{,}65 \times \underbrace{\frac{1}{4}(0{,}85^k - 0{,}65^k)}_{\text{hypothèse de récurrence}} + 0{,}05 \times \underbrace{0{,}85^k}_{\text{question 3. a) de la partie B}} \\ &= \frac{1}{4} \times [0{,}65 \times (0{,}85^k - 0{,}65^k) + 4 \times 0{,}05 \times 0{,}85^k] \\ &= \frac{1}{4} \times [0{,}65 \times 0{,}85^k - 0{,}65^{k+1} + 0{,}2 \times 0{,}85^k] \\ &= \frac{1}{4} \times \left[\underbrace{(0{,}65 + 0{,}2)}_{=0{,}85} \times 0{,}85^k - 0{,}65^{k+1}\right] \\ &= \frac{1}{4}(0{,}85^{k+1} - 0{,}65^{k+1}). \end{aligned}$$

La propriété $P(k+1)$ est donc vérifiée.

• **Conclusion** : la propriété $P(n)$ est initialisée pour $n = 0$ et est héréditaire. Elle est donc vraie pour tout entier naturel n. Ainsi, pour tout entier naturel n, $v_n = \frac{1}{4}(0{,}85^n - 0{,}65^n)$.

▶ 4. Calculer des limites de suites

• Pour tout entier naturel n, nous avons $u_n = 0{,}85^n$. Comme $-1 < 0{,}85 < 1$, il s'ensuit que $\lim\limits_{n \to +\infty} u_n = \lim\limits_{n \to +\infty} 0{,}85^n = 0$.

À NOTER
Pour tout réel q tel que $-1 < q < 1$, $\lim\limits_{n \to +\infty} q^n = 0$

• Pour tout entier naturel n, nous avons $v_n = \frac{1}{4}(0{,}85^n - 0{,}65^n) = \frac{1}{4}(u_n - 0{,}65^n)$. Comme $-1 < 0{,}65 < 1$, il s'ensuit que $\lim\limits_{n \to +\infty} 0{,}65^n = 0$. Par différence et produit, nous avons alors $\lim\limits_{n \to +\infty} v_n = \lim\limits_{n \to +\infty} \frac{1}{4}(u_n - 0{,}65^n) = \frac{1}{4} \times (0 - 0) = 0$.

• Pour tout entier naturel n, nous avons $u_n + v_n + w_n = 1$ (question **B 1.**), soit $w_n = 1 - u_n - v_n$. Par différence des limites, nous avons $\lim\limits_{n \to +\infty} w_n = 1 - 0 - 0 = 1$.

Par ce modèle, puisque $\lim\limits_{n \to +\infty} u_n = 0$, $\lim\limits_{n \to +\infty} v_n = 0$ et $\lim\limits_{n \to +\infty} w_n = 1$, nous pouvons déduire qu'à long terme, tous les individus seront immunisés.

52 Probabilités conditionnelles

Un problème de bouteilles en verre consignées

1 heure
5 points

INTÉRÊT DU SUJET • Dans ce sujet, à l'aide d'un arbre de probabilités, on construit une suite de probabilités qui décrit le comportement d'un consommateur. On cherche à caractériser cette suite arithmético-géométrique afin d'en déterminer le comportement à l'infini, puis en donner une interprétation dans le cadre du problème posé.

S'ENTRAÎNER

Chaque semaine, un agriculteur propose en vente directe à chacun de ses clients un panier de produits frais qui contient une seule bouteille de jus de fruits. Dans un esprit de développement durable, il fait le choix de bouteilles en verre incassable et demande à ce que, chaque semaine, le client rapporte sa bouteille vide.

On suppose que le nombre de clients de l'agriculteur reste constant.

Une étude statistique réalisée donne les résultats suivants :

– à l'issue de la première semaine, la probabilité qu'un client rapporte la bouteille de son panier est 0,85 ;

– si le client a rapporté la bouteille de son panier une semaine, alors la probabilité qu'il ramène la bouteille du panier la semaine suivante est 0,90 ;

– si le client n'a pas rapporté la bouteille de son panier une semaine, alors la probabilité qu'il ramène la bouteille du panier la semaine suivante est 0,15.

On choisit au hasard un client parmi la clientèle de l'agriculteur. Pour tout entier naturel n non nul, on note R_n l'événement « le client rapporte la bouteille de son panier de la n-ième semaine ».

▶ **1. a)** Modéliser la situation étudiée pour les deux premières semaines à l'aide d'un arbre pondéré qui fera intervenir les événements R_1 et R_2.

b) Déterminer la probabilité que le client rapporte ses bouteilles des paniers de la première et de la deuxième semaine.

c) Montrer que la probabilité que le client rapporte la bouteille du panier de la deuxième semaine est égale à 0,7875.

d) Sachant que le client a rapporté la bouteille de son panier de la deuxième semaine, quelle est la probabilité qu'il n'ait pas rapporté la bouteille de son panier de la première semaine ? On arrondira le résultat à 10^{-3}.

▶ **2.** Pour tout entier naturel n non nul, on note r_n la probabilité que le client rapporte la bouteille du panier de la n-ième semaine. On a alors $r_n = P(\mathrm{R}_n)$.

a) Recopier et compléter l'arbre pondéré (aucune justification n'est attendue) :

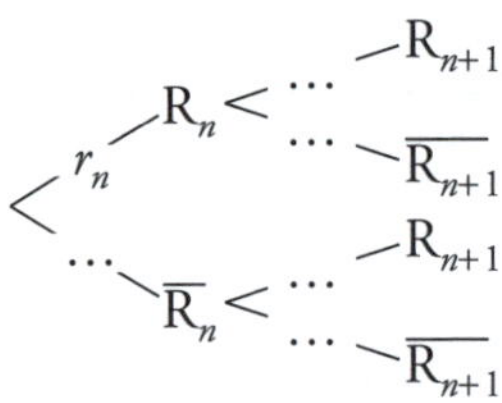

b) Justifier que pour tout entier naturel n non nul, $r_{n+1} = 0{,}75r_n + 0{,}15$.

c) Démontrer que pour tout entier naturel n non nul, $r_n = 0{,}25 \times 0{,}75^{n-1} + 0{,}6$.

d) Calculer la limite de la suite (r_n). Interpréter le résultat dans le contexte de l'exercice.

LES CLÉS DU SUJET

▶ **1. b)** On cherche $P(\mathrm{R}_1 \cap \mathrm{R}_2)$.

c) Utilisez la formule des probabilités totales.

d) Utilisez la formule des probabilités conditionnelles.

▶ **2. a)** Adaptez l'arbre de la question **1. a)**.

b) Utilisez les branches de l'arbre.

c) Utilisez un raisonnement par récurrence ou les propriétés des suites arithmético-géométriques.

d) On sait que si $-1 < q < 1$ alors $\lim_{n \to +\infty} q^n = 0$.

52 CORRIGÉ GUIDÉ

▶ 1. a) Modéliser une situation par un arbre et exploiter les données des branches

L'arbre ci-dessous modélise la situation telle qu'elle est décrite par l'énoncé.

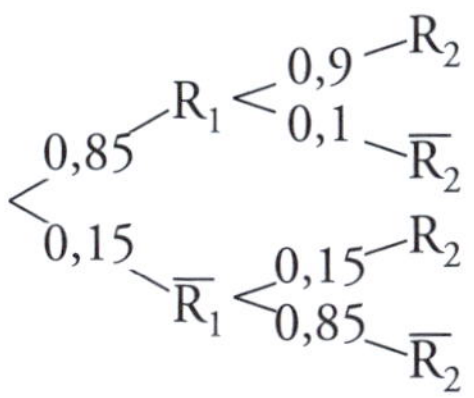

> **RAPPEL**
> La somme des probabilités des branches de même racine est égale à 1.

b) Lire une probabilité conditionnelle sur un arbre

La probabilité cherchée $P(\mathrm{R}_1 \cap \mathrm{R}_2)$ se lit sur la première branche de l'arbre :

$P(\mathrm{R}_1 \cap \mathrm{R}_2) = P_{\mathrm{R}_1}(\mathrm{R}_2)P(\mathrm{R}_1) = 0,9 \times 0,85 = 0,765$.

c) On cherche $P(\mathrm{R}_2)$. D'après la formule des probabilités totales :

$P(\mathrm{R}_2) = P_{\mathrm{R}_1}(\mathrm{R}_2)P(\mathrm{R}_1) + P_{\overline{\mathrm{R}_1}}(\mathrm{R}_2)P(\overline{\mathrm{R}_1}) = 0,765 + 0,15 \times 0,15$

soit $P(\mathrm{R}_2) = 0,7875$.

d) Calculer une probabilité conditionnelle

La probabilité cherchée est $P_{\mathrm{R}_2}(\mathrm{R}_1)$ avec :

$$P_{\mathrm{R}_2}(\mathrm{R}_1) = \frac{P(R_1 \cap R_2)}{P(R_2)} = \frac{0,765}{0,7875} \approx 0,971.$$

▶ 2. a) Modéliser une situation par un arbre

La probabilité que le client ramène, une semaine donnée, la bouteille du panier précédent est indépendante de la semaine considérée comme il est indiqué dans les deux derniers points du préambule. On en déduit l'arbre ci-contre.

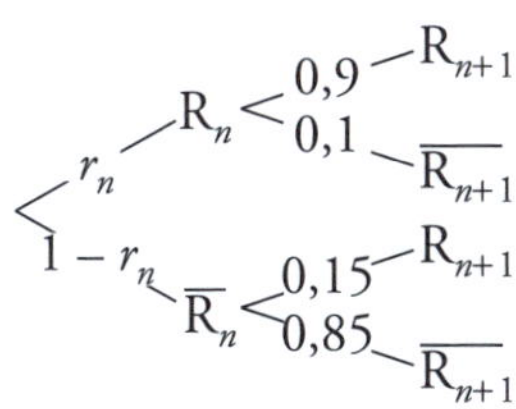

b) Traduire une situation par une suite

On en déduit :

$r_{n+1} = P(\mathrm{R}_{n+1}) = 0,9r_n + 0,15(1 - r_n)$

$r_{n+1} = 0,9\ r_n + 0,15 - 0,15r_n$

$r_{n+1} = 0,75r_n + 0,15.$

c) Traiter une suite arithmético-géométrique de deux façons

On peut utiliser deux méthodes.

Raisonnements par récurrence

Notons $\mathcal{P}_n$ la proposition « $r_n = 0,25 \times 0,75^{n-1} + 0,6$ ».

- D'une part $r_1 = P(\mathrm{R}_1) = 0,85$ et d'autre part :

$0,25 \times 0,75^{1-1} + 0,6 = 0,25 \times 1 + 0,6 = 0,85.$

Donc $\mathcal{P}_1$ est vraie.

- Supposons que la proposition $\mathcal{P}_n$ soit vraie pour un entier naturel n non nul et démontrons alors que $\mathcal{P}_{n+1}$ est vraie, c'est-à-dire $r_{n+1} = 0,25 \times 0,75^n + 0,6$.

$$\begin{aligned} r_{n+1} &= 0,75r_n + 0,15 \\ &= 0,75\underbrace{(0,25 \times 0,75^{n-1} + 0,6)}_{r_n} + 0,15 \\ &= 0,25 \times 0,75^n + 0,75 \times 0,6 + 0,15 \\ &= 0,25 \times 0,75^n + 0,45 + 0,15 \\ &= 0,25 \times 0,75^n + 0,6. \end{aligned}$$

- **Bilan** : la proposition $\mathcal{P}_n$ est vraie pour tout entier naturel non nul.

Propriétés des suites arithmético-géométriques

Cherchons le nombre ℓ tel que $\ell = 0,75\ell + 0,15$.

On trouve $\ell = \dfrac{0,15}{0,25} = 0,6.$

> **À NOTER**
> ℓ s'appelle le point fixe de la fonction $x \mapsto 0,75x + 0,15$.

Pour tout $n \in \mathbb{N}$ on a donc :

$$\begin{cases} r_{n+1} = 0,75r_n + 0,15 \\ 0,6 = 0,75 \times 0,6 + 0,15. \end{cases}$$

Par soustraction : $r_{n+1} - 0,6 = 0,75(r_n - 0,6)$.

Si on pose $s_n = r_n - 0,6$ alors $s_{n+1} = r_{n+1} - 0,6$ et donc $s_{n+1} = 0,75s_n$.

La suite (s_n) est donc une suite géométrique de raison 0,75.

Ainsi, pour tout entier naturel n non nul $s_n = s_1 \times 0,75^{n-1}$. Comme $r_1 = 0,85$ on a donc :

$r_n - 0,6 = (r_1 - 0,6) \times 0,75^{n-1}$

$r_n = 0,6 + (0,85 - 0,6) \times 0,75^{n-1}$

$r_n = 0,6 + 0,25 \times 0,75^{n-1}$.

d) Déterminer la limite d'une suite

$\lim\limits_{n \to +\infty} r_n = 0,6 + 0,25 \times \lim\limits_{n \to +\infty} 0,75^{n-1}$, or $\lim\limits_{n \to +\infty} 0,75^{n-1} = 0$ donc :

$\lim\limits_{n \to +\infty} r_n = 0,6$.

Dans le contexte de l'énoncé, on peut dire qu'il y a pratiquement 6 chances sur 10 pour que le client rapporte la bouteille de son panier de la n-ième semaine, pourvu que n soit suffisamment grand.

S'ENTRAÎNER

53 France métropolitaine, mai 2022 • Jour 2
Exercice 1

Épidémie chez les coyotes et test de dépistage

1 heure
7 points

INTÉRÊT DU SUJET • On étudie dans cet exercice, grâce aux valeurs prédictives positive et négative, la performance d'un test de dépistage d'une maladie des coyotes, puis une variable aléatoire en lien avec la situation.

Le coyote est un animal sauvage proche du loup, qui vit en Amérique du Nord.
Dans l'état d'Oklahoma, aux États-Unis, 70 % des coyotes sont touchés par une maladie appelée ehrlichiose.
Il existe un test aidant à la détection de cette maladie. Lorsque ce test est appliqué à un coyote, son résultat est soit positif, soit négatif, et on sait que :

- si le coyote est malade, le test est positif dans 97 % des cas ;
- si le coyote n'est pas malade, le test est négatif dans 95 % des cas.

PARTIE A

Des vétérinaires capturent un coyote d'Oklahoma au hasard et lui font subir un test pour l'ehrlichiose.
On considère les événements suivants :

- M : « le coyote est malade » ;
- T : « le test du coyote est positif ».

On note $\overline{M}$ et $\overline{T}$ respectivement les événements contraires de M et T.

▶ **1.** Recopier et compléter l'arbre pondéré ci-dessous qui modélise la situation.

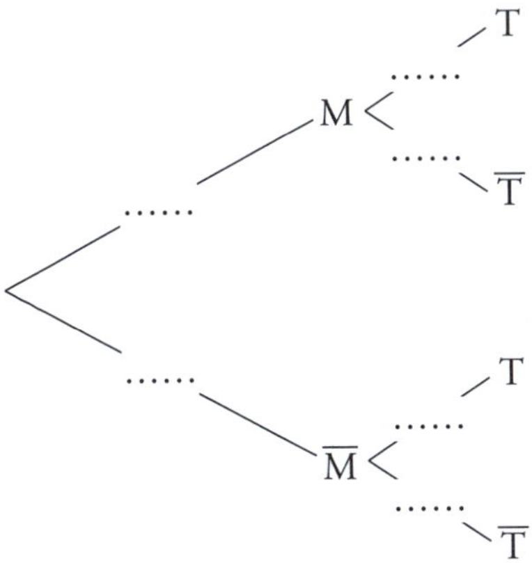

▶ **2.** Déterminer la probabilité que le coyote soit malade et que son test soit positif.

▶ **3.** Démontrer que la probabilité de T est égale à 0,694.

▶ **4.** On appelle « valeur prédictive positive du test » la probabilité que le coyote soit effectivement malade sachant que son test est positif. Calculer la valeur prédictive positive du test. On arrondira le résultat au millième.

▶ **5. a)** Par analogie avec la question précédente, proposer une définition de la « valeur prédictive négative du test », et calculer cette valeur en arrondissant au millième.
b) Comparer les valeurs prédictives positive et négative du test, et interpréter.

PARTIE B

On rappelle que la probabilité qu'un coyote capturé au hasard présente un test positif est de 0,694.

▶ **1.** Lorsqu'on capture au hasard cinq coyotes, on assimile ce choix à un tirage avec remise.
On note X la variable aléatoire qui à un échantillon de cinq coyotes capturés au hasard associe le nombre de coyotes dans cet échantillon ayant un test positif.
a) Quelle est la loi de probabilité suivie par X ? Justifier et préciser ses paramètres.

b) Calculer la probabilité que dans un échantillon de cinq coyotes capturés au hasard, un seul ait un test positif. On arrondira le résultat au centième.

c) Un vétérinaire affirme qu'il y a plus d'une chance sur deux qu'au moins quatre coyotes sur cinq aient un test positif. Cette affirmation est-elle vraie ? Justifier la réponse.

▶ **2.** Pour tester des médicaments, les vétérinaires ont besoin de disposer d'un coyote présentant un test positif. Combien doivent-ils capturer de coyotes pour que la probabilité qu'au moins l'un d'entre eux présente un test positif soit supérieure à 0,99 ?

LES CLÉS DU SUJET

Partie A

▶ **1.** Sur les branches de premier niveau de l'arbre, on a des probabilités simples. Les branches de deuxième niveau portent des probabilités conditionnelles, conditionnées par l'événement « dont elles sont issues ».

▶ **2.** On demande ici de calculer la probabilité de l'intersection de deux événements.

▶ **3.** La probabilité d'un événement est la somme des probabilités correspondant aux branches menant à cet événement.

▶ **4.** La probabilité à calculer est une probabilité conditionnelle ; utilisez la définition.

Partie B

▶ **2.** Utilisez la fonction ln.

53 CORRIGÉ GUIDÉ

PARTIE A

▶ 1. Représenter une situation par un arbre pondéré

La situation peut être représentée par l'arbre suivant :

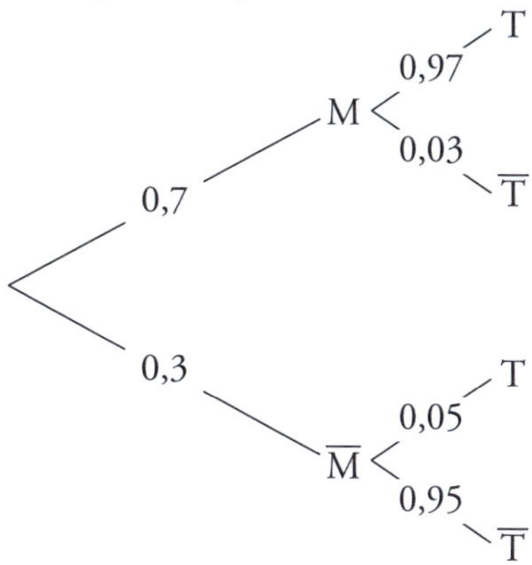

▶ 2. Déterminer la probabilité de l'intersection de deux événements

La probabilité que le coyote soit malade et que son test soit positif est $P(M \cap T)$.

$P(M \cap T) = P(M) \times P_M(T) = 0,7 \times 0,97 = 0,679.$

La probabilité que le coyote capturé soit malade et que son test soit positif est 0,679.

▶ 3. Calculer la probabilité d'un événement

M et $\overline{M}$ forment une partition de l'univers, donc d'après la formule des probabilités totales :

$P(T) = P(M \cap T) + P(\overline{M} \cap T) = 0,679 + 0,3 \times 0,05 = 0,679 + 0,015.$

Soit $\boxed{P(T) = 0,694}$.

▶ 4. Calculer la valeur prédictive positive d'un test

La valeur prédictive positive du test est $P_T(M)$.

D'après la définition d'une probabilité conditionnelle :

$$P_T(M) = \frac{P(M \cap T)}{P(T)} = \frac{0,679}{0,694} \approx 0,978 \text{ en arrondissant au millième.}$$

La valeur prédictive positive du test est environ 0,978.

▶ 5. a) Définir et calculer la valeur prédictive négative d'un test

Par analogie avec la question précédente, on appelle valeur prédictive négative du test la probabilité que le coyote ne soit pas malade sachant que son test est négatif, c'est-à-dire $P_{\overline{\mathrm{T}}}(\overline{\mathrm{M}})$.

$$P_{\overline{\mathrm{T}}}(\overline{\mathrm{M}}) = \frac{P(\overline{\mathrm{M}} \cap \overline{\mathrm{T}})}{P(\overline{\mathrm{T}})} = \frac{0{,}3 \times 0{,}95}{1 - 0{,}694} \approx 0{,}931.$$

La valeur prédictive négative du test est environ 0,931.

b) Comparer les valeurs prédictives positive et négative du test

$$P_{\mathrm{T}}(\mathrm{M}) > P_{\overline{\mathrm{T}}}(\overline{\mathrm{M}}).$$

La valeur prédictive positive est supérieure à la valeur prédictive négative, le test est (un peu) plus fiable lorsqu'il est positif que lorsqu'il est négatif.

MOT CLÉ
Les valeurs prédictives positive et négative d'un test de dépistage d'une maladie dépendent fortement de la **prévalence** de la maladie dans la population, c'est-à-dire de la proportion d'individus malades.

PARTIE B

▶ 1. a) Déterminer la loi d'une variable aléatoire

On assimile l'expérience à un tirage avec remise, ce qui assure l'indépendance des choix.

On peut donc considérer que l'expérience est la répétition de 5 épreuves de Bernoulli identiques et indépendantes, dont le succès est « le coyote a un test positif » et a une probabilité égale à 0,694.

La variable aléatoire X donne le nombre de succès, donc X suit la loi binomiale de paramètres 5 et 0,694, notée $\mathcal{B}(5\ ;\ 0{,}694)$.

b) Calculer une probabilité associée à une loi binomiale

La probabilité que, dans un échantillon de cinq coyotes capturés au hasard, un seul ait un test positif est $P(X = 1)$.

D'après la calculatrice : $P(X = 1) \approx 0{,}03$.

La probabilité que, dans un échantillon de cinq coyotes capturés au hasard, un seul ait un test positif est environ 0,03.

c) Calculer et interpréter une probabilité associée à une loi binomiale

La probabilité que, dans un échantillon de cinq coyotes capturés au hasard, au moins quatre aient un test positif est $P(X \geqslant 4)$.

> **À NOTER**
> Avec certaines calculatrices, on peut obtenir directement $P(X \geqslant 4)$.

$P(X \geqslant 4) = 1 - P(X \leqslant 3) \approx 0{,}516$.

$\boxed{P(X \geqslant 4) > 0{,}5}$, donc il y a plus d'une chance sur deux que, sur cinq coyotes capturés au hasard, au moins quatre aient un test positif ; le vétérinaire a raison.

▶ 2. Déterminer le nombre de répétitions nécessaires d'une épreuve pour qu'une condition soit remplie

Soit n le nombre de coyotes capturés.

La probabilité qu'un coyote choisi au hasard présente un test négatif est $1 - 0{,}694$, c'est-à-dire $0{,}306$; la probabilité que les n coyotes capturés présentent tous un test négatif, c'est-à-dire qu'aucun n'ait un test positif, est $0{,}306^n$.

En considérant l'événement contraire, la probabilité qu'au moins un coyote, sur les cinq capturés, présente un test positif, est $1 - 0{,}306^n$.

On cherche donc n tel que $1 - 0{,}306^n \geqslant 0{,}99$, qui équivaut à $0{,}306^n \leqslant 0{,}01$.

Puisque la fonction logarithme népérien est croissante sur $]0\,;+\infty[$, $0{,}306^n \leqslant 0{,}01$ équivaut à $n\ln(0{,}306) \leqslant \ln(0{,}01)$.

Comme $\ln(0{,}306) < 0$, l'inégalité équivaut donc à $n \geqslant \dfrac{\ln(0{,}01)}{\ln(0{,}306)}$.

$\dfrac{\ln(0{,}01)}{\ln(0{,}306)} \approx 3{,}89$, donc, puisque n est entier, $n \geqslant \dfrac{\ln(0{,}01)}{\ln(0{,}306)}$ équivaut à $n \geqslant 4$.

Pour que la probabilité qu'au moins un coyote présente un test positif soit supérieure ou égale à 0,99, il faut capturer au moins 4 coyotes.

54 France métropolitaine, juin 2021
Exercice 2

Le test est-il efficace ?

55 min
5 points

INTÉRÊT DU SUJET • On étudie ici l'efficacité d'un test supposé détecter les pièces défectueuses dans la production d'une chaîne de fabrication. Cela permet de définir la notion de **valeur prédictive positive** d'un test, en lien avec le pourcentage de « faux positifs ». On considère ensuite un échantillon de 20 pièces et une variable aléatoire associée.

Une chaîne de fabrication produit des pièces mécaniques. On estime que 5 % des pièces produites par cette chaîne sont défectueuses.
Un ingénieur a mis au point un test à appliquer aux pièces. Ce test a deux résultats possibles : « positif » ou bien « négatif ».
On applique ce test à une pièce choisie au hasard dans la production de la chaîne.
On note $p(\text{E})$ la probabilité d'un événement E.
On considère les événements suivants :

- D : « la pièce est défectueuse » ;
- T : « la pièce présente un test positif » ;
- $\overline{\text{D}}$ et $\overline{\text{T}}$ désignent respectivement les événements contraires de D et T.

Compte tenu des caractéristiques du test, on sait que :

- la probabilité qu'une pièce présente un test positif sachant qu'elle est défectueuse est égale à 0,98 ;
- la probabilité qu'une pièce présente un test négatif sachant qu'elle n'est pas défectueuse est égale à 0,97.

Les parties A et B peuvent être traitées de façon indépendante.

PARTIE A

▶ **1.** Traduire la situation à l'aide d'un arbre pondéré.

▶ **2. a)** Déterminer la probabilité qu'une pièce choisie au hasard dans la production de la chaîne soit défectueuse et présente un test positif.
b) Démontrer que : $p(\text{T}) = 0{,}0775$.

▶ **3.** On appelle **valeur prédictive positive** du test la probabilité qu'une pièce soit défectueuse sachant que le test est positif. On considère que, pour être efficace, un test doit avoir une valeur prédictive positive supérieure à 0,95.
Calculer la valeur prédictive positive de ce test et préciser s'il est efficace.

PARTIE B

On choisit un échantillon de 20 pièces dans la production de la chaîne, en assimilant ce choix à un tirage avec remise. On note X la variable aléatoire qui donne le nombre de pièces défectueuses dans cet échantillon.
On rappelle que $p(\mathrm{D}) = 0{,}05$.

▶ **1.** Justifier que X suit une loi binomiale et déterminer les paramètres de cette loi.

▶ **2.** Calculer la probabilité que cet échantillon contienne au moins une pièce défectueuse.
On donnera un résultat arrondi au centième.

▶ **3.** Calculer l'espérance de la variable aléatoire X et interpréter le résultat obtenu.

LES CLÉS DU SUJET

Partie A

▶ **1.** Avant d'élaborer l'arbre, il faut traduire toutes les données de l'énoncé en termes de probabilités.
Sur les branches de premier niveau, on indique des probabilités simples. Les branches de deuxième niveau portent des probabilités conditionnelles, conditionnées par l'événement « dont elles sont issues ».
▶ **2. a)** On demande la probabilité de l'intersection de deux événements.
▶ **3.** Il faut calculer une probabilité conditionnelle ; utilisez la définition.

Partie B

▶ **2.** Déterminez l'événement contraire de celui sur lequel porte la question.
▶ **3.** L'espérance d'une variable aléatoire peut être interprétée comme la moyenne des valeurs prises par cette variable aléatoire sur un grand nombre de répétitions de l'expérience.

54 CORRIGÉ GUIDÉ

PARTIE A

▶ 1. Traduire un énoncé par un arbre pondéré

La phrase « on estime que 5 % des pièces produites sont défectueuses » peut être traduite par $p(\text{D}) = 0{,}05$. On en déduit $p(\overline{\text{D}}) = 0{,}95$.

La situation peut être représentée par l'arbre suivant :

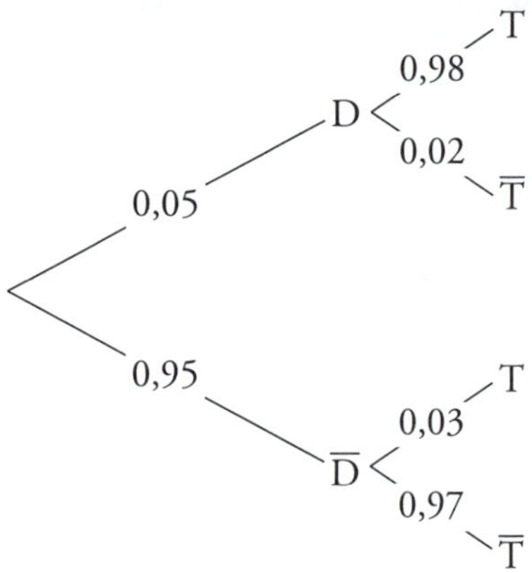

▶ 2. a) Calculer la probabilité de l'intersection de deux événements

La probabilité cherchée est $p(\text{D} \cap \text{T})$.

$p(\text{D} \cap \text{T}) = p(\text{D}) \times p_{\text{D}}(\text{T})$

$p(\text{D} \cap \text{T}) = 0{,}05 \times 0{,}98$

$p(\text{D} \cap \text{T}) = 0{,}049$.

La probabilité qu'une pièce choisie au hasard dans la production de la chaîne soit défectueuse et présente un test positif est égale à 0,049.

À NOTER
Les pièces défectueuses détectées par le test représentent 4,9 % de l'ensemble des pièces produites.

b) Calculer la probabilité d'un événement

Les événements D et $\overline{\text{D}}$ forment une partition de l'univers, donc d'après la formule des probabilités totales :

$p(\text{T}) = p(\text{T} \cap \text{D}) + p(\text{T} \cap \overline{\text{D}})$.

$p(\text{T} \cap \text{D})$ a été calculé à la question précédente.

$p(T \cap \bar{D}) = p(\bar{D}) \times p_{\bar{D}}(T)$

$p(T \cap \bar{D}) = 0,95 \times 0,03$

$p(T \cap \bar{D}) = 0,0285.$

On en déduit :

$$p(T) = 0,049 + 0,0285$$

$$\boxed{p(T) = 0,0775}$$

À NOTER
7,75 % des pièces testées présentent un test positif.

▶ 3. Calculer la valeur prédictive positive d'un test

D'après l'énoncé, la valeur prédictive positive du test est $p_T(D)$.

Par définition d'une probabilité conditionnelle :

$$p_T(D) = \frac{p(T \cap D)}{p(T)}$$

$$p_T(D) = \frac{0,049}{0,0775}$$

$$\boxed{p_T(D) \approx 0,632}$$

$p_T(D) < 0,95$, donc on considère que ce test n'est pas efficace.

À NOTER
Un peu plus de 63 % des pièces présentant un test positif sont réellement défectueuses. Il y a donc près de 37 % de « faux positifs ».

PARTIE B

▶ 1. Justifier qu'une variable aléatoire suit une loi binomiale et déterminer ses paramètres

On assimile le choix des 20 pièces de l'échantillon à un tirage avec remise, ce qui assure l'indépendance des épreuves successives.

On peut donc considérer que l'expérience est la répétition de 20 épreuves de Bernoulli identiques et indépendantes, dont le succès est « la pièce est défectueuse » et a une probabilité égale à 0,05.

Donc X suit la loi binomiale de paramètres 20 et 0,05.

▶ 2. Calculer une probabilité associée à une loi binomiale

L'événement « l'échantillon contient au moins une pièce défectueuse » est $\{X \geqslant 1\}$.

L'événement contraire est $\{X = 0\}$ (l'échantillon ne contient aucune pièce défectueuse). Sa probabilité est égale à $0,95^{20}$.

Donc la probabilité que l'échantillon contienne au moins une pièce défectueuse est $1 - P(X = 0)$, c'est-à-dire $1 - 0,95^{20}$.

En arrondissant au centième : $p(X \geqslant 1) \approx 0{,}64$.

La probabilité que l'échantillon contienne au moins une pièce défectueuse est environ 0,64.

▶ 3. Calculer et interpréter l'espérance d'une variable aléatoire

L'espérance $E(X)$ de la variable aléatoire X qui suit la loi $\mathcal{B}(20\,;\,0{,}05)$ est :

$$E(X) = 20 \times 0{,}05$$

soit $\boxed{E(X) = 1}$.

Cela signifie que, sur un grand nombre d'échantillons de 20 pièces, il y a en moyenne une pièce défectueuse par échantillon.

Sélection sur dossier ou épreuve écrite

1 h 05
5 points

INTÉRÊT DU SUJET • Cet exercice permet d'étudier dans un premier temps une expérience aléatoire représentée par un arbre pondéré. Dans la deuxième partie, on introduit une variable aléatoire en lien avec la situation considérée dans la première partie de l'exercice.

Exercice commun à tous les candidats

Dans une école de statistique, après étude des dossiers des candidats, le recrutement se fait de deux façons :

• 10 % des candidats sont sélectionnés sur dossier. Ces candidats doivent ensuite passer un oral à l'issue duquel 60 % d'entre eux sont finalement admis à l'école.

• Les candidats n'ayant pas été sélectionnés sur dossier passent une épreuve écrite à l'issue de laquelle 20 % d'entre eux sont admis à l'école.

PARTIE A

On choisit au hasard un candidat à ce concours de recrutement.
On notera :

• D l'événement « le candidat a été sélectionné sur dossier » ;

• A l'événement « le candidat a été admis à l'école » ;

• $\overline{D}$ et $\overline{A}$ les événements contraires des événements D et A respectivement.

▶ **1.** Traduire la situation par un arbre pondéré.

▶ **2.** Calculer la probabilité que le candidat soit sélectionné sur dossier et admis à l'école.

▶ **3.** Montrer que la probabilité de l'événement A est égale à 0,24.

▶ **4.** On choisit au hasard un candidat admis à l'école.
Quelle est la probabilité que son dossier n'ait pas été sélectionné ?

PARTIE B

▶ **1.** On admet que la probabilité pour un candidat d'être admis à l'école est égale à 0,24.
On considère un échantillon de sept candidats choisis au hasard, en assimilant ce choix à un tirage au sort avec remise. On désigne par X la variable aléatoire dénombrant les candidats admis à l'école parmi les sept tirés au sort.
a) On admet que la variable aléatoire X suit une loi binomiale. Quels sont les paramètres de cette loi ?
b) Calculer la probabilité qu'un seul des sept candidats tirés au sort soit admis à l'école. On donnera une réponse arrondie au centième.
c) Calculer la probabilité qu'au moins deux des sept candidats tirés au sort soient admis à cette école. On donnera une réponse arrondie au centième.

▶ **2.** Un lycée présente n candidats au recrutement dans cette école, où n est un entier naturel non nul.
On admet que la probabilité pour un candidat quelconque du lycée d'être admis à l'école est égale à 0,24 et que les résultats des candidats sont indépendants les uns des autres.
a) Donner l'expression, en fonction de n, de la probabilité qu'aucun candidat issu de ce lycée ne soit admis à l'école.
b) À partir de quelle valeur de l'entier n la probabilité qu'au moins un élève de ce lycée soit admis à l'école est-elle supérieure ou égale à 0,99 ?

LES CLÉS DU SUJET

Partie A

▶ **1.** Sur les branches de l'arbre de premier niveau, on a des probabilités simples. Les branches de deuxième niveau portent des probabilités conditionnelles, conditionnées par l'événement « dont elles sont issues ».
▶ **2.** On demande la probabilité de l'intersection de deux événements.
▶ **3.** Les candidats admis ont été sélectionnés sur dossier ou non ; la probabilité cherchée est donc $P(D \cap A) + P(\overline{D} \cap A)$.
▶ **4.** La probabilité à calculer est une probabilité conditionnelle ; utilisez la définition.

Partie B

▶ **1. a)** On demande uniquement les **paramètres** de la loi de X.

c) « Au moins deux » signifie « deux ou plus ».

▶ **2. b)** Utilisez la calculatrice, ou bien la fonction ln.

55 CORRIGÉ GUIDÉ

PARTIE A

▶ 1. Traduire des données par un arbre pondéré

La situation peut être traduite par l'arbre suivant :

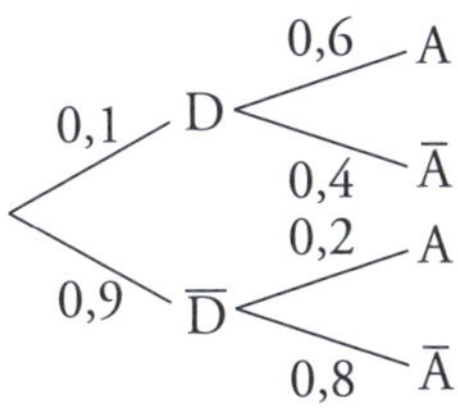

▶ 2. Calculer la probabilité de l'intersection de deux événements

La probabilité demandée est $P(\mathrm{D} \cap \mathrm{A})$.

$$P(\mathrm{D}\cap \mathrm{A}) = P(\mathrm{D}) \times P_{\mathrm{D}}(\mathrm{A})$$

$$P(\mathrm{D}\cap \mathrm{A}) = 0{,}1 \times 0{,}6$$

$$P(\mathrm{D}\cap \mathrm{A}) = 0{,}06.$$

La probabilité qu'un candidat au concours, choisi au hasard, soit sélectionné sur dossier et admis à l'école est égale à 0,06.

> **INFO +**
> Les candidats sélectionnés sur dossier et admis représentent 6 % de l'ensemble des candidats.

▶ 3. Calculer la probabilité d'un événement

$$P(\mathrm{A}) = P(\mathrm{D}\cap \mathrm{A}) + P(\overline{\mathrm{D}}\cap \mathrm{A})$$

$$P(\mathrm{A}) = 0{,}06 + 0{,}9 \times 0{,}2$$

$$\boxed{P(\mathrm{A}) = 0{,}24}$$

> **INFO +**
> 24 % des candidats qui se présentent sont finalement admis.

▶ 4. Calculer une probabilité conditionnelle

On cherche $P_A(\bar{D})$, puisqu'on choisit un candidat parmi ceux qui sont admis à l'école.
Par définition d'une probabilité conditionnelle :

$$P_A(\bar{D}) = \frac{P(A \cap \bar{D})}{P(A)}$$

$$P_A(\bar{D}) = \frac{0,9 \times 0,2}{0,24}$$

$$\boxed{P_A(\bar{D}) = 0,75 = \frac{3}{4}}$$

INFO +
Parmi les candidats admis, 75 % n'avaient pas été sélectionnés sur dossier.

PARTIE B

▶ 1. a) Déterminer les paramètres d'une loi binomiale

L'expérience est la répétition de 7 épreuves de Bernoulli identiques et indépendantes, dont le succès est « le candidat est admis » et a une probabilité égale à 0,24.

Donc X suit la loi binomiale de paramètres 7 et 0,24.

b) Calculer une probabilité associée à une loi binomiale

La probabilité qu'un seul des sept candidats soit admis est $P(X = 1)$.

D'après le cours : $P(X=1) = \begin{pmatrix} 7 \\ 1 \end{pmatrix} \times 0,24 \times 0,76^6$.

À la calculatrice : $P(X=1) \approx 0,32$ en arrondissant au centième.

La probabilité qu'un seul des sept candidats soit admis est environ 0,32.

c) Calculer une probabilité associée à une loi binomiale

La probabilité qu'au moins deux des sept candidats soient admis est $P(X \geqslant 2)$. L'événement contraire est « au plus un candidat est admis », donc :

$$P(X \geqslant 2) = 1 - P(X \leqslant 1)$$

$$P(X \geqslant 2) = 1 - (P(X=0) + P(X=1)).$$

D'après la calculatrice, $P(X \geqslant 2) \approx 0,53$ en arrondissant au centième.

La probabilité qu'au moins deux des sept candidats soient admis est environ 0,53.

▶ 2. a) Donner l'expression d'une probabilité

Pour un candidat donné, la probabilité d'être admis est 0,24, donc la probabilité de ne pas être admis est égale à 0,76.

Puisque les résultats des candidats sont supposés indépendants les uns des autres, la probabilité qu'aucun des n candidats ne soit admis est $0,76^n$.

b) Déterminer à partir de quel nombre de candidats une condition est remplie

D'après la question précédente, la probabilité qu'au moins un élève soit admis est égale à $1-0,76^n$.

On cherche donc n tel que $1-0,76^n \geqslant 0,99$, qui équivaut à :
$0,76^n \leqslant 0,01$.

On utilise la fonction logarithme népérien ln.

$0,76^n \leqslant 0,01$ équivaut, puisque ln est croissante sur $]0\,;+\infty[$, à :

$$\ln(0,76^n) \leqslant \ln(0,01).$$

D'après les propriétés de la fonction ln, cette inégalité équivaut successivement à :

$$n\ln(0,76) \leqslant \ln(0,01)$$

$$n \geqslant \frac{\ln(0,01)}{\ln(0,76)}.$$

$\dfrac{\ln(0,01)}{\ln(0,76)} \approx 16,78$, donc, puisque n est entier,

$n \geqslant \dfrac{\ln(0,01)}{\ln(0,76)}$ équivaut à $n \geqslant 17$.

On obtient que le plus petit entier naturel n tel que $0,76^n \leqslant 0,01$ est $n = 17$.

> **REMARQUE**
> $\ln(0,76) < 0$, donc l'inégalité change de sens quand on divise par $\ln(0,76)$.

Pour que la probabilité qu'au moins un élève soit admis soit supérieure ou égale à 0,99, le lycée doit présenter au moins 17 candidats.

> **▶ Le conseil de méthode**
>
> Vous auriez également pu, à l'aide de la calculatrice, déterminer une valeur approchée des puissances de 0,76 et noter la plus petite valeur de l'exposant n tel que $0,76^n \leqslant 0,01$.
>
> Vous obtenez : $0,76^{16} \approx 0,0124 > 0,01$ et $0,76^{17} \approx 0,0094 < 0,01$ et donc $n = 17$.

S'ENTRAÎNER

56 Sujet spécimen 2021 n° 2 • Exercice 1

QCM probabilités : loi binomiale, tirages dans une urne

50 min
5 points

INTÉRÊT DU SUJET • Dans cet exercice, présenté sous forme de QCM, les trois premières questions portent sur une variable aléatoire suivant une loi binomiale de paramètres donnés. Les deux autres questions concernent les tirages successifs de deux boules dans une urne de composition connue.

Exercice commun à tous les candidats

Cet exercice est un questionnaire à choix multiples. Pour chacune des questions suivantes, une seule des quatre réponses proposées est exacte. Une réponse exacte rapporte un point. Une réponse fausse, une réponse multiple ou l'absence de réponse à une question ne rapporte ni n'enlève de point. Pour répondre, indiquer sur la copie le numéro de la question et la lettre de la réponse choisie. Aucune justification n'est demandée.

PARTIE A

Dans un centre de traitement du courrier, une machine est équipée d'un lecteur optique automatique de reconnaissance de l'adresse postale. Ce système de lecture permet de reconnaître convenablement 97 % des adresses ; le reste du courrier, que l'on qualifiera d'illisible pour la machine, est orienté vers un employé du centre chargé de lire les adresses.

Cette machine vient d'effectuer la lecture de neuf adresses. On note X la variable aléatoire qui donne le nombre d'adresses illisibles parmi ces neuf adresses.

On admet que X suit la loi binomiale de paramètres $n = 9$ et $p = 0,03$.

▶ **1.** La probabilité qu'aucune des neuf adresses soit illisible est égale, au centième près, à :

a) 0 **b)** 1
c) 0,24 **d)** 0,76

▶ **2.** La probabilité qu'exactement deux des neuf adresses soient illisibles pour la machine est :

a) $\binom{9}{2} \times 0,97^2 \times 0,03^7$ **b)** $\binom{7}{2} \times 0,97^2 \times 0,03^7$

c) $\binom{9}{2} \times 0,97^7 \times 0,03^2$ **d)** $\binom{7}{2} \times 0,97^7 \times 0,03^2$

▶ **3.** La probabilité qu'au moins une des neuf adresses soit illisible pour la machine est :

a) $P(X < 1)$ **b)** $P(X \leqslant 1)$
c) $P(X \geqslant 2)$ **d)** $1 - P(X = 0)$

S'ENTRAÎNER

PARTIE B

Une urne contient 5 boules vertes et 3 boules blanches, indiscernables au toucher.
On tire au hasard successivement et **sans remise** deux boules de l'urne.
On considère les événements suivants :
– V_1 : « la première boule tirée est verte » ;
– B_1 : « la première boule tirée est blanche » ;
– V_2 : « la seconde boule tirée est verte » ;
– B_2 : « la seconde boule tirée est blanche ».

▶ **1.** La probabilité de V_2 sachant que V_1 est réalisé, notée $P_{V1}(V_2)$, est égale à :

a) $\frac{5}{8}$ **b)** $\frac{4}{7}$ **c)** $\frac{5}{14}$ **d)** $\frac{20}{56}$

▶ **2.** La probabilité de l'événement V_2 est égale à :

a) $\frac{5}{8}$ **b)** $\frac{5}{7}$ **c)** $\frac{3}{28}$ **d)** $\frac{9}{7}$

LES CLÉS DU SUJET

Partie A

▶ **1.** La probabilité cherchée est $P(X = 0)$.

▶ **2.** La probabilité cherchée est $P(X = 2)$. Utilisez la formule vue dans le cours pour la loi binomiale.

▶ **3.** Calculez la probabilité de l'événement contraire.

Partie B

Représentez la situation décrite dans cette partie par un arbre pondéré.

▶ **1.** La probabilité à calculer est une probabilité conditionnelle.

▶ **2.** On demande la probabilité que la deuxième boule tirée soit verte ; la première boule peut être verte ou blanche. Utilisez l'arbre construit au début de cette partie.

56 CORRIGÉ GUIDÉ

PARTIE A

▶ 1. Calculer une probabilité associée à une loi binomiale

Réponse **d)**

La probabilité qu'aucune adresse soit illisible est $P(X = 0)$, car la variable aléatoire X donne le nombre d'adresses illisibles.
$P(X = 0) = 0{,}97^9 \approx 0{,}76$.

▶ 2. Calculer une probabilité associée à une loi binomiale

Réponse **c)**

D'après le cours, si X suit la loi binomiale de paramètres n et p, alors, pour tout entier k tel que $0 \leqslant k \leqslant n$, $P(X = k) = \binom{n}{k} p^k \,(1 - p)^{n-k}$.

Ici on a $n = 9$, $p = 0{,}03$ et $k = 2$.

▶ 3. Calculer une probabilité associée à une loi binomiale

Réponse **d)**

L'événement « au moins une des neuf adresses est illisible » est l'événement $\{X \geqslant 1\}$.

L'événement contraire est « aucune adresse n'est illisible », c'est-à-dire $\{X = 0\}$. On a alors $P(X \geqslant 1) = 1 - P(X = 0)$.

> **▶ Le conseil de méthode**
> Lorsque la définition d'un événement comporte l'expression « au moins un(e) », on passe en général par l'événement contraire pour calculer sa probabilité.

PARTIE B

La situation peut être représentée par l'arbre suivant :

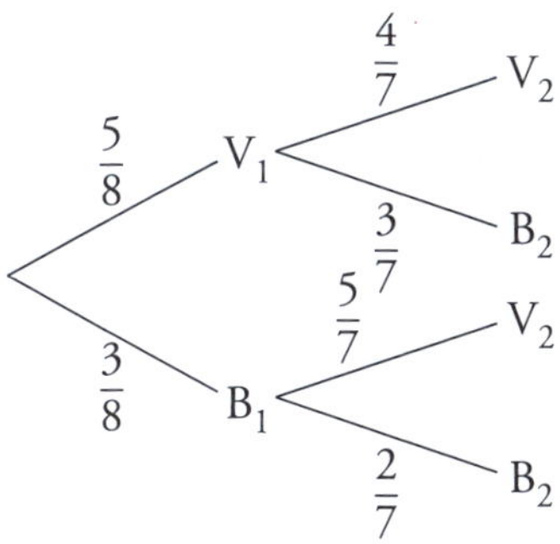

REMARQUES
- Comme les boules sont supposées indiscernables au toucher, il y a **équiprobabilité**.
- Puisqu'il n'y a pas remise de la première boule tirée, l'urne contient 7 boules pour le second tirage.

▶ 1. Déterminer une probabilité conditionnelle

Réponse **b)**

Si V_1 est réalisé, la première boule tirée est verte, donc pour le second tirage, l'urne contient 4 boules vertes et 3 blanches.

Donc $P_{V_1}(V_2) = \dfrac{4}{7}$.

INFO +
Cette probabilité figure sur l'une des branches de second niveau de l'arbre.

▶ 2. Calculer la probabilité d'un événement

Réponse **a)**

$P(V_2) = P(V_1 \cap V_2) + P(B_1 \cap V_2)$

car V_1 et B_1 forment une partition de l'univers.

D'après l'arbre : $P(V_2) = \dfrac{5}{8} \times \dfrac{4}{7} + \dfrac{3}{8} \times \dfrac{5}{7}$,

$P(V_2) = \dfrac{35}{56}$, soit $P(V_2) = \dfrac{5}{8}$.

REMARQUE
La réponse **d)** $\dfrac{9}{7}$ peut être écartée d'office car $\dfrac{9}{7} > 1$ et une probabilité est un nombre appartenant à l'intervalle $[0\,;1]$.

Mathématiques et électroménager

30 min
4 points

INTÉRÊT DU SUJET • Très souvent, le vendeur propose une extension de garantie payante à l'achat d'un appareil électroménager. Utilisons la loi binomiale et le calcul de l'espérance pour déterminer l'intérêt d'une telle pratique.

Un lave-vaisselle est garanti gratuitement pendant les deux premières années. L'entreprise El'Ectro propose à ses clients une extension de garantie de 3 ans supplémentaires. Des études statistiques menées sur les clients qui prennent l'extension de garantie montrent que 11,5 % d'entre eux font jouer l'extension de garantie.

▶ **1.** On choisit au hasard 12 clients parmi ceux ayant pris l'extension de garantie (on peut assimiler ce choix à un tirage au hasard avec remise vu le grand nombre de clients).
a) Quelle est la probabilité qu'exactement 3 de ces clients fassent jouer cette extension de garantie ? Détailler la démarche en précisant la loi de probabilité utilisée. Arrondir à 10^{-3}.
b) Quelle est la probabilité qu'au moins 6 de ces clients fassent jouer cette extension de garantie ? Arrondir à 10^{-3}.

▶ **2.** L'offre d'extension de garantie est la suivante : pour 65 euros supplémentaires, El'Ectro remboursera au client la valeur initiale du lave-vaisselle, soit 399 euros, si une panne irréparable survient entre le début de la troisième année et la fin de la cinquième année. Le client ne peut pas faire jouer cette extension de garantie si la panne est réparable.
On choisit au hasard un client parmi les clients ayant souscrit l'extension de garantie, et on note Y la variable aléatoire qui représente le gain algébrique en euros réalisé sur ce client par l'entreprise El'Ectro, grâce à l'extension de garantie.
a) Justifier que Y prend les valeurs 65 et – 334 puis donner la loi de probabilité de Y.
b) Cette offre d'extension de garantie est-elle financièrement avantageuse pour l'entreprise ? Justifier.

LES CLÉS DU SUJET

▶ **1. a)** Pensez à bien définir la variable aléatoire utilisée et à bien rédiger les justifications permettant d'identifier la loi suivie par cette variable aléatoire.

▶ **2. b)** Pensez à exploiter l'espérance de la variable aléatoire Y qui est l'espérance de gain de l'entreprise.

57 CORRIGÉ GUIDÉ

▶ 1. a) Calculer une probabilité avec une loi binomiale

Notons N la variable aléatoire qui, à tout échantillon de 12 clients ayant pris l'extension de garantie, associe le nombre de clients faisant jouer cette extension.

Choisir au hasard un client ayant pris l'extension de garantie est une épreuve de Bernoulli dont le succès est « le client a fait jouer l'extension de garantie » de probabilité $p = 0{,}115$ et l'échec est « le client n'a pas fait jouer l'extension de garantie » de probabilité $q = 1 - p = 0{,}885$.

On répète 20 fois cette épreuve, les épreuves étant indépendantes et identiques. On a donc un schéma de Bernoulli d'ordre 12. N compte le nombre de succès dans ce schéma.

N suit donc la loi binomiale de paramètres $n = 12$ et $p = 0{,}115$.

La probabilité demandée est $P(N = 3)$. À la calculatrice, nous obtenons :

TI 83 Plus.fr	CASIO GRAPH 75
binomFdp(12,0.11 5,3) .1114309	BinominalPD(3,12,0.11 5) 0.1114309

La probabilité qu'exactement 3 des ces clients fassent jouer cette extension de garantie est environ 0,111.

b) Calculer une probabilité avec une loi binomiale

On reprend la variable aléatoire N de la question précédente.

La probabilité demandée est $P(N \geqslant 6) = 1 - P(N < 6) = 1 - P(N \leqslant 5)$.

À la calculatrice, nous obtenons :

TI 83 Plus.fr	CASIO GRAPH 75
1-binomFRép(12,0.115,5) .001151098	1-BinominalCD(5,12,0.115) 0.00115109796

La probabilité qu'au moins 6 des ces clients fassent jouer cette extension de garantie est environ 0,001.

▶ **2. a) Déterminer la loi de probabilité d'une variable aléatoire discrète**

Si le client prend l'extension de garantie mais ne fait pas jouer celle-ci durant la période de 3 ans supplémentaires, l'entreprise réalise un gain algébrique de 65 euros et la variable aléatoire Y prend la valeur 65.

Si le client prend l'extension de garantie et fait jouer celle-ci durant la période de 3 ans supplémentaires, l'entreprise encaisse 65 euros mais débourse aussi 399 euros.

Le gain algébrique est donc égal à $65-399=-334$.

La variable aléatoire Y prend donc la valeur -334.

D'après l'énoncé, 11,5 % des clients qui prennent l'extension de garantie font jouer cette extension.

Nous avons donc $P(Y=-334)=0{,}115$.

Ensuite, comme nous avons $P(Y=-334)+P(Y=65)=1$, nous pouvons en déduire que :

$$P(Y=65)=1-P(Y=-334)=1-0{,}115=0{,}885.$$

Finalement :

y_i	-334	65
$P(Y=y_i)$	0,115	0,885

b) Interpréter l'espérance d'une variable aléatoire

Calculons l'espérance de gain de l'entreprise, c'est-à-dire $E(Y)$.

$$\begin{aligned}E(Y)&=-334\times P(Y=-334)+65\times P(Y=65)\\&=-334\times 0{,}115+65\times 0{,}885\\&=19{,}115.\end{aligned}$$

Si l'on considère un grand nombre de clients, l'entreprise peut espérer faire en moyenne un gain de 19,12 euros environ par client. Cette offre d'extension de garantie semble donc financièrement avantageuse pour l'entreprise.

Les effets d'une maladie dans un cheptel bovin

45 min
4 points

INTÉRÊT DU SUJET • Dans ce sujet, on modélise l'impact d'une maladie frappant un cheptel bovin détectable par un test. Afin de savoir si ce test est fiable, on calcule la probabilité que le test détecte les animaux malades et celle qu'il détecte les animaux sains.

Une maladie est apparue dans le cheptel bovin d'un pays. Elle touche 0,5 % de ce cheptel (ou 5 pour mille) et chaque animal est potentiellement porteur de cette maladie.

▶ **1.** On choisit au hasard un animal dans le cheptel. Quelle est la probabilité qu'il soit malade ?

▶ **2. a)** On choisit successivement et au hasard 10 animaux. On appelle X la variable aléatoire égale au nombre d'animaux malades parmi eux. On admet que X suit une loi binomiale car le cheptel est suffisamment grand pour que le choix de 10 bovins soit assimilé à 10 tirages sans remise. Quels sont les paramètres de cette loi ?

b) On désigne par A l'événement « aucun animal n'est malade parmi les 10 » et par B l'événement « au moins un animal est malade parmi les 10 ».

Calculer les probabilités des événements A et B arrondies à 10^{-2}.

▶ **3.** On sait que la probabilité qu'un animal ait un test positif à cette maladie sachant qu'il est malade est 0,8. Lorsqu'un animal n'est pas malade, la probabilité d'avoir un test négatif est 0,9.

On note T l'événement « avoir un test positif à cette maladie » et M l'événement « être atteint de cette maladie ».

a) Représenter par un arbre pondéré les données de l'énoncé.

b) Calculer la probabilité de l'événement T.

c) Quelle est la probabilité qu'un animal soit malade sachant que le test est positif ?

d) Commenter le résultat trouvé.

LES CLÉS DU SUJET

▶ **1.** La réponse est dans l'énoncé.

▶ **2. a)** Faites attention aux conditions d'utilisation de la loi binomiale !

b) Traduisez les événements à l'aide de *X*.

▶ **3. a)** On connaît la probabilité de M, les deux premières branches concernent donc les bovins malades ou non.

b) Calculez les probabilités à l'aide de l'arbre.

c) Formulez la question à l'aide des probabilités conditionnelles.

d) Formulez les commentaires sous l'angle de la fiabilité du test.

58 CORRIGÉ GUIDÉ

▶ 1. Analyser un énoncé

La probabilité pour qu'un animal soit malade est égale à 0,5 % c'est-à-dire 0,005.

▶ 2. a) Identifier une loi binomiale

On effectue 10 répétitions de la même épreuve : choisir un bovin qui a une probabilité de 0,005 d'être malade. C'est pourquoi X suit la loi binomiale de paramètres 10 ($n = 10$) et 0,005 ($p = 0,005$).

b) Utiliser une loi binomiale

En appliquant astucieusement la formule d'une loi binomiale, on a :

$$P(\text{A}) = P(X = 0) = \binom{10}{0} 0,005^0 0,995^{10},$$

soit $P(\text{A}) \approx 0,95$.

$P(\text{B}) = P(X \geqslant 1) = 1 - P(X = 0)$, soit $P(\text{B}) \approx 0,05$.

> **À NOTER**
> Le contraire de l'événement ($X \geqslant 1$) est ($X < 1$) c'est-à-dire ($X = 0$).

▶ 3. a) Modéliser une situation par un arbre

On note $\overline{\text{T}}$ l'événement « le test est négatif ».

L'arbre ci-contre modélise les données de l'énoncé.

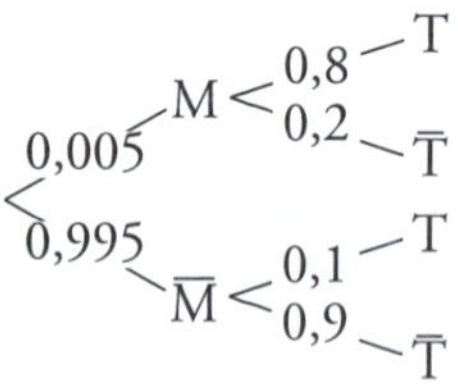

b) Exploiter les données d'un arbre

Par la formule des probabités totales, $P(\mathrm{T}) = P(\mathrm{T} \cap \mathrm{M}) + P(\mathrm{T} \cap \overline{\mathrm{M}})$, et on lit sur l'arbre :

$P(\mathrm{T}) = 0{,}8 \times 0{,}005 + 0{,}1 \times 0{,}995 = 0{,}1035$.

c) Calculer une probabilité conditionnelle

La probabilité qu'un animal soit malade sachant que le test est positif est $P_{\mathrm{T}}(\mathrm{M})$, soit $P_{\mathrm{T}}(\mathrm{M}) = \dfrac{P(\mathrm{T} \cap \mathrm{M})}{P(\mathrm{T})} = \dfrac{0{,}8 \times 0{,}005}{0{,}1035}$, c'est-à-dire $P_{\mathrm{T}}(\mathrm{M}) \approx 0{,}04$.

d) Interpréter le résultat d'un calcul dans le contexte de l'énoncé

Il y a donc 4 % de chances que l'animal soit malade sachant le test est positif. Le test n'est donc pas du tout fiable car pour qu'il le soit, il faudrait qu'il dise quasi certainement que l'animal est malade en cas de test positif.

S'ENTRAÎNER

Préparer l'épreuve écrite : le sprint final

L'essentiel du programme en 8 fiches MÉMO

Algèbre et géométrie

Analyse

Probabilités

Algorithmique et programmation

2 SUJETS COMPLETS

France métropolitaine mars 2023, jour 1

France métropolitaine mars 2023, jour 2

1 Géométrie dans l'espace (1) Vecteurs, droites et plans de l'espace

A Vecteurs colinéaires et coplanaires

● Les vecteurs non nuls $\vec{u}$ et $\vec{v}$ sont colinéaires si et seulement si il existe un réel k tel que $\vec{v} = k\vec{u}$. Dans un repère, $\vec{u}$ et $\vec{v}$ sont colinéaires si et seulement si leurs coordonnées sont proportionnelles.

● Trois vecteurs $\vec{u}$, $\vec{v}$ et $\vec{w}$ tels que $\vec{u}$ et $\vec{v}$ ne soient pas colinéaires sont coplanaires si et seulement si il existe deux réels k et k' tels que $\vec{w} = k\vec{u} + k'\vec{v}$.

B Positions relatives et points communs

● **Deux droites $\mathscr{D}$ et $\mathscr{D}'$** de l'espace peuvent être :
• non coplanaires, alors elles n'ont aucun point commun ;
• coplanaires, alors elles sont dans l'une des trois situations suivantes :
– sécantes (elles ont un unique point commun) ;
– strictement parallèles (aucun point commun) ;
– confondues (tous leurs points sont communs).

● **Une droite $\mathscr{D}$ et un plan $\mathscr{P}$** peuvent être :
• sécants, ils ont alors un unique point commun ;
• parallèles, on a alors l'une des deux situations suivantes :
– $\mathscr{D}$ est strictement parallèle à $\mathscr{P}$, alors $\mathscr{D}$ et $\mathscr{P}$ n'ont aucun point commun ;
– $\mathscr{D}$ est contenue dans $\mathscr{P}$, tous les points de $\mathscr{D}$ appartiennent à $\mathscr{P}$.

● **Deux plans $\mathscr{P}$ et $\mathscr{P}'$** peuvent être :
• sécants, alors leur intersection est une droite ;
• parallèles, ils sont dans l'une des deux situations suivantes :
– strictement parallèles, ils n'ont alors aucun point commun ;
– confondus, tous leurs points sont communs.

C Représentations paramétriques d'une droite

Soit $\mathscr{D}$ la droite passant par $A(x_0 ; y_0 ; z_0)$ et de vecteur directeur $\vec{u}(a ; b ; c)$.

Un point $M(x ; y ; z)$ appartient à $\mathscr{D}$ si et seulement si il existe un réel t tel que $\begin{cases} x = x_0 + ta \\ y = y_0 + tb \\ z = z_0 + tc \end{cases}$ (**représentation paramétrique** de la droite $\mathscr{D}$).

2 Géométrie dans l'espace (2) Produit scalaire et orthogonalité dans l'espace

A Produit scalaire et coordonnées

Si on a $\vec{u}(x\ ;\ y\ ;\ z)$, $\vec{v}(x'\ ;\ y'\ ;\ z')$, $A(x_A\ ;\ y_A\ ;\ z_A)$ et $B(x_B\ ;\ y_B\ ;\ z_B)$ (repère orthonormé), alors :
$\vec{u} \cdot \vec{v} = xx' + yy' + zz'$; $\|\vec{u}\| = \sqrt{x^2 + y^2 + z^2}$;
$AB = \sqrt{(x_B - x_A)^2 + (y_B - y_A)^2 + (z_B - z_A)^2}$.

B Orthogonalité

- Les **vecteurs** $\vec{u}$ et $\vec{v}$ sont orthogonaux si et seulement si $\vec{u} \cdot \vec{v} = 0$.
- $\mathscr{D}$ et $\mathscr{D}'$, **droites** de vecteurs directeurs respectifs $\vec{u}$ et $\vec{v}$, sont orthogonales si et seulement si $\vec{u} \cdot \vec{v} = 0$.
Elles sont perpendiculaires si elles sont de plus sécantes.
- $\mathscr{D}$, **droite** de vecteur directeur $\vec{u}$, est orthogonale (ou perpendiculaire) à $\mathscr{P}$, **plan** de base $(\vec{v}\ ;\ \vec{w})$, si et seulement si $\vec{u} \cdot \vec{v} = 0$ et $\vec{u} \cdot \vec{w} = 0$.

C Vecteur normal à un plan

$\vec{u}$ vecteur non nul ; $\mathscr{P}$ plan de base $(\vec{v}\ ;\ \vec{w})$. $\vec{u}$ est un **vecteur normal** à $\mathscr{P}$ si et seulement si $\vec{u} \cdot \vec{v} = 0$ et $\vec{u} \cdot \vec{w} = 0$, c'est-à-dire si et seulement si $\vec{u}$ est un vecteur directeur d'une droite perpendiculaire à $\mathscr{P}$.

D Équation cartésienne d'un plan

Dans un repère orthonormé, si le plan $\mathscr{P}$ a pour vecteur normal $\vec{n}(a\ ;\ b\ ;\ c)$, alors il a pour **équation cartésienne** $ax + by + cz + d = 0$.

E Projeté orthogonal

1. Sur une droite

Le **projeté orthogonal** du point M sur la droite $\mathscr{D}$ est le point d'intersection de la droite $\mathscr{D}$ et du plan orthogonal à $\mathscr{D}$ passant par M.

2. Sur un plan

Le **projeté orthogonal** du point M sur le plan $\mathscr{P}$ est le point d'intersection du plan $\mathscr{P}$ et de la droite orthogonale à $\mathscr{P}$ passant par M.

3 Récurrence et suites

A Démonstration par récurrence

L'objectif est de démontrer qu'une propriété $\mathcal{P}_n$, dépendant d'un entier naturel n, est vraie pour tout $n \geqslant n_0$, où n_0 est un entier naturel fixé, généralement 0 ou 1. La démonstration se fait en trois étapes.

- **Initialisation**

On montre que la propriété $\mathcal{P}_{n_0}$ est vraie.

- **Hérédité**

On montre que, pour un entier $n \geqslant n_0$, si la propriété $\mathcal{P}_n$ est vraie, alors la propriété $\mathcal{P}_{n+1}$ est vraie également.

- **Conclusion**

D'après le principe de récurrence, on conclut, à partir des deux résultats précédents, que la propriété $\mathcal{P}_n$ est vraie pour tout $n \geqslant n_0$.

B Limites de suites

1. Limites et opérations

ℓ et ℓ' sont deux nombres réels.

- **Somme**

$\lim\limits_{n \to +\infty} u_n$	ℓ	ℓ	ℓ	$+\infty$	$-\infty$	$+\infty$
$\lim\limits_{n \to +\infty} v_n$	ℓ'	$+\infty$	$-\infty$	$+\infty$	$-\infty$	$-\infty$
$\lim\limits_{n \to +\infty} (u_n + v_n)$	$\ell + \ell'$	$+\infty$	$-\infty$	$+\infty$	$-\infty$	Indéterm.

- **Produit**

$\lim\limits_{n \to +\infty} u_n$	ℓ	$\ell \neq 0$	$+\infty$	$+\infty$	$-\infty$	0
$\lim\limits_{n \to +\infty} v_n$	ℓ'	$\pm\infty$	$+\infty$	$-\infty$	$-\infty$	$+\infty$
$\lim\limits_{n \to +\infty} (u_n v_n)$	$\ell \times \ell'$	∞	$+\infty$	$-\infty$	$+\infty$	Indéterm.

- **Quotient**

$\lim_{n \to +\infty} u_n$	ℓ	$\ell \neq 0$	$\pm\infty$	ℓ	$\pm\infty$	0
$\lim_{n \to +\infty} v_n$	$\ell' \neq 0$	0^- ou 0^+	ℓ'	$\pm\infty$	$\pm\infty$	0
$\lim_{n \to +\infty} \frac{u_n}{v_n}$	$\frac{\ell}{\ell'}$	∞	∞	0	Indéterm.	Indéterm.

2. Limites et comparaison

- **Théorème de comparaison (limite infinie)**

(u_n) et (v_n) sont deux suites telles que, pour n suffisamment grand, $u_n \geqslant v_n$.

Si $\lim_{n \to +\infty} v_n = +\infty$, alors $\lim_{n \to +\infty} u_n = +\infty$.

Si $\lim_{n \to +\infty} u_n = -\infty$, alors $\lim_{n \to +\infty} v_n = -\infty$.

- **Théorème des gendarmes (limite finie)**

(u_n), (v_n) et (w_n) sont trois suites telles que, pour n suffisamment grand, $u_n \leqslant w_n \leqslant v_n$.

Si $\lim_{n \to +\infty} u_n = \ell$ et $\lim_{n \to +\infty} v_n = \ell$, avec $\ell \in \mathbb{R}$,

alors : $\lim_{n \to +\infty} w_n = \ell$.

3. Suites monotones et limites

- **Théorème de convergence monotone**

Toute suite croissante majorée converge.

Toute suite décroissante minorée converge.

- Toute suite croissante non majorée a pour limite $+\infty$.

Toute suite décroissante non minorée a pour limite $-\infty$.

4. Suites géométriques

Si $-1 < q < 1$, $\lim_{n \to +\infty} q^n = 0$.

Si $q > 1$, $\lim_{n \to +\infty} q^n = +\infty$.

SPRINT FINAL

4 Compléments sur les fonctions

A Limites de fonctions

1. Fonctions de référence

$f(x)$	en $+\infty$	en $-\infty$	en 0
$\sqrt{x}$	$\lim\limits_{x \to +\infty} \sqrt{x} = +\infty$		$\sqrt{0} = 0$
x^n, $n \in \mathbb{N}^*$	$\lim\limits_{x \to +\infty} x^n = +\infty$	$\lim\limits_{x \to -\infty} x^n = \begin{cases} +\infty \text{ si } n \text{ pair} \\ -\infty \text{ si } n \text{ impair} \end{cases}$	$0^n = 0$
e^x	$\lim\limits_{x \to +\infty} e^x = +\infty$	$\lim\limits_{x \to -\infty} e^x = 0$	$e^0 = 1$

2. Opérations, comparaison

Les résultats sont les mêmes que pour les suites (voir fiche 3).

3. Croissances comparées

n est un entier naturel non nul, $\lim\limits_{x \to +\infty} \dfrac{e^x}{x^n} = +\infty$; $\lim\limits_{x \to -\infty} x^n e^x = 0$.

4. Asymptotes parallèles aux axes

f est une fonction, $\mathscr{C}_f$ est sa courbe représentative dans le plan muni d'un repère.

● **Asymptote « horizontale »** (parallèle à l'axe des abscisses).

Soit $\ell \in \mathbb{R}$.

Si $\lim\limits_{x \to +\infty} f(x) = \ell$ ou $\lim\limits_{x \to -\infty} f(x) = \ell$, alors la droite d'équation $y = \ell$ est asymptote à $\mathscr{C}_f$ en $+\infty$ ou en $-\infty$.

● **Asymptote « verticale »** (parallèle à l'axe des ordonnées).

Soit $a \in \mathbb{R}$.

Si $\lim\limits_{x \to a} f(x) = \pm\infty$, alors la droite d'équation $x = a$ est asymptote à $\mathscr{C}_f$.

B Composée de deux fonctions

u est une fonction définie sur l'intervalle I, v est une fonction définie sur l'intervalle J et pour tout $x \in I$, $u(x) \in J$.

1. Définition

La composée $v \circ u$ des fonctions u et v (u suivie de v) est définie pour tout $x \in I$ par $v \circ u(x) = v[u(x)]$.

2. Limite

a, b et c sont des réels ou $+\infty$ ou $-\infty$.

Si $\lim\limits_{x \to a} u(x) = b$ et $\lim\limits_{X \to b} v(X) = c$, alors $\lim\limits_{x \to a} v \circ u(x) = c$.

3. Dérivée

Si u est dérivable sur I et v dérivable sur J et, pour tout $x \in I$, $u(x) \in J$, alors $v \circ u$ est dérivable sur I et $(v \circ u)' = (v' \circ u) \times u'$.

C Continuité et équations

- Les fonctions polynômes, racine carrée, valeur absolue, exponentielle, logarithme, trigonométriques et celles obtenues à partir des précédentes par opérations ou composition sont continues sur tout intervalle où elles sont définies.
- Toute fonction dérivable sur un intervalle est continue sur cet intervalle.
- **Théorème des valeurs intermédiaires** : si f est une fonction continue sur l'intervalle $[a\,;\,b]$, alors, pour tout réel k compris entre $f(a)$ et $f(b)$, l'équation $f(x) = k$ a au moins une solution dans l'intervalle $[a\,;\,b]$.
- **Corollaire** : si de plus f est strictement monotone sur l'intervalle $[a\,;\,b]$, alors l'équation $f(x) = k$ a une **unique** solution dans l'intervalle $[a\,;\,b]$.

SPRINT FINAL

D Convexité

1. Définition

La fonction f est **convexe** sur l'intervalle I si et seulement si sa courbe représentative $\mathscr{C}_f$ sur cet intervalle est en dessous de chacune de ses sécantes ; f est **concave** sur I si et seulement si $\mathscr{C}_f$ est au-dessus de chacune de ses sécantes.

2. Caractérisations

On suppose f deux fois dérivable sur l'intervalle I.

- f est **convexe** sur I si et seulement si f' est croissante sur I ; f est **concave** sur I si et seulement si f' est décroissante sur I.
- f est **convexe** sur I si et seulement f'' si est positive sur I ; f est **concave** sur I si et seulement si f'' est négative sur I.

3. Point d'inflexion

- f est dérivable sur I et $a \in I$. Le point $A(a\,;\,f(a))$ est un **point d'inflexion** de $\mathscr{C}_f$ si, et seulement si, au point A, la courbe $\mathscr{C}_f$ traverse sa tangente.

On suppose f deux fois dérivable sur I. $A(a\,;\,f(a))$ est un point d'inflexion de $\mathscr{C}_f$ si, et seulement si, en a, f'' s'annule en changeant de signe.

5 Fonction logarithme népérien

A Définition et propriétés

- $x \in]0 ; +\infty[$, $y \in \mathbb{R}$. $y = \ln(x) \Leftrightarrow x = e^y$; $\ln(e^y) = y$; $e^{\ln(x)} = x$.
- $\ln(1) = 0$; $\ln(e) = 1$.
- a et b réels strictement positifs, $n \in \mathbb{Z}^*$, $\ln(ab) = \ln(a) + \ln(b)$;

$\ln\left(\dfrac{a}{b}\right) = \ln(a) - \ln(b)$; $\ln(a^n) = n\ln(a)$; $\ln(\sqrt{a}) = \dfrac{1}{2}\ln(a)$.

- a et b réels strictement positifs :

$\ln(a) = \ln(b)$ équivaut à $a = b$; $\ln(a) < \ln(b)$ équivaut à $a < b$.

B Dérivée et conséquences

- La fonction ln est dérivable (donc continue) sur $]0 ; +\infty[$.
- Pour tout $x \in]0 ; +\infty[$, $\ln'(x) = \dfrac{1}{x}$.
- Donc $\ln'(x) > 0$ pour tout $x \in]0 ; +\infty[$, et la fonction $\ln : x \mapsto \ln(x)$ est strictement croissante sur $]0 ; +\infty[$.

C Limites

- **Limites en 0 et en $+\infty$:** $\lim\limits_{x \to 0} \ln(x) = -\infty$; $\lim\limits_{x \to +\infty} \ln(x) = +\infty$.
- **Croissances comparées**

n entier naturel non nul : $\lim\limits_{x \to +\infty} \dfrac{\ln(x)}{x^n} = 0$; $\lim\limits_{x \to 0} x^n \ln(x) = 0$.

D Tableau de variations et courbe représentative

x	0	$+\infty$
$\ln(x)$	‖ $-\infty$	↗ $+\infty$

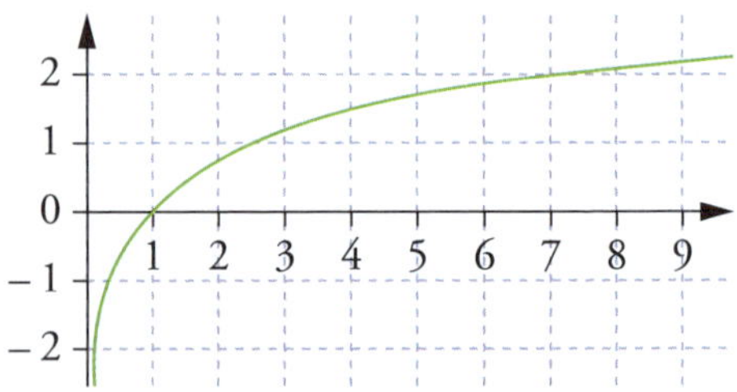

E Fonctions ln(*u*) : $x \mapsto \ln(u(x))$

u est une fonction dérivable et strictement positive sur l'intervalle I.

La fonction $\ln(u)$ est dérivable sur I et $(\ln(u))' = \dfrac{u'}{u}$.

6 Primitives

A Définition et propriétés

- F et f sont deux fonctions définies sur l'intervalle I.

F est une **primitive** de f sur I si et seulement si F est dérivable sur I et $F' = f$.

- Deux primitives d'une même fonction continue sur un intervalle diffèrent d'une constante.
- f est une fonction continue sur l'intervalle I, x_0 et y_0 sont deux réels donnés, avec $x_0 \in I$. Il existe une unique primitive F de f sur I telle que $F(x_0) = y_0$.

B Primitives usuelles

F est une primitive de f sur l'intervalle I.

$f(x)$	$F(x)$	I
k (constante)	kx	$\mathbb{R}$
x^n n entier, $n \neq 0$, $n \neq -1$	$\dfrac{x^{n+1}}{n+1}$	$\mathbb{R}$ si $n > 0$ $]-\infty\,;0[$ ou $]0\,;+\infty[$ si $n < -1$
e^x	e^x	$\mathbb{R}$
$\dfrac{1}{x}$	$\ln(x)$	$]0\,;+\infty[$
$\dfrac{1}{\sqrt{x}}$	$2\sqrt{x}$	$]0\,;+\infty[$

C Formules

- u est une fonction dérivable sur un intervalle I. F est une primitive de f.

f	F	Condition
$u'u^n$ n entier, $n \neq 0$, $n \neq -1$	$\dfrac{u^{n+1}}{n+1}$	u ne s'annule pas sur I si $n < -1$
$u'e^u$	e^u	
$\dfrac{u'}{\sqrt{u}}$	$2\sqrt{u}$	u strictement positive sur I

- Si u est une fonction dérivable sur l'intervalle I, v une fonction dérivable sur l'intervalle J et pour tout $x \in I$, $u(x) \in J$, alors :
une primitive de $(v' \circ u) \times u'$ est $v \circ u$.

SPRINT FINAL

7 Variables aléatoires

A Épreuve et loi de Bernoulli

● Une **épreuve de Bernoulli** de paramètre p (avec $p \in [0 ; 1]$) est une épreuve à deux issues dont l'une, appelée « succès », a pour probabilité p et l'autre, appelée « échec », a pour probabilité $1 - p$.

● La variable aléatoire X qui prend la valeur 1 en cas de succès, dans une épreuve de Bernoulli de paramètre p, et la valeur 0 en cas d'échec suit la **loi de Bernoulli** de paramètre p.

Sa loi de probabilité peut être résumée par le tableau :

x	0	1
$P(X = x)$	$1 - p$	p

Son espérance est $E(X) = p$; sa variance est $V(X) = p(1 - p)$.

B Schéma de Bernoulli et loi binomiale

Soit n un entier naturel non nul et $p \in [0 ; 1]$.

● Un **schéma de Bernoulli** de paramètres n et p est l'expérience formée de la répétition de n épreuves de Bernoulli de paramètre p identiques et indépendantes.

● La variable aléatoire X égale au nombre de succès lors d'un schéma de Bernoulli de paramètres n et p suit la **loi binomiale** de paramètres n et p, notée $\mathcal{B}(n ; p)$.

C Coefficients binomiaux

Soit n un entier naturel non nul et k un entier naturel tel que $k \leqslant n$.

Sur l'arbre représentant la répétition de n épreuves de Bernoulli, le coefficient binomial $\binom{n}{k}$ (« k parmi n ») est égal au nombre de chemins correspondant à k succès (et donc $n - k$ échecs).

D Probabilités, espérance et variance

Soit X une variable aléatoire suivant la loi $\mathcal{B}(n ; p)$.

Pour tout entier naturel k tel que $k \leqslant n$, $P(X = k) = \binom{n}{k} p^k (1 - p)^{n-k}$.

L'espérance de X est $E(X) = np$, sa variance est $V(X) = np(1 - p)$.

8 Des algorithmes types

A Algorithme de seuil

▶ Exemple

Soit (u_n) la suite définie par :

$$\begin{cases} u_0 = 5 \\ \text{pour tout } n \in N,\ u_{n+1} = 3u_n - 8 \end{cases}$$

On admet que (u_n) est croissante et a pour limite $+\infty$.

Le programme ci-contre affiche le plus petit entier naturel n tel que $u_n > 5\,000$.

```
U ← 5
N ← 0
Tant que U ⩽ 5 000
    U ← 3 × U – 8
    N ← N + 1
Afficher N
```

(On obtient $n = 8$.)

B Valeur approchée par « balayage »

▶ Exemple

Soit f la fonction définie sur $\mathbb{R}$ par :

$f(x) = -x^3 + 10x + 4$.

On admet que f est décroissante sur $[2\ ; +\infty[$ et que l'équation $f(x) = 0$ a une unique solution α dans cet intervalle, avec $3 < \alpha < 3{,}5$.

Le programme ci-contre affiche les deux bornes d'un encadrement de α d'amplitude 0,05.

```
A ← 3
Tant que f(A) ⩾ 0
    A ← A + 0,05
Afficher (A – 0,05), A
```

(On obtient $3{,}3 < \alpha < 3{,}35$.)

C Dichotomie

▶ Exemple

On reprend l'exemple de la fonction f précédent.

Le programme ci-contre, qui utilise la méthode de **dichotomie**, affiche les deux bornes d'un encadrement de α d'amplitude inférieure ou égale à 0,05.

```
A ← 3
B ← 3,5
Tant que B – A > 0,05
    M ← (A + B) / 2
    Si f(A) × f(M) ⩽ 0
        alors B ← M
        sinon A ← M
Afficher A, B
```

(On obtient $3{,}34375 < \alpha < 3{,}375$.)

SPRINT FINAL

59 France métropolitaine, mars 2023 • Jour 1
Exercice 1

QCM sur les probabilités (5 questions)

45 min
5 points

INTÉRÊT DU SUJET • Dans cet exercice, les premières questions portent sur les probabilités conditionnelles. Les deux dernières concernent une variable aléatoire suivant une loi binomiale.

Cet exercice est un questionnaire à choix multiple. Pour chaque question, une seule des quatre réponses proposées est exacte. Aucune justification n'est demandée. Aucun point n'est enlevé en l'absence de réponse ou en cas de réponse inexacte. Les questions sont indépendantes.

Un technicien contrôle les machines équipant une grande entreprise. Toutes ces machines sont identiques.
On sait que :

- 20 % des machines sont sous garantie ;
- 0,2 % des machines sont à la fois défectueuses et sous garantie ;
- 8,2 % des machines sont défectueuses.

Le technicien teste une machine au hasard.
On considère les événements suivants :
G : « la machine est sous garantie » ;
D : « la machine est défectueuse » ;
$\overline{G}$ et $\overline{D}$ désignent respectivement les événements contraires de G et D.

Pour répondre aux questions **1.** *à* **3.**, *on pourra s'aider de l'arbre proposé ci-contre.*

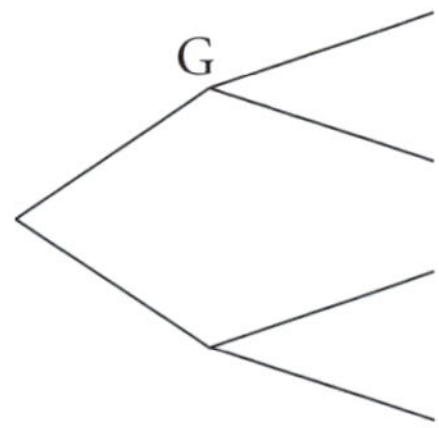

▶ **1.** La probabilité $p_G(D)$ de l'événement D sachant que G est réalisé est égale à :

a) 0,002 **b)** 0,01 **c)** 0,024 **d)** 0,2

▶ **2.** La probabilité $p(\overline{G} \cap D)$ est égale à :

a) 0,01 **b)** 0,08 **c)** 0,1 **d)** 0,21

▶ **3.** La machine est défectueuse. La probabilité qu'elle soit sous garantie est environ égale, à 10^{-3} près, à :

a) 0,01 **b)** 0,024 **c)** 0,082 **d)** 0,1

Pour les questions **4.** et **5.**, on choisit au hasard et de façon indépendante n machines de l'entreprise, où n désigne un entier naturel non nul. On assimile ce choix à un tirage avec remise, et on désigne par X la variable aléatoire qui associe à chaque lot de n machines le nombre de machines défectueuses dans ce lot.
On admet que X suit la loi binomiale de paramètres n et $p = 0{,}082$.

▶ **4.** Dans cette question, on prend $n = 50$.
La valeur de la probabilité $p(X > 2)$, arrondie au millième, est de :

a) 0,136 **b)** 0,789 **c)** 0,864 **d)** 0,924

▶ **5.** On considère un entier n pour lequel la probabilité que toutes les machines d'un lot de taille n fonctionnent correctement est supérieure à 0,4. La plus grande valeur possible pour n est égale à :

a) 5 **b)** 6 **c)** 10 **d)** 11

SPRINT FINAL

LES CLÉS DU SUJET

▶ **1.** Utilisez la définition d'une probabilité conditionnelle et traduisez les données de l'énoncé en termes de probabilités.

▶ **2.** N'oubliez pas que, parmi les machines défectueuses, certaines sont sous garantie, quelques-unes ne le sont pas. Utilisez la formule des probabilités totales.

▶ **3.** Dans cette question on demande une probabilité conditionnelle.

▶ **4.** Utilisez la calculatrice.

59 CORRIGÉ GUIDÉ

▶ 1. Calculer une probabilité conditionnelle

Réponse **b)**.

Par définition d'une probabilité conditionnelle, $p_{\mathrm{G}}(\mathrm{D})=\dfrac{p(\mathrm{G}\cap\mathrm{D})}{p(\mathrm{G})}$.

Or :

- $p(\mathrm{G}\cap\mathrm{D})=0{,}002$ car, d'après l'énoncé, 0,2 % des machines sont à la fois défectueuses et sous garantie ;
- $p(\mathrm{G})=0{,}2$ car, d'après l'énoncé, 20 % des machines sont sous garantie.

D'où $p_{\mathrm{G}}(\mathrm{D})=\dfrac{0{,}002}{0{,}2}=0{,}01$.

▶ 2. Calculer la probabilité de l'intersection de deux événements

Réponse **b)**.

G et $\overline{\mathrm{G}}$ forment une partition de l'univers.

D'après la formule des probabilités totales :

$p(\mathrm{D})=p(\mathrm{G}\cap\mathrm{D})+p(\overline{\mathrm{G}}\cap\mathrm{D})$, donc $p(\overline{\mathrm{G}}\cap\mathrm{D})=p(\mathrm{D})-p(\mathrm{G}\cap\mathrm{D})$.

$p(\mathrm{D})=0{,}082$ car, d'après l'énoncé, 8,2 % des machines sont défectueuses ; donc $p(\overline{\mathrm{G}}\cap\mathrm{D})=0{,}082-0{,}002$, soit $p(\overline{\mathrm{G}}\cap\mathrm{D})=0{,}08$.

▶ 3. Calculer une probabilité conditionnelle

Réponse **b)**.

La probabilité cherchée est $p_{\mathrm{D}}(\mathrm{G})$.

Par définition d'une probabilité conditionnelle, $p_{\mathrm{D}}(\mathrm{G})=\dfrac{p(\mathrm{G}\cap\mathrm{D})}{p(\mathrm{D})}$.

Donc $p_{\mathrm{D}}(\mathrm{G})=\dfrac{0{,}002}{0{,}082}$; $p_{\mathrm{D}}(\mathrm{G})\approx 0{,}024$.

▶ 4. Calculer une probabilité associée à une loi binomiale

Réponse **b)**.

D'après la calculatrice :
$p(X > 2) = p(X \geqslant 3) \approx 0,789$.

À NOTER
Si la calculatrice ne donne pas directement le résultat, on utilise :
$p(X > 2) = 1 - p(X \leqslant 2)$.
Les deux événements $\{X > 2\}$ et $\{X \leqslant 2\}$ sont deux événements contraires, la somme de leurs probabilités est égale à 1.

▶ 5. Déterminer la valeur maximale d'un entier vérifiant une condition donnée

Réponse **c)**.

La probabilité qu'une machine choisie au hasard fonctionne correctement, c'est-à-dire qu'elle ne soit pas défectueuse, est $p(\overline{\mathrm{D}}) = 1 - p(\mathrm{D}) = 0,918$.

La probabilité que toutes les machines d'un lot de taille n, choisies au hasard et de façon indépendante, fonctionnent correctement est donc égale à $0,918^n$.

Dans cette question, on cherche n tel que $0,918^n \geqslant 0,4$.

$0,918^n \geqslant 0,4$ équivaut à $n\ln(0,918) \geqslant \ln(0,4)$ car la fonction ln est croissante sur $]0\ ;+\infty[$.

Donc $0,918^n \geqslant 0,4 \iff n \leqslant \dfrac{\ln(0,4)}{\ln(0,918)}$ car $\ln(0,918) < 0$.

Or $\dfrac{\ln(0,4)}{\ln(0,918)} \approx 10,7$.

La plus grande valeur entière possible de n est donc 10.

SPRINT FINAL

60 France métropolitaine, mars 2023 • Jour 1
Exercice 2

Étudier une fonction pour la rendre positive

55 min
5 points

INTÉRÊT DU SUJET • Cet exercice permet d'étudier différentes propriétés d'une fonction comportant un logarithme népérien. Certains résultats doivent être exploités dans la dernière question et appliqués à une autre fonction dépendant d'un paramètre *k*.

On considère la fonction f définie sur $]0\,;+\infty[$ par $f(x)=x^2-8\ln(x)$, où ln désigne la fonction logarithme népérien.

On admet que f est dérivable sur $]0\,;+\infty[$, on note f' sa fonction dérivée.

▶ **1.** Déterminer $\lim\limits_{x\to 0} f(x)$.

▶ **2.** On admet que, pour tout $x>0$, $f(x)=x^2\left(1-8\dfrac{\ln(x)}{x^2}\right)$.
En déduire la limite $\lim\limits_{x\to+\infty} f(x)$.

▶ **3.** Montrer que, pour tout réel x de $]0\,;+\infty[$, $f'(x)=\dfrac{2\left(x^2-4\right)}{x}$.

▶ **4.** Étudier les variations de f sur $]0\,;+\infty[$ et dresser son tableau de variations complet.
On précisera la valeur exacte du minimum de f sur $]0\,;+\infty[$.

▶ **5.** Démontrer que sur l'intervalle $]0\,;2]$ l'équation $f(x)=0$ admet une solution unique α (on ne cherchera pas à déterminer la valeur de α).

▶ **6.** On admet que sur l'intervalle $[2\,;+\infty[$ l'équation $f(x)=0$ admet une solution unique β (on ne cherchera pas à déterminer la valeur de β).
En déduire le signe de f sur l'intervalle $]0\,;+\infty[$.

▶ **7.** Pour tout nombre réel k, on considère la fonction g_k définie sur $]0\,;+\infty[$ par $g_k(x)=x^2-8\ln(x)+k$.
En s'aidant du tableau de variations de f, déterminer la plus petite valeur de k pour laquelle g_k est positive sur l'intervalle $]0\,;+\infty[$.

LES CLÉS DU SUJET

▶ **2.** Utilisez les croissances comparées.
▶ **5.** Appliquez le corollaire du théorème des valeurs intermédiaires après avoir vérifié les conditions.
▶ **6.** Utilisez le tableau de variations établi à la question **4.**

60 CORRIGÉ GUIDÉ

▶ 1. Calculer la limite en 0 d'une fonction

$\lim\limits_{x \to 0} x^2 = 0$ et $\lim\limits_{x \to 0} \ln(x) = -\infty$.

Donc par opérations $\lim\limits_{x \to 0} f(x) = +\infty$.

▶ 2. Calculer la limite en $+\infty$ d'une fonction

On utilise l'égalité $f(x) = x^2\left(1 - 8\dfrac{\ln(x)}{x^2}\right)$.

$\lim\limits_{x \to +\infty} x^2 = +\infty$ et, d'après les croissances comparées, $\lim\limits_{x \to +\infty} \dfrac{\ln(x)}{x^2} = 0$.

Donc par opérations $\lim\limits_{x \to +\infty} f(x) = +\infty$.

À NOTER
Pour déterminer la limite en $+\infty$ de $\dfrac{\ln(x)}{x^2}$, on utilise les croissances comparées.

▶ 3. Calculer la dérivée d'une fonction

Pour tout x dans $]0\,;+\infty[$, $f'(x) = 2x - \dfrac{8}{x} = \dfrac{2x^2 - 8}{x}$,

soit $f'(x) = \dfrac{2(x^2 - 4)}{x}$.

▶ 4. Étudier les variations d'une fonction

Pour tout x dans $]0\,;+\infty[$, $x > 0$; donc le signe de $f'(x)$ est celui de $x^2 - 4$.

Si $0 < x < 2$, alors $x^2 - 4 < 0$.

$f'(2) = 0$.

Si $x > 2$, alors $x^2 - 4 > 0$.

f admet donc un minimum en 2 et $f(2) = 4 - 8\ln(2)$.

SPRINT FINAL

On peut dresser le tableau de variations suivant :

x	0		2		$+\infty$
Signe de $f'(x)$		$-$	0	$+$	
Variations de f	$+\infty$	↘	$4-8\ln 2$	↗	$+\infty$

▶ 5. Montrer qu'une équation a une solution

Sur l'intervalle]0 ; 2], la fonction f est continue comme somme de deux fonctions continues, et elle est strictement décroissante.

$\lim\limits_{x\to 0} f(x) = +\infty$ et $f(2) = 4 - 8\ln(2) \approx -1{,}545$, donc :

$$0 \in \left[f(2) ; \lim_{x\to 0} f(x) \right[.$$

D'après le corollaire du théorème des valeurs intermédiaires, l'équation $f(x) = 0$ a une unique solution α dans l'intervalle $]0 ; 2]$.

▶ 6. Étudier le signe d'une fonction

L'équation $f(x) = 0$ possède deux solutions dans $]0 ; +\infty[$: une solution α dans $]0 ; 2]$, une solution β dans $[2 ; +\infty[$.

D'après le tableau de variations établi à la question **4.** :

- si $0 < x < \alpha$, alors $f(x) > 0$;
- $f(\alpha) = 0$;
- si $\alpha < x < \beta$, alors $f(x) < 0$;
- $f(\beta) = 0$;
- si $x > \beta$, alors $f(x) > 0$.

ATTENTION
Ne confondez pas le **signe** de f avec le **sens de variation** de f.

▶ 7. Déterminer la plus petite valeur d'un nombre vérifiant une condition donnée

g_k est positive sur $]0 ; +\infty[$ si et seulement si, pour tout réel $x > 0$, $x^2 - 8\ln(x) + k \geqslant 0$, c'est-à-dire $x^2 - 8\ln(x) \geqslant -k$.

Cette condition équivaut à « $-k$ est inférieur ou égal au minimum de f sur $]0 ; +\infty[$ », soit $-k \leqslant 4 - 8\ln(2)$, c'est-à-dire $k \geqslant 8\ln(2) - 4$.

La plus petite valeur de k qui convient est donc $k = 8\ln(2) - 4$.

61 France métropolitaine, mars 2023 • Jour 1
Exercice 3

Questions posées dans la FAQ d'une entreprise

1 heure
5 points

INTÉRÊT DU SUJET • On modélise par des suites l'évolution du nombre de questions présentes dans la FAQ d'un site internet. Dans la dernière partie, deux questions permettent de comparer certains aspects des deux modélisations envisagées.

Une entreprise a créé une foire aux questions (« FAQ ») sur son site internet.
On étudie le nombre de questions qui y sont posées chaque mois.

PARTIE A • PREMIÈRE MODÉLISATION

Dans cette partie, on admet que, chaque mois :
• 90 % des questions déjà posées le mois précédent sont conservées sur la FAQ ;
• 130 nouvelles questions sont ajoutées à la FAQ.

Au cours du premier mois, 300 questions ont été posées.

Pour estimer le nombre de questions, en centaines, présentes sur la FAQ le n-ième mois, on modélise la situation ci-dessus à l'aide de la suite (u_n) définie par :

$$u_1 = 3 \text{ et, pour tout entier naturel } n \geqslant 1,\ u_{n+1} = 0{,}9u_n + 1{,}3.$$

▶ **1.** Calculer u_2 et u_3 et proposer une interprétation dans le contexte de l'exercice.

▶ **2.** Montrer par récurrence que pour tout entier naturel $n \geqslant 1$:

$$u_n = 13 - \frac{100}{9} \times 0{,}9^n.$$

▶ **3.** En déduire que la suite (u_n) est croissante.

SPRINT FINAL

▶ **4.** On considère le programme ci-contre, écrit en langage Python. Déterminer la valeur renvoyée par la saisie de `seuil(8.5)` et l'interpréter dans le contexte de l'exercice.

```
def seuil(p):
    n = 1
    u = 3
    while u <= p:
        n = n + 1
        u = 0.9 * u + 1.3
    return n
```

PARTIE B • UNE AUTRE MODÉLISATION

Dans cette partie, on considère une seconde modélisation à l'aide d'une nouvelle suite (v_n) définie pour tout entier naturel $n \geqslant 1$ par :

$$v_n = 9 - 6 \times e^{-0{,}19 \times (n-1)}.$$

Le terme v_n est une estimation du nombre de questions, en centaines, présentes le n-ième mois sur la FAQ.

▶ **1.** Préciser les valeurs arrondies au centième de v_1 et v_2.

▶ **2.** Déterminer, en justifiant la réponse, la plus petite valeur de n telle que $v_n > 8{,}5$.

PARTIE C • COMPARAISON DES DEUX MODÈLES

▶ **1.** L'entreprise considère qu'elle doit modifier la présentation de son site lorsque plus de 850 questions sont présentes sur la FAQ. Parmi ces deux modélisations, laquelle conduit à procéder le plus tôt à cette modification ? Justifier votre réponse.

▶ **2.** En justifiant la réponse, pour quelle modélisation y a-t-il le plus grand nombre de questions sur la FAQ à long terme ?

LES CLÉS DU SUJET

Partie A

▶ **3.** Étudiez le signe de $u_{n+1} - u_n$.

Partie C

▶ **1.** et **2.** Utilisez les résultats obtenus dans la **partie A** et la **partie B**.

61 CORRIGÉ GUIDÉ

PARTIE A • PREMIÈRE MODÉLISATION

▶ 1. Calculer et interpréter les premiers termes d'une suite

$u_2 = 0{,}9u_1 + 1{,}3 = 0{,}9 \times 3 + 1{,}3$, donc $u_2 = 4$.

$u_3 = 0{,}9u_2 + 1{,}3 = 0{,}9 \times 4 + 1{,}3$, donc $u_3 = 4{,}9$.

400 questions seront présentes sur la FAQ le deuxième mois, 490 le troisième mois.

▶ 2. Établir par récurrence l'expression du terme général d'une suite

- **Initialisation**

$13 - \frac{100}{9} \times 0{,}9^1 = 13 - 10 = 3$ et $u_1 = 3$, donc $u_1 = 13 - \frac{100}{9} \times 0{,}9^1$.

L'égalité est vraie pour $n = 1$.

- **Hérédité**

Soit n un entier naturel non nul tel que

$u_n = 13 - \frac{100}{9} \times 0{,}9^n$.

> **MOT CLÉ**
> Cette égalité est l'**hypothèse de récurrence.**

Montrons qu'alors $u_{n+1} = 13 - \frac{100}{9} \times 0{,}9^{n+1}$.

$u_{n+1} = 0{,}9u_n + 1{,}3$, donc, d'après l'hypothèse de récurrence :

$$u_{n+1} = 0{,}9\left(13 - \frac{100}{9} \times 0{,}9^n\right) + 1{,}3$$

$$u_{n+1} = 0{,}9 \times 13 - \frac{100}{9} \times 0{,}9^{n+1} + 1{,}3$$

$$u_{n+1} = 13 - \frac{100}{9} \times 0{,}9^{n+1}.$$

La propriété est vraie pour $n + 1$ si elle est vraie pour n : elle est héréditaire.

- **Conclusion**

On en déduit que, pour tout entier naturel non nul n,

$u_n = 13 - \frac{100}{9} \times 0{,}9^n$.

SPRINT FINAL

▶ 3. Montrer qu'une suite est croissante

Pour tout entier naturel non nul n :

$$\begin{aligned} u_{n+1} - u_n &= 13 - \frac{100}{9} \times 0{,}9^{n+1} - \left(13 - \frac{100}{9} \times 0{,}9^n\right) \\ &= \frac{100}{9} \times 0{,}9^n - \frac{100}{9} \times 0{,}9^{n+1} \\ &= \frac{100}{9} \times 0{,}9^n (1 - 0{,}9) \\ &= \frac{100}{9} \times 0{,}9^n \times 0{,}1. \end{aligned}$$

Donc $u_{n+1} - u_n \geqslant 0$ pour tout entier naturel non nul n.

La suite (u_n) est croissante.

▶ 4. Déterminer et interpréter la valeur renvoyée par un programme écrit en langage Python

Dans le programme donné, la variable u prend comme valeurs successives les premiers termes de la suite (u_n). Comme la suite u_n est croissante, le programme renvoie le plus petit entier n tel que $u_n > p$.

En exécutant ce programme ou en dressant, à l'aide de la calculatrice, un tableau donnant une valeur approchée des premiers termes de la suite, ou encore en résolvant une inéquation, on obtient que le plus petit entier naturel non nul n tel que $u_n > 8{,}5$ est 9.

À NOTER
On peut vérifier à l'aide de la calculatrice que $u_8 < 8{,}5$ et $u_9 > 8{,}5$.

La valeur renvoyée par la saisie de `seuil(8.5)` est 9.

Cela signifie que c'est au bout de 9 mois que le nombre de questions présentes sur la FAQ dépassera pour la première fois 850 questions.

PARTIE B • UNE AUTRE MODÉLISATION

▶ 1. Calculer des valeurs approchées de deux termes d'une suite

$v_1 = 9 - 6 \times e^0 = 9 - 6$, soit $v_1 = 3$.

$v_2 = 9 - 6 \times e^{-0,19}$, soit $v_2 \approx 4,04$.

▶ 2. Déterminer un entier *n* vérifiant une condition donnée

$v_n > 8,5 \Leftrightarrow 9 - 6 \times e^{-0,19 \times (n-1)} > 8,5$.

Cette inégalité équivaut successivement à :

$6 \times e^{-0,19 \times (n-1)} < 0,5$

$e^{-0,19 \times (n-1)} < \frac{1}{12}$

$-0,19 \times (n-1) < -\ln(12)$

car la fonction ln est croissante sur $]0 ; +\infty[$ et que, pour tout réel $a > 0$, $\ln\left(\frac{1}{a}\right) = -\ln(a)$.

Donc $v_n > 8,5$ équivaut à $n - 1 > \frac{\ln(12)}{0,19}$ (on divise les deux membres de l'inégalité par $-0,19$ qui est strictement négatif).

Finalement, $v_n > 8,5$ équivaut à :

$$n > \frac{\ln(12)}{0,19} + 1$$

Or, $\frac{\ln(12)}{0,19} + 1 \approx 14,08$ et n est entier, donc $v_n > 8,5$ équivaut à $n \geqslant 15$.

La plus petite valeur de n telle que $v_n > 8,5$ est donc $n = 15$.

PARTIE C • COMPARAISON DES DEUX MODÈLES

▶ 1. Choisir entre deux modèles pour déterminer le moment où un site internet doit être modifié

Il y a plus de 850 questions sur la FAQ si $u_n > 8,5$ selon le premier modèle, si $v_n > 8,5$ selon le deuxième modèle.

Or, d'après les résultats obtenus aux parties **A** et **B** :

$$u_n > 8,5 \Leftrightarrow n \geqslant 9 \text{ et } v_n > 8,5 \Leftrightarrow n \geqslant 15.$$

Selon le premier modèle, la modification doit intervenir au bout de 9 mois, selon le deuxième modèle au bout de 15 mois.

C'est donc le premier modèle qui conduit à procéder le plus tôt à la modification.

SPRINT FINAL

▶ 2. Choisir entre deux modèles pour la valeur à long terme d'une grandeur

On cherche les limites des suites (u_n) et (v_n).

- $\lim\limits_{n \to +\infty} 0{,}9^n = 0$ car $-1 < 0{,}9 < 1$, donc par opérations :

$\lim\limits_{n \to +\infty} u_n = 13$.

- $\lim\limits_{n \to +\infty} -0{,}19(n-1) = -\infty$ et $\lim\limits_{X \to -\infty} \mathrm{e}^X = 0$, donc par composée,

$\lim\limits_{n \to +\infty} \mathrm{e}^{-0{,}19 \times (n-1)} = 0$ et par opérations :

$\lim\limits_{n \to +\infty} v_n = 9$.

À long terme, le premier modèle prévoit 1 300 questions sur la FAQ, le second modèle en prévoit 900 ; c'est donc le premier modèle qui prévoit le plus de questions sur la FAQ à long terme.

62 France métropolitaine, mars 2023 • Jour 1
Exercice 4

Volume d'un tétraèdre dans un cube

50 min
5 points

INTÉRÊT DU SUJET • Le principal objectif de cet exercice est de calculer le volume d'un tétraèdre inscrit dans un cube d'arête 1. La hauteur et l'aire de la base sont calculées au préalable.

On considère le cube ABCDEFGH d'arête 1.
On appelle I le point d'intersection du plan (GBD) avec la droite (EC).
L'espace est rapporté au repère orthonormé $(A\,;\overrightarrow{AB}, \overrightarrow{AD}, \overrightarrow{AE})$.

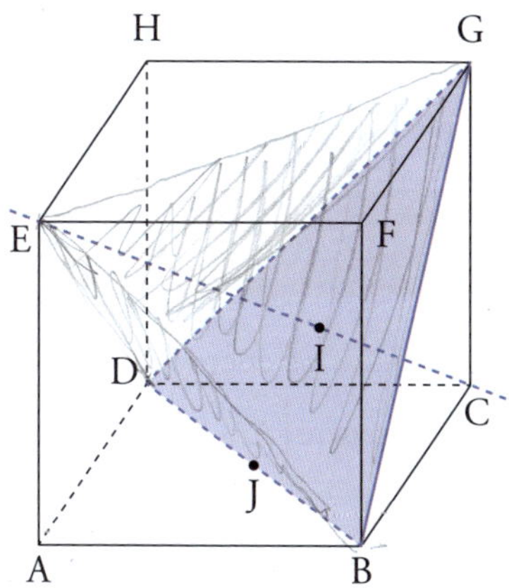

▶ **1.** Donner dans ce repère les coordonnées des points E, C et G.

▶ **2.** Déterminer une représentation paramétrique de la droite (EC).

▶ **3.** Démontrer que la droite (EC) est orthogonale au plan (GBD).

▶ **4. a)** Justifier qu'une équation cartésienne du plan (GBD) est $x + y - z - 1 = 0$.

b) Montrer que le point I a pour coordonnées $\left(\frac{2}{3}\,;\frac{2}{3}\,;\frac{1}{3}\right)$.

c) En déduire que la distance du point E au plan (GBD) est égale à $\frac{2\sqrt{3}}{3}$.

▶ **5. a)** Démontrer que le triangle BDG est équilatéral.

b) Calculer l'aire du triangle BDG. On pourra utiliser le point J, milieu du segment [BD].

SPRINT FINAL

▶ **6.** Justifier que le volume du tétraèdre EGBD est égal à $\frac{1}{3}$.

On rappelle que le volume d'un tétraèdre est donné par : $V = \frac{1}{3}\mathcal{B}h$ *où* $\mathcal{B}$ *est l'aire d'une base du tétraèdre et h est la hauteur relative à cette base.*

LES CLÉS DU SUJET

▶ **3.** Montrez que le vecteur $\overrightarrow{EC}$ est orthogonal à deux vecteurs non colinéaires du plan (GBD).

▶ **4. a)** Le vecteur $\overrightarrow{EC}$ est un vecteur normal au plan (GBD).

c) La distance du point E au plan (GBD) est la distance du point E à son projeté orthogonal sur le plan (GBD).

▶ **6.** Utilisez comme base le triangle BDG ; la hauteur associée est [EI].

62 CORRIGÉ GUIDÉ

▶ 1. Donner les coordonnées de trois points dans un repère de l'espace

Dans le repère $\left(A\ ;\ \overrightarrow{AB}, \overrightarrow{AD}, \overrightarrow{AE}\right)$, on a :

$$E(0\ ;\ 0\ ;\ 1)\ ;\ C(1\ ;\ 1\ ;\ 0);\ G(1\ ;\ 1\ ;\ 1).$$

▶ 2. Déterminer une représentation paramétrique d'une droite

La droite (EC) passe par le point $E(0\ ;\ 0\ ;\ 1)$ et a pour vecteur directeur $\overrightarrow{EC}\begin{pmatrix}1\\1\\-1\end{pmatrix}$, donc elle a pour représentation paramétrique $\begin{cases}x = t\\ y = t\\ z = 1-t\end{cases}, t \in \mathbb{R}$.

À NOTER

Pour écrire une représentation paramétrique d'une droite, il suffit de connaître les coordonnées d'un point et d'un vecteur directeur de cette droite.

▶ 3. Montrer qu'une droite est orthogonale à un plan

La droite (EC) est orthogonale au plan (GBD) si et seulement si le vecteur $\overrightarrow{EC}$ est orthogonal à deux vecteurs non colinéaires de ce plan, par exemple $\overrightarrow{GB}$ et $\overrightarrow{GD}$.

On a $\overrightarrow{GB}\begin{pmatrix}0\\-1\\-1\end{pmatrix}$ et $\overrightarrow{GD}\begin{pmatrix}-1\\0\\-1\end{pmatrix}$, d'où $\overrightarrow{EC}\cdot\overrightarrow{GB}=0-1+1=0$

et $\overrightarrow{EC}\cdot\overrightarrow{GD}=-1+0+1=0$.

Donc la droite (EC) est orthogonale au plan (GBD).

▶ 4. a) Déterminer une équation cartésienne d'un plan

La droite (EC) est orthogonale au plan (GBD), donc le vecteur

$\overrightarrow{EC}\begin{pmatrix}1\\1\\-1\end{pmatrix}$ est un vecteur normal à ce plan.

Le plan (GBD) a donc une équation cartésienne de la forme $x+y-z+d=0$.

Le point $B(1\ ;\ 0\ ;\ 0)$ appartient à ce plan, donc ses coordonnées vérifient l'équation, soit $1+d=0$ d'où $d=-1$.

Le plan (GBD) a pour équation cartésienne $x+y-z-1=0$.

À NOTER
On pouvait aussi prouver que les coordonnées de G, B et D vérifient l'équation donnée dans l'énoncé, et rappeler qu'il existe un unique plan passant par les points distincts G, B et D.

b) Calculer les coordonnées d'un point

Le point I appartient au plan (GBD) et à la droite (EC), donc ses coordonnées sont de la forme $(t\ ;\ t\ ;\ 1-t)$, avec $t\in\mathbb{R}$, et vérifient l'équation cartésienne de (GBD) obtenue à la question précédente. D'où :

$t+t-1+t-1=0$, soit $t=\dfrac{2}{3}$.

Dans $(t\ ;\ t\ ;\ 1-t)$, on remplace t par $\dfrac{2}{3}$,

donc I a pour coordonnées $\left(\dfrac{2}{3}\ ;\dfrac{2}{3}\ ;\dfrac{1}{3}\right)$.

À NOTER
On peut aussi prouver que le point de coordonnées $\left(\dfrac{2}{3}\ ;\dfrac{2}{3}\ ;\dfrac{1}{3}\right)$ appartient au plan (GBD) et à la droite (EC).

c) Calculer la distance d'un point à un plan

La distance du point E au plan (GBD) est la distance de E à son projeté orthogonal sur (GBD).

Or, le point I est le point d'intersection du plan (GBD) et de la droite perpendiculaire à ce plan passant par E, donc I est le projeté orthogonal de E sur le plan (GBD).

La distance du point E au plan (GBD) est donc la distance EI.

$$\mathrm{EI}=\sqrt{\frac{4}{9}+\frac{4}{9}+\frac{4}{9}}=\sqrt{\frac{12}{9}}=\sqrt{\frac{4}{3}}=\frac{2}{\sqrt{3}}=\frac{2\sqrt{3}}{3}.$$

La distance du point E au plan (GBD) est égale à $\frac{2\sqrt{3}}{3}$.

▶ 5. a) Justifier qu'un triangle est équilatéral

Les côtés du triangle BDG sont les diagonales de trois des faces du cube, qui sont des carrés de côté 1. Les trois côtés ont donc la même longueur, égale à $\sqrt{2}$, et donc BDG est un triangle équilatéral.

À NOTER
On peut aussi, mais c'est plus long, calculer les trois longueurs BD, DG et GB, connaissant les coordonnées des points B, D et G.

b) Calculer l'aire d'un triangle

Soit $\mathscr{A}$ l'aire du triangle BDG. Comme ce triangle est équilatéral, la hauteur issue de G est [GJ], avec J milieu de [BD].

On a donc $\mathscr{A}=\frac{\mathrm{BD}\times\mathrm{GJ}}{2}$.

On sait que $\mathrm{BD}=\sqrt{2}$ (diagonale d'un carré de côté 1).

On a $\mathrm{B}(1\ ;\ 0\ ;\ 0)$ et $\mathrm{D}(0\ ;\ 1\ ;\ 0)$, donc J a pour coordonnées $\left(\frac{1}{2}\ ;\ \frac{1}{2}\ ;\ 0\right)$ et

$$\mathrm{GJ}=\sqrt{\frac{1}{4}+\frac{1}{4}+1}=\sqrt{\frac{6}{4}}=\sqrt{\frac{3}{2}}=\frac{\sqrt{6}}{2}.$$

À NOTER
On peut aussi calculer la distance GJ en appliquant le théorème de Pythagore dans le triangle BJG.

D'où $\mathscr{A}=\frac{\sqrt{2}\times\sqrt{6}}{4}=\frac{2\sqrt{3}}{4}=\frac{\sqrt{3}}{2}$.

L'aire du triangle BDG vaut $\frac{\sqrt{3}}{2}$.

▶ 6. Calculer le volume d'un tétraèdre

Soit $\mathscr{V}$ le volume du tétraèdre EGBD. On prend comme base la face BDG ; la hauteur correspondante est [EI] puisque I est le projeté orthogonal de E sur le plan (GBD), d'où $\mathscr{V}=\frac{1}{3}\mathscr{A}\times\mathrm{EI}$.

D'après les calculs précédents, $\mathscr{V}=\frac{1}{3}\times\frac{\sqrt{3}}{2}\times\frac{2\sqrt{3}}{3}=\frac{1}{3}$.

Le volume du tétraèdre EGBD est bien égal à $\frac{1}{3}$.

63 France métropolitaine, mars 2023 • Jour 2
Exercice 1

QCM sur les probabilités dans un jeu vidéo

50 min
5 points

INTÉRÊT DU SUJET • Dans cet exercice, les deux premières questions portent sur des probabilités conditionnelles. Les trois dernières concernent une variable aléatoire suivant une loi binomiale.

Cet exercice est un questionnaire à choix multiple. Pour chaque question, une seule des quatre réponses proposées est exacte. Aucune justification n'est demandée. Aucun point n'est enlevé en l'absence de réponse ou en cas de réponse inexacte.

Un jeu vidéo possède une vaste communauté de joueurs en ligne. Avant de débuter une partie, le joueur doit choisir entre deux « mondes » : soit le monde A, soit le monde B.
On choisit au hasard un individu dans la communauté des joueurs.
Lorsqu'il joue une partie, on admet que :

- la probabilité que le joueur choisisse le monde A est égale à $\frac{2}{5}$;
- si le joueur choisit le monde A, la probabilité qu'il gagne la partie est de $\frac{7}{10}$;
- la probabilité que le joueur gagne la partie est de $\frac{12}{25}$.

On considère les événements suivants :

- A : « Le joueur choisit le monde A » ;
- B : « Le joueur choisit le monde B » ;
- G : « Le joueur gagne la partie ».

▶ **1.** La probabilité que le joueur choisisse le monde A et gagne la partie est égale à :

a) $\frac{7}{10}$ **b)** $\frac{3}{25}$ **c)** $\frac{7}{25}$ **d)** $\frac{24}{125}$

SPRINT FINAL

▶ **2.** La probabilité $P_{\mathrm{B}}(\mathrm{G})$ de l'événement G sachant que B est réalisé est égale à :

a) $\frac{1}{5}$ **b)** $\frac{1}{3}$ **c)** $\frac{7}{15}$ **d)** $\frac{5}{12}$

Dans la suite de l'exercice, un joueur effectue 10 parties successives. On assimile cette situation à un tirage aléatoire avec remise.

On rappelle que la probabilité de gagner une partie est de $\frac{12}{25}$.

▶ **3.** La probabilité, arrondie au millième, que le joueur gagne exactement 6 parties est égale à :

a) 0,859 **b)** 0,671 **c)** 0,188 **d)** 0,187

▶ **4.** On considère un entier naturel n pour lequel la probabilité, arrondie au millième, que le joueur gagne au plus n parties est de 0,207. Alors :

a) $n = 2$ **b)** $n = 3$ **c)** $n = 4$ **d)** $n = 5$

▶ **5.** La probabilité que le joueur gagne au moins une partie est égale à :

a) $1-\left(\frac{12}{25}\right)^{10}$ **b)** $\left(\frac{13}{25}\right)^{10}$ **c)** $\left(\frac{12}{25}\right)^{10}$ **d)** $1-\left(\frac{13}{25}\right)^{10}$

LES CLÉS DU SUJET

▶ **1.** On demande ici la probabilité de l'intersection de deux événements.

▶ **2.** Dans cette question, on demande une probabilité conditionnelle. N'oubliez pas que, parmi les joueurs qui ont gagné la partie, certains ont choisi le monde A, d'autres le monde B. Utilisez la formule des probabilités totales.

▶ **3.** Utilisez la calculatrice.

63 CORRIGÉ **GUIDÉ**

On peut représenter la situation par un arbre pondéré.

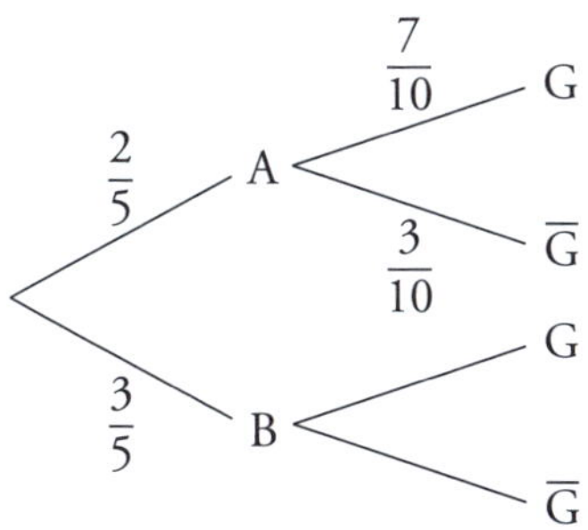

> **À NOTER**
> L'arbre est incomplet. Il pourra être complété avec le résultat de la question **2.**

▶ 1. Calculer la probabilité de l'intersection de deux événements

Réponse **c)**.

D'après l'arbre : $P(\text{A} \cap \text{G}) = \dfrac{2}{5} \times \dfrac{7}{10} = \dfrac{14}{50} = \dfrac{7}{25}$.

▶ 2. Calculer une probabilité conditionnelle

Réponse **b)**.

Les événements A et B forment une partition de l'univers, donc, d'après la formule des probabilités totales, $P(\text{G}) = P(\text{A} \cap \text{G}) + P(\text{B} \cap \text{G})$. Donc :

$$P(\text{B} \cap \text{G}) = P(\text{G}) - P(\text{A} \cap \text{G}).$$

Or, $P(\text{G}) = \dfrac{12}{25}$ d'après l'énoncé, et $P(\text{A} \cap \text{G}) = \dfrac{7}{25}$ d'après la question précédente, donc $P(\text{B} \cap \text{G}) = \dfrac{12}{25} - \dfrac{7}{25} = \dfrac{5}{25} = \dfrac{1}{5}$.

On en déduit : $P_{\text{B}}(\text{G}) = \dfrac{P(\text{B} \cap \text{G})}{P(\text{B})} = \dfrac{\frac{1}{5}}{\frac{3}{5}} = \dfrac{1}{5} \times \dfrac{5}{3} = \dfrac{1}{3}$.

▶ 3. Calculer une probabilité associée à une loi binomiale

Réponse **c)**.

Soit X la variable aléatoire égale au nombre de parties gagnées (sur les 10 parties jouées). L'expérience est un schéma de Bernoulli formé de 10 épreuves successives identiques et indépendantes ; le succès est « la partie est gagnée », sa probabilité est égale à $\frac{12}{25}$.

X compte le nombre de succès, donc X suit la loi binomiale de paramètres 10 et $\frac{12}{25}$, notée $\mathscr{B}\left(10\,;\frac{12}{25}\right)$.

La probabilité que le joueur gagne exactement 6 parties est $P(X=6)$.

D'après la calculatrice, $P(X=6)\approx 0{,}18779$, soit environ $0{,}188$ si on arrondit au millième.

> **À NOTER**
> La réponse **d)** (0,187) était également acceptée.

▶ 4. Déterminer un entier *n* vérifiant une condition donnée

Réponse **b)**.

On cherche l'entier naturel n tel que $P(X\leqslant n)\approx 0{,}207$.

On peut tester à l'aide de la calculatrice les valeurs proposées :
$P(X\leqslant 2)\approx 0{,}070$, $P(X\leqslant 3)\approx 0{,}207$, $P(X\leqslant 4)\approx 0{,}427$, $P(X\leqslant 5)\approx 0{,}671$ (en arrondissant au millième).

▶ 5. Déterminer la probabilité d'un événement

Réponse **d)**.

La probabilité cherchée est $P(X\geqslant 1)$.

$$P(X\geqslant 1)=1-P(X=0)=1-\left(\frac{13}{25}\right)^{10}.$$

En effet, $P(X=0)$ est la probabilité que le joueur perde les 10 parties, et la probabilité qu'il perde une partie donnée est égale à $\frac{13}{25}$.

> **À NOTER**
> « Au moins une partie » signifie « une partie ou davantage ».
> Les événements $\{X\geqslant 1\}$ et $\{X=0\}$ sont deux événements contraires.

64 France métropolitaine, mars 2023 • Jour 2
Exercice 2

Étude de l'évolution d'une population d'insectes

1 heure
5 points

INTÉRÊT DU SUJET • On étudie dans cet exercice deux modélisations de l'évolution d'une population d'insectes. Le premier modèle suppose l'absence de tout prédateur, le second modèle tient compte des contraintes du milieu naturel.

Des biologistes étudient l'évolution d'une population d'insectes dans un jardin botanique.
Au début de l'étude, la population est de 100 000 insectes.
Pour préserver l'équilibre du milieu naturel le nombre d'insectes ne doit pas dépasser 400 000.

PARTIE A • ÉTUDE D'UN PREMIER MODÈLE EN LABORATOIRE

L'observation de l'évolution de ces populations d'insectes en laboratoire, en l'absence de tout prédateur, montre que le nombre d'insectes augmente de 60 % chaque mois.
En tenant compte de cette observation, les biologistes modélisent l'évolution de la population d'insectes à l'aide d'une suite (u_n) où, pour tout entier naturel n, u_n modélise le nombre d'insectes, exprimé en millions, au bout de n mois. On a donc $u_0 = 0{,}1$.

▶ **1.** Justifier que pour tout entier naturel n, $u_n = 0{,}1 \times 1{,}6^n$.

▶ **2.** Déterminer la limite de la suite (u_n).

▶ **3.** En résolvant une inéquation, déterminer le plus petit entier naturel n à partir duquel $u_n > 0{,}4$.

▶ **4.** Selon ce modèle, l'équilibre du milieu naturel serait-il préservé ? Justifier la réponse.

PARTIE B • ÉTUDE D'UN SECOND MODÈLE

En tenant compte des contraintes du milieu naturel dans lequel évoluent les insectes, les biologistes choisissent une nouvelle modélisation. Ils modélisent le nombre d'insectes à l'aide de la suite (v_n), définie par : $v_0 = 0{,}1$ et, pour tout entier naturel n, $v_{n+1} = 1{,}6v_n - 1{,}6v_n^2$, où, pour tout entier naturel n, v_n est le nombre d'insectes, exprimé en millions, au bout de n mois.

▶ **1.** Déterminer le nombre d'insectes au bout d'un mois.

▶ **2.** On considère la fonction f définie sur l'intervalle $\left[0\ ;\ \frac{1}{2}\right]$ par $f(x) = 1{,}6 - 1{,}6x - 1{,}6x^2$.

a) Résoudre l'équation $f(x) = x$.

b) Montrer que la fonction f est croissante sur l'intervalle $\left[0\ ;\ \frac{1}{2}\right]$.

▶ **3. a)** Montrer par récurrence que, pour tout entier naturel n, $0 \leqslant v_n \leqslant v_{n+1} \leqslant \frac{1}{2}$.

b) Montrer que la suite (v_n) est convergente.

On note ℓ la valeur de sa limite. On admet que ℓ est solution de l'équation $f(x) = x$.

c) Déterminer la valeur de ℓ. Selon ce modèle, l'équilibre du milieu naturel sera-t-il préservé ? Justifier la réponse.

▶ **4.** On donne ci-contre la fonction seuil, écrite en langage Python.

```
def seuil(a):
    v = 0.1
    n = 0
    while v < a:
        v = 1.6 * v - 1.6 * v * v
        n = n + 1
    return n
```

a) Qu'observe-t-on si on saisit `seuil(0.4)` ?

b) Déterminer la valeur renvoyée par la saisie de `seuil(0.35)`.

Interpréter cette valeur dans le contexte de l'exercice.

LES CLÉS DU SUJET

Partie A

▶ **1.** Déterminez la nature de la suite (u_n).

▶ **3.** Utilisez la fonction ln et son sens de variation sur $]0\ ;+\infty[$.

▶ **4.** N'oubliez pas que, pour préserver l'équilibre du milieu, le nombre d'insectes ne doit pas dépasser 400 000 ; or u_n modélise le nombre d'insectes en millions au bout de n mois.

Partie B

▶ **3. a)** Utilisez le résultat établi par récurrence à la question précédente.

▶ **4. a)** Intéressez-vous à la condition dans la boucle « while » du programme.

64 CORRIGÉ GUIDÉ

PARTIE A • ÉTUDE D'UN PREMIER MODÈLE EN LABORATOIRE

▶ 1. Justifier l'expression du terme général d'une suite

Le nombre d'insecte augmente de 60 % chaque mois, donc, pour tout entier naturel n :

$u_{n+1} = u_n + \dfrac{u_n \times 60}{100} = 1{,}6\ u_n$.

On en déduit que (u_n) est une suite géométrique de raison 1,6 ; son premier terme est $u_0 = 0{,}1$.

> **MOT CLÉ**
> 1,6 est le coefficient multiplicateur associé à une augmentation de 60 %.

Il en découle que, pour tout entier naturel n, $u_n = 0{,}1 \times 1{,}6^n$.

▶ 2. Étudier la limite d'une suite

$1{,}6 > 1$, donc $\lim\limits_{n \to +\infty} 1{,}6^n = +\infty$, donc par produit :

$$\lim_{n \to +\infty} u_n = +\infty.$$

▶ 3. Déterminer le plus petit entier naturel vérifiant une condition donnée

$u_n > 0{,}4 \Leftrightarrow 0{,}1 \times 1{,}6^n > 0{,}4 \Leftrightarrow 1{,}6^n > 4.$

La fonction ln est strictement croissante sur $]0\,;+\infty[$, donc :

$$u_n > 0{,}4 \Leftrightarrow n\ln(1{,}6) > \ln(4) \Leftrightarrow n > \frac{\ln(4)}{\ln(1{,}6)}$$

en divisant par $\ln(1{,}6)$. $\ln(1{,}6) > 0$ car $1{,}6 > 1$.

Or $\dfrac{\ln(4)}{\ln(1{,}6)} \approx 2{,}95$ et n est entier, donc $u_n > 0{,}4 \Leftrightarrow n \geqslant 3$.

Le plus petit entier naturel n à partir duquel $u_n > 0{,}4$ est donc $n = 3$.

▶ 4. Déterminer si une condition est vérifiée

D'après la question précédente, à partir du troisième mois la population d'insectes dépasse 400 000 insectes ; l'équilibre du milieu naturel n'est donc pas préservé.

PARTIE B • ÉTUDE D'UN SECOND MODÈLE

▶ 1. Calculer un terme d'une suite

$v_1 = 1{,}6v_0 - 1{,}6v_0^2 = 1{,}6 \times 0{,}1 - 1{,}6 \times 0{,}1^2 = 0{,}144.$

Selon ce modèle, il y aura 144 000 insectes au bout d'un mois.

▶ 2. a) Résoudre une équation

$f(x) = x \Leftrightarrow 1{,}6x - 1{,}6x^2 = x \Leftrightarrow 0{,}6x - 1{,}6x^2 = 0 \Leftrightarrow x(0{,}6 - 1{,}6x) = 0.$

Donc $f(x) = x \Leftrightarrow x = 0$ ou $0{,}6 - 1{,}6x \Leftrightarrow x = 0$ ou $x = \dfrac{0{,}6}{1{,}6}$, soit :

$$f(x) = x \Leftrightarrow x = 0 \text{ ou } x = 0{,}375.$$

L'équation $f(x) = x$ possède deux solutions : 0 et 0,375.

b) Étudier le sens de variation d'une fonction

Pour tout x dans $\left[0\,;\frac{1}{2}\right]$: $f'(x) = 1{,}6 - 1{,}6 \times 2x = 1{,}6(1 - 2x)$.

Or, $0 \leqslant x \leqslant \frac{1}{2}$, donc $-1 \leqslant -2x \leqslant 0$ (en multipliant par -2), puis $0 \leqslant 1 - 2x \leqslant 1$ (en ajoutant 1).

Donc, pour tout x dans $\left[0\,;\frac{1}{2}\right]$, $f'(x) \geqslant 0$.

f est croissante sur $\left[0\,;\frac{1}{2}\right]$.

▶ 3. a) Montrer par récurrence une inégalité sur les termes d'une suite

• $v_0 = 0{,}1$; $v_1 = 0{,}144$. Donc $0 \leqslant v_0 \leqslant v_1 \leqslant \frac{1}{2}$.

La propriété est vraie pour $n = 0$.

• Soit n un entier naturel tel que $0 \leqslant v_n \leqslant v_{n+1} \leqslant \frac{1}{2}$.

Alors, puisque f est croissante sur $\left[0\ ;\ \frac{1}{2}\right]$,

$f(0) \leqslant f(v_n) \leqslant f(v_{n+1}) \leqslant f\left(\frac{1}{2}\right)$.

Or, $f(0) = 0$, $f(v_n) = v_{n+1}$, $f(v_{n+1}) = v_{n+2}$ et

$f\left(\frac{1}{2}\right) = 1{,}6 \times \frac{1}{2} - 1{,}6 \times \frac{1}{4} = 0{,}4 \leqslant \frac{1}{2}$.

Donc $0 \leqslant v_{n+1} \leqslant v_{n+2} \leqslant \frac{1}{2}$.

La propriété est héréditaire.

• La propriété étant vraie pour $n = 0$ et héréditaire, on en conclut que, pour tout entier naturel n, $0 \leqslant v_n \leqslant v_{n+1} \leqslant \frac{1}{2}$.

b) Montrer qu'une suite est convergente

D'après la question précédente, la suite (v_n) est croissante et majorée par $\frac{1}{2}$, donc, d'après le théorème de convergence monotone, elle est convergente.

c) Déterminer la limite d'une suite

D'après la question **2. a)**, l'équation $f(x) = x$ possède deux solutions : 0 et 0,375.

Or, $\ell \geqslant 0{,}1$ car $v_0 = 0{,}1$ et la suite (v_n) est croissante, donc $\ell \neq 0$.

On en déduit $\ell = 0{,}375$.

À long terme, la population se rapproche de 375 000 insectes sans jamais atteindre ni dépasser ce nombre. Le nombre d'insectes ne dépasse jamais 400 000, l'équilibre du milieu naturel est donc préservé.

▶ 4. a) Prévoir le comportement d'un programme écrit en langage Python

Dans le programme donné, la variable `v` prend comme valeurs successives les termes de la suite (v_n).

Si on saisit `seuil(0.4)`, la condition `v < 0.4` au début de la boucle `while` sera toujours vérifiée puisque, pour tout entier naturel n, $v_n < 0{,}4$. Le programme ne s'arrête jamais.

b) Déterminer la valeur renvoyée par un programme écrit en langage Python

Si on saisit `seuil(0.35)`, le programme renvoie $n = 6$, qui est la plus petite valeur de n telle que $v_n \geqslant 0{,}35$.

On peut en effet vérifier que $v_5 \approx 0{,}338 < 0{,}35$ et $v_6 \approx 0{,}358 > 0{,}35$.

Cela signifie que c'est à partir du 6e mois que la population atteindra ou dépassera 350 000 insectes.

65 France métropolitaine, mars 2023 • Jour 2 Exercice 3

Un quadrilatère dans l'espace

55 min
5 points

INTÉRÊT DU SUJET • Dans cet exercice, on étudie un quadrilatère dont trois sommets sont les projetés orthogonaux d'un point sur deux plans perpendiculaires $\mathcal{P}_1$ et $\mathcal{P}_2$, et sur leur droite d'intersection.

Dans l'espace rapporté à un repère orthonormé $(O ; \vec{i}, \vec{j}, \vec{k})$, on considère :

- le plan $\mathcal{P}_1$ dont une équation cartésienne est $2x + y - z + 2 = 0$;
- le plan $\mathcal{P}_2$ passant par le point $B(1 ; 1 ; 2)$ et dont un vecteur normal est $\overrightarrow{n_2}\begin{pmatrix}1\\-1\\1\end{pmatrix}$.

▶ **1. a)** Donner les coordonnées d'un vecteur $\overrightarrow{n_1}$ normal au plan $\mathcal{P}_1$.

b) On rappelle que deux plans sont perpendiculaires si un vecteur normal à l'un des plans est orthogonal à un vecteur normal à l'autre plan. Montrer que les plans $\mathcal{P}_1$ et $\mathcal{P}_2$ sont perpendiculaires.

▶ **2. a)** Déterminer une équation cartésienne du plan $\mathcal{P}_2$.

b) On note Δ la droite dont une représentation paramétrique est :

$$\begin{cases} x = 0 \\ y = -2 + t, \quad t \in \mathbb{R}. \\ z = t \end{cases}$$

Montrer que la droite Δ est l'intersection des plans $\mathcal{P}_1$ et $\mathcal{P}_2$.

On considère le point $A(1 ; 1 ; 1)$ et on admet que le point A n'appartient ni à $\mathcal{P}_1$ ni à $\mathcal{P}_2$.
On note H le projeté orthogonal du point A sur la droite Δ.

▶ **3.** On rappelle que, d'après la question **2. b)**, la droite Δ est l'ensemble des points M_t de coordonnées $(0 ; -2 + t ; t)$, où t désigne un nombre réel quelconque.

a) Montrer que, pour tout réel t, $AM_t = \sqrt{2t^2 - 8t + 11}$.

SPRINT FINAL

b) En déduire que $AH = \sqrt{3}$.

▶ **4.** On note $\mathcal{D}_1$ la droite orthogonale au plan $\mathcal{P}_1$ passant par le point A et H_1 le projeté orthogonal du point A sur le plan $\mathcal{P}_1$.

a) Déterminer une représentation paramétrique de la droite $\mathcal{D}_1$.

b) En déduire que le point H_1 a pour coordonnées $\left(-\dfrac{1}{3}\,;\dfrac{1}{3}\,;\dfrac{5}{3}\right)$.

▶ **5.** Soit H_2 le projeté orthogonal de A sur le plan $\mathcal{P}_2$.

On admet que H_2 a pour coordonnées $\left(\dfrac{4}{3}\,;\dfrac{2}{3}\,;\dfrac{4}{3}\right)$ et que H a pour coordonnées (0 ; 0 ; 2).

Sur le schéma ci-contre, les plans $\mathcal{P}_1$ et $\mathcal{P}_2$ sont représentés, ainsi que les points A, H_1, H_2 et H.

Montrer que AH_1HH_2 est un rectangle.

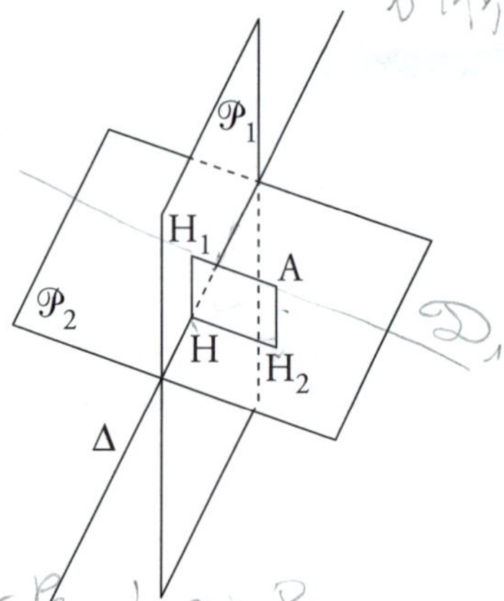

LES CLÉS DU SUJET

▶ **2. a)** Utilisez le vecteur $\overrightarrow{n_2}$, normal au plan $\mathcal{P}_2$.

b) Montrez que la droite Δ est contenue dans chacun des deux plans $\mathcal{P}_1$ et $\mathcal{P}_2$, puis concluez.

▶ **3. b)** Utilisez le fait que H est le projeté orthogonal de A sur la droite Δ.

▶ **4. b)** H_1 est le point d'intersection du plan $\mathcal{P}_1$ et de la droite $\mathcal{D}_1$.

65 CORRIGÉ **GUIDÉ**

▶ **1. a) Donner les coordonnées d'un vecteur normal à un plan**

Le plan $\mathcal{P}_1$ a pour équation cartésienne $2x + y - z + 2 = 0$, donc il a pour vecteur normal $\overrightarrow{n_1}\begin{pmatrix}2\\1\\-1\end{pmatrix}$.

b) Montrer que deux plans sont perpendiculaires

Le plan $\mathcal{P}_2$ a pour vecteur normal $\overrightarrow{n_2}\begin{pmatrix}1\\-1\\1\end{pmatrix}$.

$\overrightarrow{n_1}\cdot\overrightarrow{n_2}=2-1-1=0$. Les vecteurs $\overrightarrow{n_1}$ et $\overrightarrow{n_2}$ sont orthogonaux, donc les plans $\mathcal{P}_1$ et $\mathcal{P}_2$ sont perpendiculaires.

▶ 2. a) Déterminer une équation cartésienne d'un plan

Puisque $\overrightarrow{n_2}\begin{pmatrix}1\\-1\\1\end{pmatrix}$ est un vecteur normal au plan $\mathcal{P}_2$, ce plan a pour équation cartésienne $x-y+z+d=0$.

Les coordonnées de $\mathrm{B}(1\ ;\ 1\ ;\ 2)$ vérifient cette équation, donc $2+d=0$, soit $d=-2$ et $\mathcal{P}_2$ admet pour équation cartésienne $x-y+z-2=0$.

b) Montrer qu'une droite est l'intersection de deux plans sécants

Soit M un point de Δ. Il existe un réel t tel que M ait pour coordonnées $(0\ ;-2+t\ ;\ t)$.

- On remplace dans l'équation cartésienne de $\mathcal{P}_1$:
$-2+t-t+2=0$ pour tout réel t, donc tout point de Δ appartient à $\mathcal{P}_1$, $\Delta\subset\mathcal{P}_1$.
- De même, on remplace dans l'équation cartésienne de $\mathcal{P}_2$:
$2-t+t-2=0$ pour tout réel t, donc tout point de Δ appartient à $\mathcal{P}_2$, $\Delta\subset\mathcal{P}_2$.

Les deux plans $\mathcal{P}_1$ et $\mathcal{P}_2$ sont sécants (car perpendiculaires) et la droite Δ est contenue dans chacun de ces deux plans, donc Δ est la droite d'intersection des plans $\mathcal{P}_1$ et $\mathcal{P}_2$.

▶ 3. a) Calculer la distance de deux points de l'espace

On a $\mathrm{A}(1\ ;\ 1\ ;\ 1)$ et $\mathrm{M}_t(0\ ;-2+t\ ;\ t)$, donc :

$\mathrm{AM}_t=\sqrt{1+(t-3)^2+(t-1)^2}$

$\mathrm{AM}_t=\sqrt{1+t^2-6t+9+t^2-2t+1}$

soit $\mathrm{AM}_t=\sqrt{2t^2-8t+11}$.

SPRINT FINAL

b) Calculer la distance d'un point à un plan

Puisque H est le projeté orthogonal du point A sur la droite Δ, la distance AH est la distance du point A à la droite Δ, c'est-à-dire la plus courte distance entre le point A et un point de la droite Δ.

On cherche donc la valeur de t pour laquelle la distance AM_t est minimale.

Or, la distance AM_t est minimale lorsque AM_t^2 est minimal.

> **À NOTER**
> Il est plus facile de chercher le minimum de $2t^2 - 8t + 11$ que de $\sqrt{2t^2 - 8t + 11}$.

Pour tout réel t, on pose
$f(t) = AM_t^2 = 2t^2 - 8t + 11$ et on cherche pour quelle valeur du réel t la fonction f admet son minimum.

Pour tout réel t, $f'(t) = 4t - 8 = 4(t-2)$.

$f'(2) = 0$, $f'(t) < 0$ si < 2, $f'(t) > 0$ si $t > 2$.

Donc le minimum de f sur $\mathbb{R}$ est atteint en $t = 2$ et $M_2 = H$.

$AH^2 = f(2) = 8 - 16 + 11 = 3$, donc $AH = \sqrt{3}$.

▶ 4. a) Déterminer une représentation paramétrique d'une droite

La droite $\mathscr{D}_1$ est orthogonale au plan $\mathscr{P}_1$, donc elle a pour vecteur directeur $\overrightarrow{n_1}\begin{pmatrix}2\\1\\-1\end{pmatrix}$ normal au plan $\mathscr{P}_1$, et elle passe par le point $A(1\ ;\ 1\ ;\ 1)$.

Donc $\mathscr{D}_1$ a pour représentation paramétrique

$$\begin{cases} x = 1 + 2t \\ y = 1 + t \\ z = 1 - t \end{cases}, t \in \mathbb{R}.$$

> **À NOTER**
> Pour écrire une représentation paramétrique d'une droite, il suffit de connaître les coordonnées d'un point et d'un vecteur directeur de cette droite.

b) Déterminer les coordonnées du projeté orthogonal d'un point sur un plan

H_1 est le point d'intersection de la droite $\mathscr{D}_1$ et du plan $\mathscr{P}_1$.

Ses coordonnées sont de la forme $(1+2t\ ;\ 1+t\ ;\ 1-t)$ et vérifient l'équation cartésienne de $\mathscr{P}_1$, d'où :
$2(1+2t) + 1 + t - 1 + t + 2 = 0$.

> **À NOTER**
> On peut aussi prouver que le triplet $\left(-\frac{1}{3}\ ;\frac{1}{3}\ ;\frac{5}{3}\right)$ est de la forme $(1+2t\ ;\ 1+t\ ;1-t)$ et qu'il vérifie l'équation cartésienne de $\mathscr{P}_1$.

Cette équation équivaut à $6t + 4 = 0$, soit $t = -\frac{2}{3}$.

Le projeté orthogonal H_1 de A sur le plan $\mathcal{P}_1$ a donc pour coordonnées $\left(1+2\times\left(-\frac{2}{3}\right) ; 1-\frac{2}{3} ; 1+\frac{2}{3}\right)$, c'est-à-dire $\left(-\frac{1}{3} ; \frac{1}{3} ; \frac{5}{3}\right)$.

Le projeté orthogonal de A sur le plan $\mathcal{P}_1$ est donc bien $H_1\left(-\frac{1}{3} ; \frac{1}{3} ; \frac{5}{3}\right)$.

▶ 5. Montrer qu'un quadrilatère est un rectangle

Puisque H est le projeté orthogonal du point A sur la droite Δ, les droites (AH) et Δ sont orthogonales (et même perpendiculaires en H).

Puisque H_1 et H_2 sont les projetés orthogonaux respectifs de A sur les plans $\mathcal{P}_1$ et $\mathcal{P}_2$, la droite (AH_1) est orthogonale au plan $\mathcal{P}_1$, donc à toute droite de ce plan, donc à la droite Δ ; et de même, la droite (AH_2) est orthogonale au plan $\mathcal{P}_2$, donc à toute droite de ce plan, donc à la droite Δ.

Les droites (AH), (AH_1) et (AH_2) sont toutes les trois orthogonales à la droite Δ et passent par A, donc elles sont contenues dans le plan orthogonal à Δ passant par A. Elles sont donc coplanaires et les quatre points A, H_1, H et H_2 sont coplanaires.

De plus :

- (AH_1) est orthogonale à toute droite du plan $\mathcal{P}_1$, donc à la droite (HH_1) ;
- (AH_2) est orthogonale à toute droite du plan $\mathcal{P}_2$, donc à la droite (HH_2) ;
- la droite (AH_1) a pour vecteur directeur $\overrightarrow{n_1}$, la droite (AH_2) a pour vecteur directeur $\overrightarrow{n_2}$ et les vecteurs $\overrightarrow{n_1}$ et $\overrightarrow{n_2}$ sont orthogonaux, donc les droites (AH_1) et (AH_2) sont orthogonales.

> **À NOTER**
> On peut aussi raisonner à l'aide de coordonnées de vecteurs, pour prouver l'égalité ou l'orthogonalité de deux vecteurs.

Donc les points A, H_1, H et H_2 sont quatre points coplanaires qui sont les sommets d'un quadrilatère ayant quatre angles droits, donc le quadrilatère AH_1HH_2 est un rectangle.

66 France métropolitaine, mars 2023 • Jour 2 Exercice 4

Étude d'une fonction avec logarithme et exponentielle

55 min
5 points

INTÉRÊT DU SUJET • Une fonction est donnée par son expression algébrique et sa courbe représentative. Après une étude classique des variations et des limites, deux questions portent sur les tangentes à la courbe représentative.

On considère la fonction f définie sur $\mathbb{R}$ par $f(x) = \ln\left(1 + \mathrm{e}^{-x}\right)$, où ln désigne la fonction logarithme népérien.
On note $\mathscr{C}$ sa courbe représentative dans un repère orthonormé $\left(\mathrm{O}\,;\,\vec{i},\,\vec{j}\right)$.
La courbe $\mathscr{C}$ est tracée ci-dessous.

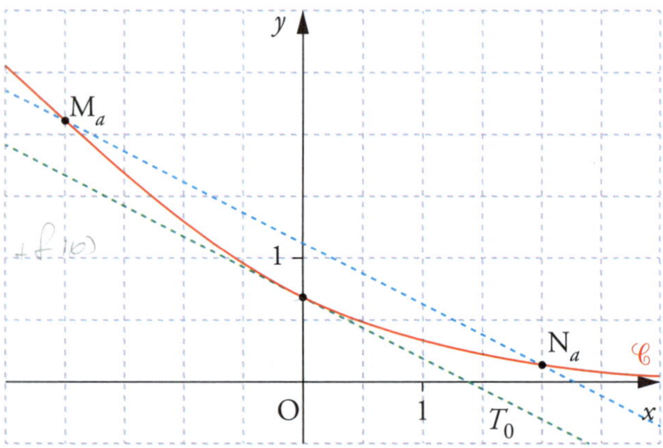

▶ **1. a)** Déterminer la limite de la fonction f en $-\infty$.
b) Déterminer la limite de la fonction f en $+\infty$. Interpréter graphiquement ce résultat.

c) On admet que la fonction f est dérivable sur $\mathbb{R}$ et on note f' sa fonction dérivée.
Calculer $f'(x)$ puis montrer que, pour tout nombre réel x,
$f'(x)=\dfrac{-1}{1+e^x}$.

d) Dresser le tableau de variations complet de la fonction f sur $\mathbb{R}$.

▶ **2.** On note T_0 la tangente à la courbe $\mathscr{C}$ en son point d'abscisse 0.
a) Déterminer une équation de la tangente T_0.
b) Montrer que la fonction f est convexe sur $\mathbb{R}$.
c) En déduire que, pour tout nombre réel x, on a :
$f(x)\geqslant -\dfrac{1}{2}x+\ln(2)$.

▶ **3.** Pour tout nombre réel a différent de 0, on note M_a et N_a les points de la courbe $\mathscr{C}$ d'abscisses respectives $-a$ et a.
On a donc : $M_a(-a\,;f(-a))$ et $N_a(a\,;f(a))$.
a) Montrer que, pour tout nombre réel x, on a : $f(x)-f(-x)=-x$.
b) En déduire que les droites T_0 et (M_aN_a) sont parallèles.

LES CLÉS DU SUJET

▶ **2. b)** Cette question est indépendante de la précédente.
c) Utilisez le résultat prouvé à la question **2. b)**.
▶ **3. b)** Deux droites sont parallèles si et seulement si elles ont le même coefficient directeur. Utilisez le résultat de la question précédente.

66 CORRIGÉ GUIDÉ

▶ 1. a) Déterminer la limite d'une fonction en $-\infty$

$\lim\limits_{x\to-\infty} -x=+\infty$ et $\lim\limits_{X\to+\infty} e^X=+\infty$, donc par composée :

$$\lim_{x\to-\infty} e^{-x}=+\infty.$$

Par somme et composée :

$$\lim_{x\to-\infty} f(x)=+\infty.$$

b) Déterminer la limite d'une fonction en $+\infty$

$\lim\limits_{x \to +\infty} -x = -\infty$ et $\lim\limits_{X \to -\infty} \mathrm{e}^X = 0$, donc par composée :

$$\lim_{x \to +\infty} \mathrm{e}^{-x} = 0.$$

Par somme et composée :

$$\lim_{x \to +\infty} f(x) = 0.$$

On en déduit que la droite d'équation $y = 0$ (c'est-à-dire l'axe des abscisses) est asymptote en $+\infty$ à la courbe $\mathscr{C}$.

c) Calculer la dérivée d'une fonction

f est de la forme $\ln(u)$ avec $u(x) = 1 + \mathrm{e}^{-x}$, donc $f' = \dfrac{u'}{u}$.

Pour tout réel x, $f'(x) = \dfrac{-\mathrm{e}^{-x}}{1+\mathrm{e}^{-x}} = \dfrac{-\mathrm{e}^{-x} \times \mathrm{e}^{x}}{\mathrm{e}^{x}\left(1+\mathrm{e}^{-x}\right)}$, donc $f'(x) = \dfrac{-1}{1+\mathrm{e}^{x}}$.

d) Étudier les variations d'une fonction

Pour tout $x \in \mathbb{R}$, $\mathrm{e}^x > 0$, donc $f'(x) < 0$. f est donc strictement décroissante sur $\mathbb{R}$. On a le tableau de variations suivant :

x	$-\infty$	$+\infty$
Signe de $f'(x)$	$-$	
Variations de f	$+\infty$ ↘	0

▶ 2. a) Déterminer une équation d'une tangente à une courbe

T_0 a pour équation $y = f'(0)x + f(0)$.

Or $f(0) = \ln\left(1 + \mathrm{e}^0\right) = \ln(2)$ et $f'(0) = \dfrac{-1}{1+\mathrm{e}^0} = -\dfrac{1}{2}$.

Donc T_0 a pour équation $y = -\dfrac{1}{2}x + \ln(2)$.

b) Étudier la convexité d'une fonction

Pour tout $x \in \mathbb{R}$:

$$f''(x) = -\left(-\frac{\mathrm{e}^x}{\left(1+\mathrm{e}^x\right)^2}\right)$$

$$f''(x) = \frac{\mathrm{e}^x}{\left(1+\mathrm{e}^x\right)^2}.$$

$f''(x) > 0$ pour tout $x \in \mathbb{R}$, donc f est convexe sur $\mathbb{R}$.

$f'(x_0)(x - x_0) + f(x_0)$

c) Étudier la position relative de la courbe représentative d'une fonction et de l'une de ses tangentes

Puisque f est convexe sur $\mathbb{R}$, la courbe $\mathscr{C}$ est au-dessus de chacune de ses tangentes, en particulier au-dessus de T_0. Donc, pour tout réel x :

$$f(x) \geqslant -\frac{1}{2}x + \ln(2).$$

▶ 3. a) Montrer une propriété d'une fonction

Pour tout réel x :

$$\begin{aligned}
f(x) - f(-x) &= \ln(1+\mathrm{e}^{-x}) - \ln(1+\mathrm{e}^{x}) \\
&= \ln\left(\frac{1+\mathrm{e}^{-x}}{1+\mathrm{e}^{x}}\right) \\
&= \ln\left(\frac{\mathrm{e}^{x}(1+\mathrm{e}^{-x})}{\mathrm{e}^{x}(1+\mathrm{e}^{x})}\right) \\
&= \ln\left(\frac{\mathrm{e}^{x}+1}{\mathrm{e}^{x}(1+\mathrm{e}^{x})}\right) \\
&= \ln\left(\frac{1}{\mathrm{e}^{x}}\right) \\
&= -\ln(\mathrm{e}^{x})
\end{aligned}$$

soit $f(x) - f(-x) = -x$.

b) Montrer que deux droites sont parallèles

Le coefficient directeur de la droite T_0 est $-\frac{1}{2}$.

Celui de la droite (M_aN_a) est $\frac{f(a)-f(-a)}{a-(-a)} = \frac{-a}{2a}$.

On sait que $a \neq 0$. Après simplification par a, on obtient que le coefficient directeur de la droite (M_aN_a) est égal à $-\frac{1}{2}$.

> **À NOTER**
> On a montré à la question précédente que, pour tout réel x, $f(x) - f(-x) = -x$.

Les droites T_0 et (M_aN_a) ont le même coefficient directeur $-\frac{1}{2}$, donc elles sont parallèles.

SPRINT FINAL

Réussir le Grand Oral

Les fiches MÉTHODE

Deux SIMULATIONS de Grand Oral

1 Choisir une question en maths

Selon le BO du 13 février 2020, qui définit le « Grand Oral », vous devez choisir une question pour chacun de vos deux enseignements de spécialité. Vous serez interrogé(e) sur l'une de ces deux questions le jour de l'épreuve.

A Le « cahier des charges »

Le choix de la question doit répondre à ces **trois conditions**.

La question
1. met en lumière un des grands enjeux du programme de spécialité.
2. se prête à une explicitation aisée, sans support et sans notes.
3. permet de nourrir une réflexion sur votre projet d'orientation.

B Des idées de sujets en mathématiques

Pour le choix de la question d'oral en mathématiques, différentes pistes de réflexion peuvent être envisagées.

1. Questions en lien avec une autre discipline

Certains thèmes du programme de la spécialité mathématiques se prêtent bien à une question portant sur une application dans une autre discipline.

Physique-chimie

- Comment les vecteurs permettent-ils une description du mouvement ?
- Comment étudier l'évolution au cours du temps d'une population de noyaux radioactifs et quelles sont les applications d'une telle étude ?
- Quelles équations différentielles permettent d'étudier le mouvement d'une particule dans un champ électrique ?
- Quelles équations différentielles peut-on utiliser pour réaliser le bilan d'énergie d'un système donné ?
- Comment étudier avec les logarithmes le niveau d'intensité sonore d'un signal ?

SVT

- Comment les probabilités conditionnelles permettent-elles de modéliser l'évolution de la fréquence des allèles dans une population et d'expliquer des écarts par rapport au modèle de Hardy-Weinberg ?
- Quelles notions de géométrie dans l'espace peut-on utiliser pour étudier la chronologie d'événements géologiques ?
- En quoi une modélisation statistique favorise-t-elle la compréhension des variations climatiques passées ?

NSI

- Comment exploiter les logarithmes pour étudier le coût d'exécution, en temps ou en mémoire, d'un programme ?
- En quoi la notion de récurrence intervient-elle dans l'élaboration et le fonctionnement d'un programme récursif ?

SES

- Comment la courbe de Lorenz et le coefficient de Gini permettent-ils d'étudier la répartition des revenus dans une population ?
- Coût total, coût moyen, coût marginal : comment les définir, les déterminer, les utiliser ?
- Comment différencier et calculer le taux d'intérêt nominal et le taux d'intérêt réel d'un placement ou d'un emprunt ?

2. Questions en lien avec l'histoire des mathématiques

Des éléments d'ordre historique peuvent permettre de clarifier le sens de certaines notions.

- Comment donner une approximation d'un nombre réel à l'aide de suites ?
- Quelles sont les grandes étapes historiques de l'élaboration du raisonnement par récurrence ?
- Pourquoi et comment les logarithmes ont-ils été inventés ?
- Par quelles méthodes peut-on déterminer une valeur approchée de l'aire sous la courbe d'une fonction ?
- Quelles sont les grandes étapes historiques de l'élaboration de la notion de vecteur ?

3. Questions en lien avec les approfondissements du programme

Voici quelques exemples des « approfondissements » signalés dans le programme pour servir au choix de la question d'oral.

- Comment définir le barycentre d'un système de points pondérés et comment l'utiliser pour montrer que trois points sont alignés ou que trois droites sont concourantes ?
- Comment l'équation logistique modélise-t-elle l'évolution d'une population ?
- Comment modéliser un oscillateur à l'aide d'une équation différentielle ?
- Comment démontrer en utilisant des suites adjacentes que le nombre e n'est pas un nombre rationnel ?
- Qu'est-ce que l'inégalité arithmético-géométrique et comment la démontrer par la géométrie pour deux nombres ?

2 Concevoir sa présentation

Les recherches sur les questions choisies peuvent débuter assez rapidement dans l'année. Pour chacune, vous devez vous documenter et organiser vos idées, au fur et à mesure, en vue d'un exposé structuré.

A Se documenter, chercher des idées

1. Se constituer une bibliographie pertinente

- Pour chaque question, établissez une **liste de mots-clés** : ils vont vous permettre d'interroger Internet, mais aussi le catalogue de votre CDI ou de la médiathèque de votre quartier.
- Consultez les documents ainsi sélectionnés, **des plus généraux** (manuels, encyclopédies) **aux plus spécialisés**.
- Dans le cas de recherches sur Internet, pensez à **vérifier les sites** que vous consultez à l'aide de ces questions :

1. Qui est l'auteur du site ? Quelle est son expertise sur le sujet ?
2. De quand datent les informations ?
3. L'exposé est-il clairement construit, solidement argumenté ?

> CONSEIL **Commencez par lire les informations données par la page de présentation du site, souvent intitulée « À propos ».**

2. Garder la trace de ses recherches

- **« Fichez » chacun des documents** consultés : le support peut être, selon votre préférence, physique (fiche Bristol) ou numérique.
- Reformulez les idées qui vous paraissent essentielles, en distinguant bien les arguments des exemples.

> CONSEIL **Notez précisément la source : le titre de l'ouvrage ou du site, le nom de l'auteur, la date de publication, ainsi que les pages consultées.**

FICHE DOCUMENT

Source :

Sujet :

Idées clés :
-
-
-

Citation :

B Organiser ses idées

1. Plusieurs méthodes de classement

- Au fil de vos prises de notes, vous allez être conduit à regrouper vos idées autour de lignes directrices : une organisation de votre exposé se dessine progressivement. Essayez de la traduire sous forme de « **carte mentale** ».

- Si vous avez du mal à faire émerger les grands axes, vous pouvez recourir à la **méthode des post-it**.

1. Écrivez une idée clé par post-it.
2. Ajoutez, le cas échéant, des exemples sur des post-it d'une autre couleur.
3. Sur un mur, déplacez les post-it jusqu'à ce qu'ils s'enchaînent logiquement.

2. Le choix du plan

Votre plan dépend de la question et du type de réflexion proposé.

	Objectif	Question
Plan thématique	Il permet d'approfondir les différents aspects d'un sujet.	Il correspond à une question qui se subdivise en différentes sous-questions.
Plan dialectique	Il oppose deux thèses puis opère une synthèse des points de vue.	Il correspond à une question qui implique une discussion, un dilemme.

FOCUS

Mettre son plan sous forme de carte mentale

1. Prenez une feuille blanche A4, en format paysage.
2. Notez la question au centre, dans un « noyau ».
3. Créez autant de « branches » que de grands axes (une couleur par axe).
4. Ramifiez les branches de manière à faire apparaître les idées clés.

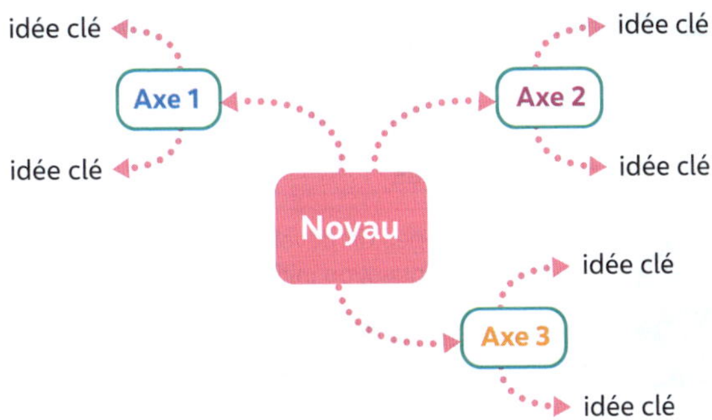

GRAND ORAL

3 Préparer efficacement l'exposé

Le jour J, vous devrez faire votre présentation en cinq minutes, sans notes. Cela suppose un travail préparatoire important : de rédaction, de mémorisation et d'entraînement à la prise de parole.

A Rédiger une trame précise

Une fois que vous êtes au clair sur la structure générale de votre exposé, vous devez mettre par écrit le déroulement de votre argumentation, sous la forme d'un plan semi-rédigé.

1. L'introduction

- L'introduction doit montrer :

– que **votre sujet est intéressant** ;
– que vous l'avez bien cerné ;
– que votre plan découle de la question posée et y répond.

- Elle comprend **trois étapes** qui s'enchaînent logiquement.

1. L'accroche	En une ou plusieurs phrases, amenez progressivement votre sujet.
2. La question	Posez clairement la question à laquelle vous allez répondre et explicitez-la.
3. Le plan	Annoncez les deux ou trois grands axes, de manière que le jury comprenne d'emblée l'organisation de l'exposé.

2. Le corps de l'exposé

- Recopiez le plan que vous avez établi et remplissez-le de manière télégraphique, à l'aide de listes à puces.
- N'oubliez pas d'**appuyer chaque argument** par un exemple vérifié.
- Distinguez bien les informations nécessaires à la bonne compréhension du sujet de celles qui sont secondaires et que vous pourrez préciser dans l'entretien.

3. La conclusion

- La conclusion est l'étape de l'exposé qui reste en mémoire : rédigez-la complètement pour être sûr(e) qu'elle marque votre auditoire.
- Elle se compose de **deux parties** :

1. Le bilan	Reprenez les étapes du développement et répondez à la question initiale.
2. L'ouverture	Élargissez le champ de la réflexion à l'aide d'une citation, d'un fait d'actualité, d'une question proche.

B Mémoriser la présentation, puis simuler l'épreuve

Vous êtes désormais au clair sur le contenu de votre exposé. Il s'agit maintenant de préparer sa restitution orale.

1. Faire travailler sa mémoire

- Vous devez posséder votre exposé « sur le bout des doigts », de telle manière que les idées se rappelleront à vous naturellement le jour de l'épreuve et que vous pourrez consacrer toute votre attention à votre auditoire.
- Pour ce faire, sollicitez vos différentes mémoires (visuelle, auditive, kinesthésique…) pour fixer le déroulement de l'exposé puis récitez-le plusieurs fois, de manière à vous en souvenir durablement.

> À NOTER **Des chercheurs ont prouvé qu'il faut refaire au moins sept fois le chemin vers un souvenir pour l'ancrer durablement.**

2. Simuler un Oral blanc

- C'est à ce moment-là, quand vous avez mémorisé votre exposé, que vous devez faire appel à votre entourage – vos professeurs, vos parents ou vos amis – pour leur demander de constituer votre premier auditoire.
- Demandez-leur d'évaluer votre présentation selon ces trois critères :

1. Pertinence. Ai-je bien répondu à la question posée ?
2. Clarté. Qu'est-ce qui était clair ? moins clair ?
3. Efficacité. Ai-je retenu votre attention ? Comment puis-je le faire mieux ?

- N'hésitez pas également à leur demander de vous poser des questions sur le contenu de la présentation : cela vous entraînera pour l'entretien qui suit.

FOCUS

Comment fonctionne la mémoire ?

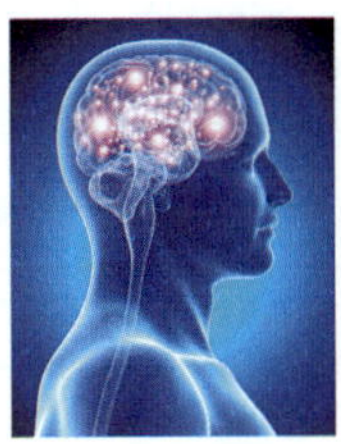
Ph © pankajstock123 – stock.adobe.com

- La mémorisation est le résultat d'un processus biochimique dans lequel les neurones jouent un rôle essentiel.
- Elle se déroule en trois étapes :

1. L'encodage : enregistrement d'une nouvelle information
2. Le stockage : rangement, consolidation de l'information
3. Le rappel : recherche du souvenir afin de le restituer

- Plus on rappelle un souvenir, plus on l'ancre durablement dans la mémoire.

GRAND ORAL

4 Présenter la question au jury

Votre présentation doit être synthétique et rendre compte efficacement du questionnement. Vous êtes principalement évalué(e) sur la solidité de vos connaissances et votre capacité à argumenter.

A Optimiser le temps de préparation

Le jury vient de choisir l'une des deux questions préparées. Vous avez alors 20 minutes pour mettre en ordre vos idées et préparer – si vous vous sentez suffisamment sûr(e) de vous – un support pour le jury.

1. Mettre en ordre vos idées au brouillon

20 minutes de préparation, c'est à la fois long et court. Comment les utiliser ?

Pensez à...	Évitez de...
rédiger l'introduction et la conclusion	rédiger tout l'exposé
noter le plan	noter des idées en désordre
résumer les principales idées	ajouter du contenu au dernier moment

2. Préparer un support pour le jury

- Si vous avez bien en tête votre exposé, mettez à profit les 20 minutes pour préparer un support destiné au jury.
- L'objectif est de permettre à votre auditoire de **mieux suivre votre présentation**. Votre support peut ainsi prendre des formes variées.

> **CONSEIL Bien que non évalué, le support doit être pertinent et lisible pour bien disposer le jury.**

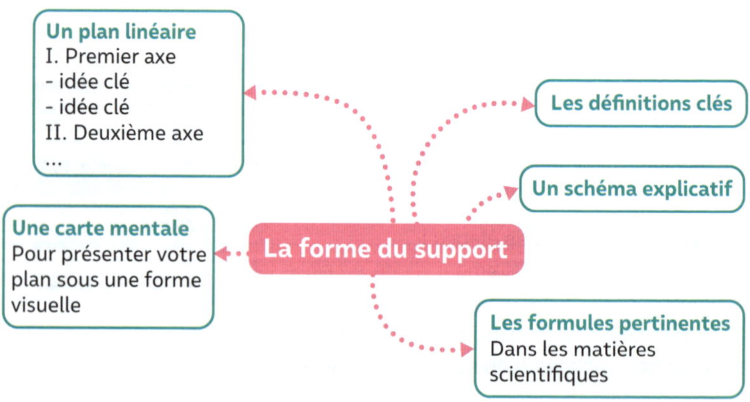

B Faire une présentation claire et fluide

1. Soigner les étapes clés de l'exposé

- Vous devez prêter une attention particulière à l'introduction et à la conclusion.

L'introduction	La conclusion
• amène la question • pose clairement la question • annonce le plan	• fait le bilan des recherches • répond à la question • ouvre de nouvelles perspectives

- Quand vous annoncez le plan, vous pouvez recourir à des formules telles que :

  Tout d'abord nous nous intéresserons…
  Puis nous étudierons…, avant de montrer que…

2. Mettre en évidence la progression de l'exposé

- Plus encore qu'à l'écrit, vous devez être attentif(ve) aux **transitions** de sorte que votre auditoire comprenne bien la progression de votre présentation.

Les passages d'une partie à l'autre doivent être ainsi explicités :

Nous venons de voir que…
Nous allons maintenant essayer de comprendre comment ce processus…

> CONSEIL **Tout au long de votre présentation, n'hésitez pas à rappeler le fil conducteur en reprenant les mots-clés de la question.**

- Les **liens entre les idées** d'une partie doivent être clarifiés au moyen de connecteurs logiques : de cause (*car, en effet*…), de conséquence (*donc, c'est pourquoi*…), d'opposition (*mais, cependant*…), de concession (*certes…*), d'addition (*de plus, en outre…*).

FOCUS

Parler debout

- Placez-vous face à votre jury, bien au centre.
- Ancrez vos pieds au sol, de manière à avoir une assise stable.
- Placez dès le départ vos mains à hauteur de votre ventre, sans les laisser pendre le long du corps. Vous pouvez les croiser devant vous et les dénouer lorsqu'il sera nécessaire d'appuyer le propos.

Coll. Prod DB © Ingrid Chabert – My Box Productions / DR

Image extraite du film *À voix haute* de Ladj Ly et Stéphane de Freitas, 2017.

GRAND ORAL

5 Répondre aux questions en lien avec la présentation

Lors de la deuxième partie de l'épreuve, le jury revient sur la présentation et évalue plus largement vos connaissances dans les disciplines correspondant à vos spécialités.

A Anticiper les questions

1. Les questions sur la présentation

● Le jury va en premier lieu revenir sur certains points de la présentation pour vous **demander des précisions**.

- *Vous avez affirmé que... : pouvez-vous donner un exemple ?*
- *Vous avez cité... : quelle est votre source ?*
- *Comment définissez-vous le mot... ?*

● Afin de ne pas être surpris(e), efforcez-vous de les anticiper lors de l'élaboration de l'exposé.

2. Les questions sur le programme

● Cependant le jury peut aussi vous poser des questions sur d'autres thèmes de vos **programmes de spécialité**.

> ATTENTION **Ces questions peuvent porter sur des thèmes hors du programme limitatif de l'épreuve écrite.**

● C'est pourquoi vous devez travailler tout au long de l'année les notions au programme, en imaginant cette interrogation. Voici 4 conseils clés :

4 conseils clés

1. Faites des fiches pour chaque chapitre
2. Apprenez par cœur les définitions clés
3. Questionnez votre enseignant en cas d'incompréhension
4. Complétez le travail fait en cours avec des recherches personnelles

> CONSEIL **Cette préparation vous servira également pour l'écrit !**

B Développer une posture d'échange

1. Faire des réponses appropriées

- Un seul des deux membres du jury est un spécialiste des domaines concernés par votre question. Votre réponse doit donc être **précise mais pas trop jargonneuse**.
- D'autres conseils utiles :

Pensez à...	Évitez de...
prendre quelques secondes pour « ingérer » la question	vous précipiter : vous risquez de ne pas répondre à la question
donner des réponses brèves pour des précisions, plus longues pour un avis personnel	répondre par oui ou par non, ne pas développer
vous appuyer sur des connaissances précises, des chiffres, des dates...	rester dans les généralités, utiliser le pronom *on*

2. Gérer les difficultés

- Si vous n'êtes **pas sûr(e) de comprendre** la question :

– reformulez-la à voix haute pour vérifier que vous avez bien compris ;

Vous me demandez si... Vous voulez savoir comment...

– demandez des précisions ou un exemple.

Qu'entendez-vous par... ? Pouvez-vous me donner un exemple ?

- Si vous **ne savez pas quoi répondre**, osez le dire : vous pouvez toutefois commencer par faire remarquer la pertinence de la question.

Ce point me semble en effet très intéressant,
mais je n'ai pas eu le temps de l'approfondir.

FOCUS

Éviter les gestes parasites

Apprenez à identifier les gestes d'auto-contact que vous effectuez pour vous rassurer en situation de stress : ils brouillent la communication et traduisent votre inconfort. Or, avec un peu d'entraînement, il est facile de les éviter.

Passer la main dans ses cheveux

Remonter ses manches, tirer dessus

Toucher sa montre, un bijou

Se gratter avec insistance

6 Défendre son projet d'orientation

Au cours de cette partie de l'épreuve, vous exposez votre projet d'orientation : quel domaine vous intéresse, depuis quand, quels choix vous avez faits pour vous en rapprocher.

A Faire le lien entre la question traitée et son projet d'orientation

● Le jury va commencer par vous demander en quoi le travail sur la question traitée **a nourri votre réflexion sur votre projet d'orientation**. Voici quelques éléments de réponse, à adapter en fonction de votre sujet et de votre projet :

- *En travaillant sur ce sujet au croisement de deux disciplines, j'ai acquis la certitude que je souhaitais continuer à les étudier l'une et l'autre : d'où le choix d'un cursus réunissant…*
- *La préparation de cet oral m'a permis de rencontrer des personnes travaillant dans le domaine de…, qui m'ont donné envie de suivre leur voie ; c'est pourquoi j'ai choisi des études dans la filière…*

> CONSEIL **Même si vous avez évidemment envisagé plusieurs choix (sur Parcoursup ou par des candidatures directes), mettez plutôt l'accent sur celui permettant d'établir un lien avec la question traitée. Ainsi votre démarche paraîtra cohérente.**

● Vous pouvez aussi analyser les **compétences acquises** lors de la préparation de cette épreuve orale : mener un travail de recherche, confronter des données, faire un travail de synthèse, faire un exposé oral, et montrer qu'elles vous seront **utiles pour la suite de vos études**.

B Expliquer les étapes de son projet d'orientation

1. Projet professionnel ou projet de poursuite d'études ?

● Si vous avez une idée de métier précise, vous pouvez partir de ce **projet professionnel**, expliquer pourquoi il vous attire ; puis faire le lien avec les études qui y mènent.

● Mais vous avez le droit, à 17-18 ans, de ne pas savoir quel métier vous aimeriez exercer. Contentez-vous alors d'expliquer quel domaine vous intéresse et **quels choix d'études** après le bac vous avez faits en conséquence.

CONSEIL Quand vous vous êtes inscrit(e) sur Parcoursup ou si vous avez candidaté à des écoles, vous avez dû rédiger des lettres de motivation. Utilisez-les pour préparer cette partie de l'oral.

- Si vous hésitez encore entre **deux voies**, vous pouvez exposer les différentes possibilités envisagées.

2. La genèse et la mise en œuvre du projet

- Pour retracer la **genèse** du projet, expliquez :

– comment l'idée de ce projet d'orientation vous est venue ;
– comment elle a guidé vos choix de spécialités ;
– comment elle s'est renforcée à travers différentes activités et expériences.

CONSEIL N'hésitez pas à détailler des expériences vécues ou à rapporter une anecdote pour rendre votre présentation plus personnelle.

- Mentionnez la **filière choisie**, l'école ou l'université que vous souhaiteriez intégrer et les enseignements qui vous attendent. Décrivez concrètement la manière dont vous souhaitez mener ce projet : cursus envisagé, diplôme visé.

- Faites le bilan de vos atouts et de vos limites pour le domaine envisagé. Montrez que vous disposez d'une **bonne connaissance de vous-même** et de vos capacités.

FOCUS

Développer une argumentation personnelle

Pour mieux convaincre le jury de votre motivation, vous devez mettre en évidence que ce projet est vraiment le vôtre.

Les composantes personnelles de votre projet

1. scolaires
- vos spécialités de 1re et Tle
- vos préférences pour certaines matières
- vos compétences scolaires

2. extrascolaires
- votre stage de 3e
- vos engagements (comme délégué(e) de classe, dans un projet…)
- vos centres d'intérêt, vos convictions

7 Retenir l'attention du jury

Lors de l'épreuve orale, il ne suffit pas de maîtriser son sujet, il faut aussi communiquer de manière efficace pour convaincre le jury. Le visage et ses expressions, ainsi que la gestuelle, sont alors essentiels pour renforcer le propos.

A Établir le contact

- Le premier contact est essentiel. Dès l'entrée dans la salle, donnez l'impression d'être ouvert à l'échange, avenant, sans être trop familier.
- Le **sourire** est l'atout indispensable pour détendre l'atmosphère et gagner la sympathie du jury. Il ne s'agit pas de rire faussement ou de sourire en permanence, mais d'afficher une attitude aimable.
- La **politesse** est de mise, même si parfois le stress fait oublier les fondamentaux de la courtoisie : saluer vos interlocuteurs, remercier, attendre d'être invité à s'asseoir ou à partir avant de le faire.
- Laissez à vos examinateurs le temps de s'installer et montrez-vous **à l'écoute de leurs attentes**, sans foncer tête baissée dans votre exposé.

B Communiquer efficacement

1. Regarder l'examinateur

- Se retrouver face à face avec un jury composé de deux professeurs inconnus peut vous paraître impressionnant. Cependant, votre réussite à l'oral repose aussi sur votre capacité à **surmonter ce stress** et à vous adresser réellement à vos interlocuteurs à travers ce que vous dites, mais aussi par le regard.
- Ne fixez pas vos interlocuteurs, mais accordez-leur **des regards réguliers**, afin de capter leur attention. Évitez de regarder ailleurs : vous donneriez l'impression d'être fuyant. Inutile donc de fixer vos pieds, le plafond, ou encore le mur au fond de la salle.

> CONSEIL **Si vous avez des difficultés à regarder votre interlocuteur dans les yeux, vous pouvez imaginer un point entre ses deux yeux, ce qui vous évitera d'être mal à l'aise en croisant son regard.**

2. Soigner la gestuelle

- **Évitez de rester trop statique** pendant votre intervention mais ne surchargez pas non plus votre intervention par des gestes répétitifs ou sans lien avec le propos.

● Vos gestes doivent intervenir à des moments essentiels de votre prise de parole afin d'**appuyer ce que vous dites**. Ils doivent donc coïncider avec ce que vous cherchez à exprimer : enthousiasme, opposition, implication personnelle… (voir la rubrique « Focus » ci-dessous).

3. Éviter la monotonie

● **Variez les intonations** pour donner de la vivacité à ce que vous dites et ne pas ennuyer votre jury.

● **Insistez sur les aspects essentiels** en appuyant sur certains segments de phrases ; marquez les interrogations ou les exclamations par une intonation expressive.

● **Ayez l'air convaincu(e)** de ce que vous affirmez en adoptant une voix claire et en apparaissant sûr(e) de vous.

> INFO **La relation interpersonnelle est un phénomène complexe. Les variations de la voix, la gestuelle comptent pour beaucoup dans la bonne réception du message de fond. Les acteurs le savent bien.**

FOCUS

Appuyer son propos par des gestes signifiants

Il est important d'appuyer son discours par des gestes qui retiennent l'attention et soulignent les moments clés.

Mains tendues vers l'auditoire : impliquer le public.

Mains à gauche puis à droite : souligner une opposition.

Compter avec ses doigts : énumérer.

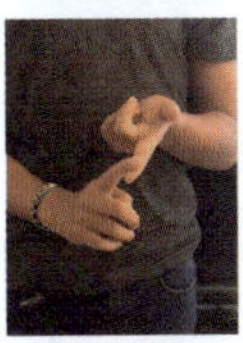

Mains écartées ou rapprochées : exprimer l'union ou la désunion

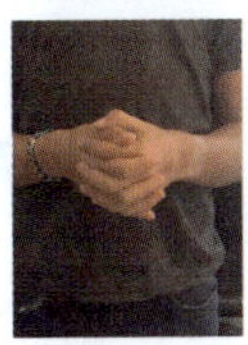

Lever ou baisser un doigt : exprimer un doute ou un questionnement.

Main sur la poitrine : montrer son implication personnelle.

8 S'exprimer de manière claire et fluide

Si une bonne partie de la communication repose sur l'attitude non verbale, il ne faut évidemment pas négliger l'aspect verbal de l'échange. Choisir les mots justes, articuler, faire des pauses sont autant d'atouts dans la prise de parole.

A Utiliser un vocabulaire juste et précis

1. Choisir ses mots

- Vous êtes jugé(e) sur la qualité de votre expression, d'où l'importance de bien choisir vos mots. Il est parfois difficile de trouver la bonne formulation : prenez le temps de chercher les **termes les plus appropriés**.
- Si un terme familier vous échappe, reformulez dans un **registre plus soutenu**. Évitez les contractions (« j'sais pas », « j'pense ») : prononcez correctement les négations en incluant un « ne » audible.

2. Varier son expression

L'examinateur appréciera que vous fassiez un effort pour varier les tournures que vous utilisez.

Varier les expressions utilisées

- **Donner son opinion :** *à mon sens, pour ma part, il me semble, je suis d'avis que…*
- **Appuyer le propos :** *clairement, évidemment, naturellement, nettement…*
- **Introduire une analyse :** *on remarque, on constate, on peut souligner, il est à noter que…*

3. Bannir les tics de langage

Variables d'une époque à une autre, ces petits marqueurs de la communication sont à proscrire le jour de votre oral.

- Commencez par **repérer ceux que vous employez le plus souvent** et essayez de vous en débarrasser lors de vos prises de parole. Il peut s'agir :
  – d'expressions en vogue (« genre », « carrément », « trop », « j'avoue »…) ;
  – de mots de liaison (« donc », « alors », « et voilà », « en fait »…) ;
  – d'onomatopées (« euh », « ben », « bah »…).
- Bannissez également **la mise entre guillemets** (geste à l'appui) qui indique que vous n'avez pas trouvé le mot juste pour vous exprimer.

B Soigner son élocution

● **Parlez distinctement** en articulant pour être bien compris(e). Faites particulièrement attention à ne pas « avaler » les fins de phrases et les fins de mots.

● **Adaptez le volume de votre voix** en fonction de la proximité avec votre auditoire. Ni trop fort, ni pas assez, vous devez trouver le juste équilibre. N'hésitez pas à demander si l'on vous entend.

> CONSEIL **Parler face à un public ne s'improvise pas et, pour éviter de bafouiller, il est nécessaire d'exercer sa voix et de s'entraîner.**

C Adopter le bon rythme

● Ne parlez **ni trop lentement**, pour avoir le temps de tout dire, **ni trop vite**, pour laisser au jury la possibilité d'intégrer ce que vous dites et de prendre des notes.

● Trouvez le juste équilibre en ralentissant ou en accélérant le débit **selon la nature de votre propos** :
– ralentissez lorsque vous présentez le plan, lorsque vous abordez un aspect essentiel, lorsque vous voulez particulièrement retenir l'attention ;
– accélérez au moment des exemples, des énumérations, des citations.

● N'hésitez pas à **reformuler** plusieurs fois un aspect important de votre intervention et à **faire des pauses** entre deux idées.

FOCUS

Recourir à des figures de style

Pour renforcer votre propos, vous pouvez recourir à des figures de style, en particulier à des **figures de construction** (qui jouent sur la syntaxe).

4 figures de construction

- **l'anaphore :** répétition d'un terme en tête de phrase
- **la gradation :** énumération de termes de force croissante
- **le parallélisme :** répétition d'une même construction
- **l'antithèse :** rapprochement de deux propositions de sens contraire

67 Sujet d'oral

Comment l'astronomie, la navigation et le calcul bancaire sont-ils à l'origine de l'invention des logarithmes ?

PRÉSENTATION, SUIVIE D'UN ENTRETIEN

20 min
20 points

INTÉRÊT DU SUJET • L'étude de l'apparition d'un nouveau concept mathématique, le logarithme, et ses liens avec les applications qu'il suscite pourraient intéresser un élève curieux d'histoire des sciences, d'astronomie et d'économie !

67 PISTES POUR L'ORAL

1er TEMPS • PRÉSENTATION D'UNE QUESTION PROBLÉMATISÉE — 5 min

Les titres en couleurs mettent en évidence la structure de cette présentation.

Introduction

[Accroche] Au XVIIe siècle, l'essor de la navigation et le développement du commerce sont à l'origine de nombreux problèmes de calculs numériques. Certains mathématiciens tentent de trouver des méthodes de calculs rapides et sûres. [Présentation du sujet] Très intéressé·e par l'astronomie, je me suis souvent demandé comment les « anciens » pouvaient prévoir avec tant de précision certains phénomènes naturels, qui demandent d'effectuer de nombreux calculs.

[Annonce du plan] J'expliquerai d'abord comment les logarithmes inventés par John Napier (1550-1617) permettent d'effectuer des multiplications de grands nombres en minimisant le temps et le risque d'erreurs, j'évoquerai ensuite les idées mathématiques qui ont permis cette découverte et je donnerai enfin de nombreux exemples d'applications de ce procédé qui soulagea tant de scientifiques.

I. Multiplier à l'aide des logarithmes

• À une époque où tous les calculs se font à la main, la longueur de certains est un obstacle majeur à l'avancée du progrès scientifique. On peut notamment citer les calculs de trigonométrie en astronomie, les calculs d'intérêts composés, couramment effectués par les banquiers… Les logarithmes inventés par l'écossais John Napier en 1614 ont comme « merveilleuse » propriété de transformer les produits en sommes et de simplifier les calculs.

> À NOTER
> Choisissez un plan simple, en deux ou trois parties, en commençant par expliquer la propriété fondamentale des logarithmes qui est le cœur du sujet.

• Voici un aperçu du principe de la méthode de Napier pour multiplier deux nombres A et B. Par l'intermédiaire de tables, on associe à ces deux nombres leurs logarithmes, notés respectivement $\ln(A)$ et $\ln(B)$. Ces logarithmes possèdent la propriété suivante : $\ln(A) + \ln(B) = \ln(A \times B)$. Ainsi, pour déterminer une valeur approchée du produit $A \times B$, par lecture inverse des tables, il suffit d'effectuer l'addition $\ln(A) + \ln(B)$.

II. Définir les logarithmes

• L'idée majeure de Napier est de mettre en correspondance une progression géométrique (*logos*) et une progression arithmétique (*arithmos*) de manière à généraliser à des exposants non entiers la propriété : $q^a \times q^b = q^{a+b}$.

• Par l'intermédiaire de tables, Napier donne un moyen de faire correspondre un « logarithme » qui possède cette propriété à chaque nombre positif. Napier procède par approximations, et obtient des valeurs d'une très grande précision, à l'aide de calculs simples et faciles à vérifier. À son époque, la notion de fonction n'existe pas. Pourtant, cette mise en correspondance est bien une « fonction » : l'opposé de la fonction logarithme népérien, nommée en l'honneur de Napier (Neper en français).

• S'il a fallu quarante ans à Napier pour établir sa théorie et ses tables, une fois connues, elles ont fait gagner énormément de temps aux scientifiques de tous ordres.

> À NOTER
> Il est bon de faire une phrase de transition entre deux parties successives.

III. Utiliser les logarithmes

• Le temps de calcul que demande une multiplication est bien supérieur à celui d'une addition, et ce, d'autant plus que les nombres considérés sont grands. En effet, une multiplication demande d'effectuer environ autant d'additions qu'il y a de chiffres dans les nombres considérés.

GRAND ORAL

Le fait de transformer les produits en sommes a donc pour avantages la simplicité et la rapidité d'exécution. Comme le dira plus tard Laplace, « l'invention des logarithmes […] double pour ainsi dire la vie des astronomes ».

• Les contemporains de Napier apprécient rapidement ce nouvel outil de calcul. Henry Briggs, professeur de mathématiques à Londres, engagé dans de difficiles calculs astronomiques, reconnaît l'intérêt des logarithmes et va faciliter leur utilisation. L'Allemand Johannes Kepler les utilise pour calculer des éphémérides astronomiques. Les marins s'en emparent et les utilisent pour calculer des distances. Pour un banquier, il devient facile de connaître le temps qu'il faut à un capital pour doubler lorsqu'il est placé à intérêts composés.

> **À NOTER**
> Pour chaque exemple cité, vous devez être en mesure de répondre à d'éventuelles demandes de précisions de la part du jury.

Conclusion

Toute activité scientifique nécessite du calcul numérique. Les logarithmes de Napier sont une avancée historique notoire qui sera suivie, en 1624, par la définition de Briggs des logarithmes décimaux, plus adaptés à la numération en base dix. Aujourd'hui la fonction ln, héritée des travaux de Napier, est étudiée en Terminale. L'échelle logarithmique est d'un emploi courant dans de nombreux domaines : en chimie (le pH), en acoustique (le décibel), en sismologie (l'échelle de Richter), etc. Les logarithmes sont encore sujet de recherche, notamment en cryptographie, avec le logarithme discret.

2e TEMPS • ÉCHANGE AVEC LE JURY — 10 min

Voici quelques-unes des questions que le jury pourrait poser à la suite de la présentation ainsi que des réponses possibles (à développer le jour dit).

• **Pouvait-on utiliser les logarithmes pour d'autres calculs fastidieux ?**

Oui, bien sûr, les logarithmes transforment les quotients en différences, les carrés en doubles, les racines carrées en moitiés, etc.

> **À NOTER**
> Cette question permet au jury de juger de votre niveau de compréhension du sujet.

Par exemple, pour calculer la racine carrée d'un nombre strictement positif X, on déterminait à l'aide des tables $\ln(X)$ que l'on divisait par 2. Le nombre obtenu, mettons Y, est tel que $Y = \ln(R)$ où R est la racine cherchée que l'on détermine par lecture inverse de la table.

• Quel lien existe-t-il entre logarithme décimal et logarithme népérien et dans quel domaine le logarithme décimal est-il utilisé ?

Le logarithme décimal, noté log, est le logarithme népérien divisé par $\ln(10)$: $\log(x) = \frac{\ln(x)}{\ln(10)}$, $x > 0$. On a donc $\log(10) = 1$ et $\log(10^n) = n$, pour n entier.

On l'utilise par exemple en chimie pour le potentiel hydrogène noté pH qui vaut $-\log[H^3O^+]$ et qui mesure l'acidité d'une solution.

• Quel est le lien entre l'aire sous la courbe de la fonction inverse et la fonction ln ?

La fonction ln admet sur $]0\,;+\infty[$ pour fonction dérivée la fonction inverse. Pour tout $x > 1$, $\int_1^x \frac{1}{t}\mathrm{d}t = \ln x$. Donc $\ln x$ est, en unités d'aire, l'aire sous courbe de la fonction inverse entre 1 et x.

3e TEMPS • ÉCHANGE SUR LE PROJET D'ORIENTATION — 5 min

Le jour J, il vous faudrait bien sûr développer la réponse.

Comment avez-vous choisi le sujet de votre exposé ? En quoi est-il en lien avec votre projet d'orientation ?

• J'ai choisi ce sujet car j'ai toujours été intrigué·e par l'apparition de nouveaux concepts mathématiques et leurs utilisations éventuelles en sciences de l'ingénieur. Je me suis rapidement aperçu que les théorèmes de géométrie (Pythagore, Thalès…) étaient très utiles en architecture, que les fonctions exponentielles et trigonométriques permettaient d'étudier les phénomènes vibratoires, etc.

• Je pense poursuivre mes études en classe préparatoire afin d'intégrer une école d'ingénieurs pour travailler dans le domaine de la recherche astronomique.

À NOTER
Ce sujet peut être mis en lien avec d'autres projets d'études, notamment en histoire des sciences, enseignement, informatique (cryptographie, algorithmique), architecture, géologie…

68 Sujet d'oral

Quels modèles discrets peut-on considérer pour l'étude de l'évolution d'une population ?

PRÉSENTATION, SUIVIE D'UN ENTRETIEN

20 min
20 points

INTÉRÊT DU SUJET • Qu'il s'agisse d'étudier des bactéries, les habitants d'une région ou les malades d'une épidémie, le choix du modèle pour décrire l'évolution d'une population peut avoir des conséquences importantes sur l'analyse. Ce sujet pourrait vous intéresser si vous vous destinez à des études médicales ou sociales.

68 PISTES POUR L'ORAL

1er TEMPS • PRÉSENTATION D'UNE QUESTION PROBLÉMATISÉE — 5 min

Les titres en couleurs mettent en évidence la structure de cette présentation.

Introduction

[Accroche] Fin 2019 a commencé en Chine la pandémie de Covid-19.
[Présentation du sujet] Plusieurs prédictions ont alors été présentées au public quant au développement de l'épidémie.
[Formulation de la problématique] Je me suis ainsi rendu compte que différents modèles mathématiques sont utilisés par les scientifiques pour étudier l'évolution du nombre de personnes d'une population.
[Annonce du plan] Je considèrerai ici deux modèles mathématiques discrets : le modèle de Malthus puis celui, plus élaboré, de Verhulst.

> ▶ **Le secret de fabrication**
> Votre plan doit être simple. Commencez par le modèle de Malthus, signalez ses limites, avant d'aborder le modèle de Verhulst.

I. Le modèle de Malthus

• D'après Thomas Malthus (1766-1834), l'accroissement annuel de la population mondiale est proportionnel à son effectif. Le coefficient de proportionnalité dépend des taux de mortalité et de fertilité.

• Cela entraîne que, si on note H_n le nombre d'habitants au bout de n années, alors (H_n) est une suite géométrique de raison $\lambda > 1 + f - m$, où f (resp. m) est le taux de fertilité (resp. mortalité). Le modèle obtenu est alors exponentiel. Ainsi, comme attendu :

– si $f > m$ alors $\lambda > 1$ et la population croît ;

– si $f = m$ alors $\lambda = 1$ et la population stagne ;

– si $f < m$ alors $\lambda < 1$ et la population décroît.

À NOTER
On peut également utiliser ce modèle pour étudier l'évolution d'autres types de population, comme celle de bactéries dans un milieu donné.

• On sait d'autre part qu'une suite géométrique de raison strictement comprise entre 0 et 1 admet pour limite 0, donc si $\lambda < 1$ (λ est positive) la population tend à s'éteindre. On sait également qu'une suite géométrique de raison strictement supérieure à 1 tend vers $+\infty$, donc si $\lambda > 1$, la population tend à devenir infinie !

[Transition] Cette évolution n'est évidemment pas raisonnable puisque la quantité de ressources disponibles sur Terre est limitée.

CONSEIL
Cette limite s'obtient en utilisant l'inégalité de Bernoulli que vous pourrez énoncer si le jury vous le demande. Vous pouvez aussi vous appuyer sur un support écrit (voir ci-après).

II. Le modèle de Verhulst

• Pour tenir compte des limites environnementales, Pierre-François Verhulst (1804-1849) adopte le modèle logistique et postule que l'évolution d'une population d'une année sur l'autre est régie par la relation :

$$P(n+1) - P(n) = aP(n)\left(1 - \frac{P(n)}{K}\right),$$

où $P(n)$ est l'effectif de la population l'année n, le premier facteur $aP(n)$ tient compte de la croissance naturelle de la population et le second facteur $1 - \frac{P(n)}{K}$ de la capacité d'accueil maximale du milieu.

GRAND ORAL

• Selon ce modèle, une population de petite taille a tendance à croître pour atteindre un effectif limite K ; *a contrario*, une population de grande taille a tendance à décroître vers cette limite K. Le modèle logistique d'évolution d'une population se représente par une courbe en « S » appelée sigmoïde.

CONSEIL
Vous pourrez tracer cette sigmoïde lors du temps de préparation pour la présenter au jury. Vous pourrez également écrire l'équation logistique : $P(n+1) = \mu P(n)(1 - cP(n))$.

Conclusion

Comme tout modèle, on ne peut appliquer les modèles de Malthus et de Verhulst qu'à certaines situations : le modèle de Malthus est adapté à l'étude d'une population évoluant sans grande contrainte pendant un temps court ; celui de Verhulst s'applique à des populations dont les individus ont des caractéristiques identiques (taux de mortalité et de natalité homogènes…). Des modèles plus élaborés ont depuis vu le jour et l'utilisation de l'informatique permet de prendre en compte de plus en plus de paramètres.

Support écrit

Pour faciliter vos échanges avec le jury, vous pouvez rappeler par écrit les deux modèles qui sont au cœur de votre présentation. Vous pouvez également détailler la démonstration de l'inégalité de Bernoulli permettant d'étudier les limites d'une suite géométrique : cela pourra faire l'objet d'une question.

• **Modèle de Malthus**

$$P(n+1) - P(n) = \lambda P(n)$$

• **Modèle de Verhulst**

$$P(n+1) - P(n) = aP(n)\left(1 - \frac{P(n)}{K}\right)$$

• **Limites d'une suite géométrique**

– Inégalité de Bernoulli : pour tout réel $x > 0$ et pour tout entier naturel n : $(1+x)^n \geqslant 1 + nx$.

– Démonstration : $(1+x)^0 \geqslant 1 + x \times 0$ (vrai pour $n = 0$). Si pour un entier naturel n : $(1+x)^n \geqslant 1 + nx$ alors :

$$(1+x)^n(1+x) \geqslant (1+nx)(1+x) \geqslant 1 + nx + x + nx^2 \geqslant 1 + (n+1)x$$

Soit $(1+x)^{n+1} \geqslant 1 + (n+1)x$ (la propriété est héréditaire).

On conclut par le principe de récurrence.

2e TEMPS • ÉCHANGE AVEC LE JURY 10 min

Voici quelques-unes des questions que le jury pourrait poser à la suite de la présentation, ainsi que les réponses possibles (à développer le jour dit).

- **Que signifie « L'accroissement annuel de la population mondiale est proportionnel à son effectif » ?**

Cela signifie que si P est la population mondiale une année donnée, alors l'année suivante, l'augmentation ou la diminution de la population sera égale à $k \times P$ (k étant un réel). Si $k > 0$, la population augmente ; si $k < 0$, elle diminue. Ainsi plus la population est importante, plus sa variation l'est.

- **Comment étudier la limite d'une suite géométrique de raison $q > 1$?**

On connaît l'inégalité de Bernoulli qui se démontre par récurrence : pour tout réel $x > 0$ et pour tout entier naturel n : $(1+x)^n \geqslant 1+nx$.

Pour étudier la limite de la suite de terme général q^n, on pose $q = 1 + x$ ($x > 0$), on obtient $q^n \geqslant 1+nx$ et on utilise un théorème de comparaison sur les limites.

- **Vous avez parlé de modèles discrets. Sauriez-vous décrire les modèles continus associés à ces deux modèles ?**

Les modèles continus sont régis par des équations différentielles :

– pour celui de Malthus, $y' = \lambda y$;

– pour celui de Verhulst, $y' = a\left(1-\dfrac{y}{K}\right)$.

En effet, y' représente la limite du taux d'accroissement de l'effectif de la population y.

- **Vous avez dit que l'on pouvait utiliser le modèle de Malthus pour étudier d'autres populations que la population mondiale. Ce modèle est-il applicable à l'étude de l'évolution du Covid-19 ?**

Dans le cas d'une pandémie comme le Covid-19, la croissance du nombre de malades est en effet exponentielle au début, ce qui correspond au modèle de Malthus. Lorsque les personnes susceptibles d'être infectées font défaut, la croissance du nombre de nouveaux cas ralentit puis s'arrête. Il faut alors se placer dans le cadre du modèle de Verhulst.

GRAND ORAL

3e TEMPS • ÉCHANGE SUR LE PROJET D'ORIENTATION

5 min

Le jour J, il vous faudrait bien sûr développer la réponse.

Comment avez-vous choisi le sujet de votre exposé ? Quel est le lien avec votre projet d'orientation ?

- J'ai choisi ce sujet car j'ai été troublé·e par les difficultés qu'ont eues les scientifiques à prévoir l'évolution de la pandémie de Covid-19. Voulant travailler dans le domaine médical, je me suis demandé quelle aurait été ma conduite si j'avais été confronté·e dans mon métier à une telle maladie.
- L'an prochain, je désire intégrer la faculté de médecine dans laquelle je souhaiterais pouvoir utiliser mes compétences mathématiques pour la compréhension de l'évolution de maladies graves comme le paludisme, et de la manière de les éradiquer.

69 Sujet d'oral

Comment déterminer et interpréter la sensibilité et la spécificité d'un test de dépistage ?

PRÉSENTATION, SUIVIE D'UN ENTRETIEN

20 min
20 points

INTÉRÊT DU SUJET • La Covid-19, mais aussi d'autres maladies, donnent lieu à des tests de dépistage plus ou moins systématiques. On connaît cependant rarement les caractéristiques de ces tests. Ce sujet peut notamment vous intéresser si vous envisagez des études médicales ou paramédicales.

69 PISTES POUR L'ORAL

1er TEMPS • PRÉSENTATION D'UNE QUESTION PROBLÉMATISÉE

5 min

Les titres en couleurs mettent en évidence la structure de la présentation.

Introduction

[Accroche] Sensibilité, spécificité, fiabilité, précision, valeur prédictive positive, valeur prédictive négative : tous ces indicateurs servent à mesurer d'une certaine manière l'efficacité d'un test de dépistage. Si certaines de ces caractéristiques ne dépendent que du test lui-même, d'autres dépendent des conditions dans lesquelles le test est réalisé.

[Présentation du sujet] On entend surtout parler de sensibilité et de spécificité. Ces indicateurs admettent une définition mathématique précise en termes de probabilité conditionnelle. [Formulation de la problématique] Je me suis donc demandé comment on calcule ces deux caractéristiques, quelle interprétation on peut en donner et comment on peut les modifier.

[Annonce du plan] Dans un premier temps, je vais définir la sensibilité et la spécificité d'un test. Ensuite, je préciserai les conséquences d'une sensibilité ou d'une spécificité élevée. Enfin, je décrirai l'effet sur ces deux indicateurs du seuil déterminé par le fabricant du test.

▶ **Le secret de fabrication**

Votre plan doit être clair, les différentes parties doivent s'articuler de manière logique : définition de la sensibilité et de la spécificité, signification concrète de ces deux indicateurs, manière de les modifier.

I. Définitions de la sensibilité et de la spécificité

• La sensibilité, notée *Se*, et la spécificité, notée *Sp*, d'un test sont des performances intrinsèques du test, qui expriment sa capacité à catégoriser les patients. Elles ne dépendent pas de la prévalence, c'est-à-dire de la proportion de personnes infectées dans la population testée. Elles sont définies en conditions expérimentales, avant la diffusion du test, à partir d'un « échantillon de calibrage » dont on sait, grâce à un test de référence, si chaque individu est ou non porteur de la maladie.

À NOTER
Faites bien comprendre que la sensibilité et la spécificité sont des caractéristiques du test lui-même, déterminées en conditions expérimentales ; elles ne dépendent pas de la population testée.

• On considère l'expérience aléatoire qui consiste à choisir au hasard un individu dans l'échantillon et à le soumettre au test. On note M l'événement « la personne choisie est porteuse de la maladie » et T l'événement « la personne a un test positif ».

$P(\text{M})$ est la **prévalence** de la maladie, encore appelée probabilité pré-test, et représente la proportion de personnes malades dans l'échantillon.

La **sensibilité** du test est $Se = P_{\text{M}}(\text{T})$, c'est-à-dire la probabilité qu'une personne porteuse de la maladie (infectée) ait un test positif.

La **spécificité** du test est $Sp = P_{\overline{\text{M}}}(\overline{\text{T}})$, autrement dit la probabilité qu'une personne non porteuse de la maladie (saine) ait un test négatif.

[Transition] On cherche à savoir quelles sont concrètement les conséquences de l'augmentation ou de la diminution de l'une ou l'autre de ces caractéristiques.

II. Effets d'une modification de la sensibilité ou de la spécificité

• Des définitions précédentes, il découle que :

– plus le test est **sensible**, plus $P_{M}(\overline{T})$ est faible et donc moins le test comporte de « faux négatifs » (personnes malades mais dont le test est négatif), et donc plus il permet, s'il est négatif, d'exclure la maladie ;

– plus le test est **spécifique**, plus $P_{\overline{M}}(T)$ est faible, donc moins le test occasionne de « faux positifs » (personnes saines ayant un test positif), et donc plus il permet, s'il est positif, de confirmer la maladie.

• En général, on privilégie une **sensibilité élevée** dans le cadre d'un dépistage dans une population à **majorité saine** (pour éviter les faux négatifs) et une **spécificité élevée** pour un diagnostic sur des **individus ciblés** (pour éviter des faux positifs).

• Pour les tests antigéniques Covid, la HAS (Haute autorité de santé) préconise une **sensibilité au moins égale à 80 %** (au moins 80 % des personnes porteuses de la maladie ont un test positif ; $P_{M}(T) \geqslant 0,8$) et une **spécificité au moins égale à 99 %** (au moins 99 % des personnes saines ont un test négatif ; $P_{\overline{M}}(\overline{T}) \geqslant 0,99$).

[Transition] On peut se demander comment faire pour augmenter ou diminuer la sensibilité et/ou la spécificité. L'une des possibilités est de modifier le seuil.

III. Influence de la valeur seuil

• Le seuil est la **valeur à partir de laquelle un échantillon est considéré comme positif**. Il est déterminé par le fabricant du test au cours du processus.

• Si l'on élève le seuil, le nombre de personnes dont le test est positif diminue ; alors la spécificité augmente, la sensibilité baisse ; on a moins de faux positifs mais plus de faux négatifs. Si l'on abaisse le seuil, c'est l'inverse qui se produit.

• Une modification du seuil a donc un effet à la fois sur la sensibilité et sur la spécificité. C'est pourquoi on dit souvent qu'une augmentation de la sensibilité se fait au détriment de la spécificité, et inversement, alors que ce n'est pas exactement le cas dans l'absolu.

À NOTER
Entre sensibilité et spécificité, il y a donc une corrélation due au procédé généralement utilisé (modification du seuil), mais pas de causalité directe.

Conclusion

[Bilan] En pratique, on cherche surtout à connaître la probabilité d'être réellement malade lorsqu'on a un test positif, c'est-à-dire $P_T(M)$. Cette probabilité, appelée VPP (**valeur prédictive positive**) ou probabilité post-test et souvent confondue avec la sensibilité $P_M(T)$, dépend énormément de la prévalence de la maladie, prenant souvent, dans le cas de maladies « rares », une valeur « contre-intuitive », bien plus faible que celle à laquelle on s'attend. Je pourrai si vous le souhaitez développer un exemple, en utilisant la **formule de Bayes**.

[Ouverture] Le choix d'un test et du seuil à partir duquel il est considéré comme positif dépend des objectifs et des conditions (facilité et coût du test, gravité, rareté de la maladie…), et doit se faire en tenant compte des conséquences. J'ai uniquement étudié l'aspect mathématique du problème. Pour une prise de décision, **d'autres aspects** (éthiques, économiques, politiques…) doivent être pris en compte.

Support écrit

- **Probabilité conditionnelle**, probabilité de A sachant B (avec $P(A) \neq 0$) : $P_A(B) = \dfrac{P(A \cap B)}{P(A)}$.
- **Prévalence**, proportion de personnes malades dans la population : $P(M)$.
- **Sensibilité** : $Se = P_M(T)$.
- **Spécificité** : $Sp = P_{\overline{M}}(\overline{T})$.
- **VPP**, valeur prédictive positive : $P_T(M)$.
- **Formule de Bayes**, calcul des probabilités des causes à partir des probabilités de leurs effets :

$$P_T(M) = \frac{P(M) \times P_M(T)}{P(T)} = \frac{P(M) \times P_M(T)}{P(M) \times P_M(T) + P(\overline{M}) \times P_{\overline{M}}(T)}.$$

À NOTER
Le jury peut vous interroger sur les arbres pondérés, vous demander comment on les construit et comment on les utilise.

2e TEMPS • ÉCHANGE AVEC LE JURY — 10 min

Voici quelques-unes des questions que le jury pourrait poser à la suite de la présentation, ainsi que les réponses possibles (à développer le jour dit).

- **Vous avez affirmé que « si $Se + Sp = 1$, alors le test ne sert à rien ». Comment peut-on le démontrer ?**

Si $Se + Sp = 1$, alors $P_M(T) + P_{\overline{M}}(\overline{T}) = 1$.

Or $P_{\overline{M}}(\overline{T}) = 1 - P_{\overline{M}}(T)$, donc si $Se + Sp = 1$, alors $P_M(T) + 1 - P_{\overline{M}}(T) = 1$, donc $P_M(T) = P_{\overline{M}}(T)$...

• **Pouvez-vous donner des exemples de calcul de la VPP connaissant *Se* et *Sp* et la prévalence *P*(M) ?**

D'après la formule de Bayes (voir support écrit) :

$$\text{VPP} = \frac{P(M) \times Se}{P(M) \times Se + (1 - P(M)) \times (1 - Sp)}.$$

Pour un test de sensibilité 0,95 et de spécificité 0,99 :

– si $P(M) = 0{,}01$, alors VPP $\approx 0{,}49$;

– si $P(M) = 0{,}05$, alors VPP $\approx 0{,}83$;

– si $P(M) = 0{,}1$, alors VPP $\approx 0{,}91$.

CONSEIL

Faites ressortir ici l'influence du nombre de personnes porteuses de la maladie ; dans le cas d'une maladie rare, même un test avec une sensibilité et une spécificité élevées donne beaucoup de faux positifs.

• **Peut-on avoir une VPP égale à 1 ? Si oui, dans quel(s) cas ?**

C'est théoriquement possible : si VPP = 1, alors $P(T) = P(T \cap M)$. Toute personne ayant un test positif est malade, il n'y a pas de faux positifs. La spécificité est égale à 1.

3e TEMPS • ÉCHANGE SUR LE PROJET D'ORIENTATION 5 min

Le jour J, il vous faudrait bien sûr développer la réponse.

Comment avez-vous choisi votre sujet ? En quoi est-il en lien avec votre projet d'orientation ?

• J'ai choisi ce sujet car il est d'actualité et parce que je souhaite m'orienter vers des études médicales. J'aimerais devenir médecin spécialiste, même si je ne sais pas encore dans quelle spécialité, et je voudrais dans l'idéal exercer dans un cabinet regroupant plusieurs médecins de spécialités différentes.

• Je sais qu'il existe dorénavant, pour les études de santé, deux voies : PASS (parcours d'accès spécifique santé, avec option d'une autre discipline) et L.AS (licence disciplinaire avec option Accès santé). Pour ma part, comme j'ai encore des hésitations et que je suis aussi attiré·e par les SVT, je pense choisir une licence Sciences de la Vie avec option Accès santé.